Bernadette Calonego

Mörderischer Morgen

darkKanada

Bernadette Calonego

Mörderischer Morgen

Kanada-Krimi

darkKanada

Deutsche Erstveröffentlichung by

Calonego Media Inc., Gibsons, Kanada

Cover: Vila Design, https://www.viladesign.net

Bildrechte: Depositphotos, @MennoSchaefer

Lektorat: Gisa Marehn

Korrektorat: Ilka Bredemeier

Buchinnendesign: Heike Fröhling, https://auf-lose-blaetter.de

ISBN: 978-1-9992302-1-0

Für Beny und Urs

PROLOG

Die Bärin riecht die Beute schon von Weitem. Sie stellt sich auf die Hinterbeine und wittert.

Es ist nah.

Sie läuft los. Seit Tagen hat sie nichts gegessen, was ihren Magen wirklich füllt. Nur Wurzeln, Gras, Pilze, Blätter, eine Maus.

Die Hühner beim Haus sind verschwunden. Während Wochen hat die Bärin sie nach und nach erlegt und verschlungen. Ein Kinderspiel für einen Grizzly. Ein paar Schläge mit den mächtigen Tatzen, und das Gitter war zerfetzt. Die Wand der Behausung eingetreten. Und eines Tages war das Hühnerhaus leer.

Die frische Fährte verheißt einen vollen Bauch.

Die Bärin pirscht durch den Wald. Sie weiß, bei dieser Beute darf sie nicht laut sein. Nicht durchs Gebüsch brechen. Kein morsches Holz zertrampeln.

Der Geruch ist ganz nah. All ihre Sinne sind geschärft. Nur noch wenige Meter.

Die Hirschkuh steht still. Spitzt die Ohren. Schaut um sich.

Sie kann die Gefahr nicht sehen, die auf sie lauert.

Die Bärin setzt zum Sprung an. Die Hirschkuh flieht, aber die Bärin ist schnell. In wenigen Sätzen hat sie ihre Beute erreicht und reißt sie zu Boden. Ein tiefer Biss in den Nacken. Der Kampf ist vorbei.

Sie stürzt sich auf die Mahlzeit. Ihre großen, scharfen Zähne zerreißen das Fell, graben sich ins warme Fleisch. Sie leckt sich das Blut von der Schnauze und kaut. Mit einem Mal hebt sie den wuchtigen Schädel.

Stimmen. Viel zu nah.

Die Stimmen kommen vom Haus, dem Haus mit den Hühnern.

Die Bärin muss herausfinden, ob die Stimmen eine Bedrohung für ihr Festmahl bedeuten.

Sie muss ihre Beute verteidigen.

Niemand darf dazwischenkommen.

Wütend streckt sie den Kopf aus dem Gebüsch. Späht in die Richtung, aus der die Stimmen kommen. Hohe Stimmen und tiefe Stimmen. Sie wittert Menschen.

Die Menschen sehen sie und werden laut und hektisch, einige laufen weg. Ein Mensch bleibt erst stehen und weicht dann einige Schritte zurück, ohne den Blick von ihr zu lassen.

Dann knallt es.

Die Bärin erschrickt und zieht sich zurück. Sie kennt das Knallen. Besser, sie ergreift die Flucht davor.

Sie muss ihre Beute in Sicherheit bringen.

Sie schleppt die Hirschkuh tiefer in den Wald. Dort lauscht sie. Keine Stimmen mehr. Kein Knallen. Sie schlägt sich den Bauch voll und vergräbt den restlichen Kadaver.

Als sie sich zur Ruhe legt, hört sie wieder einen Schuss. Und später nochmals Schüsse, nur viel schwächer.

Sie ist wachsam, aber es bleibt danach ruhig.

Es ist jetzt wärmer im Wald. Sie legt den Kopf auf die Tatzen. Besser warten, bis es dunkel wird.

Nachts geht sie erneut auf Streifzug. Wandert ihr Revier ab.

Ein merkwürdiger Geruch steigt ihr in die Nase. Sie zieht die Luft ein, schnüffelt.

Sie läuft Richtung Haus.

Nachts ist sie sicher, selbst beim Haus. Dort, wo es nach Blut riecht, liegt etwas. Auf der Wiese.

Sie nähert sich, beschnuppert das tote Wesen von oben bis unten.

Nichts, was sie jemals gefressen hat.

Sie lässt sich Zeit mit dem Untersuchen. Niemand stört sie dabei.

Keine Geräusche vom Haus. Nur dieser Geruch von Blut.

Dann läuft sie weiter. Lässt den Toten liegen.

Sie ist satt.

Für heute.

1

VANCOUVER, 2. JUNI 2017

Die Besprechung mit der Klientin neigte sich dem Ende zu. Tessa Griffins war froh, denn das besorgte Gesicht ihrer Assistentin war schon zweimal hinter der dicken Glaswand erschienen, die den Konferenzraum von den anderen Büros abtrennte. Während die Klientin ihre Papiere stapelte, schlüpften Tessas Füße unter dem Tisch in die schwarz-weißen Pumps, die sie vor zwei Tagen erstanden hatte.

Sie fühlte sich in Turnschuhen viel wohler, aber dann hätte sie nicht als Anwältin bei Boyd Shenkar anheuern sollen. Boyd, der sie vor zwei Jahren, als sie gerade dreiunddreißig wurde, zur Teilhaberin der Kanzlei *Shenkar & Griffins* gemacht hatte, war der beste Geschäftspartner, den sie sich wünschen konnte. Boyd hielt allerdings nichts von lockeren Kleidungsvorschriften. Nicht mal am Freitag, dem *Casual Friday*, an dem viele Firmen in Vancouver ihren Angestellten Jeans und T-Shirt erlaubten. Das wäre genau nach Tessas Geschmack gewesen, doch damit hätte sie den konservativen Boyd geschockt, der zehn Jahre älter war als sie.

Zwischenzeitlich war es ihr zur zweiten Natur geworden, sich modisch und teuer anzuziehen. Tessa hatte sich einen Namen als engagierte und hartnäckige Familienrechtsanwältin in Vancouver gemacht. Sie wollte nicht als das Mädchen aus der Pampa erscheinen, das sie einst gewesen war. Als Pampa bezeichnete sie die kleine abgelegene Minenstadt Whatou Lake im Norden von British Columbia. Immer noch konnte man Whatou Lake nur auf dem Luftweg erreichen. Außer man schlug sich tagelang durch die Berge, durch Urwald und Sümpfe und reißende Flüsse. Oder man wagte eine riskante Bootsfahrt an der wilden Pazifikküste entlang. Es gab zwar einige Schotterstraßen in der Umgebung von Whatou Lake, die Holzunternehmen und Minenkonzerne angelegt hatten. Die führten aber nicht in die *Zivilisation*, sondern immer tiefer in die Wildnis hinein.

Es gab allerdings Leute, die verrückt genug waren, im Nirgendwo eine freie, aber prekäre Existenz zu fristen. Als Tessas Vater Stellenangebote großer Krankenhäuser in Vancouver und Toronto ausschlug und sich als junger Arzt in Whatou Lake niederließ, hielten ihn Verwandte und Freunde für behämmert. Kenneth Griffins hasste die Hierarchie und Bürokratie der Großbetriebe. Er liebte die ungezähmte Natur. In seinem Herzen, das glaubte Tessa, fühlte er sich als Pionier. Für die Leute in Whatou Lake war ihr Vater ein kleiner König, und die Wildnis rundherum war sein Königreich. Wie für die herumstreifenden Grizzlys.

Tessa spürte ein unangenehmes Flattern im Bauch. Wie immer, wenn sie an Bären dachte.

Sie begleitete die Kundin zur Tür und eilte ins Büro ihrer Assistentin. Deren rundes asiatisches Gesicht wirkte besorgt.

»Sie müssen sofort Ihren Vater anrufen.«

Tessas Kehle verengte sich unwillkürlich. »Ist meiner Mutter etwas passiert?«

Martha Griffins hatte kürzlich einen Knoten in ihrer Brust entdeckt, aber glücklicherweise stellte er sich als eine harmlose Zyste heraus. Der Vorfall hatte Tessa den möglichen Tod ihrer Eltern vor Augen geführt, obwohl beide erst Anfang sechzig waren. Sie nahm sich vor, die beiden bald zu besuchen. Zwei Jahre lag ihr letzter Besuch zurück, weil sie es nur schwer über sich brachte, Whatou Lake ins Auge zu sehen. Ihre Eltern waren einige Male nach Vancouver geflogen. »Das ist doch ein schöner Ausflug für uns«, hatte ihre Mutter gesagt, »das macht uns gar nichts aus.«

Tessa glaubte ihr. Sicher gab es Momente, in denen auch sie Whatou Lake entkommen wollte.

»Nein«, sagte Tessas Assistentin, »nicht ihr, aber …« Sie schaute auf einen Zettel, auf dem ein Name stand. »Es geht um Fran.«

»Meine Halbschwester«, erklärte Tessa. Nein, eigentlich nicht ihre Halbschwester. Eines der vielen Pflegekinder, die Martha Griffins in ihrem Haus aufgenommen hatte. Fran war Tessa schnell ans Herz gewachsen. Vielleicht weil sie so unterschiedlich waren. Tessa draufgängerisch und vorlaut, Fran schüchtern und nachgiebig. Wenigstens anfänglich. Unter den Fittichen ihrer Pflegemutter blühte Fran auf und überwand nach und nach ihre ersten traumatischen Lebensjahre. Soweit ein Mädchen so etwas überwinden konnte.

Genau wie Tessa legte Fran als Erwachsene Distanz zu Whatou Lake ein. Aber sie suchte keinen Schutz in einer tausendzweihundert Kilometer entfernten Großstadt. Fran ließ sich auf einer gerodeten Lichtung in der Wildnis nieder. Sie heiratete den Holzfäller Hank Miller und baute mit ihm eine Blockhütte, versorgt durch Generatorstrom und Quellwasser. Dort zog sie drei Kinder mit ihm auf.

Was war nur passiert? Das letzte Mal, als sie am Satellitentelefon miteinander sprachen, hatte Fran zurückhaltend und ein wenig lethargisch geklungen. Das war vor drei Wochen gewesen. Im Hintergrund hatte Tessa Kinderstimmen gehört. Breena, Clyde und Kayley. Das älteste Kind acht, das mittlere sechs, das jüngste vier. Fran unterrichtete alle drei zu Hause. Tessa stellte sich das anstrengend vor. Aber Fran hatte dieses Leben gewählt, sie wollte nichts anderes. Tessa blieb indes nicht verborgen, dass Fran im Gegensatz zu Hank ans Haus gebunden blieb. Hank war oft weg, zuerst als Holzfäller, dann fand er Arbeit in der Watershed Lodge, einer rustikalen Touristenunterkunft an einer von Urwald umschlossenen Bucht. Dort führte er als *Bear Guide* Touristen auf Grizzlybeobachtungstouren.

Tessa hatte Hank zu dieser Stelle verholfen. Die Lodge gehörte den Sitklat`l First Nations, und Tessa stand hoch im Ansehen des

Stammes. Sie hatte den Sitklat`l geholfen, ihre Landrechte vor Gericht gegen die Behörden der Provinz British Columbia durchzusetzen. Die Sitklat`l hatten Anspruch auf Land gehabt, das sie einst genutzt hatten, bevor es ihnen die weißen Siedler wegnahmen. Tessa und ein Anwaltsteam brachten die Regierung dazu, dieses Unrecht wieder rückgängig zu machen. Das war, bevor sie sich mit Tsaytis Chelin, dem Sohn des Stammesvorsitzenden der Sitklat`l, entzweite.

Sie vermied es, an Tsaytis zu denken, denn der Name weckte zu viele schmerzhafte Erinnerungen. Ihr ganzes Denken drehte sich jetzt um Fran. »Ich kümmere mich sofort darum«, informierte sie ihre Assistentin und ging in ihr Büro.

Kenneth Griffins meldete sich nach dem dritten Summton.

»Tessa.« Das war alles, was er herausbrachte.

»Dad, was ist los? Was ist mit Fran?«

»Du musst sofort hierherkommen, Tessa. Wir brauchen dich.« Seine Stimme klang nicht wie Dads Stimme. Es war die Stimme eines Fremden. Tessa fühlte einen eisigen Hauch durchs Zimmer wehen.

»Dad, sag mir doch, was los ist! Was ist passiert?«

Sie hörte ein tiefes Einatmen am anderen Ende der Leitung.

»Hank ist tot, und alle drei Kinder sind tot. Fran – wir wissen nicht, wo Fran ist. Man hat sie noch nicht … gefunden.«

Tessa gefror. Das Bankgebäude gegenüber, wo sich Möwen auf den hervorstehenden Simsen ausruhten, verschwamm vor ihren Augen.

»Was sagst du da? Tot? Was ist passiert? Ich versteh nicht …«

»Du musst sofort hierherkommen, Tessa«, wiederholte ihr Vater. Seine Stimme bebte, er unterdrückte ein Schluchzen. Nie hatte sie ihn so fassungslos erlebt. Kenneth Griffins war der allwissende, allheilende Doktor, eine Vaterfigur nicht nur für seine Familie, sondern in ganz Whatou Lake und im Reservat der Sitklat`l. Immer half er allen. Jetzt schien er völlig hilflos.

Tessa ließ die Anwältin aus sich sprechen. Ein Reflex, den sie tausendfach geübt hatte. Sie blendete alles aus und griff zum

Kugelschreiber. Vielleicht war alles nur ein Missverständnis. Ein böser Traum.

»Dad, ich komme. Aber ich brauche zuerst Informationen. Wer ist tot?«

Ihr sachlicher Ton schien Kenneth Griffins zu helfen.

»Hank und die Kinder, alle vier sind tot.«

Oh, mein Gott. Tessa drückte den Kugelschreiber so fest, dass ihr die Finger schmerzten. »Woran sind sie gestorben?«

Ihr Vater schien sie nicht zu hören. »Fran, wo ist Fran? Man muss sie doch suchen.« Er klang verzweifelt.

»Dad, wo hat man Hank und die Kinder gefunden?«

»Hank vor dem Haus. Die Kinder drinnen. Tsaytis Chelin hat es der Polizei gemeldet.«

Tessas Herz setzte sekundenlang aus.

»Wie ... was hat denn Tsaytis dort draußen gemacht?«

Hanks und Frans Farm war so weit von allem entfernt, dass sich niemand zufällig dorthin verirrte. Und Tsaytis Chelin schon gar nicht.

»Ich weiß nicht ... ich habe nur kurz mit ihm sprechen können. Es ist alles ... erst passiert.«

Tsaytis hat die Toten gefunden. Wie merkwürdig. »Was hat Tsaytis dir noch gesagt?«

»Er sah viel Blut.« Die Stimme ihres Vaters brach ab.

Tessa hielt den Atem an.

Lass es nicht wahr sein, bitte lass es nicht wahr sein.

Ihr Vater sprach schleppend weiter. »Ich hab mit den Leuten von der Watershed Lodge kurz geredet. Hank erschien zwei Tage lang nicht bei der Arbeit. Du kennst Hank. Und Fran. Die hätten die Lodge informiert, wenn Hank krank gewesen wäre.«

In Frans Haus gab es nur ein Satellitentelefon. In die Telefongespräche konnten zwar alle einsamen Siedler in der weiteren Umgebung reinhören, aber es war die Nabelschnur für Notfälle.

»Wann war Tsaytis bei Frans Haus?«, fragte Tessa.

»Um ... um ... vor drei oder vier Stunden. Ich weiß es nicht genau. Die Polizei ist jetzt dort.«

Sie notierte alles auf dem Schreibblock. Als ob ihr Vater ein Klient wäre.

»Weißt du, was Tsaytis sah, als er beim Haus ankam?«

»Die Hunde haben laut gebellt. Sie waren im Lagerraum eingesperrt. Das ist Tsaytis zuerst aufgefallen. Aber niemand kam aus dem Haus. Die Kinder sind sonst immer … du weißt…«

Sie klammerte sich an ihren Fragenkatalog, systematisch und chronologisch.

»Was hat er gesehen?«

»Er fand Hank tot auf der Wiese … vor dem Haus.«

»Sah er Wunden?«

»Ja, Schusswunden …« Wieder verstummte ihr Vater gequält.

Tessa schluckte schwer. *Schusswunden.*

»Dann ist er ins Haus gegangen?«

»Zuerst fand er Breena, im Kinderzimmer.« Ihr Vater war nun nahe am Weinen, das konnte Tessa hören.

»War Breena angezogen? Oder lag sie unter der Decke?«

»Auf dem Bett. Nicht unter der Decke. Angezogen. Sie war tot. Tsaytis sagt, erschossen … alle erschossen.«

Erschossen.

Tessa schloss kurz die Augen. Als ob dadurch der Schrecken wegginge.

»Und Kayley und Clyde?« Alle drei schliefen im selben Raum. In Frans und Hanks Blockhaus war der Platz beschränkt. Ein kleines Haus war besser zu heizen.

»Du musst herkommen, Tessa. So schnell wie möglich.« Ihr Vater war nicht in der Lage, mehr zu erzählen. Nicht am Telefon. Nur noch eines musste sie wissen. »Was ist mit Fran?«

»Sie ist nicht dort. Sie ist verschwunden.«

»Wie verschwunden?«

»Niemand weiß, wo sie ist. Niemand kann sie finden.«

Tessa hörte die Stimme ihrer Mutter im Hintergrund.

»Ja, sie kommt, sie kommt«, antwortete ihr Vater. Und dann wieder zu Tessa: »Wann fliegst du?«

Tessa schaute auf die Uhr. Fast fünf.

»Ich versuche es heute noch, spätestens morgen früh. Okay?«

»Ich hol dich am Flughafen ab.«

»Dad – du kannst mich immer auf dem Handy erreichen.«

»Die Polizei …«

»Sag der Polizei, dass ich auf dem Weg nach Whatou Lake bin. Du kannst ihnen meine Nummer geben.«

»Gut, gut, mach ich. Rufst du wieder an, wenn du …«

»Sobald ich den Flug gebucht habe. Und kümmere dich um Mom, sie braucht dich.«

Kenneth Griffins flüsterte: »Savanah ist bei ihr. Ich fürchte, sonst würde sie zusammenbrechen.«

Eine Pause entstand, die sie beide nicht füllten.

Fran hatte Martha Griffins als Mädchen ganz nahe gestanden, vielleicht noch näher als Tessa, ihr leibliches Kind. Aber Tessa war nach Vancouver gezogen und Fran in die Wildnis. Nur Savanah, wie Fran ein ehemaliges Pflegekind, war in der Nähe geblieben.

Ausgerechnet Savanah, der Tessa nie über den Weg getraut hatte. Bis heute nicht.

»Behalt die beiden im Auge«, bat sie ihren Vater, bevor sie sich verabschiedete.

2

»Fran ist verschwunden? Was folgert die Polizei daraus?«

Boyd Shenkar hatte ihrer Schilderung der Ereignisse in Whatou Lake konzentriert zugehört, ohne sie zu unterbrechen. Tessa bemühte sich, die Fassung zu bewahren, obwohl sich ihre Herzgegend schwer wie Beton anfühlte.

Boyd hielt sich nicht mit Äußerungen des Mitgefühls auf. Kein ‚Oh, das ist furchtbar' oder ‚Du musst dich schrecklich fühlen'. Keine Beileidsbezeugung und kein gestresster Blick.

Er saß scheinbar entspannt in seinem Drehstuhl, die Hände locker verschränkt im Schoß. Tessa kannte ihn aber gut genug, um zu wissen, dass er ihre Informationen sehr ernst nahm. Boyd wurde oft mit einem dunkelhäutigen kanadischen Nachrichtensprecher verwechselt, der genau wie er Eltern aus Trinidad hatte. Es war leicht, ihn zu unterschätzen. Er wirkte auf den ersten Blick wie ein Hedonist. Seine Anzüge stammten von Ermenegildo Zegna oder einem anderen italienischen Designer. Boyd schwor auf die Italiener.

Tessa wusste, dass er ein verbissener Gerechtigkeitsfanatiker im Gewand eines Dandys war. Immer wieder beurteilten ihn Leute nach seinem Äußeren, seinem Faible für teure Schuhe oder dem Diamanten im rechten Ohr. Hinterher, wenn er sie vor Gericht besiegt hatte, bereuten sie ihre Fehleinschätzung.

Boyd war Strafverteidiger durch und durch. Er hielt sich nicht bei den Toten auf. Es war Fran, die ihn interessierte.

Aber Tessa konnte ihm keine Antworten geben. »Ich weiß nicht, was ihr Verschwinden bedeutet.«

Sie lehnte sich an das Sideboard vor der Wand. Zum Sitzen war sie zu unruhig.

»Hat jemand ihr Handy angerufen? Ihren Laptop untersucht?«

Sie schüttelte den Kopf. »Fran besitzt keinen Computer. Es gibt kein Internet im Busch. Und keinen Handyempfang.«

Boyd runzelte die Stirn. »Du musst da so schnell wie möglich hin, Tessa. An einem kleinen Ort wie Whatou Lake ist man sicher nicht auf einen großen Fall vorbereitet.«

Ein großer Fall.

Das hätte sie auch gesagt, hätte es sich um andere Opfer gehandelt.

»Ich muss herausfinden, ob Fran unter Verdacht steht. Oder ob sie auch umgebracht wurde und die Polizei ihre Leiche noch nicht gefunden hat.«

Sie presste die Mittelfinger auf die Tränenkanäle ihrer Augen.

Gütiger Himmel, ich spreche von Fran!

Boyd streckte die Arme auf dem Bürotisch aus, der wie immer sehr ordentlich aussah. »Oder ob sie entführt wurde.«

Sie hatte den Gedanken nicht auszusprechen gewagt, aber er lag nahe. Sie stieß sich vom Sideboard ab wie eine Schwimmerin vom Startblock.

»Wie lange kann ich wegbleiben?«

»Geh mal, und dann sehen wir weiter. Conny kann sich um deine Fälle kümmern. Gerichtstermine stehen ja vorerst für dich nicht an. Du kannst deine Überstunden kompensieren. Davon hast du sicher genügend.«

Sie nickte. Es war nicht neu, dass ihr Terminkalender über den Haufen geworfen wurde. Alltag in einer Anwaltskanzlei. Aber das hier war anders. Eine Familienangelegenheit.

Boyd verschränkte die Arme. »Wir können dieses Mandat nicht übernehmen, das ist dir klar, nicht wahr?«

Es war ihr klar. Es ging gegen die Regeln, auf die sie sich geeinigt hatten, bevor sie Geschäftspartner wurden.

»Ich werde meine Eltern nur beraten«, sagte sie, um jegliche Zweifel auszuräumen. »Ich kann sie jetzt nicht einfach im Stich lassen.«

Boyd beugte sich über die Tischplatte. »Darüber mach ich mir keine Sorgen. Sein Blick lag schwer auf ihr. »Du hast dir dort Feinde gemacht, und manche könnten auf dumme Ideen kommen.«

»Du denkst …«

Er unterbrach sie. »Ich will dich wieder heil hier zurückhaben.« Er schob den Drehstuhl nach hinten und stand auf. »Texte mir oder ruf mich an, wann immer du kannst. Und was die Presse betrifft: Deine Reise ist rein privat.«

Natürlich. Die Medien. Sie musste ihren Vater warnen. Die Journalisten würden früher oder später alles ausgraben. Ihre Familie musste davor geschützt werden.

Tessa erwischte für den Abend keinen Flug mehr. Sie informierte ihren Vater, dass sie erst am Morgen in Whatou Lake eintreffen würde. Gleichzeitig riet sie ihm, nicht mit Reportern zu sprechen und sich vor neugierigen Anrufern zu hüten.

Noch im Büro hatte sie die ersten Meldungen im Internet entdeckt. Sie waren nur kurz und gaben mehr oder weniger die amtliche Mitteilung der Polizei wieder: *Vier Tote wurden in einem abgelegenen Gehöft rund 100 Kilometer von Whatou Lake entfernt entdeckt. Die Todesursache werde derzeit abgeklärt, sagte eine Polizeisprecherin in Whatou Lake. Die Identität der Toten werde erst bekannt gegeben, wenn alle Angehörigen benachrichtigt seien. Die Sprecherin der Royal Canadian Mounted Police (RCMP) wollte Gerüchte nicht bestätigen, wonach die Opfer erschossen worden seien und dass eine weitere Person gesucht werde. Die Polizei werde aber die Öffentlichkeit so schnell wie möglich über neue Erkenntnisse informieren.*

Auf dem Heimweg, eingeklemmt im vollbesetzten *SkyTrain*, suchte Tessa ihr iPhone nach weiteren Berichten ab. Eine Schlagzeile stach ihr ins Auge: *Ermittlerteam der Sondereinheit 76-A nach Whatou Lake eingeflogen*. Sie kannte diese neu gegründete Spezialeinheit: Sie war für komplexe Mordfälle in der gesamten Provinz British Columbia zuständig. Tessa schnappte so abrupt nach Luft, dass ihr Banknachbar im Zug fragend aufschaute.

In ihrer Wohnung im ehemaligen Olympischen Dorf streifte sie die Pumps ab und ließ sich in den weichen Sessel vor der Balkontür fallen. Der Schrecken fuhr ihr jetzt ungehindert in die Glieder. Ihr Hals schnürte sich zusammen. Hank tot. Breena, Kayley und Clyde tot. Erschossen. Und Fran weg.

Die Gedanken wurden unerträglich.

Tessa sprang auf und trat an die Balkontür. Auf der Meerenge von False Creek schossen mehrere Drachenboote über die stille Wasseroberfläche. Arme und Paddel hoben und senkten sich im Rhythmus des Trommlers am Bug. Es waren nur noch drei Wochen bis zum jährlichen Drachenbootrennen.

Nie würden die Kinder und Hank dieses Rennen sehen. Und vielleicht auch Fran nicht. Tessa begann zu zittern. Sie musste mit jemandem sprechen, sonst würde sie durchdrehen.

Mit klammen Fingern wählte sie Dana Eckerts Nummer. Dana war Sozialarbeiterin in Whatou Lake gewesen, bevor sie sich zur Ruhe setzte. Tessa hatte sich mit ihr befreundet, als sie nach dem Universitätsstudium in Vancouver in ihr Heimatdorf zurückgekehrt war. Mit Dana konnte sie vieles besprechen, das mit ihrer Arbeit als Anwältin zu tun hatte. Der Kontakt zu ihr war auch nach Tessas Flucht aus Whatou Lake nicht abgebrochen.

Dana meldete sich sofort. »Ich dachte schon, dass du es bist«, sagte sie. Ihre ruhige, warme Stimme brachte Tessa fast zum Weinen.

»Dad hat mich angerufen. Sag mir, was du weißt. Ich kann das alles nicht fassen. Ich kann es einfach nicht fassen.«

»Ich auch nicht, Tessa. Ich weiß nur, dass man die Kinder und Hank tot gefunden hat. Und dass die Polizei nach Fran sucht.«

»Was erzählt man sich in Whatou Lake? Ist Fran entführt worden? Oder …«

Sie brachte es nicht über sich, den Satz zu beenden. Ihr war, als sei ein böser Geist aus der Vergangenheit wieder aufgetaucht. Dana hatte vor fünf Jahren im selben Monat aufgehört zu arbeiten, in dem Tessa Whatou Lake verlassen hatte. Damals konnte Tessa nicht schnell genug wegkommen.

Dana hatte in ihrem Beruf so ziemlich alles gesehen, wozu scheinbar normale Menschen fähig waren: häusliche Gewalt, Leute in psychotischen Phasen, Vergewaltigungen, sexuellen Missbrauch und Inzest, Tierquälerei, Terror durch betrunkene Eltern, Drogenmissbrauch, Brandstiftung mit Todesopfern, sogar Kinder, die in ihrem eigenen Heim verhungerten.

Dana redete nicht um den heißen Brei herum.

»Niemand denkt, dass Fran … dass sie fähig wäre, ihre Familie umzubringen. Aber du und ich, wir wissen, dass die Polizei das abklären muss. Ich bete, dass man sie schnell findet. Aber ich weiß nicht, ob ich hoffen soll …« Dana verstummte.

Tessa ahnte, was sie nicht aussprechen konnte.

»Was ist mit Hank?«, fragte sie stattdessen.

Dana seufzte. »Ich kenne ihn nicht sehr gut. Aber Fran hat immer … sie hat nie etwas Schlechtes über ihn erzählt. Dir?«

»Nein, aber … sie war oft allein mit den Kindern.«

Tessa erinnerte sich an ein Telefongespräch. Mehrere Monate lag das zurück. Sie hatten während des Anrufs ab und zu französisch gesprochen, weil sie mögliche Mithörer am Satellitentelefon ausschalten wollten. Mit französischen Brocken hatten sich Fran und Tessa schon als Teenager geholfen, wenn sie Geheimnisse austauschten.

Tessa erinnerte sich, dass Fran über Hanks gut bezahlten Job in der Watershed Lodge froh war – trotz allem. So mussten sie sich finanziell keine Sorgen mehr machen. Aber Fran fürchtete die einsamen Tage ohne ihn. »Komm zu uns im Sommer, und wir können uns gegenseitig Bücher vorlesen und du kannst fotografieren und mit den Kindern im Bibersee schwimmen.« Tessa hörte das Flehen in ihrer Stimme heute noch. So hatte sich Fran das Leben im Busch nicht vorgestellt. Nicht als ein Leben ohne Hank. Aber am letzten Wochenende war er zu Hause gewesen. Und gerade dann war etwas Unvorstellbares, Furchtbares passiert.

»Ich nehme an, dass du bald hierherkommst.« Dana stellte es einfach fest. Sie wusste, dass Tessa wegen triftiger Gründe aus Whatou Lake geflohen war, aber sie wusste auch, dass die Tochter von Kenneth und Martha Griffins ihre Familie nie im Stich lassen würde, wenn es drauf ankam.

Tessa bekam einen trockenen Mund. »Das wird meine Mutter umbringen, Dana.«

»Du musst stark bleiben, mein Mädchen. Wenn du dich ausheulen willst, komm zu mir.«

Am liebsten hätte sich Tessa in diesem Moment völlig fallen lassen. Schnell sagte sie: »Ich ruf dich wieder an, wenn ich dort bin.«

Sekundenlang rauschte es leise am anderen Ende.

Tessa hörte nur noch den Satz: »Warte nicht, bis es zu spät ist.«

3

VOR ZWANZIG JAHREN

Nach zwei Stunden Fußmarsch traten sie aus dem dunklen Regenwald in die Helligkeit. Tessa musste die Augen zusammenkneifen. Ihre Eltern wussten nicht, wo sie sich aufhielt. Und mit wem sie zusammen war. Das würde Schelte setzen. Oder Schlimmeres. Schließlich war sie erst fünfzehn.

Aber in diesem Moment war das Tessa egal. Sie war glücklich, mit Tsaytis Chelin allein an diesem Ort zu sein. Der Strand dehnte sich als weißes Halbrund vor ihnen aus, wie ein Mond, der sich schlafen legte.

Whitesand Bay.

Wellen rollten auf dem flachen, sandigen Strand aus, ihre Kronen glitzerten im Sonnenlicht. Auf der rechten Seite fielen kantige Felsstufen terrassenartig in den Nordpazifik ab. Tessa entdeckte drei Robben auf den besonnten Steinen. Ihr Blick wanderte zur gegenüberliegenden Seite, wo ein Bach ins Meer mündete. Von ihrem Vater wusste sie, dass hier die Grizzlys auftauchten, wenn die Lachse in Wasserkuhlen im Schutz herunterhängender Äste laichten. Aber das war im September, nicht im Juni. Sie hatten nichts zu fürchten, redete sie sich ein.

Sie ging langsam auf den Sandstrand zu, um die sonnenbadenden Robben nicht zu vertreiben. Tsaytis folgte ihr schweigend.

In der Nähe befand sich der geweihte Bestattungsort für die Vorfahren der Sitklat`l. Die Geister der Toten, das hatte ihr Tsaytis erzählt, hielten sich immer noch bei den alten Gräbern auf.

Sie setzten sich auf den warmen Sand, tranken Ginger Ale und bissen in die belegten Brote, die sie mitgebracht hatten.

»Gut zum Fischen hier«, sagte Tsaytis. »Eine geschützte Bucht. Gut für Boote.« Sein schwarzes Haar glänzte in der Sonne. Tsaytis war genauso alt wie sie. Es gab so vieles, das sie an ihm mochte. Zum Beispiel den leichten Akzent, wenn er Englisch redete, eine Färbung seiner indianischen Muttersprache, ein merkliches Verweilen auf den Konsonanten.

Sie mochte die Art, wie er sich bewegte, elastisch wie ein Berglöwe, und sie mochte sogar, dass er fast nie lächelte, nur den Blick prüfend schweifen ließ. Sie mochte das Bernsteinglitzern in den schwarzen Augen, die klar gezeichneten Lippen, die Konturen seines dunklen Gesichts. Eine Welle des schulterlangen schwarzen Haars fiel ihm in die Stirn. Vor allem gefiel ihr, dass er ein bisschen ihr gehörte.

Ihre Eltern hatten Tsaytis für ein halbes Jahr aufgenommen. Die Schule im Reservat der Sitklat`l auf der Insel Telt-shaa war abgebrannt und musste neu aufgebaut werden. Die älteren Schüler kamen nach Whatou Lake, weil sie die Schlussexamen für die weiterführenden Schulen schaffen mussten. Tsaytis' Vater, Chief Doug Chelin, kannte Tessas Vater, den Dorfarzt Kenneth Griffins, gut. So war der Häuptlingssohn bei der Familie Griffins untergekommen. Tsaytis besuchte dieselbe Klasse wie Tessa, und schon bald wich sie ihm nicht mehr von der Seite. Dass sie von ihren Mitschülerinnen geneckt wurde, ignorierte sie.

Mehr ärgerte Tessa Jenny Doles Interesse an Tsaytis.

Jenny war das hübscheste Mädchen in der Klasse, der modische Trendsetter, die *Princess* beim jährlichen Dorfumzug von Whatou Lake. Sie war auch der Star der örtlichen Cheerleader-Gruppe. Ihr Haar glänzte weißblond, ihre blauen Augen umkränzten lange Wimpern, die sie als Erste mit Mascara tuschte. Dazu hatte sie Beine, so lang und schlank wie Eishockeyschläger.

Jenny war nicht dumm, aber ihre Ambitionen lebte sie nicht in der Schule, sondern in der Sportarena und dem Tanzclub aus.

Und in Konkurrenzkämpfen mit Tessa.

4

Die Twin Otter dröhnte wie ein vorsintflutlicher Bagger.

Tessa hatte fast vergessen, wie laut diese Maschinen waren. Sie bedauerte, ihre Ohrstöpsel nicht im Handgepäck dabeizuhaben. Neben ihr schnarchte ein Minenarbeiter, der Verwandte in Salmon Arm besucht hatte. Er war an diesem Morgen noch früher aufgestanden als sie, wie er ihr anvertraut hatte.

Der Morgennebel lichtete sich über der Bergkette unter ihnen, massige Steinkolosse entlang der Küste, an denen sich oft Regenwolken stauten und aufbrachen wie überreife Pusteln. Die Twin Otter überflog Fjorde und kleine vorgelagerte Inseln. Der Nordpazifik schimmerte in der Farbe von mattem Stahl. Das kleine Flugzeug verlor an Höhe. Durch das Fenster konnte Tessa Meeresarme und Buchten erkennen. Ein steiniger Strand kam in Sicht, der in hellen Sand überging. Dahinter leuchtete ein grüner Streifen, der sich von dunklen Tannen abhob. Whitesand Bay. Der Anblick nahm Tessa den Atem. All die Jahre hatte sie versucht, diesen Unglücksort zu verdrängen. Aber jetzt war alles mit einem Schlag wieder da.

Die Schreie. Gellende Laute der Todesangst.

Dann die schreckliche Stille.

Nach jenem Nachmittag war sie nie wieder nach Whitesand

Bay gegangen. Wollte sie den verwünschten Ort nie mehr sehen. Jetzt konnte sie die Augen nicht abwenden.

Etwas Helles leuchtete im Morgenlicht. Ein großes weißes Kreuz.

Darauf stand in schwarzen Buchstaben ein Name, der für immer in ihr Gedächtnis eingebrannt war.

Jenny Dole.

Der junge Mann neben ihr rührte sich. Er rieb sich die Augen. »Sind wir schon da?«

»Wir können es nicht mehr verhindern«, erwiderte Tessa.

Ihr Vater stand mit verschränkten Armen am Rand des Rollfelds, was Normalsterblichen verboten war. Kenneth Griffins durfte sich vieles erlauben, weil er so lange der angesehene und einzige Arzt von Whatou Lake gewesen war.

Er breitete die Arme aus, als sie auf ihn zulief. Sie ließ sich hineinfallen und verstand in diesem Moment nicht, warum sie immer wieder mit einem Besuch gewartet hatte.

»Ich bin so froh, dass du hier bist«, sagte ihr Vater mit erstickter Stimme.

Tessa sah in sein Gesicht und erkannte instinktiv, dass es fortan an ihr liegen würde, ihn zu umarmen und zu trösten. Er sah wie ein gebrochener Mann aus. Sie spürte einen heftigen Stich in der Brust. Das war erst der Anfang. Um ihre Tränen zu verdrängen, schlug sie einen nüchternen Ton an.

»Komm, wir holen mein Gepäck und fahren schnell nach Hause.«

Im kleinen Flughafengebäude zog sie bereits neugierige Blicke auf sich. Die Kunde von ihrer Ankunft würde sich wie ein Lauffeuer verbreiten. Sie steuerte an den wenigen Menschen vorbei auf den Ausgang zu, ohne Augenkontakt zu irgendjemandem herzustellen. Draußen wartete der Geländewagen ihres Vaters, ein weinroter Nissan Pathfinder.

»Soll ich fahren?«, bot sie ihm an, und zu ihrem Erstaunen war er einverstanden.

Die rund dreihundert Häuser von Whatou Lake drängten sich in einem unregelmäßigen Oval auf dem flachen Landstreifen, den ein Gletscher vor Zehntausenden von Jahren zwischen hohen Bergen hinterlassen hatte. Das zwei Kilometer breite Tal verlängerte sich ins Landesinnere und wurde dort noch schmaler. Kenneth Griffins zog es vor, außerhalb der Siedlung zu wohnen. Aber die meisten Bewohner von Whatou Lake wählten ein Leben in der Nähe von Nachbarn, als suchten sie angesichts der alles dominierenden Berge Schutz beieinander.

Tessa lenkte den Pathfinder auf eine Brücke und zur gegenüberliegenden Seite des Flusses, der sich kilometerweit durch das Tal schlängelte und dann in den Pazifik ergoss.

Als sie auf die Hauptstraße von Whatou Lake einbog, murmelte ihr Vater: »Ich muss sie heute irgendwann identifizieren.«

»Du meinst ...« Sie wich einem alten Pick-up aus, der ohne Signal abgezweigt war.

»Die Leichen«, sagte ihr Vater. »Sie sind jetzt im Krankenhaus.«

»Wer hat ...«

»Man hat Doktor Fletcher genommen.« Ihr Vater zerrte am Sicherheitsgurt. »Er ist sicher völlig überfordert.«

»Dad, das ist nicht fair. Doktor Fletcher ...«

»Heute soll eine Gerichtsmedizinerin aus Vancouver eingeflogen werden. Und einige RCMP-Leute. Ein Sergeant führt die Untersuchung.«

»Das ist normal, Dad. Es handelt sich um eine außerordentliche Polizeiuntersuchung.«

Ein großer Fall.

»Fran hat nichts mit den ... sie hat nichts damit zu tun. Jetzt gehen schon Gerüchte herum, wie die Geier ...«

Tessa musste abrupt bremsen. Eine Ampel. Vor zwei Jahren gab es die noch nicht. Abgesehen davon hatte sich Whatou Lake nicht viel verändert, wie sie vom Auto aus sehen konnte. Zwei Kirchen, eine Bankfiliale, ein Waschsalon, ein *Tim-Hortons*-Schnellimbiss, ein Pub, ein Supermarkt und ein Baumarkt, eine Tankstelle, in der sich auch das Postamt befand, eine Klinik und ein Leichenbestatter. Einige der Zweckbauten entlang der Hauptstraße zeigten sich mit neuen bunten Aluminiumfassaden. Farbe war in Whatou Lake eingezogen. Tessa entdeckte ein neues Geschäft, einen Blumenladen. Ausgerechnet.

Und jetzt war ein blutiges Verbrechen geschehen.

»Wird nach Fran gesucht?«, fragte Tessa.

»Ja. Es kam sogar im Fernsehen. Ein Aufruf an die Öffentlichkeit. Wir mussten der Polizei ein Foto zur Verfügung stellen.«

Sie fuhren an der Polizeistation vorbei, die merkwürdig verlassen wirkte. Nicht einmal ein Dienstwagen stand davor. Sie widerstand der Versuchung, anzuhalten und in den Posten zu stürmen.

»Martha versucht es mir auszureden.«

Sie wandte den Blick zum Beifahrersitz. »Was auszureden?«

»Dass ich die Leichen persönlich identifiziere.«

»Willst du«, begann sie aus einem Impuls heraus, »willst du, dass ich sie an deiner Stelle identifiziere?«

Er schüttelte entschlossen den Kopf. »Ich will die Wunden sehen, ich will sehen, was ihnen angetan wurde. Das kann mir niemand verwehren.«

Der Zustand ihres Vaters erschreckte sie. Nie hatte sie ihn so aufgewühlt gesehen. Als Arzt verlor er sonst nie die Fassung. Sie wollte ihm sagen, dass sie froh war, dass man eine Gerichtsmedizinerin von außen hinzuzog. Sie sah darin ein Zeichen, dass die Sache ernst genommen wurde. Whatou Lake besaß nicht das nötige Personal für ein solches Verbrechen.

Sie hätte ihrem Vater viele Fragen stellen wollen. Was ist geschehen? Wer könnte das getan haben? Was ist in den vergangenen Wochen vorgefallen? Warum Hank, warum die Kinder? Und wo kann sich Fran aufhalten? Aber sie fürchtete, sich nicht mehr aufs Fahren konzentrieren zu können.

Sie ließen die letzten Häuser von Whatou Lake hinter sich. Das Tal, in dem das Dorf lag, war nichts weiter als eine breite Schneise in einem Meer von Wald, der auch die Berghänge weit hinauf überwucherte. Tausende Quadratkilometer Urwald rundherum.

Der Saum dieses grünen Meeres kroch an die gerodeten Felder auf der Ebene heran, als wollte er sie gleich wieder verschlingen.

Whatou Lake war bekannt für den dritthöchsten Wasserfall Kanadas und die vielen Grizzlybären in der Umgebung. Für die Menschen in diesem Tal war nie ganz klar, ob der Wald ihr Schutz war oder ein übermächtiger Feind, gegen den sie ihren kleinen bewohnten Flecken Erde verteidigen mussten. Die Sitklat`l dagegen sahen den Küstenregenwald als ihr Universum, von dessen Innenleben die weißen Siedler keine Ahnung hatten. Geister wohnten darin und lebendige Mächte mit lebenswichtigen Funktionen.

Nach drei Kilometern bog Tessa auf die Schotterstraße ein, die auf eine sanfte Kuppe und zu ihrem Elternhaus führte. Schneeflecken lagen immer noch auf den Grasfeldern, obwohl es Juni war. In Vancouver gingen die Menschen bereits im Pazifik schwimmen. Auch Tessa hatte sich vor drei Wochen in den Ozean gestürzt. Sie war eine starke Schwimmerin, hatte sich schon als Teenager für überregionale Wettkämpfe qualifiziert. »Mein Wildfang«, hatte ihre Mutter sie liebevoll genannt, allerdings mit einem besorgten Unterton. Stets hatte sie ihr vorgeworfen, sie wüsste nie, was ihre lebhafte Tochter als Nächstes aushecken würde.

Ein imposantes Blockhaus tauchte vor ihnen auf, rund fünfzig Meter vom Waldrand entfernt. Kenneth Griffins hatte es vor drei Jahrzehnten von einem örtlichen Unternehmer gekauft, dessen Frau den rustikalen Baustil nicht mehr mochte.

»Willkommen zu Hause«, sagte er.

In Tessa zog sich alles zusammen. Zwei Jahre war sie nicht mehr hier gewesen, und nichts hatte sich verändert. Mutters bemalte Holzskulpturen schmückten immer noch die breite Terrasse auf der Südseite, und der massive Steinkamin stach wie ein Wahrzeichen in den Himmel. Auf der rechten Seite führte eine überdachte Treppe zur Haustür. Im Gras stak ein lackiertes Holzschild mit einem eingravierten Elch, neben ihm der Schriftzug *Die Familie Griffins*.

Tessa hielt den Wagen an und stieg aus. Eine schmale, drahtige Gestalt kam aus dem Haus geeilt. Eine Welle der Zärtlichkeit überschwemmte Tessa. Wortlos drückte sie ihre Mutter an sich und wollte sie nicht mehr loslassen. Der Kloß in ihrem Hals wurde größer.

Jemand rief: »Kann ich mit dem Gepäck helfen?« Eine Frauenstimme. Tessa erkannte sie sofort.

Ihre Mutter löste sich aus der Umarmung. Ihr Gesicht war feucht von Tränen. »Savanah ist hier.«

Tessa sagte nichts, aber ihre Mutter wusste gleich, dass es Tessa nicht behagte. »Sie kocht für uns und kauft auch ein«, raunte sie ihrer Tochter zu.

»Das ist gut«, erwiderte Tessa.

Savanah war wie Fran als Pflegekind in die Familie aufgenommen worden. Von dem Dutzend Zöglingen, für die Martha Griffins im Laufe der Jahre die Ersatzmutter gewesen war, mochte Tessa Savanah am wenigsten. Savanah war ein besitzergreifendes Kind gewesen, das sich an Martha Griffins klammerte und die anderen ständig verpetzte. Das traf vor allem Tessa, die ihr das nie verzieh. Tessa war nachtragend, was sie nicht zu verbergen suchte.

Savanah näherte sich. »Hallo Tessa.«

»Hallo Savanah«, grüßte Tessa, so höflich sie konnte.

»Du siehst so … anders aus.« Savanah verzog das Gesicht.

Tessa verstand sofort, was sie meinte. Ihr neuer, leicht asymmetrischer Haarschnitt und die rötliche Tönung. Gewagt und modern. Sie hatte sich auch die Ohrläppchen durchstechen lassen und trug nun winzige glitzernde Diamanten. Ihre haselnussbraunen Augen betonte sie mit schwarzem Eyeliner.

Savanah, zwei Jahre jünger als Tessa und ein Jahr jünger als Fran, hatte sich schon früh wild geschminkt und skandalöse Tanktops und Miniröcke getragen. In Tessas Erinnerung hatte ihre Mutter bei Savanah immer beide Augen zugedrückt.

»Geh'n wir doch hinein«, fuhr Kenneth Griffins dazwischen, bevor Savanah mit Bemerkungen größeren Schaden anrichten konnte. Er stieg mit Tessas Koffer in der Hand die Treppe zum Eingang hoch und stellte das Gepäck im Korridor ab.

Tessa betrat die helle Wohnküche mit dem überlangen Holztisch, an dem es Platz für sechzehn Personen gab. Eine gläserne Schiebetür trennte die Küche vom rustikalen Salon, der sich bis zum Dach hinauf ausdehnte. Obwohl sich darin ein großer Holzkamin befand und die überdimensionalen Fenster den Blick auf die Wälder und Küstenberge freigaben, saßen die Griffins nur selten in den samtenen Sofas und Polstersesseln. Sie versammelten sich fast immer in der gemütlichen Küche am langen Tisch.

Im Vergleich zu ihrer kleinen Wohnung in Vancouver kam Tessa alles riesig vor. Dieses Haus war für eine große Familie und viele Gäste gebaut worden.

Von einem Topf auf dem Herd wehte Gulaschgeruch durch die Küche. Das musste sie Savanah lassen, sie hatte schon immer gut gekocht. Aber wie konnte jemand an diesem Morgen ans Essen denken? Savanah lehnte sich an die Anrichte. Tessa setzte sich möglichst weit von ihr weg an den Tisch.

Ihre Mutter stellte eine Tasse Kaffee vor sie hin. »Du hast sicher nur wenig geschlafen«, sagte sie und nahm neben ihr Platz. »Ich habe kein Auge zugemacht.« Tessa griff nach ihrer Hand. Das Gesicht ihrer Mutter erschien ihr aufgedunsen. Vielleicht wegen der Tränen. Sie färbte ihr gewelltes Haar immer noch braun wie früher und trug eine gemusterte Hemdbluse über den Bluejeans. Sie sah Tessa mit geröteten Augen an. »Hoffentlich bekommst du keine Probleme, wenn du so schnell aus dem Büro weggegangen bist.« Sie sprach langsam und wirkte wie weggetreten. Dad musste ihr ein Beruhigungsmittel gegeben haben.

»Das ist das kleinste der Probleme«, versicherte Tessa. »Ich bin da, um zu helfen.«

Sie rührte den Kaffee kaum an. Koffein vermied sie schon seit Jahren. In Vancouver hatte sie auch mit Meditieren angefangen. Es half ihr, über stressige Zeiten hinwegzukommen. Aber das erzählte sie ihren Eltern nicht, die auf starken Kaffee und Gartenarbeit schworen. Und auf Pillen, wenn es schlimm wurde.

Mom drückte ihre Hand unter dem Tisch. »Ich sorge mich um Ken«, flüsterte sie. »Er ist wie vom Schlag getroffen vor Angst.«

Sie konnten seine Stimme im oberen Stockwerk hören. Er schien mit jemandem zu telefonieren.

Tessa wollte keine Zeit verlieren. »Ich hab ihn gefragt, ob die Polizei oder sonst jemand nach Fran sucht, aber er gab mir keine klare Antwort.«

Ihre Mutter seufzte. »Frans Haus und die Umgebung sind abgesperrt, weil die Polizei dort ist. Niemand darf da hin.«

»Man muss doch so schnell wie möglich …«

»Lionel will die Suche mit Freiwilligen organisieren«, unterbrach Savanah. Sie hielt ein Handy in den Fingern. »Aber die Polizei will, dass er damit wartet.«

Tessa schüttelte den Kopf. »Ich versteh das nicht. Die ersten vierundzwanzig Stunden sind immer die wichtigsten, man darf keine Zeit verlieren.«

Martha Griffins mischte sich ein. »Kind, wo sollen die denn suchen? Im Busch? Da verirrt man sich doch. Ohne Gewehr sollte da niemand hingehen.«

»Ein Bild von Fran im Fernsehen ist nicht genug … man muss auch auf Facebook und Twitter aktiv werden, eine Webseite starten.« Tessa fühlte ihren Blutpegel steigen. Sie sah um sich, ungeduldig, sie wollte etwas unternehmen.

Wo war ihr Vater? Seine Stimme war verstummt.

Tessa stand auf und murmelte »Ich komm gleich wieder.«

Sie eilte die Treppe hoch ins Obergeschoss und steuerte auf das Büro ihres Vaters zu. Er saß am Schreibtisch, die Arme aufgestützt, die Hände an den Schläfen.

Tessa blieb in der Tür stehen. »Dad?«

Er fuhr herum. »Schließ die Tür, aber leise«, flüsterte er. Tessa gehorchte. Er fuhr sich mit der Hand durchs dichte weiße Haar. »Die Polizei will uns befragen. Uns alle. Ich kann das nicht zulassen.«

»Aber Dad – du hast keine Wahl. Du kannst einen Anwalt dabei …«

»Das dürfen wir Martha nicht antun. Sie wird das nicht überstehen.«

Tessa beugte sich über ihn und legte ihm eine Hand auf die

Schulter. Sie sagte so sanft wie möglich: »Es geht um Fran, Dad. Die Polizei muss alles tun, um Fran zu finden. Und den Mörder.«

Ihr Einwand traf auf taube Ohren.

»Ich werde dafür sorgen, dass Martha von einem Arzt als nicht vernehmungsfähig erklärt wird.«

Tessa setzte sich auf einen Stuhl neben dem Schreibtisch und lehnte sich vor. »Frag Mom zuerst, was sie will. Vielleicht möchte sie der Polizei helfen.«

Ihr Vater wandte den Kopf ab. »Du verstehst nicht, Tessa. Du warst zu lange weg.«

»Was hat das mit Fran zu tun?« Sie sprach eindringlicher. »Dad, jemand hat Clyde, Kayley und Breena getötet. Und Hank ist auch tot. Wir müssen alles tun, um Fran zu finden. Sie lebt sicher noch …«

»Alle denken doch, sie war´s. Dass Fran ihre eigene Familie ermordet hat. Und weißt du, warum? Weil sie nicht wollen, dass Hank als Mörder verdächtigt wird.«

Darum ging es also. Tessa fühlte Ärger aufsteigen. Es ging nicht um die Polizei. Es ging um Hanks Vater. Um Harrison Miller, den Bürgermeister von Whatou Lake. Kenneth Griffins´ Erzfeind.

Sie versuchte, ruhig zu bleiben. »Sie schicken Verstärkung aus Vancouver. Das hast du mir selbst gesagt. Die Polizei steckt nicht mit Harrison Miller unter einer Decke.«

Dass nun alte Feindseligkeiten aufflammten, hatte ihnen gerade noch gefehlt. Harrison Miller und seine Frau hatten versucht, die Heirat ihres ältesten Sohnes Hank mit Fran zu verhindern. Fran war ihnen nicht gut genug gewesen. Und Hanks Mutter hatte erzürnt, dass das Paar auf einer Farm im Busch leben wollte. Wie sollte sie da die Enkel sehen können, hatte sie sich lautstark beklagt. Und das Gezetere ging erneut los, als Fran beschloss, ihre Kinder selbst zu schulen.

»Ich glaube, wir sollten …«, begann Tessa, doch da hörte sie ihr Handy summen. Sie schaute aufs Display. Eine Nummer aus Vancouver.

Sie drückte die Antworttaste.

»Sergeant Ron Halprin von der RCMP. Spreche ich mit Tessa Griffins?«

»Ja, das bin ich.«

»Wo befinden Sie sich jetzt gerade?«

»In meinem Elternhaus in Whatou Lake.«

»Sehr gut. Können Sie auf den Polizeiposten in Whatou Lake kommen? Ich möchte mit Ihnen sprechen.«

»Ja, natürlich. Wann?«

»Geht es um ein Uhr?«

»Ja.«

»Gut, wir sehen uns hier.«

Als sie aufschaute, begegnete sie dem Blick ihres Vaters.

»Das war die Polizei, nicht wahr?«

Sie nickte.

Ihr Vater spielte mit einer Büroklammer. »Die Leute von der RCMP haben schon früher angerufen. Ich sagte ihnen, dass wir nicht mit ihnen sprechen wollen, und dass du ihnen erklären wirst, warum.«

Sie legte ihm die Hand auf den Arm. »Grundsätzlich halte ich es für besser, mit der Polizei zusammenzuarbeiten. Wir wollen nicht den Eindruck erwecken, dass wir etwas verheimlichen.«

Ihr Vater stand so abrupt auf, dass sie zusammenzuckte.

»Verheimlichen? Es gibt nichts zu verheimlichen! Wir sind die Opfer eines Verbrechens geworden. Fran war wie eine Tochter für uns.«

War wie eine Tochter für uns? Warum sprach ihr Vater in der Vergangenheit?

Tessa ließ ihr Handy in die Jackentasche rutschen. Sie hatte mit vielem gerechnet, aber nicht mit einem störrischen Vater. Vielleicht tat sie ihm unrecht. Ihre Eltern standen unter einem gewaltigen Schock. Wie sie auch.

Sie umarmte ihn schweigend. Von unten hörten sie Rufe.

Tessa öffnete die Tür.

Savanah stand am Treppenabsatz. »Hubschrauber in der Luft. Die suchen sicher nach Fran.«

Tessa fühlte eine Spur von Erleichterung. Wenigstens etwas bewegte sich.

Aber als sie die Treppe hinunterstieg und ihre Mutter am Tisch sitzen sah, setzte sich ein Gedanke fest, der aus dem Nichts zu kommen schien.

Fran konnte leicht irgendwo sein, wo kein Hubschrauber sie finden würde.

5

VOR ZWANZIG JAHREN

Jenny wäre die unangefochtene Königin in der High School gewesen, hätte ihr Tessa nicht einen Strich durch die Rechnung gemacht. Als Tochter des allseits respektierten Arztes besaß sie einen Status, der sie fast unantastbar machte. Mit dem Mann, der Leben retten konnte, wollte es sich niemand verscherzen. Und mit seiner Tochter auch nicht. Außerdem gewann Tessa alle Laufwettbewerbe der Frauen an der Schule. Das imponierte den Jungs.

Aber es gab etwas, das Jenny ihrer Rivalin wegnehmen konnte. Den Sohn des Häuptlings der Sitklat`l.

Nur über meine Leiche, dachte Tessa und fühlte sich sehr sicher.

Besonders an einem Tag wie diesem.

Sie sah aufs Wasser hinaus. »Warum leben die Sitklat`l nicht hier an der Küste, sondern auf einer Insel?«, fragte sie.

Tsaytis bohrte die Fersen seiner Turnschuhe in den Sand. »Vielleicht war es zu gefährlich. Früher, vor langer, langer Zeit, kamen die Soohinta ständig mit ihren Kanus herunter und führten Krieg mit den Menschen, die an der Küste lebten. Sie nahmen viele unserer Frauen und Männer gefangen. Sie mussten den Soohinta dienen und für sie arbeiten.«

»Wie Sklaven?« Im Geschichtsunterricht waren sie gerade bei

den Sklaven aus Afrika angelangt, die nach Amerika verschleppt worden waren.

»Ja, genauso.« Tsaytis kaute an einem Sandwich und erklärte mit vollem Mund: »Mein Vater sagt, rund um Telt-shaa Island sei das Fischen schon immer fantastisch gewesen. Wahrscheinlich dachten meine Vorfahren, es sei leichter, gleich dort zu siedeln.«

»Cool. Woher weißt du das alles? Eure Leute haben doch nichts von früher aufgeschrieben.«

»Unsere Vorfahren erzählten die Geschichten mündlich weiter. Wir sind sehr gut im Erinnern von Geschichten. Wir vergessen nichts.« Tsaytis' Stimme klang stolz.

Tessa wurde ganz aufgeregt. »Vielleicht haben deine Vorfahren hier an dieser Bucht gelebt, bevor sie nach Telt-shaa Island zogen. Vielleicht finden wir Dinge, die sie hier zurückließen.«

Eine halbe Stunde lang suchten sie den Strand und das Gebüsch am Waldrand ab, fanden aber nichts.

Plötzlich nahm Tessa aus den Augenwinkeln einen dunklen Schatten war. Sie schnellte herum.

Ein Grizzly.

Tsaytis packte sie am Arm.

Der Bär kam näher.

»Schnell, auf einen Baum!«, stieß Tsaytis hervor. Er lief in den Wald, sie dicht hinter ihm. Tessa erklomm eine Zeder, so hoch wie sie konnte.

Tsaytis blieb zögernd unten stehen.

»Klettern, du musst klettern!«, rief sie ihm zu. Tessa konnte nicht verstehen, worauf er wartete.

Sie sah zu ihrem Entsetzen, wie der Grizzly in seine Richtung gerannt kam.

Tsaytis hangelte sich behände einen benachbarten Baum hoch.

Ihre Position gab ihnen eine trügerische Sicherheit. Grizzlys konnten sehr gut klettern, das wusste Tessa.

Der Bär hing noch eine Weile in ihrer Nähe herum, es mochten Minuten sein, aber Tessa kam es wie eine Ewigkeit vor. Dann trollte er sich.

Tessa klammerte sich so heftig an den Ast, auf dem sie saß, dass sie den Griff fast nicht lösen konnte. Die Angst lähmte sie.

Von Tsaytis hörte sie keinen Ton. Sie hätte nicht sagen können, wie viel Zeit verstrich, bis sie seine Stimme hörte.

Sie schaute nach unten. Dort stand er. Sein Gesicht hatte den Ausdruck eines gehetzten Wildes.

»Komm runter. Wir müssen schnell von hier weg.«

»Wo ist der Bär?« fragte sie mit heiserer Stimme. Er zeigte auf die andere Seite der Bucht. »Dort drüben ist er verschwunden.«

Das war ihre Chance. Sie glitt von der Zeder hinunter. Verzweifelt suchten sie den Durchlass im Gebüsch, wo der Pfad nach Whatou Lake zurückführte.

Gerade als sie in den Wald drangen, hörten sie etwas, das ihnen durch Mark und Bein fuhr.

Ein furchterregendes, schrilles Heulen. Wie die Schreckenslaute eines Tieres im Todeskampf.

Das Geräusch brechender Knochen, so klar zu hören.

So nahe.

Sie mussten es nicht aussprechen. So schrie keine Robbe. Auch kein Reh.

Sie blieben sekundenlang stehen, sahen sich an. Die Schreie verstummten nicht sofort. Sie ebbten grauenvolle Atemzüge lang nach.

Die jähe Stille danach war entsetzlich.

Panische Angst trieb sie vorwärts. Sie rannten den Pfad entlang, so schnell sie konnten. Sie rannten die ganze Strecke bis Whatou Lake.

Erst am nächsten Tag erfuhren sie, welches Opfer der Grizzly in der Whitesand Bay erlegt hatte.

Es war Jenny Dole.

Man fand erst das Quad, mit dem Jenny nach Whitesand Bay gefahren war.

Stunden später entdeckten Männer die Reste ihrer zerfetzten und halb eingegrabenen Leiche.

6

»Ich will die Kinder sehen.« Martha Griffins ließ den Satz in die Stille der Küche fallen.

Tessa saß neben ihr und aß Frühstücksflocken, in die sie einen Apfel geraffelt hatte. Sie war entschlossen, sich zum Essen zu zwingen, um die kommenden Tage zu überstehen. Aber jetzt ließ sie den Löffel sinken.

»Mom, du willst sie doch anders in Erinnerung behalten als …«

»Nein, ich und Tessa gehen da hin. Das musst du dir nicht antun.« Kenneth Griffins sprach von der Tür her, wo er stehen geblieben war, als müsste er jemandem den Fluchtweg abschneiden.

Ihre Mutter schaute nicht zu ihm hin, ihr Blick war auf Tessa gerichtet.

»Ich wollte nie, dass sie so allein in der Wildnis lebt. Hank ist die ganze Zeit weg. Ich sagte ihr immer, wenn etwas passiert, was machst du dann? Das ist nicht gut für die Kinder.« Sie atmete schniefend, als ob sie erkältet wäre. »Ich hab sie ja nur noch selten gesehen. Fast den ganzen Winter sah ich sie nicht. Im April waren sie zum letzten Mal hier. Fran hat die Kinder bei mir gelassen. Sie musste zum Zahnarzt.« Sie sprach unter Schluchzern. »Breena trug ihre neuen bunten Gummistiefel, die ich ihr zum Geburtstag geschenkt habe. Kayley wollte immer meine Hand halten. Sie ist noch so klein und süß. Ich hätte sie am liebsten bei mir behalten. Und Clyde, er wächst ja so schnell, er gleicht immer mehr seinem Opa …« Tränen liefen ihr über die Wangen. Sie redete von den Kindern, als ob sie noch lebten. Auch Tessas Kehle schnürte sich zu. Bevor sie reagieren konnte, legte Savanah bereits die Arme um Martha Griffins.

Zu Tessas Trauer um Breena, Clyde und Kayley gesellte sich nun eine andere Traurigkeit, die Tessa längst begraben glaubte: das Gefühl, ihre Eltern nie für sich allein zu haben.

Sie hätte das einzige Kind von Martha und Kenneth Griffins sein können. Aber das war ihrer Mutter nicht genug. Martha öffnete ihre Arme und ihr Herz für andere Kinder, die eins ums andere in das große Blockhaus am Waldrand einzogen.

»Es ist Zeit, du musst los, Tessa«, sagte ihr Vater. »Savanah kann dich in die Stadt bringen. Ich hol dich dort ab, und dann gehen wir zusammen zum Krankenhaus.«

Tessa schob die Schale mit den übrig gebliebenen Getreideflocken zurück.

»Kann ich nicht deinen Wagen nehmen und ich komme hierher zurück und hol dich ab?«

Ihr Vater wollte nichts davon wissen. Er brauchte den Pathfinder.

Savanah zog sich eine abgewetzte Jeansjacke über ein viel zu enges pinkiges Oberteil, das mit Glitzersteinchen übersät war.

Tessa küsste das nasse Gesicht ihrer Mutter. »Ich werde den Kindern sagen, wie sehr du sie liebst«, flüsterte sie ihr ins Ohr.

Martha Griffins umschlang sie mit beiden Armen. »Ich hoffe, Fran hat nichts Schlimmes getan«, flüsterte sie zurück.

Tessa erstarrte. Sie befreite sich aus der Umarmung und sah ihrer Mutter in die Augen. Sie las Verzweiflung darin. Und Angst. Tessa verwünschte den Umstand, dass sie nicht sofort mit ihrer Mutter allein sprechen konnte. Sie fasste sie sanft an den Schultern.

»Ich bin in einigen Stunden wieder da, Mom. Ich geh nicht weg.«

Martha Griffins nickte und wischte sich die Tränen weg. Auch jetzt vermied sie den Blick zu ihrem Mann.

»Du siehst wirklich ganz anders aus, mehr wie eine Stadtschnalle«, bemerkte Savanah, als sie die Feldstraße hinunterrollten.

Tessa verbot es sich, die Augen zu verdrehen. Sie bemerkte, wie der Sicherheitsgurt Savanahs vollen Busen platt drückte. »Danke für das Kompliment. Ich hab dich auch noch nie als unechte Blondine gesehen.«

Savanah entging der ironische Unterton. »Ich finde, blond steht mir so viel besser. Aber mir gefällt auch dein rotes Haar.«

Tessa bemerkte die schwarzen Wurzeln auf Savanahs Scheitel und roch ihr starkes Parfüm. In ihrem Büro durfte keine Mitarbeiterin einen Duft tragen. Vorschrift der Firma. In Vancouver wurde überall Rücksicht auf allergische Kunden genommen. Aber solche Sitten waren noch nicht bis nach Whatou Lake gedrungen.

Sie sah zum Seitenfenster hinaus. Der blasse Himmel legte einen grauen Schleier über die Berge und das Tal. Weiter unten stieß sich ein Weißkopfadler von einem Ast ab und flog aus ihrem Blickfeld. Wo immer sie hinsah, dehnte sich ein grüner Waldteppich aus. Ein natürliches Labyrinth. Nie war ihr mehr bewusst als jetzt, wie leicht ein Mensch in dieser Umgebung verschwinden konnte.

Alles war so unwirklich. Sie konnte nicht glauben, dass sie mit Savanah über Haarfarben sprach, während sie auf dem Weg zur Leichenhalle war. Aber sie musste sich bemühen, freundlich zu sein. Sie brauchte Savanah auf ihrer Seite.

»Wo arbeitest du noch mal?«, fragte sie.

»In der neuen Kinderkrippe am Elmo Drive. Drei Tage die Woche.« Sie sah Tessa von der Seite an. »Hast du immer noch denselben Freund? Den Tennisspieler?«

»Nein. Und er spielt nicht Tennis, er ist ein Squash-Profi.« Mom musste Savanah von ihm erzählt haben.

»Ich hab mich auch von Abe getrennt. Der hat sein Geld

ständig für neue Schneemaschinen ausgegeben. Der bringt es so nie zu einem Haus.«

Sie erreichten den Highway. Tessa entdeckte plötzlich ein neues Gebäude hinten im Tal. An diesem Ende der Ebene hatte sich Whatou Lake noch nicht ausgebreitet, denn ein Großteil des Bodens gehörte der Regierung von British Columbia. Auf den Grasflächen waren oft Hirsche und Rehe zu sehen. Sie streckte den Arm aus. »Wem gehört das?«

»Das? Ach, du wirst es nicht glauben. Harrison Miller hat das gebaut.«

Tessa konnte ihre Überraschung nicht verbergen. Ausgerechnet hier, in Sichtweite der Griffins, mussten sich Hanks Eltern niederlassen. Kein Wunder, dass sich ihr Vater immer noch vom Bürgermeister provoziert fühlte.

»Du weißt, dass Fran Ende April in Whatou Lake war?«, fragte Savanah.

»Ja, Mom hat es beim Frühstück erzählt.« Tessa merkte, dass ihre Stimme leicht gereizt klang.

Savanah schien es zu überhören. »Offiziell war sie beim Zahnarzt, der alle vier Wochen hierherkommt. Vielleicht war sie da auch. Aber ich hab sie noch woanders gesehen.« Sie legte eine Spannungspause ein, bevor sie fortfuhr: »Sie war bei Pleeke's.«

Pleeke's war das Bestattungsinstitut in Whatou Lake.

Tessa schnaubte. »Was? Und das soll ich dir glauben? Jetzt übertreibst du aber.«

»Du kannst mir glauben oder nicht. Aber ich hab sie dort reingehen sehen.«

Das war wieder Savanah, die Oberpetzerin. Tessa lag eine bissige Bemerkung auf der Zunge, hielt sich aber im letzten Moment zurück. Sie musste alles über Fran erfahren, was möglich war.

»Und was schließt du daraus?«, fragte sie.

»Keine Ahnung. Vielleicht findest du mehr heraus.«

»Weiß Mom davon?«

»Von mir bestimmt nicht.«

»Savanah, du willst mir doch nicht sagen, dass du das Mom nicht brühwarm erzählt hast.«

»Hab ich aber nicht. Fran macht Mom schon genug Sorgen. Aber sie weiß es trotzdem.«

»Was willst du damit sagen? Hat es ihr jemand anders erzählt?«

Savanah sah sie mit schrägem Kopf an. »Ist ja gut möglich, dass jemand anders Fran auch bei Pleeke's gesehen hat.«

Tessa fühlte erneut den dringenden Wunsch, mit ihrer Mutter zu sprechen. Ohne Savanah.

Sie fuhren auf Whatou Lake zu. Auf der rechten Seite vermüllten Wohnmobile die Landschaft. Es waren Notbehausungen für Minenarbeiter, die keine Unterkunft fanden, weil die Bauplanung mit dem Boom nicht mithalten konnte. Und jetzt konnten sich die armen Teufel kein Haus kaufen, weil die Nachfrage nach Zink und Kupfer eingebrochen war und sie nicht wussten, wie lange sie noch Arbeit hatten.

»Wohnst du immer noch an der Willow Road?«

Savanah drückte aufs Gas. »Ja, aber ich schlafe oft bei Mom und Dad. Um ein Uhr musst du beim Polizeiposten sein, nicht wahr? Das schaffen wir leicht.« Erst nach mehreren Sekunden nahm sie den Faden wieder auf. »Mom will mich die ganze Zeit um sich haben.«

»*Deine* Mutter?« Tessa wusste, dass Savanahs leibliche Mutter in Edmonton lebte. Sie hatte Savanah in der Obhut der Griffins zurückgelassen und sich praktisch nie um sie gekümmert.

»Nein, ich meine Martha. Sie sagt, das Haus sei viel zu groß und es wirke so leer.«

Tessa verstummte. Ein Schuldgefühl nagte an ihr, seit sie vor fünf Jahren aus Whatou Lake weggezogen war. Niemand sprach es aus, aber alle dachten es: Tessa Griffins lässt ihre Eltern im Stich.

Ein Schild kam in Sicht: *Whatou Lake nimmt am Wettbewerb um den Titel ‚Sauberste Kleinstadt in Kanada' teil. Hilf mit, unsere Stadt aufzuräumen.*

Tessa spürte, wie sich immer mehr in ihr aufstaute. Und sie

war erst vor einigen Stunden angekommen. Das ahnte Savanah nicht, die unbeirrt weiterredete. »Bist du sicher, dass du mit Dad ins Krankenhaus willst? Du musst nicht hin, Tessa. Es war damals schlimm genug für dich, die Sache mit Jenny Dole ...«

»Hör auf – sofort!«, Tessa fuhr sie so heftig an, dass Savanah einen Schlenker mit dem Auto machte.

»Du meine Güte, ich will dir ja nur helfen, Tessa. Wir sind alle am Ende unserer Nerven, nicht nur du.«

Tessa hätte ihr am liebsten eine geknallt, um ihr das Maul zu stopfen.

Savanah rief: »Ich lad dich hier aus, es ist nicht weit. Ich will kein Polizeiauto seh'n, die haben mir gestern 'nen Strafzettel verpasst.«

Tessa stieg aus und schlug wortlos die Tür zu. Sie schob den Riemen ihrer Tasche über die Schulter und zog den Reißverschluss ihrer Jacke hoch. Als sie aufblickte, sah sie Tsaytis Chelin auf der gegenüberliegenden Straßenseite. Eine heiße Welle durchflutete ihren Körper. Etwas, das wie ein Schlüsselbund aussah, baumelte von seiner Hand. Sie hatte nicht geahnt, dass er sich in Whatou Lake aufhielt. Zum letzten Mal hatte sie ihn vor fünfeinhalb Jahren gesehen. Nun wurde sie schmerzhaft an ihre letzte Konfrontation erinnert. Wenige Monate danach war sie nach Vancouver geflohen.

Sie konnte die Augen nicht von ihm abwenden. Aus jeder Menge hätte er herausgestochen mit seinem glänzenden schwarzen Haar, den gemeißelten Gesichtszügen und dem Feuer in seinen dunklen Augen. Ihre Faszination ging viele Jahre zurück und sie war gegenseitig gewesen. Der Sohn des Stammesvorsitzenden der Sitklat`l hatte die Tochter des Arztes schon als Teenager in sein Herz geschlossen. Dann gab es zwei einschneidende Ereignisse. Sie wurden Zeugen, wie Jenny Dole von einem Grizzly getötet wurde. Das verfolgte die beiden bis in ihre Träume. Und später, als junger Mann, wollte der selbstbewusste Sitklat`l nicht als Vertrauter von Weißen gesehen werden. Er legte sich eine indianische Freundin zu.

Tsaytis Chelin setzte sich in einen schwarzen Pick-up. *Tsaytis,* wollte sie rufen. *Halt!* Zu spät. Der Pick-up bog auf die Straße ein und fuhr davon. Sie kniff frustriert die Augen zu. Diese Gelegenheit, mit ihm über Hank und die Kinder zu reden, hatte sie verpatzt.

In ihrem Ärger über sich wäre sie beinahe am Polizeiposten vorbeigelaufen. Neben ihr hupte jemand laut. Es war Savanah, die auf den Gebäudeeingang zeigte. War sie Tessa im Schritttempo gefolgt? Oder spionierte sie ihr nach, wie sie einst Fran nachspioniert hatte? Savanah musste im Übrigen schon längst herausgefunden haben, was Fran beim Leichenbestatter Pleeke zu erledigen gehabt hatte.

7

Die junge Frau am Tresen sah Tessa mit unverhohlener Neugier an, während sie Ron Halprin, den Sergeant der RCMP, am Telefon kontaktierte. Dann führte sie Tessa die Treppe hoch in die erste Etage und blieb vor einer offenen Tür stehen.

Zwei Männer in Zivil unterhielten sich im Stehen. Einer wandte sich ihr zu, als sie in den Raum trat.

»Tessa Griffins«, stellte sie sich vor. »Sergeant Halprin?«

»Ja, das bin ich«, bestätigte er und stellte ihr den zweiten Beamten vor, einen Constable.

Halprin deutete auf einen Stuhl. »Bitte nehmen Sie Platz.«

Der Constable positionierte sich draußen vor der offenen Tür. Er schien auf seinem Handy zu texten.

Halprin setzte sich hinter den Schreibtisch und lehnte sich zurück, die rechte Hand auf der Stuhllehne, den linken Ellbogen aufgestützt.

Für einen Ermittler aus Vancouver sah der Sergeant ziemlich bodenständig aus, fand Tessa. Er hätte genauso gut ein wohlhabender Rancher aus der kanadischen Prärie sein können. Sein braunes Haar war offenbar auch mit einem guten Haarschnitt und etwas Gel nicht ganz zu bändigen. Die aufgerollten Hemdsärmel entblößten stämmige Unterarme, sein Oberkörper wirkte mehr kompakt als athletisch. Niemand in Whatou Lake würde in Versuchung geraten, den RCMP-Mann aus Vancouver als Stadtpinkel zu bezeichnen.

»Ich möchte Ihnen mein Beileid aussprechen«, begann Halprin und richtete die Augen auf sie. Ihr fiel das intensive Blau der Iris auf. Als ob er skandinavische Vorfahren hätte. »Unsere Leute können sehr gut nachfühlen, was diese Tragödie für Sie und Ihre Familie bedeutet.«

Der Sergeant besaß das Gesicht eines Mannes, der an permanenten Schlafmangel gewöhnt war, aber noch jung genug, dass es seine Erscheinung nicht beeinträchtigte. Im Gegenteil. Tessa schätzte ihn auf Anfang vierzig.

»Danke«, erwiderte sie und versuchte, nicht an die Kinder zu denken. Nur nicht an die Kinder denken. Sie musste stark und professionell bleiben. »Es ist vor allem die Ungewissheit, die auf meiner Familie lastet. Wir wissen nur rudimentär, was passiert ist. Und vor allem sind wir in Panik wegen Fran. Wird nach ihr gesucht, und wenn ja, wo wurde schon gesucht?«

»Sie wissen, dass ich Ihnen nur begrenzt Auskunft geben kann, weil die Untersuchung erst angelaufen ist. Was Fran Miller betrifft, haben wir eine Vermisstenmeldung an die Medien herausgegeben. Wir überwachen die Zufahrtsstraßen und den Flughafen. Wir gehen von Haus zu Haus. Ein Hubschrauber ist im Einsatz. Wir tun, was wir können.« Er lehnte sich vor. Seine Augen verdunkelten sich. »Wir brauchen Ihre Hilfe, deshalb wollte ich Sie gleich treffen. Je mehr wir über Fran und Hank Miller wissen, umso besser.«

Tessa nickte. »Ich helfe Ihnen, so gut ich kann. Ich weiß von meiner Mutter, dass eine Freundin der Familie alle Bekannten und Verwandten angerufen hat. Hanks Bruder Lionel und seine Frau Cindy sind auch aktiv. Aber offenbar weiß niemand etwas. Es ist eine kleine Welt hier. Nachrichten – vor allem schlechte –, verbreiten sich wie ein Lauffeuer. Im Allgemeinen sind die Leute sehr hilfsbereit.«

Er kommentierte ihre Ausführungen nicht, sondern stellte gleich die erste Frage: »Wann und wo haben Sie von den schrecklichen Ereignissen gehört?«

»Gestern Nachmittag. Mein Vater rief mich an. Ich lebe seit fünf Jahren in Vancouver. Ich hab dort früher auch studiert. Ist das eine offizielle Befragung?«

Halprins linke Hand klappte auf, als müsste er einen Ansturm stoppen. »Nein, ich nehm' das nicht auf Band auf, ich möchte nur Anhaltspunkte, um weiterzukommen. Okay?«

»Steht Fran unter Verdacht?«

Halprin nahm einen Kugelschreiber und hielt ihn wie eine Lanze nach oben. Sie misstraute ihm nicht, wenigstens nicht auf den ersten Blick. Sie musste eine gute Beziehung zu ihm schaffen, damit er sie nicht als Gegnerin sah.

»Wir dürfen am Anfang keine Optionen ausschließen, das brauche ich Ihnen sicher nicht zu erklären. Wann haben Sie mit Fran Miller zum letzten Mal gesprochen?«

»Vor drei Wochen. Am Telefon.«

»Worüber haben Sie gesprochen?«

»Es war ihr Geburtstag. Ich wollte ihr gratulieren. Sie erzählte mir vom Alltag mit den Kindern, kleine Episoden. Sie war enttäuscht, dass Hank den Tag nicht freinehmen konnte …, dass er auch an ihrem Geburtstag in der Watershed Lodge arbeitet.«

»Hatten Sie häufigen Kontakt?«

»Vielleicht alle zwei, drei Monate. Sie hat keinen Internetempfang in ihrem Haus. Nur ein Satellitentelefon. Das ist nicht wirklich privat. Theoretisch können andere Leute in der weiteren Umgebung die Gespräche mithören.«

Halprin machte sich eine Notiz. Dann schaute er sie an und wartete.

Er ahnt etwas, dachte Tessa. Ein richtiger Spürhund. Er wird herausfinden wollen, ob jemand Frans Telefongespräche mitgehört hat.

Sie gab mehr preis: »Wir hatten Meinungsverschiedenheiten, aber wir mochten einander.«

»Meinungsverschiedenheiten?«

Sie verschränkte die Arme. Was sie immer wieder in ihrer Arbeit beobachtet hatte, passierte nun ihr. Ein Verbrechen zwang alle Beteiligten, sich zu entblößen. Intime Details, Familiengeheimnisse, private Vertraulichkeiten – alles wurde in das grausame Licht der Öffentlichkeit gezerrt. Der Mörder brachte nicht nur sein Opfer um, er raubte unschuldigen Menschen rundherum ihre Würde und Privatsphäre.

»Ich wollte Fran schon immer überreden, die Kinder nach Whatou Lake in die Schule zu schicken. Ich ... ich finde, Kinder brauchen andere Kinder. Sie müssen soziale Fähigkeiten lernen. Aber Fran wollte sie zu Hause unterrichten.« Sie konzentrierte sich auf den Kugelschreiber in seinen Fingern. »In unserem letzten Gespräch gestand sie ein, dass sie sich manchmal fragt, ob sie ihre Kinder nicht unnötig gefährdet.«

Halprin richtete den Oberkörper auf.

»Wie hat sie das genau ausgedrückt?«

»Es war nur ein Satz. Sie liebe ihr Leben im Busch immer noch, aber manchmal denke sie an meine Worte und frage sich, ob sie die Kinder mit ihren Entscheidungen nicht unnötigen Gefahren aussetze.«

»Welche Entscheidungen?«

»Das Haus in der Wildnis. Die Isolation. Die Einsamkeit. Die Entfernung von allem. Zwei Stunden Fahrt nach Whatou Lake. Im Winter müssen sie einen großen Teil mit dem Schneemobil zurücklegen. Es ist wirklich weit.«

»Ich weiß. Ich war heute Morgen dort.«

Natürlich. Er muss sofort zu Frans Farm gefahren sein. Zum Tatort. Lagen die Leichen noch dort, als er ankam? Oder hatte man sie vor Einbruch der Nacht weggebracht? Und die beiden Hunde und die drei Katzen? Er unterbrach ihre Gedanken. »Wir flogen im Hubschrauber, aber ich bekam trotzdem ein Gefühl für die Distanz.«

Sie veränderte ihre Haltung auf dem Stuhl. »Verstehen Sie mich nicht falsch: Es war das Leben, das Fran und Hank wollten. Weg von allem. Selbstversorger. Kein Stromanschluss und nur Quellwasser. Aber dann hatte Hank einen Unfall, als er Bäume fällte. Ein großer Ast schlug ihn zu Boden. Er brach sich alle möglichen Knochen. Es wurde ihm zu gefährlich. Deshalb heuerte er in der Watershed Lodge an. Fran war oft allein. In meinen Augen zu oft.«

»Konnte sie mit Feuerwaffen umgehen?« Der Sergeant warf die Frage nonchalant über den Schreibtisch.

»Es stimmt also, was ich hörte: Hank und die Kinder sind erschossen worden?«

Er nahm die Hände vom Tisch. Seine Miene blieb höflich. »Das darf ich Ihnen leider im Moment noch nicht sagen.«

Tessa sah frustriert zu dem zweiten Beamten, der immer noch mit seinem Handy beschäftigt war. »Ja, Hank hat es ihr beigebracht. Für alle Fälle. Sie konnte leidlich gut schießen.«

Sie legte die Arme auf die Tischplatte, um ihren Worten Nachdruck zu verleihen. »Ich kann auch schießen. Wenn man hier in der Pampa aufwächst, lernt man so was. Sie haben mich nicht danach gefragt, aber ich sage Ihnen direkt, Fran würde ihren Kindern nie etwas antun. Und sie liebt Hank. Sie ist die sanfteste Person, die ich kenne. Sie ist nicht psychotisch oder sonst irgendwie krank. Ich glaube eher, dass sie entführt wurde. Und es macht mich verrückt, hier zu sitzen, während sie irgendwo …«

Sie wollte die Gedanken nicht aussprechen, die sie quälten.

Halprin blieb ruhig. Er muss extreme Situationen in seinem Beruf schon Dutzende Male erlebt haben. Genau wie sie.

»Wer könnte sie entführt haben?«, fragte er.

»Irgendein Irrer. Ein Psychopath. Was weiß ich? Hat nicht letzthin auf dem Highway achtundvierzig ein Typ eine Autopanne vorgetäuscht, und eine Frau hielt an, um zu helfen, und er hat sie fast stranguliert?«

»Dieser Mann ist im Gefängnis. Er kann die Tat nicht begangen haben. Können Sie mir sagen, was Fran während ihres Besuchs in Whatou Lake Ende April gemacht hat?«

Er wusste es bereits. Von wem?

»Meine Mutter sagte mir heute Morgen, sie sei zum Zahnarzt gegangen.« Tessa überlegte sich kurz, ob sie Ron Halprin von Savanahs Information erzählen sollte. Vom Besuch beim Leichenbestatter. Aber dann entschied sie, die Sache zuerst nachzuprüfen. Savanah hatte allen Grund, Gerüchte über Fran zu verbreiten.

Fran war ihre Konkurrenz um die Gunst von Martha Griffins. Und sie war es schon immer gewesen.

»Fran Miller wurde am Montag in Whatou Lake gesehen. Wissen Sie, was sie hier gemacht hat und bei wem sie war?«

Tessa starrte den Sergeant verblüfft an. Am Montag? Einen Tag vor den Morden? »Das höre ich zum ersten Mal. Ich … Da müsste ich meine Eltern fragen. Sie haben aber nichts erwähnt und ich …«

In diesem Moment ertönte der Summton seines Handys.

Er gab ihr ein Zeichen und ging mit dem Gerät in der Hand zur Tür hinaus. Sie hörte ihn im Korridor sprechen, konnte aber nichts verstehen.

Eine schwindelerregende Hoffnung überkam sie. Die Hoffnung, dass Halprin einen Anruf bekam, weil man Fran gefunden hatte. Dass sie am Leben und wohlbehalten war. Dann verwarf sie den Gedanken gleich wieder. Wohlbehalten. Selbst wenn Fran dieses Verbrechen überlebt hatte, würde sie nie mehr wohlbehalten sein. Und auch Tessas Eltern nicht. Oder Hanks Familie. Oder sie selbst, Tessa.

8

Halprin kehrte zurück und setzte sich wieder. Er ließ keine Sekunde die Augen von ihr.

»Sie bezeichnen Fran Miller als Ihre Halbschwester?«

»Nicht im juristischen Sinn, eher … emotional. Meine Mutter hat ständig Pflegekinder aufgenommen. Über die Jahre hinweg waren es glaub ich etwa zwölf oder dreizehn.«

»Haben Ihre Eltern auch Kinder adoptiert?«

»Nein.«

»Warum nicht?«, fragte Halprin. Seine Stimme hatte nichts Aggressives.

»Ich weiß es nicht. Ich … bin ihr einziges leibliches Kind. Meine Mutter konnte nach meiner Geburt keine Kinder mehr bekommen.«

Halprin zückte den Kugelschreiber und notierte wieder etwas.

Sie nahm die Gelegenheit wahr, eine Frage einzuwerfen. »Steht Tsaytis Chelin unter Verdacht? Ich hab gehört, er habe Hank … er sei als Erster auf die Toten gestoßen.«

Halprin sah sie prüfend an, bevor er seine Antwort gab. »Bislang steht niemand unter Mordverdacht, falls Sie das meinen.«

Erleichterung durchströmte sie. Einige Sekunden lang. Dann gestand sie sich ein, dass die Worte des Ermittlers keine Garantie dafür waren, dass sie intern nicht doch einen Verdacht gegen Tsaytis hegten.

»Was hat Tsaytis am Tatort genau gesehen?«

»Wir können darüber vorerst keine Auskunft geben. Das ist alles Gegenstand der Ermittlungen.«

Natürlich, Halprin würde keine Details verraten, die nur der Mörder kennen konnte.

»Wer hat Fran am Montag in Whatou Lake gesehen?«

Er antwortete mit einer Gegenfrage. Es war nicht an ihr, in diesem Gespräch die Fragen zu stellen. »Hat Fran Ihre Eltern nicht kontaktiert? Um sie darüber zu informieren, dass sie hier ist?«

»Davon weiß ich nichts. Meine Eltern hätten mir bestimmt etwas gesagt.« Tessa ärgerte sich, dass sie überall im Dunkeln tappte.

Halprin ließ sich keine Ungeduld anmerken. »Ich werde mit Ihren Eltern sprechen. Jede Information ist wichtig.«

Sie erkannte die Botschaft hinter seinen Worten. Der Sergeant musste bereits einen zwiespältigen Eindruck von Kenneth Griffins haben, der einem Gespräch bisher ausgewichen war.

Sie fühlte sich verpflichtet, ihre Eltern zu verteidigen. »Sie müssen verstehen … Mein Vater ist Arzt. Er sorgt sich um die Verfassung meiner Mutter. Er fürchtet, dass sie eine Befragung nicht durchsteht. Fran Miller ist für sie wie eine Tochter. Und sie vergöttert ihre Enkel.«

Die sie jetzt nie mehr lebend sehen wird. Tessa sah zum Fenster hinaus, auf die Fassade einer Autowerkstatt. Auf welch furchtbare Weise die Welt ihrer Eltern zusammenbrechen würde, hätte sie sich nie vorstellen können. Nicht mit einem vierfachen Mord. »Ich muss jetzt weg«, sagte Halprin und erhob sich. »Ich werde mich bei Ihrer Familie melden.«

Sie stand ebenfalls auf. Er war nicht größer als sie, vielleicht einen Meter siebzig, aber sein Körper wirkte wie ein Bollwerk. *Eines, in das ich gern eine Bresche schlagen würde.*

Sie fragte sich, was Whatou Lake mit Halprin anstellen würde. Er befand sich auf fremdem Territorium, herausgerissen aus dem Alltag in Vancouver, vielleicht aus einer Familie mit Kindern, seinem Sport oder was er auch immer tat. Für sie dagegen war das Territorium vertraut, aber sie empfand es als feindlich. Sie hatten etwas gemeinsam: Wie sie musste er den Druck spüren, möglichst schnell Antworten zu dieser Tragödie zu liefern.

Sie steckte die Hände in die Taschen ihrer taillierten dunkelblauen Steppjacke.

Als sie schon bei der Tür war, hörte sie Halprin nochmals fragen: »Können Sie mir möglichst schnell eine Liste aller Pflegekinder Ihrer Eltern zukommen lassen, und wo sie sich jetzt befinden?«

Sie wandte sich um. Er war damit beschäftigt, Papiere auf seinem Schreibtisch zusammenzuraffen.

»Ja«, sagte sie. »In einem Fall weiß ich aber nicht, wo sich die Person befindet. Es handelt sich um Patricia Corte.«

»Das finden wir schon heraus«, sagte der Sergeant geistesabwesend. »Markieren Sie einfach den Namen.«

»Patricia war eine Brandstifterin, eine Pyromanin«, erwiderte Tessa. »Meine Eltern haben alles für sie getan, aber sie ist trotzdem auf die falsche Bahn geraten.«

Er horchte auf, machte wieder eine Notiz. »Haben Sie oder jemand von Ihrer Familie noch mit ihr Kontakt?«

»Nein, wir haben schon seit Jahren nichts mehr von ihr gehört.«

»Lebten Fran und Patricia gleichzeitig in Ihrer Familie?«

»Nur für kurze Zeit, vielleicht einige Monate. Fran war das pure Gegenteil von Patricia. Angepasst und folgsam.«

»Unauffällig«, murmelte Halprin mehr zu sich als zu ihr.

Sie wusste genau, was er meinte. Wie oft verbargen unauffällige Menschen Abgründe in sich.

»Manchmal konnte Fran auch halsstarrig sein«, ergänzte sie. »Nach der Schule begann sie eine Ausbildung als Krankenschwester, aber dann hörte sie mittendrin auf. Sie hatte schon fast zwei Jahre hinter sich und brach einfach ab. Meine Eltern sprachen damals lange mit ihr darüber, aber sie ließ sich nicht umstimmen.« Sie zuckte bedauernd die Achseln. »Sie wollte mit Hank Rinder züchten, und dann ging auch das in die Hose. Die Fleischpreise fielen in den Keller und sie verkauften die Tiere.«

»Wie lang ist das her?«

»Ach, schon einige Jahre. Sie war damals bereits schwanger mit Breena. Aber ich will Sie nicht aufhalten.« Sie nickte dem Sergeant zu und eilte am zweiten Beamten vorbei die Treppe hinunter.

9

Als sie auf die Straße trat, überflog sie die Umgebung.

Von Tsaytis Chelin keine Spur. Auch sonst entdeckte sie kein bekanntes Gesicht. Sie fühlte sich plötzlich schwach auf den Beinen. Ihr Magen war praktisch leer. Sie setzte die Sonnenbrille auf, obwohl der Himmel bedeckt war, und steuerte auf ein Tim-Hortons-Restaurant zu. Als Schülerin hatte sie dort im Sommer ihr Taschengeld am Tresen mit dem Ausgeben von Donuts und preiswertem Kaffee verdient.

Fast zwei Uhr nachmittags, die geschäftige Lunchpause war vorbei. Sie bestellte Suppe und einen koffeinfreien Kaffee. »Den muss ich zuerst aufbrühen«, sagte die junge Angestellte. »Den trinkt hier niemand koffeinfrei.«

Tessa setzte sich an einen leeren Tisch, mit dem Rücken zur Eingangstür. Das Lokal sah unverändert aus, sauber und steril. Sie rief ihren Vater an und wiederholte ihr Angebot, die Toten auch allein zu identifizieren, wenn er zu Hause bei Mutter bleiben wollte. Er lehnte erneut ab. Sie vereinbarten einen Treffpunkt vor dem Krankenhaus. Lustlos löffelte sie die Broccoli-Käsesuppe und beantwortete zwischendurch E-Mails von Kunden. Fran hatte sie immer geneckt, wenn Tessa bei ihren seltenen Besuchen auf der Farm nervös wurde, weil sie das Büro in Vancouver nicht mit ihrem iPhone erreichen konnte. Würde Fran nicht ohne Handy und Internet leben, hätte sie elektronische Spuren hinterlassen. Und Tessa würde jetzt voller Hoffnung auf eine Botschaft von ihr auf das Display schauen. Die Zeit verrann unbarmherzig, und immer noch keine Spur von Fran. Tessa fand lediglich eine Mitteilung der Polizei im Internet, die eine Pressekonferenz in Whatou Lake für den Samstag ankündigte. Himmel, das waren noch drei Tage!

Endlich war der Kaffee fertig. Immer noch in das iPhone vertieft, holte sie ihn vom Tresen. In ihrem elektronischen Terminkalender notierte sie »Liste der Pflegekinder für Polizei«. Wurden nun alle Familienmitglieder befragt, ihre Alibis überprüft? Nur Savanah und Fran waren in der Gegend von Whatou Lake geblieben. Die anderen hatten sich in ganz Kanada verteilt. Phillip, ein erfolgreicher Unternehmer, lebte mit Frau und Kindern sogar in Neuseeland. Tessa hatte nur sporadischen Kontakt mit einigen der früheren Pflegekinder, auf Facebook oder durch Weihnachtskarten. Mit Phillip sprach sie immer zu Silvester am Telefon.

Für Tessa waren die meisten Pflegekinder Eindringlinge, Störenfriede gewesen, Konkurrenten, die immer wieder das Gleichgewicht in der Familie ins Wanken brachten. Fremde, die Fürsorge und Zuwendung von ihrer Mutter abzogen. Die Sorgen und Aufregung auslösten und sich manchmal auch bedrohlich verhielten. Wie Patricia, die Tessas Waldhütte anzündete. Dad hatte die Hütte für sie allein gebaut, als Rückzugsort und Refugium. Er hatte viel besser als Mom verstanden, wie sehr sie die stetige Vergrößerung der Familie mit fremden Kindern belastete. Mutter erwartete stets, dass ihre Älteste bei den wachsenden Aufgaben im Haushalt und beim Babysitting mithalf. Aber Tessa entwickelte sich zu einem rebellischen Teenager, einer störrischen Tochter, die lieber die Wildnis durchkämmte oder sich mit Büchern in ihre Waldhütte zurückzog.

Öfter holte sich Martha Griffins Kinder mit Problemen ins Haus, aber Patricia war in Tessas Augen am schlimmsten gewesen. Noch schlimmer als Savanah. Patricia stahl und log und stritt sich ständig mit Tessa. Erst als Patricia die Waldhütte in Brand steckte, gestand sich Martha Griffins ein, dass sie mit ihrer Weisheit am Ende war. Patricia kam in ein Heim für Schwererziehbare, wo sie andere Kinder terrorisierte. Schließlich wurde sie in eine Strafanstalt für Minderjährige eingeliefert, nachdem sie ein Mädchen mit einer Schere schwer verletzt hatte. Nach ihrer Freilassung schloss sie sich einer Straßenbande an, rutschte in die Prostitution ab, und das war das Letzte, das die Griffins über sie gehört hatten.

Heute verstand Tessa solche Kinder besser, den Sog der Abwärtsspirale, in den sie gerieten. Kinder, die keine Liebe und keine Chance erhielten. Und denen später gute Menschen wie Martha Griffins nicht mehr helfen konnten.

»Sieh mal an, wen haben wir denn hier vor uns? Tessa Griffins! Warum passieren immer furchtbare Dinge, wo du auftauchst?« Tessa zuckte unwillkürlich zusammen, als sie die scharfe Stimme hörte.

Lola Dole. Jenny Doles Mutter baute sich vor ihr auf. Ein bisschen älter und voller als früher, aber wie gewohnt mit sorgfältig gestyltem Haar. Niemals hätte Tessa erwartet, Jennys Mutter im Tim Hortons anzutreffen. Lola Dole war keine Frau, die Imbissketten besuchte. Viel eher lud sie selbst Frauen der United Church zu Kaffee und Kuchen zu sich in ihr schönes Haus ein.

»Manche Leute nennen das Karma«, fuhr Lola Dole fort und machte einen Schritt nach vorn, damit Tessa nicht an ihr vorbeischauen konnte. Das gab den Blick frei auf den Tresen, wo eine ältere Frau neugierig in ihre Richtung schaute. Tessa vermutete, dass jemand Lola Dole angerufen und sie informiert hatte, dass Tessa im Tim Hortons war.

Lolas Gesicht verzog sich zu einem bitteren Lächeln. »Gott lässt keine böse Tat ungesühnt, und wenn du's jetzt nicht glaubst, dann kann dir der Himmel wirklich nicht helfen.«

Tessa legte den Löffel neben die Suppenschale, packte ihre Sachen zusammen und stand auf. Sie stellte sich direkt vor Lola. »Du kannst einfach nicht wahrhaben, dass Jenny dich damals angelogen hat, nicht wahr? Und jetzt machst du anderen Leuten das Leben schwer für Dinge, die sie nicht verschuldet haben. Du solltest die Bibel besser lesen, Lola.«

Sie drehte auf dem Absatz um und schrtt zur Tür. Noch bevor sie den Ausgang erreichte, holte sie Lolas Verwünschung ein. »Die Bibel sagt: Möge mein Blut über euch kommen. Vielleicht wurde Fran von einem Grizzly gefressen wie meine Jenny.«

Tessa hastete die Main Street entlang Richtung Krankenhaus. Alles brach plötzlich über sie herein. Aber was hatte sie erwartet? Es gab genug Gründe, warum sie Whatou Lake den Rücken gekehrt hatte. Jenny war nie wirklich begraben worden.

Tessa versuchte, die Strategien zu mobilisieren, die ihr als Anwältin halfen, gesammelt und funktionsfähig zu bleiben. Erstens: Emotionen und Aufgaben trennen. Zweitens: die Situation analysieren. Drittens: Was hilft, den Fall zu lösen? Viertens: Was kann irgendwo in eine Schublade weggesteckt werden? Fünftens: Was ist der nächste Schritt?

Die Leichen.

Sie sah den weinroten Nissan Pathfinder auf dem Parkplatz des Krankenhauses stehen. Immer noch auf dem reservierten Feld für Ärzte. Ihr Vater wartete im Fahrzeug. Kaum hatte sie auf dem Beifahrersitz Platz genommen, fing sie an zu zittern. Kenneth Griffins legte tröstend den Arm um sie.

»Lola Dole«, stieß sie hervor. »Lola will … sie will … dass ein Grizzly Fran erwischt.«

Ihr Vater sah sie fragend an. Es dauerte eine Weile, bis sie in der Lage war, ihm die Begegnung im Tim Hortons zu schildern.

Er saß stumm neben ihr, hielt sie fest und nickte ein ums andere Mal, bevor er langsam sagte: »Lola hat ihre Tochter verloren, Tessa, über so was kommt man nicht hinweg.« Sie sah ihn an. Seine Augen waren rot unterlaufen. »Lass Lola Lola sein, Liebes. Wir müssen uns um andere Dinge kümmern.«

Seine Worte wirkten wie eine kalte Dusche. Schockartig wurde Tessa wieder bewusst, warum sie hier waren. Ihr Vater fasste ihre Hand so fest, dass es schmerzte. »Es wird hart für uns sein, aber ich möchte genau hinschauen. Ich will wissen, wie es passiert ist. Die Polizei wird uns so schnell keine Auskunft geben. Das weißt du noch besser als ich. Es ist unsere beste Chance, mehr herauszufinden.« Er zog seine Hand zurück. »Wir müssen gehen, Shmuzzle. Halt dich aufrecht.«

Shmuzzle, sein Kosename für sie. Wie lange hatte sie ihn nicht mehr gehört. Als sie Minuten später das Krankenhaus betraten, packte sie ein Grauen, als ob sie in ein verhextes Haus geraten wären. Sie liefen durch die kahlen Korridore des Kellergeschosses. Das Gebäude war erstaunlich groß für ein Dorf wie Whatou Lake, denn die Klinik versorgte Menschen und Siedlungen im Umkreis von Hunderten von Kilometern. Früher war Tessas Vater während Jahren der einzige Arzt gewesen, jetzt gab es drei Mediziner im Ort. Alle Angestellten, die ihnen in den Korridoren begegneten, begrüßten Kenneth Griffins mit Ehrerbietung. Eine dünne Frau mit einem fast kindlichen Gesicht stand vor der Tür zur Leichenhalle. Sie stellte sich als die Gerichtsmedizinerin aus Vancouver vor.

Kenneth Griffins hatte darauf bestanden, die Leichen nicht durch Fotos zu identifizieren, wie es jetzt fast immer üblich war. Ihm als Arzt wollte man es offenbar auch nicht ausreden. Während ihr Vater einige Worte mit der Gerichtsmedizinerin wechselte, wiederholte Tessa innerlich einen Satz wie ein Mantra: *Ich muss es für Fran tun. Ich muss es für Fran tun.*

Jemand kam ihnen raschen Schrittes durch den Korridor entgegen. Ron Halprin. Der Chefermittler persönlich, im dunklen Anzug. Auf der Brust trug er eine Erkennungsmarke der RCMP. Er nannte den beiden anderen seinen Namen, bevor sein Blick kurz an ihr hängen blieb. Er schien überrascht, sie hier anzutreffen.

»Ms Griffins, sind Sie bereit?«, fragte die Gerichtsmedizinerin.

Tessa nickte.

Sie traten in die Halle, wo ein junger Mann mit Krankenpflegerschürze wartete. Bei den Toten. Die Gerichtsmedizinerin gab ihm Instruktionen, die Tessa nur mit halbem Ohr wahrnahm, während sie auf die Umrisse unter den Laken starrte.

Halprin beobachtete die Szene mit ernster Miene.

Hank wurde ihnen als Erstes gezeigt. Der Krankenpfleger

schlug das Laken über seinem Kopf zurück. Tessa sah Hanks erstarrtes Gesicht, den leicht geöffneten Mund, die nur halb geschlossen Augen. Es kam ihr vor, als sähe sie einen Fremden. Aber es war Hank, keine Frage. Sein Kopf und sein Hals schienen unversehrt. Die Kugel musste ihn weiter unten durchbohrt haben.

»Das ist Hank Miller«, bestätigte ihr Vater.

Die Bahre mit Hanks Leiche wurde weggeschoben. Tessas Blick fixierte ein Schild mit Anweisungen an der Wand, ohne die Worte zu lesen. Sie drehte sich erst wieder um, als ihr Vater ihren Namen flüsterte.

Als Erstes bemerkte sie die kahle Stelle an Breenas Kopf, dort, wo die Kugel sie getroffen hatte. Ihr langes sandfarbenes Haar weggeschoren. Breena war auf ihr Haar so stolz gewesen. Obwohl sie erst acht Jahre alt war, wusste sie genau, wie schön es wirkte. Tessa schloss die Augen, bevor sie sich zwang, Breenas Gesicht anzusehen. Sie wirkte weniger wächsern als Hank, viel echter, als schliefe sie nur. Sie gab beinahe der Versuchung nach, Breenas Wangen zu streicheln, sie auf die Stupsnase zu küssen. Ihr Vater hatte am Telefon berichtet, dass Breena auf ihrem Bett gelegen hatte, als der Mörder vor ihr stand. Sie warf einen Blick auf ihren Vater. Seine Züge waren zu einer Maske erstarrt. Würden sie beide das durchstehen?

Als sie Clyde gesehen hatte, wäre sie am liebsten davongelaufen. Das Geschoss war in sein rechtes Auge eingetreten. Sie starrte fassungslos auf die Wunde. Jemand hatte dem Sechsjährigen durchs Auge geschossen. Ihr Vater fasste sie am Arm. Suchte er Halt oder wollte er sie stützen?

Sie bemühte sich, in seinen Augen zu lesen. *Dad, warum tust du dir das an? Warum tust du mir das an?*

Aber Kenneth Griffins hielt das Gesicht abgewandt. Die Gerichtsmedizinerin sagte etwas zu ihnen. Es klang wie eine Warnung, doch Tessa hörte nicht hin. Wollte nicht hinhören. Sie wollte nur ihren Vater von diesem Ort des Schreckens wegziehen. Die vierjährige Kayley war sein Liebling gewesen, schon als Baby, aber seine Vernarrtheit wurde noch stärker, als sie zu sprechen anfing. Jedes Mal, wenn die Kleine bei ihm auf Besuch gewesen war, erzählte er Tessa hinterher von ihren Wortverdrehungen, die ihn zum Lachen brachten. Er vermisste ihr Plappern und ihr süßes Gesicht, wenn sie wieder mit ihren Eltern und Geschwistern auf die Farm zurückgekehrt war.

Der Krankenpfleger zog das vierte Laken zurück. Tessa beobachtete ihren Vater, wie er sich dem Obduktionstisch näherte. Sie sah, wie der Schmerz sein Gesicht durchzuckte. Dann drehte er sich abrupt um und schritt dem Ausgang zu, ohne jemanden anzusehen. Sie hörte die Tür zuschlagen.

Tessa schaute auf, begegnete Halprins Blick. Er registriert meine Reaktion, dachte sie.

Die Gerichtsmedizinerin wollte bereits das Laken zurück über Kayleys Gesicht legen. Tessa stoppte sie mit einem Handzeichen. Sie wollte sie auch sehen. Langsam begannen sich ihre Füße zu bewegen. Wie in Trance umkreiste sie die Bahre. Sie schrak zusammen, als sie das kleine Mädchen sah. Süß war an diesem Gesicht nichts mehr. Die Lippen waren verzerrt und ließen die kleinen Zähne frei, die Augen halb offen und nach oben verdreht, sodass nur das Weiß zu sehen war.

»Was um Himmels willen …« stieß Tessa hervor, bevor ihr die Stimme versagte. Die Wucht der Kugeln hatte die Schädeldecke zerfetzt. Während sie die schrecklichen Wunden betrachtete, fühlte sie eine Kälte in sich hochkriechen. Sie war so eisig, dass sie den Schmerz betäubte. Und das Entsetzen. In ihr war plötzlich alles ruhig. Als ob sich ihre Kräfte sammelten, um im richtigen Moment mit aller Macht zuzuschlagen. Ihr Gehirn entleerte sich von allem Ballast und machte sie frei für das, wozu sie nach Whatou Lake gekommen war. Sie wandte sich an Halprin, der schweigend präsent war, brachte aber nur ein Kopfnicken zustande. Er nickte stumm zurück.

Breena, Clyde und Kayley waren alle in den Kopf geschossen worden. Die Wunden, die sie gesehen hatte, sagten ihr genug.

Schüsse aus nächster Nähe.

Alle drei getroffen auf dieselbe Weise.

Hingerichtet.

10

Ihr Vater saß mit hängenden Schultern auf einem der Kunststoffstühle im Korridor. Eine junge Frau mit glattem dunklem Haar reichte ihm einen Kaffee im Pappbecher, als Tessa hinzutrat. Kenneth Griffins nahm den Becher wortlos entgegen.

Tessa setzte sich neben ihn und legte ihm die Hand auf den Arm. Die junge Frau stellte sich als Reporterin der Zeitung *Whatou Lake News* vor. Ein Neuzugang. Reporter hielten es nie lange in dieser publizistischen Einöde hier aus.

»Ich bin Tessa Griffins. Wir können leider nichts sagen«, erklärte Tessa und staunte über ihre feste Stimme. So normal. Als ob nichts geschehen wäre. »Wir wissen selber praktisch nichts.«

Die Reporterin wippte auf ihren modischen Stiefeletten. »Was glauben Sie, wer hat Hank Miller und seine drei Kinder getötet, und warum ist Fran Miller verschwunden?«

Tessa unterdrückte ihren aufkommenden Ärger. Die Reporterin tut nur, was ihre Chefin von ihr verlangt, dachte sie. Und die Medien waren bei der Suche nach Fran wichtig. »Bitte, helfen Sie uns, Fran zu finden«, appellierte sie an die junge Frau. »Wir haben keine Ahnung, wo sie sein könnte. Bitte tragen Sie Ihren Lesern auf, alle Beobachtungen der Polizei zu melden. Jedes kleinste bisschen kann helfen, Fran zu finden.«

»Das werden wir sicher tun«, sagte die Reporterin. »Vielleicht können Sie uns auch etwas … behilflich sein. Dann ist allen geholfen.«

So jung und schon so gewieft, dachte Tessa. Sie konnte ihr nicht böse sein. Sie erkannte sich selbst in ihrem Ehrgeiz. Ohne ihren Vater anzusehen, verriet sie: »Fran wurde offenbar am Montag in Whatou Lake gesehen.« Sie sah, wie ihr Vater zusammenzuckte und Kaffee auf seine Hose tropfte.

Das Gesicht der Reporterin hellte sich auf. »Wo wurde sie gesehen?«

»Ich hab keine Ahnung. Ich konnte dem noch nicht nachgehen. Vielleicht könnten Sie etwas darüber herausfinden.«

Aus den Augenwinkeln sah Tessa Ron Halprin mit der Gerichtsmedizinerin und dem Krankenpfleger aus der Leichenhalle kommen. »Vielleicht kann Ihnen auch der Chefermittler aus Vancouver etwas verraten.«

Das ließ sich die Reporterin nicht zweimal sagen und steuerte auf Halprin zu. Tessa hegte keinen Zweifel, dass sie dort nicht viel weiterkäme. Sie packte ihren Vater am Arm und zog ihn auf den Ausgang zu.

Auf dem Parkplatz reichte er ihr die Autoschlüssel. Erst als sie Whatou Lake hinter sich hatten, brach er das Schweigen. »Warum hast du das der Reporterin gesagt? Und wir wissen nichts davon?«

»Ich wollte euch fragen. Fran hat dir und Mom also nichts davon gesagt?«

»Nein, nein. Sie … was ist nur geschehen?« Er sackte kraftlos auf dem Beifahrersitz zusammen und wimmerte wie ein verletztes Tier.

Sie hielt den Wagen an, lehnte sich hinüber und drückte ihren Kopf an den seinen. Mit den Armen umschlang sie seine Schultern. »Armer Dad«, sagte sie eins ums andere Mal. »Armer Dad.« Jetzt stiegen auch in ihr Tränen hoch, aber es waren Tränen der Wut. Wut auf den Täter, der so viel Unglück über eine Familie brachte. Über zwei Familien.

Sie wartete, bis der Körper ihres Vaters nicht mehr bebte. Er schniefte in das Papiertaschentuch, das sie ihm reichte. Sie setzte den Pathfinder wieder in Gang. Es begann zu nieseln. Dünne Wolkenbänder zogen sich wie Stirnfurchen über den grauen Himmel.

»Tut mir leid, Dad. Ich wollte euch nicht damit überrollen. Wir müssen Fran unbedingt finden. Und da brauchen wir alle Hilfe, die wir bekommen können.«

Ihr Vater antwortete nicht.

Entmutigt fuhr sie fort: »Obwohl ich nicht weiß, ob es etwas nützt. Du kennst die Menschen hier, Dad. Niemand kennt sie so gut wie du. Die gehen nicht zur Polizei, wenn sie etwas wissen. Sie wollen nicht in etwas verwickelt werden. Sie reden lieber hintenherum. Nur ja nicht hinstehen und etwas über andere verraten. Sonst könnten die sich später rächen.«

Tessa beschleunigte den Wagen auf der Geraden, die die Talebene durchschnitt. Die Straße hinter ihnen war leer, was sie erleichtert zur Kenntnis nahm. Noch hängte sich niemand an ihre Fersen. Aber die Reporterin der Whatou Lake News war bestimmt erst der Anfang. Es war nur eine Frage der Zeit, bis die nationalen Medien sich für sie interessieren würden. Unvermittelt hörte sie die Stimme ihres Vaters. Heiser, aber zusammenhängend.

»Tessa, mein Mädchen, wir müssen uns zusammenreißen. Wir müssen uns absprechen, bevor wir zu Hause sind. Wir müssen uns überlegen, was wir Martha sagen.«

Sie ließ ihn weiterreden. Er musste bestimmen, wie weit er gehen wollte.

»Sie haben den Täter gekannt«, sagte er. »Es war jemand, den sie gekannt haben. Sonst hätten sie ihn nicht so nahe an sich herangelassen.«

Sie überlegte. »Oder Hank empfand ihn nicht als Bedrohung. Wo wurde Hank gefunden?«

»Tsaytis Chelin sagte, draußen, auf der Wiese vor dem Haus.«

»Und Breena lag angezogen auf ihrem Bett?«

»Ja. Clyde war im Bad. Über Kayley wollte Tsaytis nicht sprechen. Er … hat sich einfach geweigert. Er sagte nur: ‚Sie war beim Korb'. Danach konnte ich nichts mehr aus ihm herausbringen.«

Sie blinzelte heftig, weil ihr wieder die Tränen kamen.

»Vielleicht meinte er den Wäschekorb im Elternschlafzimmer. Die beiden Kleinen spielen oft dort, damit Breena in der anderen Kammer ihre Ruhe hat.«

Diese Unterhaltung hörte sich so surreal an, nach allem, was sie beide gerade gesehen hatten. Aber die Gesetze der normalen Welt waren seit gestern außer Kraft gesetzt.

Sie wandte den Blick nicht von der Straße. »So könnte es sich abgespielt haben: Zuerst hat der Täter Hank draußen erschossen. Ohne dass die Kinder es merkten. Hank macht oft Schießübungen draußen. Sie sind an Schüsse gewöhnt.« Sie holte tief Atem. »Dann ging der Täter ins Haus. Da haben die Kinder noch keinen Verdacht geschöpft. Breena war als Nächste an der Reihe. Weil sie im Kinderzimmer war. Das muss Clyde im Elternschlafzimmer gehört haben. Er ging vielleicht nachschauen und sah den Mörder. Er floh ins Bad … War die Tür eingetreten?«

Kenneth Griffins schüttelte verzweifelt den Kopf. »Ich weiß es nicht. Tsaytis hat davon nichts gesagt. Und jetzt redet er nicht mehr darüber. Kein Wort mehr.«

Sie war nicht überrascht. Tsaytis war sich sicher bewusst, dass man ihn nicht nur als Zeugen sehen würde, sondern auch als potenziellen Täter. Aber Tsaytis würde niemals so etwas tun. Und ein Täter würde nicht sofort die Polizei benachrichtigen.

Kenneth Griffins unterbrach ihre Gedanken. »Vielleicht hat er Kayley zuerst versteckt.«

»Wer?«

»Clyde. Er wollte immer Kayleys Beschützer sein. Letztes Mal, als sie bei uns waren, zog er Kayley von mir weg. Ich muss sie beschützen, sagte er.«

Tessa runzelte die Stirn. »Aber doch nicht vor dir, Dad.«

»Ich glaube, er war ein bisschen eifersüchtig.« Kenneth Griffins' Stimme klang weich. Dann veränderte er die Tonlage schlagartig. »Das Ungeheuer schoss Clyde durchs rechte Auge.«

Sie fasste seine Hand und drückte sie fest, so wie er es zuvor mit ihr getan hatte. Sie konnte ihm unmöglich sagen, dass sie von einer ähnlichen Wunde gelesen hatte: Das Kind war von der eigenen Mutter getötet worden, als sie betrunken nach einem

Streit mit ihrem Boyfriend ihre vier Kinder erschoss. Eine Kugel war ebenfalls durchs Auge des Kindes eingetreten.

Sie hielt abrupt an, öffnete die Tür und lief zur Böschung. Ihr Magen entleerte sich in wilden Krämpfen.

Sie hörte einen Wagen bremsen, aber als sie sich umdrehen wollte, erbrach sie sich erneut. Sie hörte Stimmen und Schritte, dann fasste ihr Vater sie am Ärmel. Er hielt ihr eine Wasserflasche hin. Sie spülte den Mund aus. Er sah sie besorgt an.

»Es geht schon besser«, beruhigte sie ihn.

Hinter ihm sah sie einen groß gewachsenen Mann neben einem dunklen Pick-up stehen. Er trug einen Cowboyhut und ein kariertes Flanellhemd, aber nicht die üblichen Jeans, sondern eine schwarze Cargohose, die von Weitem sauber aussah.

Kenneth Griffins winkte ihm zu. »Danke fürs Anhalten, Telford, ich fahr sie jetzt nach Hause.«

Der Mann legte eine Hand in die Hüfte. Er zögerte, wieder in seinen Pick-up zu steigen. »Ich … es tut mir so leid für Ihre Familie … was passiert ist. Kann es kaum glauben.«

»Wir auch nicht «, entgegnete Kenneth Griffins, schlüpfte auf den Fahrersitz seines Geländewagens und startete den Motor.

»Wer ist das?«, fragte Tessa, als der Pick-up sie überholte.

»Telford Reed. Eric Reeds Sohn.«

Eric Reed war ihr ein Begriff. Ein Outfitter, der in jungen Jahren Kunden aus der ganzen Welt auf die Jagd im Watershed-Tal und in den Küstenbergen geführt hatte. Bis ihm die Sitklat`l ein Angebot unterbreiteten. Sie würden ihm jährlich eine hohe Geldsumme bezahlen, damit er die Jagdlizenz schlafen ließe, die er als Outfitter besaß. Sie wollten keine Jagd auf Grizzlybären und auf andere Tiere in der Gegend, denn das schreckte die Touristen ab, die zur Watershed Lodge reisten, um Grizzlys zu beobachten. Eric Reed stimmte der Abmachung Jahr für Jahr zu. Vor einigen Monaten starb er an einem Herzschlag. Es war noch immer unklar, was mit seiner Outfitterlizenz geschehen würde.

Tessa trank noch etwas Wasser und wischte sich den Mund mit einem Papiertaschentuch ab. »Eric hat einen Sohn?«, fragte sie. »Wusstest du das?«

»Ja, ich hab vor langer Zeit mal gehört, dass ein Sohn bei der Mutter in Kelowna lebt. Sie ist nach der Scheidung weggezogen.«

»Und was tut der Sohn hier?«

»Er ist der legitime Erbe von Erics Outfitterlizenz. «

»Er will doch nicht etwa wieder mit der Bärenjagd anfangen?« Ihre Stimme war immer noch belegt, trotz des Wassers.

»Das weiß keiner. Die Regierung …« Unvermittelt brach er ab.

Sie waren auf die Feldstraße eingebogen und fuhren den Hügel hoch. Tessa sah, was ihren Vater abgelenkt hatte. Ein dunkelgrauer Pick-up vor dem Haus.

»Das ist Lionel.« Kenneth Griffins drosselte den Motor.

Lionel. Hanks Bruder. Tessas Magennerven zuckten erneut. Vielleicht hatte er Neuigkeiten. Vielleicht hatten sie Fran gefunden.

Sie sprangen beide aus dem Wagen und liefen ins Haus.

Stimmen schlugen ihnen entgegen – und Gebell.

Frans Hunde!

11

Tessa stürzte noch vor ihrem Vater in die Küche. Der Husky-Mischling sprang sofort an ihr hoch. Die Schäferhündin wurde von Martha Griffins am Halsband zurückgehalten.

»Habt ihr Fran gefunden?«, rief Tessa mit fast kindlicher Hoffnung.

Im selben Moment sah sie Lionel Miller am Tisch sitzen, das Gesicht wie eine Gipsmaske. Neben ihm saß seine Frau Cindy, deren Mundwinkel nervös zitterten.

Tessa kannte die Antwort, noch bevor Savanah, die beim Fenster stand, sagte: »Nein.«

Es fühlte sich an wie ein Schlag ins Gesicht.

Ihre Mutter beugte sich zur Schäferhündin hinunter und vergrub das Gesicht in ihrem Fell.

Tessa setzte sich Lionel gegenüber. »Habt ihr irgendwelche Neuigkeiten?«, fragte sie über den Tisch hinweg.

Lionel sah sie stumm an. Seine Lider hingen schlaff über den leblosen Augen.

Martha Griffins richtete sich auf. »Wie sahen sie aus?«

»Wie im Schlaf.« Kenneth Griffins stellte sich hinter Tessas Stuhl. »Sie haben nicht gelitten. Es muss alles ganz schnell gegangen sein.«

Tessa starrte auf die Tischplatte und mied die Augen der anderen.

Lionels Hände ballten sich.

»Warum ließ man uns nicht in die Leichenhalle, Ken? Hast du das mit dem Krankenhaus abgesprochen? Oder mit der RCMP?«

Cindy presste die Lippen aufeinander. Sie waren perfekt geschminkt wie immer.

»Nicht jetzt, Lionel.« Savanahs Stimme klang scharf. »Jetzt ist nicht der Zeitpunkt für solche Dinge.«

Tessa sah überrascht zu ihr. Früher wäre Savanah nie mit dieser Bestimmtheit aufgetreten. Früher hatte sie immer das Opfer gespielt. Oder die Verräterin. In extremen Situationen verhielten sich Menschen anders als sonst, das wusste Tessa als Anwältin nur allzu gut. So wie heute Lionel, den der überwältigende Schmerz zur Konfrontation trieb. Sie kannte ihn sonst als verständnisvollen, loyalen Freund.

Er war nicht ruchlos wie sein Vater Harrison Miller, der Bürgermeister. Lionel hatte die Heirat zwischen Fran und Hank immer unterstützt – im Gegensatz zu seinen Eltern. Er war der jüngere der Brüder, ein Elektriker, der sein eigenes Geschäft in Whatou Lake betrieb. Schon bald nach der Firmengründung konnte er drei Leute einstellen.

Mit Lionels Frau Cindy kam Tessa weniger zurecht, sie stammte aus Banff und hielt sich schon deswegen für besser als die Leute in Whatou Lake. Cindy besaß ein gehobenes Kleidergeschäft, das sie *Cindy's Boutique* nannte, aber Tessa vermied es, dort einzukaufen. Manchmal tat ihr Cindy fast leid. Das Leben im eintönigen Whatou Lake konnte nicht leicht für sie sein. Auch wenn sie sich mit Lionel einen blendend aussehenden, begehrten Ehemann geangelt hatte. Das gute Aussehen hatte Lionel von seinem Vater geerbt.

Lionel war Cindy bei internationalen Wettkämpfen begegnet. Beide wollten als Ruderer in die olympischen Ränge aufsteigen. Beide erreichten ihr Ziel nicht. Lionel wurde vom Ruderverband ausgeschlossen, weil er angeblich gedopt hatte, was er aber bis heute heftig bestritt. Cindy erholte sich von einer bösen Schulterverletzung nicht mehr. Tessa vermutete, dass die beiden Trost und Verständnis beieinander suchten und fanden. Allerdings hatte Lionel einmal versucht, sich von Cindy zu trennen, kurz vor der Hochzeit. Cindy war depressiv und bitter geworden, sie kam über ihr Scheitern einfach nicht hinweg. Er wollte nicht ständig durch Cindys Leiden an die verpasste Olympiachance erinnert werden. Hank und Fran, die Probleme für die Ehe der beiden voraussahen, schlugen sich damals jedoch nicht öffentlich auf Lionels Seite. Im stillen Einverständnis gaben sie ihm allerdings recht. Cindy gewann schließlich die Oberhand, mit tatkräftiger Unterstützung von Harrison Miller, der in Cindy eine gute Partie für seinen Sohn sah. Im Gegensatz zu Frans problematischer Herkunft konnte sich Cindys Familie sehen lassen.

Tessas Blick wanderte von Savanah zu Lionel. »Wann suchen wir nach Fran?«

Lionel runzelte die Stirn. Zum ersten Mal wirkte er mehr wie ein Mensch als wie eine Mumie.

»Hat dir die Polizei nichts gesagt? Du warst doch heute dort.«

»Was gesagt?«

»Jemand hat Frans Jacke gefunden.«

Tessas Herz fing an zu hämmern. »Wo gefunden?«

»In Whitesand Bay.«

Tessa fühlte alle Augen auf sich gerichtet. Selbst ihre Mutter sah sie kurz an, bevor sie den Blick wieder senkte.

Whitesand Bay. Ein Ort mit einem Fluch, der sie immer noch verfolgte. In Whatou Lake würde niemand mehr beim Erwähnen des Namens an eine hübsche Bucht denken, an den fotogenen hellen Sand und an den Saum des Regenwaldes, wo man sich an einem heißen Sommertag in den Schatten setzen konnte. Seit zwanzig Jahren dachten immer alle zuerst an Jenny Dole und ihren tragischen Tod. Und nach Jenny dachten sie an Tessa Griffins und Tsaytis Chelin, die am selben Tag dort gewesen waren.

Tessa war nach jener Tragödie nie mehr nach Whitesand Bay zurückgekehrt. Wie um Himmels willen kam Fran dorthin?

»Was schaut ihr mich an?« Tessas Nerven flatterten. »Ihr alle scheint viel mehr zu wissen als ich.«

Wie auf Befehl warf Savanah ein: »Hogan Dole fand die Jacke. Er ging raus, um zu sehen, ob das Kreuz für Jenny noch steht. Da fand er Frans Jacke über das Kreuz geworfen.«

Hogan Dole. Jennys Vater. Er hatte nach dem schrecklichen Tod seiner Tochter ein weißes Kreuz in der Whitesand Bay errichtet. Das weiße Kreuz, das Tessa am Morgen vom Flugzeug aus gesehen hatte. Aber da hatte keine Jacke gehangen.

»Woher will der wissen, dass es Frans Jacke ist?« Ihr Dad sprach aus, was sie dachte.

Lionel Miller kam diesmal Savanah zuvor. »Hogan fand eine alte Bibliothekskarte mit ihrem Namen in der Innentasche.«

»Die kann doch irgendjemand dort reingesteckt haben.« Tessa schüttelte aufgebracht den Kopf. »Das ist doch inszeniert.«

Fran würde nie die Whitesand Bay aufsuchen. Und noch weniger Jennys Gedenkkreuz. »Oder jemand hat sie gegen ihren Willen dort hingebracht. Wird die Gegend abgesucht?«

»Wir dürfen erst hin, wenn die Polizei die Stelle gesichert hat.« Lionel zögerte, dann fügte er hinzu: »Hogan hat rumerzählt, er hätte Blut an der Jacke gesehen.«

Ihr Vater sah sie an. »Tessa, erzähl, was dir Sergeant Halprin verraten hat.«

Wieder richtete sich das Augenmerk aller auf sie.

»Fran ist am Montag in Whatou Lake gesehen worden. Am Tag vor den Morden.«

Lionel schlug mit der Faust auf den Tisch. »Was, und das erfahre ich erst jetzt? Wie soll ich denn eine Suchaktion organisieren, wenn mir solche Dinge vorenthalten werden!«

Cindy beschwichtigte ihn. »Du musst nicht alles auf dich nehmen, Liebling. Jetzt ist Tessa da und kann mithelfen.«

»Das muss ohnehin mit der Polizei abgesprochen werden«, erwiderte Tessa.

»Von wem stammt das Blut auf der Jacke?«, rief Savanah.

»Genug«, Kenneth Griffins schnitt die Diskussion ab. »Wir diskutieren das in meinem Büro.«

Martha Griffins hob abrupt den Kopf. Ihre Augen wirkten

gläsern. »Nein, ich will alles wissen. Das fehlt gerade noch, dass ihr Dinge vor mir verheimlicht.«

Savanah schob ihren Stuhl nach hinten. »Vielleicht sollte die RCMP Hogan Dole verhören. Ist doch merkwürdig, ich mein', so 'n Zufall, dass er Frans Jacke findet.«

Tessa ignorierte sie demonstrativ. »Wo ist die Jacke jetzt?«

Lionel stand auf. »Bei der Polizei, sagt Hogan.«

Tessa schaute zu ihm hoch. Lionel war ein Turm von einem Mann. Cindy, die sich auch erhob, war fast so groß wie er, aber ihre samtene Stimme hätte besser zu einer grazilen Person gepasst. »Liebling, sag ihnen noch, was du vorhast.«

Lionel legte den Arm um sie.

»Wir fangen mit der Suche in Whitesand Bay an, sobald wir hindürfen. Die Polizei geht in Whatou Lake bereits von Tür zu Tür. Wir suchen auch die Umgebung von Whitesand Bay ab. Zum Beispiel den Pfad durch den Wald.«

Tessa runzelte die Stirn. »Und um Frans Haus wird nicht gesucht?«

Lionel tätschelte einen der Hunde, der sich gegen seine Beine drückte, bevor er antwortete: »Damit hat schon die RCMP angefangen. Ich will nur ein paar Leute, die sich im Busch auskennen. Das ist kein Gelände für Sonntagsspaziergänger.«

Tessa wusste, war er meinte. In der Wildnis konnte man sich leicht verirren. Oder sich ein Bein brechen.

»Hank hat Probleme mit einem Grizzly gehabt, bevor er ...« Lionel räusperte sich. »Der verdammte Bär wollte an die Hühner ran. Ließ sich auch nicht von Knallern vertreiben.«

»Das kommt davon, wenn man Hühner im Grizzlygebiet hält.« Savanah stand hinter Martha Griffins und hatte ihr die Hände auf die Schultern gelegt.

Tessa provozierte diese Geste genauso wie Savanahs Worte. »Sie brauchten die Eier, ist das so schwer zu begreifen?«

Savanah zuckte nicht mit der Wimper. »Übrigens, ich hab einen Nudelgratin, den ich aufwärme. Und Gulasch. Lionel und Cindy, wollt ihr mit uns essen?«

Lionel schüttelte seinen Quadratschädel und drehte sich zu

Tessa. »Ich hab die Hunde bei der Polizei abgeholt. Die Katzen sind noch draußen auf der Farm. Im Haus eingesperrt, soviel ich weiß. Die Leute von der RCMP füttern sie, aber …«

Ihr Vater antwortete an Tessas Stelle: »Könnt ihr die Katzen nicht nehmen, wenn wir uns schon um die Hunde kümmern?«

Cindy wehrte mit beiden Händen ab. »Mein Hündchen jagt Katzen, und …«

»Die Katzen kommen zu uns.« Martha Griffins' Stimme durchschnitt den Raum. »Das sind die Katzen der Kinder, Fran würde es von uns erwarten.«

Tessa konnte das Gesicht ihres Vaters nicht sehen. Er stellte sich selten offen gegen die Wünsche seiner Frau, er manipulierte sie vielmehr heimlich. Nie hatte er sich über die Umstände beklagt, die ihm aus der wechselnden Schar von Pflegekindern erwuchsen. Früher, wenn er von der Praxis nach Hause kam, fand er oft Tumult vor statt Ruhe. Vielleicht hätte er sich auch gern eine Waldhütte gebaut, um dem Chaos zu entkommen. Tessa fragte sich oft, welche Dynamik die Ehe ihrer Eltern bestimmte.

Sie wandte den Kopf, um die Miene ihres Vaters zu ergründen. Aber Lionel verstellte ihr das Blickfeld. Er schaute auf Martha Griffins. Tessa kam es vor, als versuchte er, ihrer Mutter etwas zu kommunizieren, was er nicht laut sagen konnte. Als ob er sich quälte, dass er nicht viel für sie tun konnte. Lionel war ein Mensch, der sich schnell Vorwürfe machte, das hatte Tessa immer wieder festgestellt. Sein Vater, der Bürgermeister, erwartete viel von seinen Söhnen. Hank hatte sich dem Druck entzogen, indem er in die Wildnis zog. Aber Lionel, der in Whatou Lake geblieben war, musste den väterlichen Zugriff immer noch spüren.

Tessa beobachtete, wie Martha Griffins kurz den Kopf hob und murmelte: »Danke für den Besuch, Lionel. Und für deine Hilfe. Sie ist uns sehr wichtig.«

Lionel stutzte einen Moment, als ob er etwas erwidern wollte, aber Kenneth Griffins führte ihn und Cindy hinaus. Tessa hörte die drei vor der Haustür sprechen, sie konnte indes keine Worte ausmachen, denn Savanah fütterte die Hunde und deren gieriges Winseln ging in lautes Schmatzen über.

Martha Griffins stand schwerfällig auf und öffnete den Geschirrschrank. »Savanah hat gekocht, du musst etwas essen, Tessa.«

»Und du, Mom, isst du auch?«

Martha Griffins antwortete nicht. Tessa strich ihr übers Haar. Sie war einen Kopf größer als ihre schmale Mutter. Sie nahm ihr die Teller aus der Hand und verteilte sie auf dem Tisch.

Ihr Vater kam herein, mit einer Flasche Wein unter dem Arm.

Auf Tessas erstaunten Blick hin erwiderte er: »Das wird uns zu einem Schläfchen verhelfen.«

Niemand protestierte, aber Tessa füllte sich ein Glas mit Wasser. Sie brauchte einen klaren Kopf. Besorgt betrachtete sie ihre Mutter. Nahm sie Valium ein, wie früher? Alkohol vertrug sich schlecht mit diesem potenten Beruhigungsmittel.

Alle aßen schweigend, wenigstens nahmen sie ein wenig Nahrung zu sich.

Tessa wollte gerade etwas sagen, als Savanah zu reden anfing: »Was ist eigentlich in Whitesand Bay passiert, Tessa?«

Ihre Mutter sprang sofort ein. »Das müssen wir nicht hier ...«

»Savanah, du weißt genau, was passiert ist«, mischte sich Kenneth Griffins ein.

Früher hätte Savanah den Mund gehalten. Aber jetzt fuhr sie ungerührt fort: »Vielleicht hilft es uns, Fran zu finden. Sie ist offenbar dort gewesen.«

Tessa schob den halb leer gegessenen Teller von sich und fixierte Savanah mit ihrem Blick.

»Geht es jetzt um mich oder um Fran?«

»Ich frag mich nur ...«, sagte Savanah, aber Martha Griffins stoppte sie mit einer Handbewegung.

»Lass gut sein, mein Kind.« In ihrer Stimme lag eine unendliche Traurigkeit.

Das ließ alle verstummen. Die Hunde brachten die Erlösung. Sie stießen ihre Nasen an die Menschenbeine und versuchten, sich zwischen die Stühle zu drücken.

»Jemand muss mit ihnen rausgehen«, sagte Martha Griffins.

Ihr Mann erklärte sich dazu bereit. Mit einer Folge von scharfen Befehlen trieb er sich und die Hunde vors Haus.

Martha zupfte Tessa am Ärmelbund. »Komm, ich zeig dir dein Zimmer.«

»Ich helf rasch beim Abräumen«, sagte Tessa.

Ihre Mutter verstärkte den Druck ihrer Hand. »Nein, das kannst du nachher, komm.«

Tessa verstand.

12

Sie folgte ihrer Mutter die Treppe hinauf ins Obergeschoss. Ihr altes Schlafzimmer lag am anderen Ende des Korridors, weit vom Büro ihres Vaters entfernt. Nichts im Zimmer erinnerte mehr an ihre Jugendzeit. Ein neues, breites Bett stand darin, die gelben Gardinen hatte ihre Mutter gegen einen mit Teddybären und Lämmchen bedruckten Stoff ausgetauscht. Hier schliefen Clyde und Kayley, wenn sie Oma und Opa besuchten. Breena hatte ihr eigenes Zimmer. Tessa wurde mit einem Schlag gewahr, dass die Kinder nie wieder in diesem Zimmer übernachten würden.

Martha Griffins setzte sich aufs Bett. Tessa schloss die Tür. Endlich hatte sie ihre Mutter für sich allein. Sie setzte sich neben sie und legte die Arme um sie. Ihnen beiden liefen Tränen über die Wangen. Aber für ein richtiges Weinen waren sie zu erschöpft. Und sie hatten nicht viel Zeit.

»Ich nehm die Pillen nicht mehr, die mir Ken gibt«, flüsterte ihre Mutter. »Sie dröhnen mich zu. Ich laufe herum wie ein Geist.«

»Vielleicht helfen sie dir beim Schlafen?«

»Ich will nicht schlafen. Dann habe ich diese schrecklichen Albträume.«

Sie umfasste wieder Tessas Handgelenke, diesmal mit beiden Händen.

»Ich träumte letzte Nacht, dass Fran tot ist. Sie kommt zu mir und ist … sie ist tot und sie will mich holen.«

Tessa konnte Panik in der Stimme ihrer Mutter hören. Sie fragte sich, ob ihr Vater vielleicht doch richtig entschied, ihr Beruhigungsmittel zu verabreichen.

»Du verarbeitest all das Schreckliche in deinen Träumen«, sagte sie hilflos, »und …«

»Was ist mit den Kindern und Hank passiert? Was habt ihr im Krankenhaus gesehen?« Ihre Mom sah sie flehend an.

Tessa hatte sich vor dieser Frage gefürchtet. Aber sie wusste auch, ihre Mutter würde nicht ruhen, bis sie eine Antwort erhielt. »Dad hat es schon gesagt. Sie wurden erschossen. Hank auch. Wir sahen nicht viel, schauten nur kurz hin. Außer dem Kopf wurde uns nichts gezeigt. Es muss alles sehr schnell gegangen sein.« Wenn sie es oft genug wiederholte, würde sie diese Version bald auch selbst glauben.

»Das haben sie nicht verdient, Tessa. Nicht Hank und schon gar nicht die Kinder.«

Tessa drückte ihre Mutter an sich. »Ich weiß, Mom, ich weiß.« Ihre Stimme versagte.

Auch ihre Mutter brachte ihre Worte nur mit Mühe heraus. »Fran hätte ihre Kinder verteidigt. Warum war sie nicht dort?«

Das fragte sich Tessa auch. Warum war Fran in Whatou Lake gewesen, einen Tag bevor es passierte? Sie überlegte sich ihre Antwort eine Weile, ehe sie erwiderte: »Wir wissen nicht, wie sich alles abgespielt hat, Mom. Die Polizei wird es sicher herausfinden.«

Sie hörten unten die schwere Haustür zuschlagen. Schritte und das Kratzen von Hundepfoten auf dem Holzboden. Dad war zurück. Die Treppe knarrte.

Tessa sah in das von Schmerz verwüstete Gesicht ihrer Mutter. Die kostbare Zeit mit ihr lief aus.

»Es ist gut möglich, dass Fran in Whitesand Bay war«, flüsterte Martha.

»Warum?«, fragte Tessa überrascht.

Ihre Mutter schaute zur Tür. »Sie wollte Beweise finden.«

»Beweise? Wofür?«

Ein Klopfen an der Tür. Martha Griffins zuckte zusammen.

»Einen Augenblick bitte«, rief Tessa. Und leise zu ihrer Mutter gewandt sagte sie rasch: »Wir reden später.«

Martha Griffins nickte.

Ihr Mann stand in der Tür. Der Huskymischling zwängte sich an ihm vorbei ins Zimmer. Kenneth sah seine Frau prüfend an. »Willst du dich nicht hinlegen, Liebling?«, sagte er und hielt ihr die Hand hin.

»Ich gehe unter die Dusche«, murmelte Tessa, während er ihre Mutter mit sich zog.

Als sie aus dem Bad kam, hatte sich der Huskymischling auf dem flauschigen Bettvorleger in ihrem Zimmer zusammengerollt. Er öffnete die Augen halb, um ihre Reaktion abzuwarten. Sie strich ihm über den Kopf und lauschte. Im Haus war es ruhig geworden. Sie schlüpfte unter die Decke und öffnete ihren Laptop. Noch immer waren die Morde den nationalen Medien nur eine trockene Nachricht wert. Die Zeitung Whatou Lake News berichtete jedoch, dass Fran sich am Montag von Dr. Rhonda Kellermann hatte behandeln lassen. Den Grund habe weder die Ärztin noch die Polizei nennen wollen. Tessa wurde zitiert – mit ihrer Bitte um die Hilfe der Öffentlichkeit bei der Suche nach Fran. Die Reporterin beschrieb sie und ihren Vater als Angehörige, *die sichtlich unter Schock stehen*.

Tessa schloss die Augen. Einige Stunden später wachte sie auf. Ein Geräusch hatte sie aufgeschreckt. Draußen war es inzwischen dunkel. Ein Umriss vor dem Fenster: Der Hund stand dort und knurrte. Sie setzte sich schlaftrunken auf und lauschte. Ein Rascheln in der Nähe des Hauses, gefolgt von einem erneuten Knurren. Sie stand auf, tastete sich ans Fenster und hob die Gardinen an. Sie öffnete das Fenster. Feuchtkalte Luft prallte ihr entgegen. Sie lauschte. Nichts.

Doch nach einigen Atemzügen hörte sie ein dumpfes Stampfen, wie davoneilende Schritte auf weichem Boden. Der Hund lief aufgeregt zur Tür. Sie schloss das Fenster und redete auf das Tier ein.

»Du kannst noch nicht raus, mein Guter, es ist viel zu früh.« Der Schwanz des Hundes schlug noch heftiger aus.

Vor der Tür meldete sich eine unterdrückte Stimme.

»Tessa, bist du wach?« Ihr Vater. Sie ließ ihn herein.

»Ich hab was gehört, als ich ins Bad ging«, flüsterte er.

»Ich glaub, jemand ist ums Haus geschlichen. Der Hund hat laut geknurrt.«

Ihr Vater schloss die Tür und setzte sich aufs Bett. Er knipste die Nachttischlampe an. Im Lichtschein sah er bleich aus wie ein Gespenst.

Tessa ging erneut ans Fenster. »Sollen wir rausgeh'n und nachschauen?«

Ihr Vater blieb sitzen. »Wer oder was immer da draußen war, ist jetzt weg.«

»Glaubst du, dass wir auch in Gefahr sind?«

Er zuckte die Schultern. Da begriff sie: Sie konnte nicht mehr alle Antworten von ihrem Vater erwarten. Er stützte sich jetzt auf sie, die Rechtsanwältin. Sie setzte sich neben ihn, um flüstern zu können. »Wir müssen vorsichtig sein. Neugierige Leute werden hier auftauchen. Die Medien. Möchtegern-Detektive.«

Ihr Vater nickte schlaff. »Martha muss aus all dem herausgehalten werden. Sie schläft jetzt fest. Die Mittel wirken.«

»Du gibst ihr Pillen?«

»Sie nimmt keine freiwillig. Deshalb mische ich etwas in den Tee.«

Tessa war entsetzt. »Dad! Das kannst du nicht machen!«

Er sah sie traurig an. »Ich will nicht, dass sie sich etwas antut, Shmuzzle.«

»Sie hat von Selbstmord gesprochen?«

»Nein.«

»Dad, ich glaube, Mom kann gut für sich selbst entscheiden.« Tessa fühlte, wie ihr Blutdruck stieg.

Die Stimme ihres Vaters klang abwehrend. »Ich will ihr nur

helfen. Leg dich jetzt wieder hin, Shmuzzle. Morgen wird ein langer Tag.«

Als ihr Vater weg war, gingen ihr dunkle Gedanken durch den Kopf.

Warum wurde Frans blutverschmierte Jacke – wenn es denn ihre war – ausgerechnet in Whitesand Bay gefunden? Dachten ihre Eltern in ihrer Verzweiflung, dass es eine Verbindung zwischen Jenny Doles Tod und Frans Verschwinden gab? Und vielleicht sogar mit den Morden auf der Farm?

Bevor sie sich wieder hinlegte, holte sie die Pistole aus ihrer Handtasche. Es war eine kleine handliche Waffe, eine Sig Sauer P320, für die sie eine Genehmigung bekommen hatte, weil sie nach einem Gerichtsfall Todesdrohungen erhalten hatte. Damals hatte sie realisiert, wie gefährlich sie lebte. Sie legte die Tasche mit der Pistole auf den Nachttisch.

Doch sie lag lange wach. Sie konnte die quälenden Bilder aus der Leichenhalle nicht mehr zurückhalten. Sie holte ihren Laptop auf den Schoss und notierte sich alles, was ihr in den Sinn kam. Erst als der Morgen anbrach, fiel sie nochmals in einen unruhigen Schlummer, und im Traum wurde sie von Tsaytis Chelin heimgesucht.

13

Eine Wolfsspinne kletterte mit langen Beinen die Wand hoch. Sie war so groß wie die ausgestreckte Hand eines Säuglings.

»So früh sieht man die normalerweise nicht«, bemerkte Dana Eckert und stülpte ein Glas über die Spinne, die erschreckt in ihrem Gefängnis umherrannte. »Reich mir doch bitte rasch etwas aus dem Altpapier dort.« Sie zeigte zu einem Korb neben dem Kamin.

Tessa langte nach einem Briefumschlag. In dessen obere Ecke war eine Blüte des Pazifischen Dogwoodbaumes geprägt. Die Handschrift darauf kam ihr bekannt vor, aber sie hatte keine Zeit, darüber nachzudenken. Dana schob den Umschlag vorsichtig unter das Glas und lief mit beidem, die Spinne sicher dazwischen aufgehoben, zur Balkontür. Eine rasche Bewegung katapultierte den unerwünschten Besucher in den Garten. Anschließend warf Dana den Briefumschlag in den Korb zurück.

»Ich mach dir Tee.« Sie knipste den elektrischen Wasserkocher in der offenen Küche an und stöberte in den Schrankfächern.

Tessa warf einen Blick auf ihr Handy. Boyd Shenkars Name erschien. Sie hatte ihn um Informationen über Ron Halprin gebeten. Sie öffnete Boyds Textnachricht. *Er ist sehr gut, aber erwähne meinen Namen gegenüber Halprin nicht,* schrieb er, und weiter: *Ich habe einen Klienten erfolgreich verteidigt, gegen den er jahrelang ermit-*

telt hatte. Der Klient kam mit zwei Jahren Gefängnis davon, der Staatsanwalt hatte zwölf Jahre verlangt. Halprin muss innerlich gekocht haben. Aber jetzt hast du ihn auf deiner Seite, und sorg dafür, dass er dort bleibt.

Dana drehte sich zu ihr um. Sie trug das Haar modisch kurz. Trotz ihrer neunundfünfzig Jahre und der schwierigen Arbeit als Sozialarbeiterin konnte Tessa nur wenige graue Haare auf ihrem Kopf entdecken. Manche hielten Dana für eine Sitklat`l, aber ihre Vorfahren stammten aus Süditalien. Von ihnen hatte sie nicht nur die olivfarbene Haut, sondern auch eine große Liebe zum Kochen geerbt. Trotz ihrer üppigen Figur bewegte sich Dana wie ein Wiesel.

Sie richtete ihre ausdrucksvollen Augen auf Tessa und fragte: »Wie hältst du dich aufrecht, mein armes Kind? Du musst durch die Hölle gehen.«

Tessa rieb die Finger gegeneinander und seufzte: »Ich bin ein Roboter geworden, Dana. Keine Gefühle, nur kaltes Blut.«

»Warum sagst du das?«

»Gestern Abend bin ich sofort eingeschlafen. Dann hat mich was aufgeweckt, ich lag lange wach, aber irgendwann bin ich wieder eingeschlafen. Das ist doch nicht normal.«

Dana stützte die kräftige Hand auf den Tresen und goss mit der anderen heißes Wasser in einen Krug. Sumpftee, den Dana aus wildem Heidekraut aufbrühte. Tessa hatte ihn schon oft in dieser Stube getrunken.

»Was heißt schon normal? Du schützt dich, Tessa. Du schließt das in verschiedene Schubladen ein, damit du weiter funktionieren kannst. Du weißt, dass du funktionieren musst, weil du Fran finden willst. Und weil du deinen Eltern helfen musst.«

Sie stellte zwei Tassen auf den Tisch. »Setz dich, mein Kind. Sonst fällst du mir wie ein kranker Vogel vom Baum.«

Tessa folgte ihrem Wunsch. Bei Dana musste sie nicht die abgebrühte Rechtsanwältin aus Vancouver sein. Dafür kannten sie sich zu lange. Sie verschwieg ihrer Freundin aber, was sie in der Leichenhalle gesehen hatte. Darüber wollte sie nicht sprechen.

»Das konnte Dad als Arzt auch gut – sich total abschotten …

bis vor Kurzem. Aber jetzt – jetzt scheint er auseinanderzufallen. In der Nacht, als jemand ums Haus schlich, wollte er nicht mal raus, um nachzusehen, was los ist.«

»Was ist denn passiert letzte Nacht?«

Tessa gab ihr die Einzelheiten, soweit sie sich daran erinnerte. Die Pistole auf dem Nachttisch erwähnte sie nicht.

Dana öffnete das Honigglas. »Gut, dass ihr die Hunde jetzt bei euch habt. Die sind wachsam, wenn ihr schlaft.«

Aber sie hatten Hank und die Kinder nicht beschützen können. Jemand hatte sie eingesperrt.

Tessa rührte gedankenverloren in ihrem Tee. »Ich hoffe nur, dass die Polizei Fran bald findet. Hast du eine Ahnung, wo sie sein könnte? Oder warum sie am Montag im Krankenhaus war?«

»Ich hab natürlich davon gehört und mit ein paar Krankenschwestern gesprochen. Aber die halten alle dicht wegen der Polizeiuntersuchung.«

»Wann hast du mit Fran das letzte Mal gesprochen? Hat dich die Polizei bereits befragt?«

»Nein, haben sie nicht. Aber es wird wohl nur eine Frage der Zeit sein. Fran hat mich im April besucht, als sie in Whatou Lake war.« Danas bunte Ohrhänger hüpften, während sie redete.

»Das wissen die Ermittler bereits. Hat sie da was Ungewöhnliches gesagt? Ist dir was aufgefallen?«

»Trink den Tee, Liebes, er wird dir gut tun.« Dana berührte sie an der Schulter. »Fran und ich, wir sprachen über den Staudamm am Grouse-Fluss. Fran wollte mich überzeugen, eine Gerichtsklage gegen die Regierung zu unterstützen.«

Tessa hörte auf, in ihrer Tasse zu rühren. Schon wieder etwas, das ihr Fran vorenthalten hatte.

»Ich wusste gar nicht, dass sie sich gegen den Staudamm engagiert. Sie … Das betrifft sie doch gar nicht. Das Grousetal ist weit weg.«

»Sie wollte ins Grousetal ziehen«, platzte Dana heraus.

Tessa sah sie ungläubig an. »Das … hat sie dir das gesagt?«

Dana nickte. »Sie wollte dort eine Farm kaufen und Landwirtschaft betreiben.«

Tessa hatte Mühe, diese Information einzuordnen. »Aber Hank – er hat doch seine Arbeit in der Watershed Lodge. Es gefällt ihm dort. Wollte er auch …«

»Das weiß ich nicht. Ich hab nicht gefragt.«

Tessa schüttelte den Kopf. »Eine Farm kaufen? Die haben doch gar nicht das Geld dazu.« Sie hatte Fran früher immer wieder mit größeren Geldbeträgen über die Runden geholfen. Das wollte sie aber Dana nicht verraten. Fran würde das nicht wollen.

Tessa trank in langen Zügen. Das altvertraute Aroma des Tees wirkte tröstlich auf sie. Dana hatte sich anerboten, sie heute auf der langen Fahrt zu Frans Farm zu begleiten, um die Katzen zu holen. Sie hatte Tessa auch am Morgen abgeholt, war aber nicht ins Haus gekommen. Tessa fand es merkwürdig.

»Bist du sicher, dass du mitkommen willst?«, fragte sie, obwohl sie Dana dringend brauchte.

»Klar. Wir nehmen meinen Pick-up. Mein Quad steht noch drauf. Das ist vielleicht ganz nützlich. Und Katzenboxen hab ich auch.«

Zehn Minuten später verließen sie Whatou Lake. Die Frühsommersonne warf einen zarten Schein über das feuchte Gras. Tropfen glitzerten an den jungen Halmen. Es musste nachts geregnet haben.

Tessa fiel ein, dass man vielleicht Schuhabdrücke um ihr Elternhaus herum finden könnte. Spuren des nächtlichen Eindringlings. Sie spürte den Impuls, umzukehren und nachzusehen. Zu spät.

Die Luft war klar und die bewaldeten Bergflanken schienen ganz nah. Die Küstenberge türmten sich auf beiden Seiten auf, ihre Gipfel immer noch schneebedeckt, die grünen Ausläufer wie Raubtierkrallen, die das enge Tal packen wollten. Jedes Mal, wenn Tessa nach langer Zeit nach Whatou Lake zurückkehrte, realisierte sie, wie wild und überwältigend hier die Landschaft war. Beim letzten Besuch war sie mit ihrem Vater zum Whatou-Wasserfall hochgestiegen, der sich über vierhundert Meter hohe Felsen hinunter in eine gewaltige Schlucht stürzt. Von dem schwindelerregend hohen Plateau oben sah man nichts als Berge und Wald,

Wald und nochmals Wald. Tessa hatte mit ihrem Vater auf dem steinigen Band der gegenüberliegenden Felswand gesessen, nicht weit vom Abgrund, und die Tiefe und Weite und beängstigende Schönheit der Natur hatten Tessa beinahe den Atem geraubt.

Und trotzdem hatte sie all das hinter sich gelassen.

Dana stellte den Lokalsender ein, solange sie noch Empfang hatten. Schon nach zwei Musikstücken sprach die Moderatorin vom Familienmord in der Wildnis. Sie erwähnte die Mitteilung der Polizei, die am Nachmittag erwartet wurde. Beunruhigt hörte Tessa, wie die Moderatorin die Informationen zusammenfasste, die bereits in der Öffentlichkeit bekannt geworden waren. Frans Besuche in Whatou Lake wurden erwähnt und dass sie als Pflegekind früher bei der Familie Griffins gelebt hatte.

Dann kam die Moderatorin auf die Jacke in Whitesand Bay zu sprechen. Die Polizei werde erst am Nachmittag dazu Stellung nehmen. Tessas Magen zog sich zusammen. Hogan Dole wurde angekündigt, Jenny Doles Vater. Dana drehte die Lautstärke auf. »Ich fand die Jacke beim Kreuz für unser armes Mädchen«, sagte Dole. »Ich ahnte sogleich, dass es Fran Millers Jacke sein könnte. Dunkle Flecken waren da drauf. Das muss ihr Blut sein. Ich hab die Jacke eingepackt und bin zurückgefahren. Jetzt befasst sich die Polizei damit. Das ist ein Unglücksort, das sag ich Ihnen. So viel Unglück, seit unsere Jenny in der Whitesand Bay ihr Leben verlor. Was Fran Miller dort gemacht hat, weiß ich nicht. Aber ich glaub nicht, dass sie lebend gefunden wird. So wie die Jacke aussah. Whitesand Bay ist ein Ort des Todes geworden. Vielleicht müssen andere jetzt für Jennys Tod bezahlen.«

Die Moderatorin ließ Hogan Doles Aussagen kommentarlos stehen und fuhr mit anderen Nachrichten fort. Dana stellte den Ton leiser.

»Jetzt ist er wirklich verrückt geworden«, stieß Tessa hervor. »Das stinkt doch zum Himmel.« Dana sagte nichts. Tessa konnte sich nicht zurückhalten und sprach weiter: »Erstens kennt er Frans Jacke nicht. Zweitens ist jetzt der Fund für die Polizei praktisch unbrauchbar. Hogan nimmt ein mögliches Beweisstück vom Fundort weg und bringt es der Polizei. So vernichtet er doch mögliche Spuren. Wenn du mich fragst, der hat sie dort platziert, um wieder mal auf Jennys Tod aufmerksam zu machen.« Tessa schnaubte vor Entrüstung. »Und er tat es, weil er weiß, dass ich hier bin. Gute Gelegenheit, mir wieder eins auszuwischen.« Und vor allem Tsaytis Chelin, ergänzte sie in Gedanken.

Sie bogen vom Asphalt auf eine von Löchern durchsetzte Schotterstraße ein. Ein Schild warnte: *Forstwirtschaftsstraße – Befahren auf eigene Gefahr.* Von Whatou Lake war nichts mehr zu sehen. Immer weiter drangen sie in die Wildnis ein. Im Fahrzeug war es dunkel geworden. Der Wald hatte sie verschluckt. Auf beiden Seiten flankierten riesige Bäume die festgestampfte Erdstraße. Dahinter wucherte der Dschungel, Farne am Boden, umgestürzte Baumstämme, moosbedeckte Zedern, niedrige Salalstauden, ein üppiger, feuchter, modernder, grellgrüner Lebensraum fast ohne Sonnenlicht. Die Fahrt zu Frans Haus war lang und mühsam. Mindestens zwei Stunden auf einer steinigen Straße mit unzähligen Schlaglöchern, die sich hinauf- und hinunterwand. Tessa verstand, warum Fran diesen Weg nicht oft auf sich nehmen wollte.

Dana gab Tessa recht. »Hogan wird den RCMP-Leuten aus Vancouver die Ohren volllabern. Über Jennys Tod. Die Polizei könnte dir Fragen stellen. Was wirst du ihnen sagen?«

»Dasselbe, was ich damals der Polizei gesagt habe.« Tessa ließ die Rückenlehne des Sitzes nach hinten sinken. »Wir haben Schreie gehört, aber nichts gesehen. Wir wussten nicht, ob es ein Tier oder ein Mensch war. Wir hatten keine Ahnung, dass Jenny am selben Nachmittag zur Whitesand Bay gefahren ist. Es gab nichts, was wir hätten tun können.«

Dana suchte den Funkkanal im Radio, damit sie hören konnte, wann ein Lastwagen mit gefällten Baumstämmen auf dieser Forststraße unterwegs war. Niemand wollte von so einem Brummer überrascht und womöglich gerammt werden. Dana war eine geübte Fahrerin, trotzdem wurde der Pick-up auf der holprigen Fahrspur durchgeschüttelt. Sie kamen nur langsam voran. Dana schaute immer wieder in den Rückspiegel, um zu sehen, ob die

Seile noch hielten, mit denen sie das Quad auf der Ladefläche gesichert hatte.

Plötzlich bremste sie und ihr Fahrzeug kam schlingernd zum Stehen. »Was zum Teufel …!« Ein dunkler Pick-up war unvermittelt von der Seite herausgeschossen und nur um Haaresbreite nicht mit ihnen zusammengeprallt. Ohne das Tempo zu verringern, floh der Fahrer in Richtung Whatou Lake.

»Dieser Idiot!«, schrie Dana. »Er hätte uns fast umgebracht!«

Sie sah Tessa an, die schockiert begriff, was hätte passieren können.

»Hast du den Fahrer erkannt?«

»Nein, wie kann ich denn, ich …«

Dana öffnete die Tür. »Woher kam der? Da ist doch keine Abzweigung.« Sie stieg aus. Tessa zögerte kurz, dann folgte sie ihr.

Im Dickicht entdeckten sie eine Schneise. Frische Reifenspuren waren in der feuchten Erde zu sehen. Sie legten etwa dreißig Schritte auf der Schneise zurück, bevor sie auf Flecken am Boden stießen.

Dana erholte sich als Erste von der Überraschung und flüsterte: »Woher kommt all dieses Blut?«

14

Tessa überlief es kalt. Die Pistole steckte in ihrem Rucksack in Danas Pick-up. »Guck mal, hier!« Dana zeigte auf ein Büschel Haare, das an einem dunklen Flecken klebte. Tessa kniete nieder, um es zu inspizieren.

»Ein Tier.« Dana erhob sich. »Sieht nach einem Bären aus.«

»Wilderer?« Tessa lief einige Schritte zurück, den Reifenspuren entlang. »Ich kann wirklich nichts daraus lesen.«

Dana verschränkte die Arme. »Dunkle Pick-ups gibt es hier wie Sand am Meer. Schade, dass wir das Kennzeichen nicht gesehen haben.«

»Wir müssen uns die Stelle merken«, riet Tessa. Sie folgte Dana zurück auf die Waldstraße.

»Kein Problem, ich hab ein GPS im Auto. Und ein Satellitentelefon.«

Dana sah sie an, und Tessa verstand. Sie sprach es als Erste aus: »Wenn wir die Polizei jetzt anrufen, wollen die bestimmt, dass wir hier auf sie warten. Das wird uns aufhalten.«

Dana nickte. Sie umrundeten den Pick-up.

»Es könnte auch nur ein Elch sein und kein Grizzly«, sagte Tessa, als sie hineinkletterte.

Dana traf die Entscheidung. »Es ist noch eine Stunde bis zu

Frans Haus. Es wimmelt sicher von Polizei dort. Dann kannst du denen das brühwarm erzählen.«

»Wilderer. Das wird die Leute von der Watershed Lodge nicht freuen«, bemerkte Tessa, als sich der Pick-up wieder in Gang setzte. »Und Telford Reed auch nicht.«

Dana stellte den Funkkanal leiser. »Wer?«

Tessa erzählte ihr von der unerwarteten Begegnung mit dem Sohn des verstorbenen Outfitters Eric Reed.

Dana schaltete den Vierradantrieb ein. Sie hatten den schwierigsten Abschnitt vor sich, er war ungefähr sechs Kilometer lang, danach wurde die Lehmstraße wieder flacher. »Was soll sich dieser Telford Reed um Wilderer sorgen? Das ist doch dem egal, der nimmt das Geld von der Watershed Lodge, damit kein Outfitter auf seinem Gebiet Jagdausflüge organisiert. Er ist nicht dafür verantwortlich, ob Leute dort wildern oder nicht.«

»Nein, verantwortlich ist er nicht, aber wenn gewildert wird, dann fragen sich doch die Leute, ob er eventuell jemandem grünes Licht für die illegale Jagd gab.«

»Oder ob er selber Bären jagt?«, schoss Dana zurück.

Plötzlich fühlte sich Tessa wie auf einer Drohne über der Situation schweben. Unter ihr spielte sich eine unwirkliche Szene ab. Die beinahe sachliche Art, wie sie mit Dana über alles sprach. Die Distanz, die sie zwischen sich und die Angst um Fran und den Horror nach den Morden legte. Die Bilder der Toten, die sie mit aller Macht von sich fernhielt. Und doch wusste sie, dass es im Moment ihre einzige Option war.

Nach einer halben Stunde erschienen offene Grasflächen auf der linken Seite, von kleinen Tümpeln durchbrochen.

»Halt hier an«, rief Tessa.

»Hier?«

»Ich will zum Bibersee. Zu Frans und Hanks Hütte.«

Dana legte die Stirn in ein großes Fragezeichen. »Wollen wir nicht zuerst zur Farm fahren?«

Tessa hielt die Hand bereits auf dem Türgriff. »Ich will einfach nachsehen.«

»Wie?«, fragte Dana, die die Antwort bestimmt ahnte.

»Mit dem Quad. Willst du mitkommen?«

»Nein, ich warte hier. Du wirst schnell zurück sein, nicht wahr?«

Tessa nickte. Sie zog sich ihre Wanderjacke über. Wenn Savanah sie jetzt sähe, mit ihren alten Trekkingstiefeln, Bluejeans und Sweatshirt, könnte sie nicht mehr über ihre Stadtklamotten spotten.

Sie gingen zur Rückseite des Pick-ups und bauten eine Rampe aus Holzlatten, die Dana stets im Pick-up mitführte. Dann fuhr sie das Vierrad von der Ladefläche. Tessa legte sich den Rucksack mit der Pistole um und bestieg das Quad. »Eine halbe Stunde etwa, okay?«

Dana winkte mit der Hand, nicht sehr überzeugt, das konnte Tessa sehen. Aber sie hatte keine Zeit, sich darüber Gedanken zu machen. Sie steuerte die Lichtung im Wald an, von der aus es zum Bibersee ging. Sie hielt sich auf der Seite des Waldrandes, wo der Untergrund fest war, mähte mit ihrem Geländefahrzeug niedriges Gebüsch nieder und stieg eine steile Böschung hinauf. Von dort konnte sie die Schneise sehen, der sie folgen musste. Sie gab Gas und hielt darauf zu. Zunächst war sie erleichtert, auf der richtigen Spur zu sein. Aber dann sah sie ein anderes Reifenprofil im Boden. Hatte die Polizei die Hütte bereits durchsucht? Oder war jemand anders hier unterwegs gewesen?

Sie versuchte sich zu beruhigen. Vielleicht einer, der im Bibersee fischen wollte. Nach einer Viertelstunde konnte sie das Dach der Hütte sehen, die Hank vor einigen Jahren gebaut hatte. Sie lag nahe am See, der jetzt ebenfalls in ihr Blickfeld geriet. Das Wasser kräuselte sich im Wind. Schilf wogte am Ufer hin und her. Hank hatte mit seiner Kettensäge Platz für die Hütte gemacht, eine kleine unbedeutende Ecke im unendlichen Geflecht der Bäume, das den See wie ein enger grüner Kragen umschloss. Tessa wandte den Blick von der schönen Kulisse ab und legte die letzten Meter bis zur Hütte zurück. Die roh gezimmerte Tür stand offen. Tessa sprang vom Quad und lauschte. Als sie nichts hörte, lief sie auf die Hütte zu. Vorsichtig blieb sie im Türrahmen stehen und spähte ins Innere.

Ihr bot sich ein Bild der Verwüstung. Der Tisch war über den Haufen geworfen, ebenso die Stühle. Auf dem Boden verteilt lagen Dosen, Werkzeuge, Fischruten, Stiefel und zerbrochene Tassen. Aus einem zerrissenen Schlafsack quoll weißes Material wie Eingeweide.

Tessa schaute fassungslos auf die Zerstörung vor sich. Wer hatte eine solche Wut auf Frans Familie, dass selbst eine einfache Hütte nicht verschont blieb? Sie tastete sich auf die Ecke zu, wo Fran unter einem losen Bodenbrett ein Versteck eingerichtet hatte. Tessa fand die Stelle und blieb wie angewurzelt stehen. Das Brett war mit Nägeln fest gehämmert.

Plötzlich ein Geräusch draußen. Erschrocken fuhr sie herum und spähte zur Tür hinaus.

15

Er stand zehn Meter von der Hütte entfernt und sah sie an.

»Tessa«, sagte Tsaytis Chelin.

Sie fühlte, wie sich ihr Inneres pulverisierte. Ihre Hände wurden feucht.

Verdammt, warum hat er immer noch diese Wirkung auf mich?

Sie war auf dem Weg, eine der besten Familienanwältinnen in Vancouver zu werden. Sie hatte den Ruf, zäh und verbissen zu sein. Eine Hyäne im Schafspelz, hatte ein gegnerischer Anwalt sie genannt.

Und hier stand sie mit weichen Knien. Seit sie in Vancouver lebte, hatte sie sich der Illusion hingegeben, dass es ihr nie wieder passieren würde. Doch heute verstand sie, warum sie nicht gleichgültig bleiben konnte. Dieser gerade Blick aus seinen schwarzen Augen. Ein Gesicht, das Stärke, Stolz und Unbeugsamkeit ausdrückte. Der kraftvolle Körper. Das pechschwarze Haar, das ihm wie einst in die Stirn fiel. Aber vor allem der Mund über dem markanten Kinn. Immer entspannt und unbewegt, wenn er schwieg, selten lächelnd. Wie oft hatte Tessa auf diese Lippen gestarrt, wenn sie auf eine Antwort dieses Mannes wartete.

Wie beim letzten Treffen vor fünfeinhalb Jahren, bevor sie sich wütend getrennt hatten. Was er ihr damals sagte, hatte einen schwindelnd tiefen Graben zwischen ihnen aufgetan.

Sie riss sich zusammen. Heute ging es um etwas anderes.

Noch bevor Tsaytis einen Schritt auf sie zu machen konnte, rief sie: »Bleib stehen!«

Er trug ein Jagdgewehr über der Schulter.

»Wirf das Gewehr runter!«, brüllte sie.

Tsaytis stutzte einen Moment, dann ließ er das Gewehr auf den Boden fallen.

»Stell dich dorthin.« Sie zeigte auf einen weiter entfernten Baumstrunk.

»Ich tu dir nichts«, erklärte er beschwichtigend, folgte aber ihrer Anweisung.

Sie lief auf das Gewehr zu und hob es auf. Sie öffnete das Patronenlager, nahm die Patronen heraus und steckte sie in ihre Tasche.

Er sah ihr ungerührt zu, die Arme locker in die Hüften gestemmt.

»Vielleicht hast du ja auch eine Schusswaffe bei dir.«

»Darauf kannst du wetten.« Sie zeigte ihm die Pistole und steckte sie wieder ein.

»Was tust du hier?«

Er durchbohrte sie mit den Augen. Schwieg.

Ihr Hals war trocken. Sie hielt eine Distanz von zehn Schritten zu ihm.

»Wer ist in die Hütte eingebrochen?«

Seine Augenbrauen hoben sich. Aber er sagte immer noch nichts. Er schien ganz damit beschäftigt, ihren Anblick in sich aufzunehmen. Wie jemand, der ein faszinierendes Gemälde betrachtet.

Sie ließ nicht locker. »Warum tauchst du hier auf, bei Frans Hütte?«

Er bewegte den Kopf Richtung See.»Habt ihr Fran noch nicht gefunden?«, fragte er.

Tessa schüttelte den Kopf. »Was machst du hier mit einem Gewehr?«

Er setzte sich auf den Baumstrunk. Die Hände legte er locker in den Schoss. Hände, die sie damals gehalten hatte, als sie noch Freunde waren.

Sein Blick war weiterhin durchdringend. »Jemand muss nach Fran suchen, der sich hier auskennt.«

»Du suchst Fran?« Ihre Stimme klang nicht mehr so hart.

»Ich und noch ein paar unserer Leute.«

»Wie kommt es, dass ausgerechnet du die Toten gefunden hast?«

Tsaytis verstand sofort, was sie meinte. Er war darin geübt, ihre Gedanken zu lesen. »Ich war nicht allein, ich habe einen Zeugen.«

Sie sah ihn überrascht an. Tsaytis hatte einen Zeugen, der ihn entlasten konnte.

»Wer war bei dir?«

»Frag die Polizei.«

Sie trat unwillkürlich einen Schritt auf ihn zu. »Warum hilfst du mir nicht? Ist nicht alles schon schlimm genug?«

Sein Gesicht blieb völlig ruhig. »Sergeant Halprin will nicht, dass ich darüber rede. Ich würde nichts tun, was die Ermittlungen behindern könnte.«

Seine kühle Antwort ärgerte sie. »Und dann treffe ich dich hier an, bei Frans Hütte, mit einem Gewehr. Tsaytis Chelin spielt plötzlich selber den Ermittler.«

Er rutschte vom Baumstrunk. Sie wich instinktiv zurück. Er ignorierte ihre Reaktion und stieg auf die Rampe, die zur Tür der Hütte führte.

»Komm«, sagte er. »Ich zeig dir was.«

Er kannte sie zu gut. Wusste, dass sie dieser Aufforderung nicht widerstehen konnte. Mit einer Hand hielt sie die Pistole umklammert, die sie in ihre Westentasche gesteckt hatte. Im Innern wich er der Verwüstung auf dem Boden aus und deutete auf die Wand. Tessa erkannte auf Kopfhöhe langgezogene Kerben im Holz, die senkrecht verliefen.

»Und hier.« Tsaytis zeigte in die Ecke. Dieselben Spuren. Tessa brauchte nicht lang zu überlegen.

»Ein Bär«, sagte sie.

Er näherte sich der Tür. »Was kannst du hier sehen?«

»Wo?«

»Schau dir die Tür genau an.«

Ihr Blick glitt über die Oberfläche. Zuerst außen, dann innen.

Nur wenige Kratzspuren.

Hätte der Bär die Tür abgeschlossen vorgefunden, hätte er sie mit seinen Tatzen zertrümmert. Aber die Tür war praktisch unversehrt. Der Bär musste sie allein mit seinem Gewicht eingedrückt haben.

»Die Tür war unverschlossen, als der Bär kam«, sagte sie, ohne Tsaytis anzusehen.

Er verharrte vor dem Eingang, ließ sie nicht an sich vorbei.

»Die Tür war sonst mit einer Kette gesichert«, sagte Tessa. Fran und Hank hätten den Zugang zu der Hütte nicht ungeschützt gelassen. Nicht mit der ganzen Fischerausrüstung drin.

»Mit der Kette hier?« Tsaytis sprang von der Rampe hinunter. Vor seinen Trekkingstiefeln lag etwas auf der Erde.

Tessa schaute auf die Kette. Hatte sich Fran in der Hütte versteckt und war dann in Panik geflohen? Hatte jemand die Hütte durchsucht? Und hinterher die Tür unverschlossen gelassen?

Die Sonne, die inzwischen hoch am Himmel stand, blendete sie. Sie trat in den Schatten der Hütte. »Weißt du etwas, was uns weiterhelfen könnte? Hatte Hank Feinde?« Sie war sich bewusst, dass sie an einen Mann appellierte, den sie einst mit Vorwürfen überschüttet hatte. Den sie aus ihrem Leben verbannt hatte.

Aber sie brauchte Hilfe. Fran brauchte Hilfe.

Sein Blick wurde weicher. »Ich wollte, ich hätte eine Antwort, aber ich bin so ratlos wie du.«

Sie schaute über den funkelnden See, den dunkelgrünen Waldsaum rundherum. Hank und die Kinder würden hier nie mehr fischen. Und Fran würde nie mehr in dieser Hütte entspannte Stunden beim Zeichnen verbringen. Mit jeder Stunde wurde es weniger wahrscheinlich, sie lebend zu finden. Ihr kam die Begegnung mit Lola Dole im Tim-Hortons-Lokal in den Sinn.

»Vielleicht wurde Fran von einem Grizzly gefressen wie meine Jenny.«

Lola hatte sich ihre eigene Version der Ereignisse zurecht gelegt. Kein Wort davon, dass ihre Tochter heimlich das Quad ihres Vaters genommen hatte und allein nach Whitesand Bay gefahren war, zwei Dinge, die ihr ausdrücklich verboten waren. Jenny wollte herausfinden, was Tsaytis und Tessa in Whitesand Bay trieben. Das hatte sie ihrer Freundin erzählt, die es zuerst ihrer Mutter und dann der Polizei verriet. Das ganze Dorf erfuhr, dass Jenny ihre Eltern angelogen und ihnen erzählt hatte, sie werde den Nachmittag bei ihrer Freundin verbringen.

Zwei Wildhüter spürten den Grizzly am darauffolgenden Abend auf, als er zu seinem vergrabenen Opfer zurückkehrte. Sie erschossen das Tier, das seine Beute entschlossen verteidigte, auf der Stelle. Eine Autopsie ergab, dass es sich um eine alte Bärin handelte, der etliche Zähne fehlten. Ihr Kiefer hatte sich nach einer Verletzung entzündet. Sie musste ständig unter Schmerzen gelitten haben.

In Whatou Lake glaubte man Tessa und Tsaytis, dass sie nichts von Jennys Fahrt nach Whitesand Bay gewusst hatten. Die Verzweiflung der Doles richtete sich trotzdem in aller Härte gegen Tessa, die mit dem Leben davonkam, während ihre Tochter starb. In Tsaytis sahen sie den verdammten Sitklat`l, der auf Jenny so viel Anziehung ausgeübt hatte, dass sie das Quad des Vaters entwendete und ihre Eltern hinterging, um ihm an diesen unglückseligen Ort zu folgen.

Sie spürte Tsaytis' Augen auf sich und hörte ihn reden: »Ich habe auf dich gewartet, Tessa. Damit wir in Ruhe miteinander sprechen können.«

»Warst du gestern Nacht bei unserem Haus?«

Er stritt es nicht ab.

Sie machte eine unwillige Geste, als müsste sie ein Spinnennetz wegwischen.

»Du hast gelernt, mich abzulehnen. Glaubst du, das ist mir entgangen? Du wolltest nichts mehr mit einer Weißen zu tun haben. Das fing doch schon auf der Uni an.« Sie konnte ihm nicht ins Gesicht sehen, als sie fortfuhr: »Du dachtest, du verlierst deine Identität, wenn wir befreundet bleiben. Du hast dich radikalisiert, und das hab ich auch verstanden. Zorn und Widerstand versteh ich sehr gut.« Sie legte einen sarkastischen Unterton in ihre Stimme. »Was ich nicht verstand, war, dass es dich blind für alles andere machte.«

»Tessa.« Er legte die Hand sekundenlang auf ihre Schulter. Die Berührung durchfuhr sie wie ein Stromstoß. »Du machst es dir zu einfach …«

Sie wartete auf eine Erklärung. Aber Tsaytis verstummte, als hätte er es sich anders überlegt. Als wollte er keine neue Schlacht an einer alten Front beginnen.

Er ging zu der Stelle, an der er das Gewehr niedergelegt hatte. Als er es aufhob, protestierte sie nicht. Die Bedrohung, das ahnte sie, ging nicht von dieser Schusswaffe aus. Aber sie hätte nicht sagen können, woher die Gefahr kam.

»Ich muss zurück«, sagte sie und hielt ihm die Patronen entgegen. »Dana wartet auf mich.«

Er merkte auf. »Dana Eckert?«

»Ja.« Sie deutete auf das Jagdgewehr. »Das wirst du brauchen. Wilderer sind unterwegs.«

»Wo? Hast du jemanden gesehen?«

»Ich sags dir, wenn du mir verrätst, was du auf der Farm gesehen hast.«

Sein Gesicht verschloss sich. »Darüber kann ich nicht verhandeln.«

Sie warf die Patronen auf den Boden und schritt auf das Quad zu. Dort drehte sie sich um. »Wir helfen uns also nicht gegenseitig?«

Von hier aus sah sie das Boot, das halb aufs Ufer gezogen war. Er musste von der Südseite hergekommen und dann über den See gefahren sein.

Tsaytis Chelin stand bewegungslos an derselben Stelle. Seinen Blick hielt er abgewandt, die kraftvolle Gestalt aufrecht, in der Erde verankert. Eine Körperbeherrschung, die nicht antrainiert, sondern angeboren war. Er beherrschte auch sein Temperament.

Sie war es gewesen, die bei der letzten Begegnung vor fünfeinhalb Jahren vor Empörung getobt hatte. Tsaytis war nie aus der Fassung geraten.

»Wie kannst du das zulassen?«, hatte sie eins ums andere Mal geschrien. »Wie kannst du das nur zulassen?«

»Unsere Kultur ist nicht eure Kultur«, hatte er ungerührt geantwortet. »Unsere Gesetze sind nicht eure Gesetze, und unser Leiden ist nicht euer Leiden.«

»Quatsch! Alle Menschen sind im Leiden gleich.«

Darauf sprach Tsaytis den Satz aus, den sie nie mehr vergaß: »Fang nicht an, mich zu belehren, Tessa. Diese Zeiten sind vorbei.«

Diese Zeiten sind vorbei.

Sie hängte sich den Rucksack um, als sie Tsaytis' Stimme hinter sich hörte.

»Hank wollte sich genau diese zwei Tage freinehmen, als es passierte. Als die Morde passierten. Normalerweise arbeitet er eine Dreiwochenschicht und dann hat er fünf Tage frei. Aber er bat uns um diese zwei Tage. Ich weiß nicht, was der Grund war.«

Sie begegnete seinem Blick. Tsaytis war immer im Bild, was in der Watershed Lodge vor sich ging. Die Lodge gehörte den Sitklat`l, und Tsaytis' Frau Noreen war die Managerin.

»Er musste nach den Kindern schauen«, sagte sie, »weil Fran zur Ärztin nach Whatou Lake fuhr.«

Tsaytis schwieg.

Sie räusperte sich. »Kurz vor Kilometer einundvierzig gibt es eine Schneise auf der linken Seite. Sie ist sichtbar, wenn man darauf achtet. Ein dunkler Pick-up ist plötzlich von dort auf die Straße gebogen. Er hat uns fast angefahren. Ist dann wie der Teufel in die Gegenrichtung davongefahren. Wir haben angehalten und die Schneise abgesucht. Haben Blut und Grizzlyhaare gefunden. Oder Elch. Ich glaube eher Grizzly.«

»Habt ihr den Fahrer erkannt?«

»Nein, es ging zu schnell. Wir waren zu erschrocken.«

Er schien die Informationen zu überdenken. Auf seiner Stirn erschien eine Längsfalte.

»Jetzt bist du dran«, sagte sie. »Was habt ihr gesehen? Wer war dein Zeuge?«

Wieder dieser Blick, der sich plötzlich verschloss. »Frag den Sergeant aus Vancouver«, antwortete er. Mit wenigen Sätzen war er bei seinem Boot und band es los. Sie hörte den Motor, als sie das Quad bestieg. Dann ging er im Aufheulen ihres Vierrads unter.

Eine Woge von Gefühlen überschwemmte sie, während sie mit dem Vierrad über Wurzeln und Steine hüpfte. Wut, Schmerz, Frustration, Ohnmacht, Enttäuschung. Sie lenkte das Gefährt unbarmherzig über alle Hindernisse hinweg. Was für ein Schlamassel. Eine verpasste Chance auf Versöhnung. Eine verpasste Chance, mehr über den Mörder zu erfahren, der hier sein Unwesen trieb.

Als Tessa bei der Wegbiegung anlangte, war Danas Pick-up nicht zu sehen.

16

Tessa traute ihren Augen nicht.

An einigen Stellen fand sie tiefe Reifenspuren. Von welchem Fahrzeug, konnte sie nicht sagen. Dana war vielleicht des Wartens müde geworden. Tessa hatte versprochen, nach einer halben Stunde zurück zu sein, aber es hatte fast doppelt so lange gedauert. Sicher war Dana nicht nach Whatou Lake zurückgefahren. Frans Haus war nicht mehr weit.

Tessa nahm die Fahrt mit dem Quad wieder auf. Sie passierte die Abzweigung für die Laster, die ihre Baumstämme Richtung Süden transportierten. Nach zehn Minuten kam die Zufahrt zum Millerschen Anwesen in Sicht. Und sie sah den Pick-up, daneben Dana und einen Polizeibeamten. Tessa erkannte den Constable von gestern.

Kaum war sie vom Quad gehüpft, ließ sie ihrer Frustration freien Lauf. »Warum bist du mir davongefahren? Ich hatte keine Ahnung, wo du bist!«

Dana nahm es gelassen. »Ein Lkw war auf der Route, Tessa. Ich musste ihm Platz machen. Ich hatte keine Wahl.« Dana schaute zum Polizisten, der die Szene beobachtete, und dann wieder zu ihr. »Ich habe dem Constable gerade erklärt, warum wir gekommen sind.«

Tessa wollte das Thema nicht wechseln. Ihr war kein Laster begegnet. Sie war immer noch verärgert. »Ich versteh nicht …«

Dana schnitt ihr das Wort ab. »Der Constable hat mir gerade erklärt, dass wir nicht einfach hier rein können.«

Der Beamte nickte. »Das ist ein Tatort, den wir noch nicht freigegeben haben. Nur die Polizei hat momentan Zutritt.«

»Aber man hat uns gesagt, dass wir die Katzen holen sollen«, entgegnete Dana.

»Wer hat Ihnen das gesagt?«

»Sergeant Halprin«, platzte Tessa heraus, ohne zu überlegen.

Prompt erwiderte der Polizist: »Warten Sie, ich werde ihn fragen.«

Fehlschlag, dachte Tessa und sah Dana vielsagend an, als ihnen der Constable den Rücken zudrehte und einem Uniformierten zurief, den Sergeant zu holen.

Dana hob die Augenbrauen.

Nach zwei Minuten tauchte Ron Halprin auf. Sie konnte keinen Ärger auf seinem Gesicht entdecken, eher Überraschung, was sie erleichterte. Seine ruhige Stimme verriet keine Ungeduld, als er sagte: »Ms Griffins. Sie hier? Ich hätte eher vermutet, Sie seien in Whatou Lake bei Ihrer Familie.«

Sie verbiss sich, mit ‚Das habe ich auch von Ihnen angenommen'zu antworten.

Stattdessen sagte sie: »Lionel Miller brachte uns die zwei Hunde. Er sagte – oder wenigstens hab ich das so verstanden –, dass Sie … dass wir die Katzen abholen sollen. Sie seien den Ermittlern im Weg.«

»Ja, die Katzen.« Er ließ seinen Blick auf ihr ruhen. Sie lenkte ab, indem sie ihm Dana vorstellte. »Sie war früher Sozialarbeiterin in Whatou Lake.«

Halprin ließ sich Danas Namen wiederholen. Er schien sich eine Notiz im Kopf zu machen

»Wie viele Katzen sind es?«

»Drei. Wir haben drei Katzenkörbe dabei.«

Halprin strich sich übers Kinn. Er senkte die Augen auf ihre schmutzigen Trekkingstiefel. Seine Gedanken waren offenbar woanders.

»Wir haben, glaub ich, zwei im Vorratsraum eingesperrt. Die dritte muss uns entwischt sein.« Er wandte sich an seinen Mitarbeiter.

»Ich nehme Ms Griffins mit mir. Bitte warten Sie mit Ms Eckert.«

»Ich kann ums Haus herum nach der dritten Katze suchen«, schlug Dana vor.

»Das Gelände gilt noch als abgeriegelter Tatort, und wir wollen keine Spuren beeinträchtigen.« Halprins Stimme klang beinahe nachsichtig.

Tessa entdeckte einen Anflug von Enttäuschung auf Danas Gesicht. »Sperr die Augen auf, wenn du drin bist«, flüsterte sie Tessa zu, als sie zwei Katzenkörbe aus dem Pick-up luden. Tessa brummte zustimmend, erwartete aber nicht, ins Haus gelassen zu werden.

Halprin führte sie die Zufahrt hinauf, zur hinteren Seite des Farmhauses. Dort hatte Hank einen Raum angebaut, den die Familie als Lagerraum benutzte.

»Die Katzen sind da drin«, erklärte er.

»Darf ich rein?« Tessa stellte die Katzenkörbe ab.

»Ja. Sie müssen diese beiden überziehen.« Er hielt ihr zwei Plastikschützer für die Schuhe hin. »Hat Hank manchmal die Hunde eingesperrt?«

Sie dachte nach. »Normalerweise nicht. Nur wenn jemand auf Besuch kam und die Hunde verrücktspielten ... ein oder zwei Stunden blieben sie vielleicht da drin. Die Hunde waren nicht aggressiv, nur aufgeregt vor Freude. Aber weil sie so groß sind, können sie manchen Leuten ein bisschen zu viel werden. Mir macht das nichts aus, sie beruhigen sich immer schnell wieder.« Plötzlich durchfuhr sie ein Gedanke. »Wenn die Hunde eingeschlossen waren, dann muss es eine Person gewesen sein, die Hunde nicht mag. Oder Angst vor ihnen hat. Sonst hätte Hank nicht ...«

Er unterbrach sie mit einer weiteren Frage. »Wann hat Fran die Kinder jeweils im Haus unterrichtet?«

»In der Regel am Morgen.«

Halprin registrierte auch diese Information und suchte dann etwas in seinen Jackentaschen. Tessa ging seine Frage nicht aus dem Kopf. Warum waren die Kinder im Haus, wenn ihr Vater draußen war? Während Hanks seltener Tage zu Hause wären sie doch jede Minute um ihn herum gewesen. Es hatte nicht geregnet. Hatte Hank sie ins Haus geschickt, weil er eine Gefahr ahnte?

Halprin reichte ihr Handschuhe aus Latex und zog sich selbst welche über.

Sie wollte ihre Gelegenheit nicht verpassen.

»Sergeant …«

»Ron für Sie. Darf ich Sie Tessa nennen?«

»Ja, klar. Ron, darf ich erfahren, wer mit Tsaytis Chelin zusammen war, als er die Leichen entdeckte?«

Er kniff die Augen zusammen. »Wer hat Ihnen gesagt, dass Tsaytis nicht allein war?«

»Er selber. Ich wollte Ihnen gerade erzählen, dass ich vorhin kurz bei Frans Hütte war. Sie sind sicher schon über diese Hütte am Bibersee informiert. Ich habe das Quad genommen. Dort traf ich Tsaytis an. Ganz unerwartet. Er ist mit dem Boot über den See gekommen. Ich … Die Hütte war verwüstet. Ein Bär ist eingedrungen. Wir haben Kratzspuren gesehen.«

Rons Mund zog sich unmerklich zusammen. »Es wäre besser gewesen, Sie hätten mich informiert, bevor Sie da hinfahren, Tessa. Wir haben Spezialisten, um Spuren zu sichern.«

»Sie haben recht, Ron. Ich habe nichts angefasst. Tsaytis auch nicht. Es war eine spontane Entscheidung von mir, weil ich gerade in der Nähe war. Eine plötzliche Hoffnung, dass Fran dort sein könnte … weil jede Minute zählt.« Halprin war sicher nicht glücklich über ihr Vorgehen, das verstand sie. Eine Rechtsanwältin konnte sich nicht damit herausreden, ahnungslos zu sein.

»Wir wissen sehr gut, dass jede Minute zählt. Das bedeutet auch, je früher wir eine Information erhalten, umso besser.«

Sie nickte. »Ich hab angenommen, dass die Familie Miller oder sonst jemand Sie bereits über die Hütte informiert hat. Aber es dürfte Sie interessieren, dass es ein Fach unter dem Holzboden gibt. In der Ecke neben dem Fenster auf der Westseite. Unter einer losen Holzplanke. Fran zeigte mir einmal das leere Versteck, als ich sie besuchte. Sie sagte mir, sie wolle dort eine Schusswaffe reinlegen. Sie würde sich besser damit fühlen, wenn sie allein am See sei. Ob sie es je getan hat, weiß ich nicht. Als ich vorhin in der Hütte war, sah ich, dass die Planke zugenagelt war. Das fand ich seltsam.«

»Von was für einer Waffe sprach Fran?«

»Keine Ahnung. Sicher gab es auch Schusswaffen hier auf der Farm. Hank besitzt ein Jagdgewehr, daran kann ich mich erinnern.«

Der Sergeant schaute zum Waldrand hinüber, dann wieder auf sie. Ein leises Miauen war hinter der Tür zum Lagerraum zu hören.

»Unsere Leute waren schon kurz bei der Hütte, um zu sehen, ob Fran dort ist. Da war alles noch intakt. Der Bär muss später aufgetaucht sein. Ich werde nochmals jemanden hinschicken. Danke für den Hinweis.«

Er bog die Finger unter dem Latex wie Krallen, bevor er fragte: »Sie wollten nicht bei der Pressekonferenz heute dabei sein?«

»Ich dachte, sie sei am Samstag.«

»Ja, dann wird es eine zweite geben. Heute machten wir was ganz Kurzes.«

»Können Sie mir sagen, wer mit Tsaytis hier auf der Farm war?«

»Nein«, erwiderte Ron trocken. Sie standen vor der Tür, die er aus irgendeinem Grund noch nicht geöffnet hatte. Er war so nah, dass sie seine Stirnfurchen deutlich sehen konnte. Sie passten zu ihm. Er musste ständig über den Fall nachdenken, um dem Täter vorauszusein. Seine stoische Haltung provozierte sie.

»Deswegen sind Sie hier und nicht auf der PK in Whatou Lake, weil Sie eigentlich gar nichts sagen wollen«, bemerkte sie spitz.

»Das kann Ihnen als Rechtsanwältin nicht neu sein.« Er sagte es freundlich. »Wir versuchen nur, dem Täter einige Informationen vorzuenthalten.«

»Und Fran? Weiß man mehr? Was ist mit der Jacke in Whitesand Bay?«

Falls er sich wie bei einer Befragung fühlte, ließ er sich nichts anmerken.

»Die Jacke ist Frans Jacke, und das Blut stammt von ihr.«

»Und wie kam die Jacke dorthin?«

»Das kann ich Ihnen nicht sagen.«

Halprin legte die Hand auf den Türgriff. »Tessa, wir tun unser Möglichstes, aber es ist eine Morduntersuchung und wir wollen keine Fehler machen. Es sind Leute unterwegs, die nach Fran suchen. Wir suchen auf vielen Kanälen und an vielen Orten gleichzeitig nach ihr.«

Sie dachte an Boyds Text: *Er ist sehr gut … jetzt hast du ihn auf deiner Seite, und sorg dafür, dass er dort bleibt.*

Sie schaute auf. Ron Halprins mitfühlender Ausdruck rührte sie. Er war ein Mensch geblieben, trotz der Anforderungen seines Berufs. Nicht so ein kalter Fisch.

»Danke«, erwiderte sie, so sanft sie konnte. »Bitte sagen Sie mir, wenn ich irgendwie dabei helfen kann.«

Er nickte. »Die Katzen.«

»Es sind also nur zwei Katzen hier drin?«

»Ja, wir haben nur zwei erwischt.«

Sie schlüpften in den Raum und schlossen rasch die Tür hinter sich.

Tessa drückte auf den Lichtschalter. Die erste Katze war leicht zu fangen. Sie kam miauend auf sie zu. Die zweite zierte sich und versteckte sich immer wieder unter den Regalen. Der vollgestopfte Lagerraum wirkte auf Tessa wie eine Rumpelkammer. Langlaufskier, ein Dreirad, alte Spielzeuge, Schuhe in allen Größen und Möbel, die Fran neu zu streichen plante.

»Stellen Sie bitte den Korb mit der Öffnung nach oben hin«, bat sie Halprin, als sie endlich die zweite Katze in ihren Armen hatte. Sie schob das Tier mit dem Schwanz voran hinein und verriegelte rasch das Gittertürchen.

In diesem Moment fragte Halprin: »Hat Fran ein Tagebuch geführt?«

Er hat keins gefunden, erriet sie sofort.

Sie wischte die Katzenhaare von ihrer Jacke. »Es war mehr ein Skizzenbuch. Fran war ein visueller Typ. Sie zeichnete.«

»Wo hat sie das Skizzenbuch aufbewahrt?«

»Ich weiß nicht. Irgendwo im Haus, nehm ich an. Sie hat auch auf lose Blätter gezeichnet. Sie hat mir manchmal einige Zeichnungen gezeigt. Sie lagen einfach herum. Fran hat nicht immer alles sofort weggeräumt.«

Sie traten mit den Katzenkörben ins Freie. Beide Tiere protestierten laut gegen ihr enges Gefängnis.

»Wir werden nach der dritten Katze Ausschau halten«, versprach Halprin.

»Danke. Wann wird uns der Zugang zum Haus erlaubt?«

»In einigen Tagen. Wenn wir alles abgeschlossen haben. Wir nehmen es sehr genau.«

Tessa fiel selbst in ihrem emotionalen Ausnahmezustand auf, wie wichtig es ihm war, dass sie der Polizei vertraute. *Ihm* vertraute.

Weil sie Rechtsanwältin war? Weil sie ihm Probleme bereiten könnte? Wie auch immer, sie wollte ihn auch auf ihrer Seite behalten.

»Wenn Sie fertig sind, würden Sie es mir sofort mitteilen? Ich möchte nicht, dass … Unbefugte das Haus betreten.«

Er musterte sie. Sie konnte sich nicht erinnern, je einen Mann mit so hellen Augen getroffen zu haben. Vielleicht war es auch nur das Sonnenlicht. »Ich will sehen, was ich tun kann«, murmelte er und zog die Handschuhe aus.

»Ich muss Ihnen noch etwas mitteilen«, sagte sie. »Jemand erzählte mir, dass Fran bei ihrem Besuch im Dorf Ende April aus dem Haus des Leichenbestatters kam. Ich … ich weiß nicht, wie zuverlässig diese Information ist. Sie kommt von Savanah, Savanah Cutter. Sie war auch eines von Moms Pflegekindern und lebt in Whatou Lake.«

»Sie sah Fran aus dem Gebäude kommen?«

Tessa nickte. Die ganze Sache kam ihr plötzlich absurd vor. »Ich hab keine Ahnung, was Fran dort wollte. Savanah ist ein bisschen … geschwätzig. Sie nimmt es nicht immer so genau mit der Wahrheit. Vielleicht ist gar nichts dran. Deshalb wollte ich zuerst nichts sagen.«

Er öffnete die Lippen, als ob ihm Worte auf der Zunge lägen. Aber er schloss sie wieder und hob einen Katzenkorb hoch.

»Ganz schön schwer, das Ding.«

Ob er Haustiere hatte? Kinder? Wie musste es für ihn gewesen sein, die Leichen von Breena, Clyde und Kayley zu sehen? Sie waren fast beim Pick-up angelangt. Dana stand an den Kotflügel gelehnt und sah sie erwartungsvoll an.

Plötzlich fiel Tessa etwas ein. »Die Zeichnungen der Kinder waren früher in der Kommode im Wohnraum. Vielleicht sind da auch Frans Zeichnungen.«

Er nickte kaum merklich. In Gedanken schien er schon wieder woanders zu sein. Dem Mörder voraus. Sicher hatte er die Kommode schon längst durchsucht. Er stellte den Katzenkorb ab und wünschte ihnen eine gute Fahrt.

Tessa sah ihm nach, als er wieder zum Haus hochging, wo eine Person in einem weißen Schutzanzug wartete.

»Was war das mit den Kinderzeichnungen?«, fragte Dana, als sie schon im Pick-up saßen.

»Frans Skizzenbuch ist offenbar unauffindbar. Es war so etwas wie ein Tagebuch für sie.«

»In der Hütte am See hast du nichts gefunden?«

»Ein Bär ist eingebrochen und hat ein Chaos angerichtet.«

»Hast du trotzdem etwas Wichtiges gesehen?«

Tessa überlegte sich eine Antwort.

Sie brauchte zu lange.

Dana durchschaute sie. »Du bist eine Geheimniskrämerin, meine Liebe.«

Auch das ließ Tessa unbeantwortet.

17

Die Katzen miauten kläglich um die Wette. Es gab kein Entkommen. Dana stellte einen Radiosender ein, und Countrymusik erfüllte das Auto. Das Klagen der Tiere war dennoch zu hören. Der Pick-up hüpfte über die unebene Straße. Danas Fahrstil war zu verwegen für Tessas Geschmack. »Was machst du, wenn dir ein Laster entgegenkommt?«

»Die haben jetzt Feierabend.«

»Ich hoffe, sie machen keine Überstunden«, murmelte Tessa.

Der Pick-up schnellte plötzlich auf die Seite. Tessa und Dana wurden in ihre Sicherheitsgurte geworfen, und die Katzenkörbe rutschten nach vorn. Für einige Sekunden fiel das erbarmungswürdige Geschrei aus. Dann wurde es noch lauter.

»Du lieber Himmel«, schimpfte Dana. »Diese Straße wird ja immer schlimmer. Die Trucks machen sie total kaputt.«

Tessa stellte die Katzenkörbe zurück und sprach beruhigend auf die Tiere ein.

Die unheimliche Atmosphäre auf Frans Farm steckte ihr in den Knochen. Sonst war der Ort mit fröhlichem Kinderlärm und Hundegebell erfüllt gewesen, wenn sie eintraf. Heute herrschte eine lähmende Stille. Was nur hatte sich am Dienstag dort abgespielt? Das Halbwissen, das sie seit der Leichenschau besaß, ließ sie fast durchdrehen. Im Radio sangen die Bee Gees *Stayin' Alive.*

Von den singenden Gebrüdern Gibb, so hatte sie kürzlich gelesen, waren zwei von drei nicht mehr am Leben.

Eine Faust drehte sich in ihren Eingeweiden, und das Zetern der Katzen verstärkte ihr Gefühl von Ohnmacht. Plötzlich stoppte die Musik und eine vertraute Stimme drang ins Innere des Pickups. Die Stimme ihrer Mutter.

»Fran, vielleicht hörst du mich, wo immer du auch bist. Komm schnell nach Hause. Wir sind da für dich. Wir lassen dich nicht im Stich. Wir sind deine Familie.«

Dann eine männliche Stimme: »Mit diesen Worten hat Martha Griffins heute an die seit Dienstag verschwundene Fran Miller appelliert. Fran Miller ist ein ehemaliges Pflegekind von Martha und Kenneth Griffins aus Whatou Lake. Sie ….«

Tessas Oberkörper schoss nach vorn. »Was zum Kuckuck …«

»Schschsch«, machte Dana. Die Katzen protestierten weiter.

»… Breena, Clyde und Kayley wurden erschossen in ihrem Haus zwei Stunden von Whatou Lake entfernt aufgefunden. Ihr Vater Hank Miller lag tot auf der Wiese vor dem Haus. Er wurde ebenfalls erschossen. Die Polizei erklärte heute auf einer Pressekonferenz, sie schließe aus, dass Hank Miller die Kinder erschossen und anschließend sich selber gerichtet habe. Fran Miller, die Mutter der Kinder, die mit Hank Miller verheiratet ist, wird immer noch vermisst. Zwei Dutzend Mitglieder der RCMP sind an der Suche nach ihr am Boden und aus der Luft beteiligt. Spürhunde sind im Einsatz. Die Polizei wird von ortskundigen Freiwilligen unterstützt. Corporal Kate Jennings sagte heute auf der Pressekonferenz in Whatou Lake…«

Eine weibliche Stimme wurde eingeblendet: »Wir gehen weiterhin davon aus, dass Fran Miller am Leben ist. Nach unseren Erkenntnissen gehört ihr die Jacke, die in Whitesand Bay gefunden wurde. Die Blutflecken darauf können ihr eindeutig zugeordnet werden. Wir bitten die Bevölkerung, uns jegliche noch so kleine Information zukommen zu lassen, die uns bei der Suche nach Fran Miller und bei der Aufklärung dieses schrecklichen Verbrechens helfen kann. Wir tun alles, was in unserer Macht steht, um die vermisste Person und den oder die Täter zu finden.«

Jetzt ließ sich wieder der Rundfunkmoderator hören. Er wiederholte die Aussage der Polizei, dass keine unmittelbare Gefahr für die Öffentlichkeit bestehe. Wer sich an der Suche nach Fran Miller beteiligen wolle, solle die Polizei kontaktieren und nicht auf eigene Faust losziehen. Die Wildnis sei ein gefährlicher Ort, an dem man sein Leben riskiere. Kinder sollten beaufsichtigt werden, und man solle sich nicht allein in der Dunkelheit oder an isolierten Orten aufhalten.

Dana und Tessa sahen sich an.

Ein kurzes Gespräch mit Hanks Vater Harrison Miller folgte.

»Das ist eine Tragödie … nicht nur für meine Familie, sondern für die ganze Gemeinde. Vier unschuldige Menschen wurden brutal ermordet, und wir wissen nicht, wo die Mutter meiner Enkel ist. Wir …« - seine Stimme zerbröselte kurz, bevor er sie wieder kittete -»… wir können nicht fassen, dass so etwas hier in der Umgebung von Whatou Lake passiert ist. Ich warne alle, die etwas damit zu tun haben – diese infame Tat wird nicht ungesühnt bleiben. Mein Sohn, und meine Enkel … entschuldigen Sie…« Harrison Miller versagte die Stimme vollends.

Der Moderator versicherte, man werde die Zuhörer auf dem Laufenden halten und nehme auch Hinweise entgegen. Dann ging er zu den bevorstehenden Wahlen in British Columbia über.

Dana drehte die Lautstärke radikal zurück. »Keine unmittelbare Gefahr für die Öffentlichkeit«, rief sie. »Wie können die das wissen? Die können doch gar nichts ausschließen.«

Tessa störte sich an etwas anderem. »Gleichzeitig sagen sie, dass man die Kinder beaufsichtigen soll. Und sie dürfen nicht allein losziehen, vor allem nicht in der Dunkelheit. Das passt doch nicht zusammen!«

»Was für ein Gequassel, die haben wohl nicht mehr alle.«

Tessa strich sich das Haar mit einer ungehaltenen Bewegung zurück. »Man geht nicht von einem Mord mit anschließendem Suizid aus. Ja, hoffentlich! Und Harrison, der sagt, man wisse nicht, wo die Mutter der Kinder sei. Das kann doch nur eines heißen.«

»Dass sie denken, Fran sei es gewesen.«

Eine der Katzen schrie durchdringend hinter ihnen. Tessa löste den Sicherheitsgurt, langte nach hinten und nahm den Korb auf den Schoß. »Es dauert nicht mehr lange«, sprach sie auf das Tier ein, das sie mit weit geöffneten Pupillen ansah. Es trug ein glitzerndes Band um den Hals. »Bald sind wir da. Bald, bald.« Sie öffnete den Korb, langte hinein und streichelte das weiche Fell. Die Katze leckte ihr die Finger. Die Berührung des Tieres beruhigte sie. Ihre Gedanken wurden klarer. Ron Halprin und seine Leute mussten einen starken Verdacht haben, das war ihr Eindruck. Vielleicht nicht Fran. Aber genügend Hinweise auf eine bestimmte Person hatten sie vielleicht. Eine Person, die ständig beobachtet wurde. Wahrscheinlich waren verdeckte Ermittler im Einsatz. Leute in Zivilkleidern, die nicht erkannt wurden. Vielleicht hielt man sie im kleinen Whatou Lake für Angestellte einer der Kupferminen, für fremde Ingenieure oder Facharbeiter. Sie teilte Dana ihre Gedanken mit, die den Blick weiter auf die Waldstraße gerichtet hielt und nur nickte.

Sie schwiegen lange, bis Tessa es nicht mehr aushielt und Dana von der Begegnung mit Tsaytis Chelin erzählte.

Als sie fertig war, kommentierte Dana nur: »Du und Tsaytis.«

»Was meinst du damit?«

Mehr war aus Dana nicht herauszubekommen. Sie stellte einfach die Musik lauter. Tessa drehte sie wieder leiser. Sie kraulte die Katze und fragte: »Warum hat Dad das zugelassen?«

Dana sah zu ihr hinüber. »Was meinst du?«

»Dass Mom vor die Mikrofone getreten ist? Warum hat nicht *er* das getan?«

»Vielleicht wollte sie es unbedingt.«

»Mom? Das kann ich mir nicht vorstellen.«

»Deine Mutter hat sich verändert, Tessa. Sie macht immer mehr, was sie will. Ich glaube, sie will mehr Autonomie.«

»Das hatte ich nicht realisiert. Vielleicht weiß ich einiges nicht über sie.« Tessa gestand das nicht gern ein.

»Ich glaub, dein Vater hat das auch noch nicht realisiert«, erwiderte Dana nüchtern.

Tessa wurde die Richtung des Gesprächs ungemütlich. Sie

wagte nicht, Dana über ihre Mutter auszuhorchen. Fragt man andere Leute über die eigenen Eltern aus? Martha Griffins schien gegenüber Fran, Savanah und vielleicht auch gegenüber Dana offener zu sein als gegenüber ihrer leiblichen Tochter, die sich nach Vancouver zurückgezogen hatte. Das war sicher auch ihre Schuld. Sie hatte ihrer Mutter neben der Arbeit zu wenig Zeit gewidmet. Sie war begierig darauf gewesen, Distanz zwischen sich und Whatou Lake einzulegen.

Was hatte ihre Mutter verändert? Sie im Rundfunk zu hören – und vielleicht war sie so sogar gefilmt worden –, schockierte sie. Vielleicht bekam sie bald eine Gelegenheit, länger mit ihr zu reden.

Als sie endlich auf das Anwesen ihrer Eltern zusteuerten, realisierte Tessa, dass der Wunsch vorerst vergeblich war.

Ein Polizeiwagen stand vor dem Haus.

18

Tessa stellte den Katzenkorb auf den Sitz und eilte ins Haus, ohne auf ihre Freundin zu warten, da sie Schlimmes ahnte. Savanah kam ihnen entgegen und begrüßte Dana. Tessa fand ihre Mutter am Küchentisch vor, eine Polizeibeamtin saß ihr gegenüber, beide mit einer Tasse Kaffee vor sich.

Tessa nickte der Polizistin zu, bevor sie ihre Mutter auf die Wange küsste. »Mom, was geht hier vor sich? Wurde Fran gefunden?«

Martha Griffins schien erstaunlich beherrscht. »Corporal Jennings hat mich nach Hause gebracht, Tessa.« Und an die Polizistin gerichtet: »Das ist meine Tochter Tessa. Sie ist Rechtsanwältin in Vancouver.«

Die Beamtin stand auf und stellte sich vor. »Ich bin Mitglied der Mordkommission und zuständig für den Kontakt zur Bevölkerung. Ich komme ebenfalls aus Vancouver.«

Tessas innere Anspannung schraubte sich hoch und höher. *Runterfahren, Tessa, ruhig Blut bewahren.* Sie setzte sich ebenfalls der Polizeibeamtin gegenüber.» Danke, dass Sie meine Mutter nach Hause gefahren haben, Corporal. Ich bin nicht mehr ganz auf dem Laufenden. Fran wird immer noch vermisst, nicht wahr?« Sie versuchte, ihrer Stimme einen sachlichen Klang zu geben.

»Ja«, sagte die Polizistin, die indische Gesichtszüge hatte und wie Tessa einen asymmetrischen Haarschnitt trug. »Ich bin Sergeant Halprins Mitarbeiterin.«

Sie wurden kurz von Geräuschen und Stimmen vor dem Haus abgelenkt, bevor Jennings weitersprach: »Ihre Mutter hat mir eine Liste ihrer ehemaligen Pflegekinder gegeben.«

Die Liste, die Tessa hätte liefern sollen. Sie hatte es Ron Halprin versprochen.

Die Haustür öffnete und schloss sich wieder. Klägliches Miauen drang in die Küche. Savanah steckte kurz den Kopf zur Tür herein. »Tessa, wir bringen die armen Viecher erst mal im Gästezimmer unter. Heute Morgen hab ich Futter und Katzenstreu gekauft. Gottlob sind die Hunde nicht da.«

Sie verschwand, bevor Tessa reagieren konnte.

Draußen brummte ein Motor, der sich rasch entfernte. Dana war wieder nicht hereingekommen. Tessa würde sie später anrufen und sich für den misslungenen Abschied entschuldigen.

»Das sind Frans Katzen, Tessa hat sie geholt«, erklärte ihre Mutter der Beamtin. »Fran liebt ihre Kinder und sie liebt ihre Tiere. Sie würde sie nie einfach zurücklassen.«

Tessa fiel auf, dass sie Hank nicht erwähnte.

»Sie waren draußen auf der Farm?«, fragte die RCMP-Frau.

Tessa nickte. Sie hatte keine Lust, Fragen zu beantworten, solange ihre Mutter zuhörte, und war diesmal froh, dass Savanah erneut auftauchte.

»Alle beide verstecken sich unter dem Bett«, verkündete sie.

»Aber es sind doch drei«, rief Martha Griffins.

»Eine wurde nicht gefunden«, erklärte Tessa.

»Die ist bestimmt im Schuppen, habt ihr dort gesucht?«

»Mom, wir werden sie bestimmt noch fangen.«

Warum sprechen wir von einer Katze, wenn Fran gesucht wird?, dachte Tessa. Der Austausch war ihr unangenehm.

Savanah machte die Situation noch schlimmer: Sie redete vom Essen. Als ob jemand Appetit hätte.

»Sollen wir damit warten, bis Dad zurück ist?«

Die Polizistin reagierte als Erste. »Ich muss jetzt gehen, aber wir werden uns wieder melden. Und Sie können uns natürlich jederzeit kontaktieren.«

Tessa bedankte sich bei ihr und führte sie zur Haustür.Die Beamtin wandte sich noch einmal direkt an sie. »Wir sind auf die Kooperation aller Angehörigen angewiesen, ich hoffe, Sie helfen uns.«

»Natürlich«, erwiderte Tessa. Sie hatte gerade eine Mahnung erhalten. »Gibt es etwas Neues?«

»Da wenden Sie sich am besten an Sergeant Halprin.« Die Beamtin verabschiedete sich und eilte die Haustreppe hinunter.

Rasch schloss Tessa die Tür und ging in die Küche zurück. Ihre Mutter saß mit abwesendem Blick auf demselben Platz.

»Wo ist Dad?«

»Im Bestattungsinstitut«, antwortete Savanah, über den Geschirrspüler gebückt.

Tessa stutzte. »Warum … sind die Leichen bereits freigegeben?«

»Nein, aber Robert Pleeke hat ihn angerufen. Dem gehört das Bestattungsinstitut.« Sie warf Tessa einen vielsagenden Blick zu.

Das Telefon klingelte.

Martha Griffins schoss mit einem Satz vom Stuhl und griff nach dem Hörer.

»Hallo Dana«, antwortete sie und wanderte langsam aus der Küche. »Ja, ich werd's ihr sagen. Keine Sorge, das hat sie dir sicher nicht übel genommen. Es geht ja alles drunter und drüber hier und …«

Ihre Stimme entfernte sich in den hinteren Teil des Hauses. Tessa war irritiert. Danas Anruf war doch für sie bestimmt. Savanah fing an, mit dem Geschirr zu klappern. Die Tätowierungen auf ihren kräftigen Armen bebten.

Sie platzierte die Teller auf dem Tisch und sah Tessa verschwörerisch an.

»Du musst Mom sagen, dass sie vorsichtiger gegenüber der Polizei sein soll. Dass jedes Wort zählt, das sie rauslässt.«

Tessa hörte versteckte Kritik aus Savanahs Worten heraus, aber sie unterdrückte ihren Unmut. Auf einmal war sie begierig zu hören, was Savanah mitbekommen hatte.

»Was hat Mom der Polizistin denn erzählt?«

»Dass sich Fran in den vergangenen Monaten merkwürdig verhalten habe. Dass sie manchmal ohne die Kinder nach Whatou Lake gekommen sei. Das habe sie sonderbar gefunden. Fran habe ihr nicht verraten, was sie in Whatou Lake macht und mit wem sie sich trifft.«

Tessa konnte von Weitem die Stimme ihrer Mutter hören, die sich mit Dana unterhielt. Was vertrauten sich die beiden an? Sie verteilte das Besteck. Savanah stellte unterdessen die Gläser geräuschvoll auf die Tischplatte. »Findest du das nicht auch merkwürdig? Früher hat Fran doch immer Mom die Kinder gebracht, wenn sie allein einkaufen oder zum Zahnarzt ging.« Savanah beugte sich über den Tisch und senkte ihre Stimme noch mehr. »Fran und Mom haben sich gestritten. Vielleicht sollte Mom das zuerst mit dir besprechen, bevor sie der Polizei davon erzählt.«

Tessa blieb mit den Messern in der Hand stehen. »Worüber haben sie gestritten?«

»Ich weiß nicht. Ich kam einmal ins Haus und hörte laute Stimmen. Dad war im Dorf. Ich hörte nur Mom rufen: ‚Das wirst du nicht wagen, dafür werd ich sorgen.' Und Fran sagte ganz ruhig: ‚Ich muss die Wahrheit wissen. Versteh das doch.'« Savanah neigte den Kopf, um zu lauschen. Tessa tat es ihr nach, aber sie war ungeduldig. »War das alles?«

»Der Wind schlug die offene Tür zu, als ich reinkam, und sie hörten auf zu reden. Fran kam heraus, um zu sehen, wer da ist. Sie sagte kurz Hallo und verließ das Haus.«

»Wann war das?«

»Im Februar. Da kam sie ohne die Kinder. Und ohne Hank.«

»Und Mom?«

»Was ist mit mir?« Martha Griffins erschien im Türrahmen.

Savanah fasste sich sofort. »Nimmst du Wein oder nur Wasser?«

Ein Auto fuhr vors Haus und hielt.

»Das ist Ken«, sagte Martha. »Wein für mich, bitte.«

Tessa packte die Gelegenheit und ging schnell nach draußen.

Ihr Vater saß im Pathfinder, als könnte er sich nicht dazu durchringen, auszusteigen und sich der Situation im Haus zu stellen.Tessa öffnete die Beifahrertür und setzte sich neben ihn. Ein freudiges Winseln begrüßte sie im Wageninneren und eine feuchte Nase presste sich an ihre Wange. Unter den Augen ihres Vaters lagen dunkle Schatten. Seine Stimme klang erschöpft. »Im Februar war Fran im Bestattungsinstitut und hat sich Särge angesehen. Robert Pleeke hat es mir erzählt. Nicht dass sie viele Särge dort haben, nur ein halbes Dutzend. Sie habe lange davor gestanden.«

Tessa fasste die Hand ihres Vaters, die sich kalt anfühlte.

»Fran erzählte Rob, sie sei schon immer neugierig gewesen, schon als Kind, wie es in einem Bestattungsinstitut aussehe, aber sie habe es nie gewagt reinzukommen. Dann habe sie fast nichts mehr gesagt und nur geguckt.«

Tessa konnte sich keinen Reim darauf machen.

»Vielleicht ist es ein Zufall«, sagte sie, »vielleicht war es tatsächlich so, wie Fran es erklärt hat.«

Der Blick ihres Vaters verlor sich. »Rob sagte, wenn ihn die Polizei fragt, müsse er auspacken. Aber er wollte es mir zuerst sagen.«

»Dad, hat Fran psychische Probleme? Hat sie sich in letzter Zeit merkwürdig verhalten?«

Er ließ ihre Hand los und strich sich übers ausgelaugte Gesicht. »Ich weiß es nicht. Sie war fast nie mehr auf Besuch bei uns. Und wenn sie kam, war ich nicht zu Hause.«

Sie erzählte ihm vom Streit zwischen ihrer Mutter und Fran im Februar. Gab es da etwa einen Zusammenhang? *Fran hatte einen Streit mit Mom und besuchte dann den Leichenbestatter?*

Ihr Vater sah sie misstrauisch an. »Martha hat nie etwas erwähnt. Das hätte sie stark beschäftigt.«

»Vielleicht wollte sie dich nicht damit belasten.«

Er schwieg und dachte nach.

Tessa kam Danas Bemerkung über ihre Mutter in den Sinn: *Sie macht immer mehr, was sie will. Ich glaube, sie will mehr Autonomie.*

Das traf vielleicht auch auf Fran zu. Fran wollte den Eltern nicht von ihren Plänen erzählen. Sie wollte ihnen nicht sagen, dass sie noch viel weiter von ihnen wegziehen wollte, ins Grousetal, was den Großeltern den Zugang zu den Enkeln noch schwieriger gemacht hätte.

Fran wollte weg.

Hatte es mit Hank zu tun, mit der Tatsache, dass er so oft nicht zu Hause war? Oder gab es eine andere Frau? In der Lodge kam Hank mit vielen weiblichen Gästen und Angestellten in Kontakt. Tessa verdrängte ihre wilden Spekulationen. Um mehr zu erfahren, musste sie zur Lodge fliegen, so bald wie möglich. Selbst wenn Tsaytis Chelin dort war.

Die Stimme ihres Vaters riss sie aus den Gedanken. »Was war in Frans Haus los? Wen hast du angetroffen? Was hast du gesehen?«

Bevor sie antworten konnte, erschien Martha in der offenen Haustür. Sie winkte ihnen hereinzukommen.

»Ich hab eigentlich nichts gesehen außer dem Lagerraum. Ich erzähl's dir später«, sagte Tessa rasch. Sie wollte schon die Tür öffnen, als sie die Hand ihres Vaters auf dem Knie spürte.

»Harrison will die Hunde. Rechtlich hat er wahrscheinlich Anspruch darauf. Aber ich bringe es nicht über mich, sie ihm zu geben.«

Tessa sah ihn überrascht an. »Harrison? Aber Mom will doch die Hunde behalten und …«

»Sie hat jetzt Frans Katzen. Oder hast du sie nicht mitgebracht?«

»Doch, doch. Ich dachte nur …«

»Ich kann es Harrison nicht abschlagen. Er ist Hanks Vater. Er rief mich an und sagte, die Hunde seien das Einzige, was ihm von Hank bliebe.«

Sie zögerte und schaute nach hinten. Die Tiere hatten sich hingelegt, als sie merkten, dass die Menschen nicht ausstiegen.

»Weiß Lionel, dass sein Vater die Hunde will? Es gibt doch einen Grund, warum er sie zu uns gebracht hat.«

Kenneth Griffins öffnete die Autotür. »Harrison sagt wahrscheinlich Lionel vieles nicht. Aber das ist nicht unser Problem.«

Als sie mit den Hunden auf die Haustür zugingen, empfing Martha Griffins sie mit einem vorwurfsvollen Gesicht. »Was habt ihr so lange da draußen geredet? Das Essen ist bereit. Savanah hat sich große Mühe gemacht.«

Sie setzten sich an den Tisch und schöpften Suppe auf die Teller. Tessa merkte, dass es mehr ein Reflex war, eine Gewohnheit, an die sie sich klammerten.

»Wir warten auf Neuigkeiten, und ihr erzählt uns nichts«, klagte ihre Mutter.

Tessa entschuldigte sich. »Es gibt nicht viel zu berichten. Ich hab nur die Katzen geholt, zwei waren im Lagerraum eingesperrt. Die dritte wird noch gesucht. Vom Haus hab ich nichts gesehen. Ich wurde schnell wieder verabschiedet. Das Ganze ist ja noch ein Tatort, zu dem Leute wie ich keinen Zutritt haben.«

»Ich will alles wissen.« Martha Griffins ließ nicht locker. »Nichts zu wissen ist schrecklicher als wenigstens eine kleine Vorstellung zu haben. Meine Fantasie malt sich die grausamsten Szenen aus.«

»Ich weiß, Mom, ich hoffe auch sehr, dass wir bald mehr wissen.«

»Savanah hat eine Facebook-Seite für Fran eingerichtet. Da können die Leute melden, wenn sie was wissen.«

»Ist aber noch nichts Brauchbares reingekommen«, warf Savanah ein.

»Die Leute sollten besser der Polizei melden, wenn sie was wissen«, bemerkte Kenneth Griffins und sah seine Frau an. »Liebling, iss doch ein wenig.«

Martha spielte mit dem Löffel. Sie sah abgehärmt aus. »Was hast du im Dorf gehört?«

»Nicht viel, du kennst die Leute. Sie wollen sich nicht einmischen oder exponieren. Sie wollen in keine Morduntersuchung verwickelt werden. Und niemand erzählt mir, was hintenrum getratscht wird.«

»Sie können der Polizei anonym Hinweise geben«, schlug Tessa vor.

Ihr Vater nickte. »Lionel hat übrigens für morgen eine umfangreiche Suche organisiert. Er hat auch euch beide eingeteilt.«

Tessa nahm es schweigend zur Kenntnis. Sie hatte den ganzen Tag nicht viel gegessen und war froh, etwas Warmes in den Magen zu bekommen.

»Ich brauche Savanah hier bei mir«, protestierte Martha Griffins.

Kenneth gab nicht nach.

»*Ich* werde hier sein, Liebling. Bei der Suche zählt jede Person.«

»Die suchen doch mit Hubschraubern und Hunden.« Martha schenkte sich ein Glas Wein ein. Kenneth ignorierte die Bemerkung. »Lionel hat dir eine Nachricht geschickt, Tessa. Damit du weißt, wo sich alle treffen.«

Tessa fühlte sich schuldig. Sie hatte nicht einmal Zeit gehabt, ihr iPhone zu öffnen.

Martha Griffins wechselte plötzlich das Thema. »Dana und Tessa haben Wilderer gesehen.«

Tessa starrte ihre Mutter an. Was hatte Dana ihr noch von ihrer Fahrt zu Frans Haus erzählt? Aber dann beruhigte sie sich. Sie kannte Dana. Sie würde einige Informationen fallen lassen, um Martha Griffins' Neugier zu befriedigen, aber den Rest verschweigen. Trotzdem wurde ihr unbehaglich.

Ihre Mutter schilderte den Vorfall, wie sie ihn von Dana gehört hatte.

»Unglaublich«, warf Savanah mit vollem Mund ein. »Die Gegend wimmelt von Polente, und diese Kerle gehen auf Bärenjagd.«

»Wir wissen doch gar nicht, dass sie es auf Bären abgesehen haben«, konterte Tessa.

Savanah schüttelte den Kopf. »Ich hab Gerüchte gehört, dass zwei der Grizzlys in der Nähe der Watershed Lodge verschwunden sind. Frag mal Tsaytis Chelin, wenn du mir nicht glaubst.«

Tessa warf ihrer Mutter einen raschen Blick zu, um festzustellen, ob sie von Tsaytis' Auftauchen bei der Hütte am Bibersee wusste, aber Martha Griffins war mit ihrem Salat beschäftigt und reagierte nicht. Dana hatte dichtgehalten.

Das Verschwinden zweier Grizzlys musste die Leute der Watershed Lodge beunruhigen. Die Lodge lebte von der Bärenbeobachtung, die Touristen aus aller Welt anzog. Fran hätte sich über die Tötung von Bären aufgeregt. Sie liebte und respektierte Bären. Sie hätte auch den Grizzly verteidigt, der nach Lionels Worten bei der Farm herumhing.

Waren die Wilderer diesem Bären auf der Spur? Hatte sich Fran ihnen in den Weg gestellt? Hatten sie zuerst Fran aus dem Weg geräumt und dann Hank und die ganze Familie? Die Ungewissheit war zum Verrücktwerden.

Martha Griffins schob ihren halb leer gegessenen Teller weg. Tessa machte es ihr nach und half beim Abräumen.

Die Hunde, die Savanah schon gefüttert hatte, wurden unruhig.

»Kannst du mit den Viechern raus, Tessa?«, fragte ihr Vater. »Ich kümmere mich um das Geschirr.« Er wandte sich an seine Frau: »Liebling, möchtest du dich hinlegen?«

»Ich leg mich im Gästezimmer hin, dann haben die Katzen Gesellschaft«, sagte Martha Griffins, die beim Essen zwei Gläser Rotwein geleert hatte.

Tessa nahm beide Hunde an die Leine. Sie hatte eigentlich keine Lust, sich nochmals in ein Auto zu setzen, aber sie musste ein bisschen örtlichen Abstand gewinnen. Sie fuhr mit den Hunden den Abhang hinunter auf die Abzweigung zum Highway zu, wo sie stoppte, weil ein dunkler Pick-up von links angefahren kam. Sie beobachtete, wie er unmittelbar hinter der Abzweigung am Straßenrand hielt. Ein groß gewachsener Mann stieg aus und gab ihr ein Zeichen.

Sie erkannte ihn sofort.

19

Sie stieg ebenfalls aus.

Telford Reed kam auf sie zu. »Ich habe gehofft, dass ich Sie irgendwo treffe. Es ist hart, was Sie und Ihre Familie durchmachen.«

Er trug wieder einen Stetson, was nicht mehr viele Männer in der Region taten. Die meisten hatten auf Baseballkappen gewechselt.

Vielleicht dachte Telford Reed, er wirke damit weniger wie ein Stadtmensch.

»Fran wird immer noch vermisst. Haben Sie vielleicht etwas gehört, eine Information, die uns nützen könnte?«

Zu ihrem Erstaunen erwiderte er: »Vielleicht. Haben Sie einige Minuten Zeit?«

»Hier? Ich habe zwei Hunde im Wagen, die raus müssen.«

Er strich sich über den Mund. »Haben Sie etwas dagegen, rasch zum Tennigan Park zu fahren? Wir können dort ein Stück gehen und reden.«

Sie blinzelte und versuchte die Lage einzuschätzen. Es war hell bis zehn Uhr abends. Sie konnte das Risiko eingehen. Sie würde Dana rasch eine Textnachricht schicken und sie über ihren Standort informieren. Und sie würde ihre Pistole einstecken. Für alle Fälle.

»Gut«, sagte sie. »Fahren Sie voraus.«

Sie erreichten den Park nach zehn Minuten. Eine von Gebüsch und Bäumen gesäumte Lehmstraße führte in Schlaufen vor das Parktor. Die Schranke war offen, die Touristensaison hatte offiziell begonnen, aber im Juni verirrten sich selten Urlauber auf diesen Zeltplatz in der Wildnis. Tessa parkte den Pathfinder neben Telfords Pick-up. Sie öffnete die Hecktüre und die Hunde sprangen schwanzwedelnd heraus. Telford griff unaufgefordert nach einer Hundeleine. Der Huskymischling sprang freudig an ihm hoch. Sie hoffte, Reed sehe die Ausbuchtung der Pistole in ihrer Jackentasche nicht. Sie gingen auf dem Waldweg an unbesetzten Campingplätzen vorbei.

Telford Reed sah sie von der Seite an. »Harrison Miller will die Hunde, nicht wahr?«

Sie stolperte vor Überraschung. »Wer hat Ihnen das erzählt?«

»Ich komme von Harrison. Wir hatten etwas zu besprechen. Er freut sich auf die Hunde. Weil es Hanks Tiere sind. Er klammert sich an alles. Er ist ein zerstörter Mann.«

Tessa gab sich Mühe, ihre aufwallenden Emotionen in Schach zu halten.

»Ja, das ist die Natur von Morden. Die Täter töten nicht nur die unmittelbaren Opfer, sondern zerstören alles in einem weiten Umkreis.« Sie ließ sich von der Schäferhündin vorwärts ziehen. »Manchmal auf Generationen hinaus.«

»Sie haben recht. Lassen Sie mich gleich zum Thema kommen, denn die Zeit drängt. Ich weiß, dass Sie Rechtsanwältin in Vancouver sind. Ich könnte mir vorstellen, dass ich Ihre Dienste in Anspruch nehme, falls das eine Option für Sie ist.«

Sie legte die Stirn in Falten. »Mr Reed …«

»Nennen Sie mich Telford.«

»Telford, ich bin wegen meiner Eltern hierher gekommen, nicht weil ich auf der Suche nach Klienten bin.«

»Ich weiß, dass ich Sie damit überfahre, aber … lassen Sie mich erklären.«

Sie war zu neugierig, um ihn zu stoppen. Außerdem – hatte er nicht von Informationen über Fran gesprochen?

Telford Reed zog den Husky von einem Haufen Elchkot weg. Ein leichter Wind verbreitete einen unangenehmen Geruch. »Harrison Miller will meine Outfitterlizenz kaufen. Er ist vor einigen Wochen mit einem Angebot an mich herangetreten. Er will … er wollte sie für Hank.«

Trotz ihrer Verblüffung ließ sie Telford weiterreden.

»Ich habe den Eindruck, Harrison träumt von einer zweiten Lodge, einer wie die Watershed Lodge. Ich persönlich finde, dass die Sitklat`l meine Lizenz haben sollten. Ich bin bereit, sie den Sitklat`l für einen angemessenen Preis zu verkaufen. Aber der Stammesrat der Sitklat`l will die Lizenz umsonst. Manche Mitglieder sagen, das sei ihr Land. Ich weiß, dass diese Frage in den Landverträgen mit den Sitklat`l geregelt wurde. Ihr Anwaltsteam, Tessa, hat ja damals das Abkommen zugunsten der Sitklat`l mit der Provinzregierung ausgehandelt.«

Sie bestätigte Telford Reeds Aussage, immer noch unsicher, was er von ihr wollte. »Ich kann die Lizenz nicht einfach ohne Kompensation weggeben. Ich brauche das Geld. Ich habe eine Firma für alternative Energien in Alberta, die gerade expandiert, ich habe über fünfzig Angestellte. Und … jetzt komme ich zu meinem Anliegen: Wäre es denkbar, dass die Provinzregierung hier finanziell hilft? Die Lodge ist ein Erfolgsunternehmen. Wäre es nicht interessant für die Regierung, das Vorzeigeunternehmen eines indigenen Stammes auf Generationen hinaus zu sichern? Sehen Sie hier Verhandlungsspielraum?«

Tessa schüttelte wie in Trance den Kopf. Sie rang nach Worten. »Telford, ich … das ist nicht der Ort und die Zeit für solche … Überlegungen, ich …«

Unter anderen Umständen hätte sie ihm an Ort und Stelle gesagt, dass die amtierende Regierung schon seit Jahren den Jagdlobbyisten die Tür offen hielt. Die Regierungschefin ließ sich gern mit ihnen fotografieren und tat nichts für den Schutz der Grizzlybären. Sie schien nicht zu begreifen, dass die Bärenbeobachtung viel mehr Geld einbrachte als die Trophäenjagd. Heute jedoch war sie zu müde für eine Diskussion. Reed begriff sofort, dass er zu weit gegangen war.

»Entschuldigen Sie meine Rücksichtslosigkeit, wie konnte ich nur so ungeschickt sein. Ich würde all das auch nicht in diesem Moment erwähnen, wenn es nicht mit Fran zu tun hätte.«

Die Ungeduld der Hunde zwang sie, zügig zu laufen. Er zögerte fortzufahren, aber sie rief: »Reden Sie nur!«

»Fran kontaktierte mich und wollte dringend mit mir sprechen. An einem Ort, an dem uns niemand sieht. Das war vor vier Wochen. Wir trafen uns hier, vor der Schranke des Parks. Sie hatte von Harrisons Plänen erfahren und ... sie sagte, Hank wolle die Lizenz nicht und sie auch nicht, denn Harrisons Geld stamme aus schmutzigen Quellen. Aus illegalen Geschäften mit Bergbauunternehmen. Sie sagte mir auch, Hank und sie würden außerdem von hier wegziehen.«

Jetzt kenne ich wenigstens *eine* Person, die Fran heimlich getroffen hat, dachte Tessa. Gerade als sie Telford Reed antworten wollte, entdeckte sie etwas. Die Hunde waren auf einen weiteren Kothaufen zugesteuert. Er sah sehr frisch aus und stammte eindeutig von einem Bären.

Tessa drehte sich um. »Wir machen am besten die kleine Schlaufe und kehren zurück. Der Bär kann nicht weit sein.« Reed gab ihr recht. Sie zog die Schäferhündin näher zu sich. »Wir reden laut weiter, damit der Bär uns hört und nicht überrascht wird«, sagte sie. »Was hat Fran Ihnen noch verraten?«

»Sie gestand mir offen, dass Hank nichts von ihrem Treffen mit mir wisse. Sie werde ihm auch nichts sagen, denn sie wolle nicht beschuldigt werden, einen Keil zwischen ihn und seinen Vater zu treiben.«

»Sie haben der Polizei davon erzählt?«

»Ja, ich finde, das ist meine Pflicht. Wie kann die Polizei dieses Verbrechen aufklären – und wie kann sie Fran finden –, wenn man ihr Informationen vorenthält?«

Tessas Blick wanderte vom Pfad zur Seite, dorthin, wo das Gebüsch begann. Zwischen den Zweigen lag etwas Dunkles. Sie konnte nur Umrisse sehen. Instinktiv griff ihre Hand nach Telfords Arm. Jetzt sah er es auch. Die zappelnden Hunde witterten Blut. In Tessas Nase roch es nach Tod und Verwesung.

Telford Reed reichte ihr schweigend die Hundeleine und näherte sich dem Tierkadaver. Er kam mit finsterem Gesicht zurück. »Die Hälfte eines Elchs«, brummte er.

»Das war ein Bär?«

Er schüttelte den Kopf und nahm ihr die Leine aus der Hand. »Den haben Jäger geschossen. Wilderer.«

Sie versuchte, mit seinem beschleunigten Lauftempo Schritt zu halten.

»Wir haben schon drei andere Elchhälften gefunden«, erklärte er. »Immer in der Nähe von Orten, wo sich Touristen aufhalten. Ich glaube, jemand legt das Fleisch als Köder aus.«

»Wer ist *wir*?«, fragte Tessa. Als Antwort hörte sie ein dumpfes Knurren. Aber es kam nicht von den Hunden.

Sie fuhren beide augenblicklich herum. Die Hunde fingen an, wild zu bellen.

Ein mittelgroßer Grizzly war etwa dreißig Meter hinter ihnen aus dem Gebüsch herausgetreten.

»Du liebe Scheiße«, hörte sie Reed flüstern.

Der Grizzly machte einige Schritte auf sie zu und schwenkte den breiten Kopf hin und her. Angriffshaltung. Tessa wurde heiß.

»Wir gehen langsam rückwärts, immer mit dem Gesicht zum Bären«, sagte sie so normal wie möglich. »Bär, wir tun dir nichts, wir nehmen dir das Fressen nicht weg. Wir machen uns aus dem Staub.«

»Okay«, sagte Telford Reed. Sie zogen sich Schritt für Schritt zurück und versuchten, die Hunde unter Kontrolle zu halten. Der Bär wartete einige Sekunden, dann bewegte er sich wieder vorwärts.

»Halten Sie die Leine!« Tessa drückte sie Telford in die Hand.

»Was haben Sie vor?«

Sie nahm die Pistole aus der Tasche.

Reed warf einen Blick darauf. »Das bringt …«

»Halten Sie die Leinen gut fest, ich schieße in die Luft.« Sie feuerte einen Schuss nach oben ab. Der Bär schaute verwirrt, dennoch wich er nicht zurück. Die Hunde winselten und zerrten wie verrückt an den Leinen. Aber Tessa wusste, dass sie Schießlärm gewohnt waren. Sie ließ noch einen Schuss folgen. »Geh weg, Bär, geh weg«, rief sie so laut sie konnte. Ein weiterer Schuss peitschte durch den Wald. Der Grizzly zögerte, dann verschwand er so schnell, wie er aufgetaucht war, wieder im Busch.

»Nichts wie weg«, rief Tessa. Sie hasteten schweigend an den leeren Campingplätzen vorbei. Die Toilettenhäuschen kamen in Sicht. Es war nicht mehr weit zum Parkplatz, aber Tessa kam es wie eine Ewigkeit vor. Telford Reed lief beständig einige Schritte vor ihr. Der Huskymischling zog kräftig an der Leine, während die alte Schäferhündin neben ihr her zottelte. Erst als sie die beiden Fahrzeuge erreicht hatten und die Hunde sicher im Geländewagen waren, wagten sie, einander ins Gesicht zu sehen. Reed fing als Erster an zu sprechen: »Ich hoffe, wir fangen den Kerl.«

Tessa atmete heftig. »Der Bär hat nur sein Fressen verteidigt.«

»Ich spreche nicht vom Grizzly. Jemand legt Köder aus. Immer dort, wo sich Menschen aufhalten. Irgendwelche Idioten wollen, dass die Bären gefährlich werden. Dann kann man sie abknallen.« Telford nahm den Stetson ab. Ärger stand ihm ins Gesicht geschrieben.

Tessa fuhr sich mit der Hand über die feuchte Stirn. »Wer hat die anderen Köder gefunden?«

»Man fand einen in der Nähe der Aussichtsplattform in Seven Point. Lionel Miller entdeckte einen zweiten in der Nähe der Picknicktische im Killnair-Park. Und der Wildhüter wurde erst kürzlich von einem Minenarbeiter angerufen, der von der V-vier-Forststraße kam.«

»Ich glaube, wir haben Wilderer auf der V-vier gesehen«, platzte Tessa heraus, die nicht aufhörte, die Umgebung nach verdächtigen Bewegungen abzusuchen. Der Bär konnte jederzeit wieder auftauchen. Sie berichtete Reed in kurzen Sätzen von ihrer Beobachtung: »Es war ein dunkler Pick-up. Wir konnten das Nummernschild nicht lesen.« Sie horchte auf Geräusche, auf lautes Knacken in den Büschen. Außer dem Wind und Vogelgezwitscher war es jedoch still.

»Ich werde den Wildhüter informieren.« Reed setzte seinen

Hut wieder auf und holte die Autoschlüssel aus seiner Hosentasche.

In dem Moment begann Tessa, unkontrolliert zu zittern. Sie versuchte es zu stoppen, aber es gelang ihr nicht.

Telford Reed sah sie besorgt an. »Ist Ihnen kalt?«

Tessa verschränkte die Arme, aber es schüttelte sie weiter. »Ich weiß nicht, woher …« Sie hatte sogar Mühe zu sprechen.

Reed trat näher und legte nach kurzem Zögern die Arme fest um ihren bebenden Körper.

»Das geht schon wieder vorbei«, murmelte er. »Das ist die Reaktion auf all den Stress.«

Sie nickte schwach, erschrocken über die Wucht, mit der sich ihr Körper eigenständig machte. Reed redete beruhigend auf sie ein. Nach einer Weile verebbte das Zittern, und seine Arme lösten sich von ihr.

»Geht es besser?« Seine Augen musterten sie skeptisch.

»Ja. Ja, danke, vielen Dank.« Sie versuchte, ihre Verlegenheit zu überspielen. »Ich fahre jetzt am besten nach Hause.«

»Ich fahre hinter Ihnen her, ich will nicht, dass Ihnen etwas passiert.«

Sie fühlte sich zu verwirrt, um dagegen zu protestieren.

Die vertrauten Handgriffe im Wagen stabilisierten ihren Zustand weiter. Im Rückspiegel sah sie Telfords Pick-up. Wer war dieser Mann? Vor vier Tagen war er noch ein Unbekannter gewesen. Und jetzt hatte sie mit ihm zwei verstörende Erlebnisse durchgemacht.

Als sie vor ihrem Haus neben Savanahs Auto parkte, war Reeds Wagen verschwunden. Er musste diskret abgedreht sein. Tessa stieg aus. Savanah trat vor die Tür. Sie trug ein kurzärmeliges Shirt, trotz der kalten Abendluft. »Mom schläft schon«, eröffnete sie Tessa. »Geh du nur rein, ich hol die Hunde aus dem Wagen. Nachher fahr ich nach Hause.«

In Tessas Ohren klang das wie Musik. Eine Atempause ohne Savanahs Allgegenwart. Ihr Vater kam die Treppe vom Obergeschoss herunter.»Was Neues von Fran?«, fragte sie hoffnungsvoll.

Er schüttelte den Kopf. »Ich hab vorhin im Polizeibüro angerufen. Sie sagten nur, dass sie einigen Hinweisen nachgehen, aber jetzt noch nicht darüber sprechen könnten.« Savanah ließ wortlos die Hunde ins Haus und schloss hinter sich wieder die Tür. Ihr Vater stand auf dem Treppenabsatz und sah Tessa fragend an.

Sie zuckte die Schultern. »Ich nehme die Hunde vielleicht morgen mit, wenn wir nach Fran suchen. Vielleicht riechen die was. Der Husky ist Fran total ergeben. Vielleicht führt er uns auf die richtige Spur.« Noch während sie sprach, wusste sie, dass sie sich aus Verzweiflung an einen Strohhalm klammerte.

Ihr Vater runzelte die Stirn. »Das sind keine Spürhunde, Tessa. Die behindern dich nur.«

Sie folgte ihm in die Küche. Ihre Beine trugen ihr Gewicht fast nicht mehr. »Ich muss etwas essen. Das bisschen Suppe hat nichts gebracht.«

Während sie eine ordentliche Portion aufgewärmte Essensreste verzehrte, erzählte sie ihrem Vater mit gedämpfter Stimme von der Begegnung mit Telford Reed und vom Grizzly. Plötzlich schoss ihr ein Gedanke durch den Kopf. Sie langte in die Tasche der Jacke, die sie nicht abgelegt hatte, weil ihr immer noch kalt war.

Die Antwort ihres Vaters hörte sie nicht mehr, denn in ihrem Kopf begann es zu spuken.

Die Pistole war weg.

20

»Ich bin gleich zurück, ich muss was aus dem Auto holen«, rief Tessa lauter als beabsichtigt und stürmte hinaus.

Sie durchsuchte den Pathfinder fieberhaft, leuchtete mit der Taschenlampe in jeden Winkel, aber die Pistole ließ sich nicht sehen. Nur widerwillig gab sie ihre Anstrengungen auf. Die Energie, in der Dunkelheit nochmals zum Park zu fahren, hatte sie nicht.

»Gerade hat Lionel angerufen«, informierte ihr Vater sie, als sie ins Haus kam. »Er wird morgen um acht Uhr hier sein. Bevor die Suche beginnt, will er mit dir sprechen.«

Sie nickte erschöpft. »Besser, ich leg mich jetzt schlafen.« Sie küsste ihn auf die Wange. »Du solltest dich auch ausruhen, Dad.«

Er hielt sich am Treppengeländer fest. »Ich denke immer, ich darf nicht schlafen, sonst verrate ich Fran. Wie kann ich nur friedlich schlafen, wenn sie in höchster Gefahr ist?« Seine Augen wurden feucht.

»Oh Dad.« Sie legte die Arme um ihn. »Das versteh ich so gut.« Sie rang nach Worten, nach etwas, was ihnen Kraft geben konnte. Ihr fiel nichts ein. Wortlos stiegen sie zusammen die Treppe hinauf, die Hunde im Schlepptau. Als Tessa ihr Zimmer betrat, sprangen die Katzen erschrocken vom Bett, wo sie es sich gemütlich gemacht hatten. Sie redete ihnen sanft zu. Später, in der Nacht, nahm sie im Halbschlaf ein weiches Fell auf der Decke wahr.

Trotz einer Schlafpille hatte Tessa unruhig geschlafen und war schon früh wach. Im Morgengrauen ließ sie die freudig mit dem Schwanz wedelnden Hunde im stillen Haus zurück und fuhr zum Tennigan Park. Sie parkte an derselben Stelle wie am Abend zuvor und suchte den Boden sorgfältig ab. Nichts. Immer wieder hob sie den Blick, damit ihr keine Bewegung im Gebüsch entging. Der Bär war sicher noch in der Nähe seiner Beute.

Mit allen Kräften versuchte sie sich zu konzentrieren. Sie konnte die Pistole nicht auf dem Waldweg verloren haben, weil sie fast ununterbrochen die Hand auf der Waffe in der Tasche gehalten hatte, voller Angst, der Bär könnte wieder auftauchen. Daran erinnerte sie sich deutlich.

Nur als sie die Hunde im Wagen einschloss, hatte sie beide Hände gebraucht.

Sie hielt inne.

Wie war das, als Telford Reed sie festgehalten hatte? Als sie so zitterte, konnte die Pistole dabei herausgefallen sein? Sie musste ihn fragen. Irgendwie musste sie seine Telefonnummer ausfindig machen.

Savanah! Sie hatte die Hunde aus dem Pathfinder geholt. Aber hätte Savanah die Pistole im Wagen gefunden, hätte sie bestimmt sofort ein Drama daraus gemacht. Savanah war eine Petzerin, keine Geheimnistuerin.

Tessa schritt nochmals die Parkfläche ab. Ein paar aufgeschreckte Vögel schwirrten über sie hinweg. Sie schaute auf die Uhr. Sie musste zurück. Kaum hatte sie den Tennigan Park verlassen, kam ihr der Pick-up des Wildhüters entgegen. Telford Reed musste ihn benachrichtigt haben. Im Rückspiegel sah sie ihn in den Park einbiegen. Sie sollte ihn über die verlorene Waffe informieren. Wenn er sie fände, würde er die Polizei benachrichtigen. Es war an ihr, ihm zuvorzukommen. Sie verlangsamte, um den Wagen zu wenden. Doch dann besann sie sich anders. Wenn sie jetzt den Behörden den Verlust der Pistole meldete, würde sie Formulare ausfüllen müssen. Sie sah sich bereits auf dem Polizeiposten in einer Schlange warten. Im schlimmsten Fall würde man ihr die Waffengenehmigung entziehen, weil sie mit der Schusswaffe fahrlässig umgegangen war. Sie würde die Suche nach Fran verpassen, bei der sie unbedingt dabei sein wollte.

Niemand wusste bislang, dass sie die Pistole vermisste. So konnte sie später geltend machen, dass sie den Verlust noch gar nicht bemerkt habe. Lionel Miller wartete sicher bereits auf sie. Ihre Eltern hatten keine Ahnung, wo sie war. Sie drückte aufs Gaspedal. Tatsächlich sah sie schon mehrere Autos vor dem Haus, als sie die Anhöhe hochfuhr. Auch einen Streifenwagen. In der Küche fand sie die ganze Versammlung vor: ihre Eltern, Savanah, Lionel Miller und die Polizeibeamtin, die Tessa vom letzten Besuch erkannte. Die beiden Hunde leisteten ihnen Gesellschaft. Auf dem Tisch lag eine Landkarte.

»Gut, dass du hier bist«, rief Lionel. »Wir besprechen gerade, wie wir die Suchtrupps einteilen.«

Tessa warf einen Blick auf die Landkarte, auf der jemand farbige Kreise eingezeichnet hatte. Niemand fragte, wo sie gewesen war.

»Sie machen doch auch mit?«, fragte die Polizistin.

»Ja, natürlich.« Tessa trat näher an die Karte heran. Die Kreise befanden sich alle in der Umgebung von Whatou Lake. Kein Kreis in der Umgebung von Frans Haus. »Nach welchen Kriterien sind die Suchgebiete ausgewählt worden, Corporal?«, fragte sie.

»Es sind Orte von besonderem Interesse für uns«, antwortete die Beamtin.

Tessa kräuselte die Nase. »Sie glauben, Fran befindet sich in der Umgebung von Whatou Lake?«

»Wir schließen keine Option aus.« Die Polizistin blickte Tessa direkt an. »In den eingekreisten Gebieten halten wir Suchtrupps am Boden für besonders sinnvoll.«

»Über hundert Leute beteiligen sich an der Suche, Tessa«, rief ihre Mutter vom anderen Ende des Tisches. »Die Leute wollen uns wirklich helfen.«

»Das ist schön, Mom. Ich frage mich nur, ob die alle wissen, wie man sich im Busch verhält.« Ihr Einwand war an die RCMP-Frau gerichtet, aber Lionel mischte sich sofort ein. »Wir haben zwölf Leute in jeder Gruppe. Mindestens zwei pro Gruppe nehmen ein Gewehr mit, für alle Fälle. Jede Gruppe hat einen Anführer, der sich im Busch auskennt. Oder eine Anführerin.«

Tessa sah ihren Vater an. Er hatte sich bisher nicht zu Wort gemeldet. Auch Savanah verhielt sich verdächtig still. Aus Rücksicht auf ihre Mutter stellte Tessa die Frage nicht, die ihr auf der Zunge brannte: *Wonach suchen wir eigentlich? Nach einer Leiche? Nach einer Flüchtigen? Gibt es irgendetwas, wonach wir besonders Ausschau halten sollten?*

Die RCMP-Beamtin stand auf. »Bürgermeister Miller organisiert die Freiwilligen im Gemeindesaal. Um neun Uhr sollten alle dort sein. Ich mache mich jetzt auf den Weg.« Sie tätschelte den Rücken des Huskys und schob ihn von ihrer Hose weg.

Plötzlich erhob Kenneth Griffins die Stimme. »Hoffentlich weiß Harrison Miller, wen er mit einem Gewehr losschicken kann und wen nicht. Wir haben keine Ahnung, wer der Mörder ist, und meine Enkel und ihr Vater wurden erschossen. Der Mörder kann sehr wohl unter uns sein.«

Sekundenlang war es still. Dann sagte Savanah: »Oder *die* Mörder.«

»Nun seid ihr alle verrückt geworden.« Martha Griffins schüttelte den Kopf. »Ihr wollt doch nicht die Suche deswegen abblasen. Man kann doch jetzt nicht alle Leute verdächtigen.«

Savanah, die neben ihr saß, strich ihr beruhigend über den Arm. »So war es doch nicht gemeint, Mom.«

Kenneth Griffins saß mit verschränkten Armen da und sagte nichts mehr.

Tessa wusste, dass sie jetzt hätte eingreifen und die Situation entschärfen sollen. Doch sie wollte ihrem Vater nicht widersprechen. Sie hätte verleugnen müssen, dass er in ihren Augen sehr wohl recht haben konnte.

Lionel ergriff das Wort. »Es ist jetzt keine Zeit für alte Rivalitäten mit meinem Vater, Ken. Wir müssen alle am selben Strang ziehen. Wir wollen Fran möglichst schnell finden. Das sollte unsere Priorität sein.«

Die Polizistin meldete sich wieder zu Wort. »Unsere Leute arbeiten rund um die Uhr, wir sind froh über jede Hilfe. Wir können also auf Sie zählen?«

»Auf mich sicher«, rief Savanah.

Tessa erwiderte den Blick der Polizistin. »Auf jeden Fall, Corporal«, erwiderte sie mit fester Stimme.

Kaum hatte die Beamtin das Haus verlassen, begann Martha Griffins zu protestieren: »Savanah, du kannst mich heute nicht allein lassen. Ich brauche dich hier. Die haben genug Leute, da spielt es keine Rolle, ob …«

»Liebling, wir haben das schon besprochen, *ich* bin heute bei dir«, erklärte Kenneth. »Es ist wichtig, dass Savanah mit suchen geht, es würde ihr keine Ruhe lassen.«

»Aber ich …«

Lionel Miller schob seinen Stuhl geräuschvoll zurück und erhob sich. »Martha, Ken hat recht, jede Kraft zählt. Das ist unsere Chance. Die Zeit drängt.«

»Ich geh rasch raus mit den Hunden«, murmelte Savanah, die offensichtlich der Diskussion aus dem Weg gehen wollte.

Tessa streckte den Arm nach ihrer Mutter aus, die aufgestanden war und sich an ihr vorbeidrücken wollte. »Mom, du bist hier gut aufgehoben, wir sind ja heute Abend wieder zurück.«

Ihre Mutter drückte ihr nur kurz die Hand und verließ ebenfalls die Küche.

»Lass nur, ich kümmere mich um sie«, sagte ihr Vater beschwichtigend und folgte seiner Frau.

Tessa sah Lionel an. »Meine armen Eltern, es zerreißt sie innerlich.« Schnell fügte sie hinzu: »Es zerreißt dich sicher auch.«

Ihre Worte mussten seinen Schutzwall durchbohrt haben, denn auf seinem Gesicht erschien ein gequälter Ausdruck. Als ob er gleich in Tränen ausbrechen würde. Aber genau so schnell richtete er den Wall wieder auf. Sie konnten es sich beide nicht leisten, zusammenzubrechen.

Er drehte sich weg und faltete die Landkarte zusammen.

»Warte«, sagte sie, und er breitete die Karte wieder aus. Sie studierte die eingezeichneten Kreise. Ihr wurde plötzlich heiß. Ein Kreis war um den Tennigan Park gezogen.

»Warum wollen die, dass wir die Zeltplätze durchsuchen?«

»Warum nicht?« Lionel faltete die Karte wieder zusammen, bevor Tessa ihn daran hindern konnte.

»Ich hab gehört, dass im Tennigan Park ein aggressiver Bär gesichtet wurde.«

»Dort geh'n wir vorläufig auch nicht hin«, erwiderte er, ohne aufzublicken, und steckte die Karte und sein Handy in die Jackentasche. »Wir sehen uns also in einer Stunde?«

Er war sichtlich in Eile, aber sie wollte die Minuten nutzen, in denen sie mit ihm allein war. »Was denkst du, ist mit Fran passiert? Wer und was steckt hinter den Morden? Hast du einen Verdacht?«

Er zögerte. Schaute einen Augenblick ins Leere. Dann ließ er einen tiefen Seufzer hören. »Hank erzählte mir vor einigen Wochen, dass sich Wilderer herumtreiben. Dass Grizzlys bei der Lodge nicht mehr gesehen werden, die sonst zuverlässig auftauchen. Ich sagte: Mensch, Hank, weiß der Wildhüter davon? Und die Polizei? Er sagte, er könne denen nichts davon sagen. Ich verstand nicht, warum. Er wollte mir auf Teufel komm raus nicht verraten, warum.«

Tessa war versucht, ihm von Telford Reeds Aussagen zu erzählen, aber sie wusste, dass sie nicht genügend Zeit hatte.

»Denkst du, Hank und die Kinder wurden von Wilderern getötet? Und Fran, was haben sie mit Fran gemacht?«

»Ich weiß es nicht, verdammt, Tessa. Es ist verrückt. Absolut verrückt. Sag *du* mir doch etwas, was uns weiterbringt.« Sie konnte dieselbe Verzweiflung aus seiner Stimme hören, die sie in sich spürte.

Sie schaute zur offenen Tür. Vom oberen Geschoss hörte sie Gemurmel. Mit gesenkter Stimme erzählte sie: »Fran wollte weg.

Mit allen. Sie und Hank und die Kinder. Sie wollte auf eine Farm ins Grousetal ziehen.«

Lionel sah sie verblüfft an. »Wer … wer hat dir denn diesen Unsinn erzählt?«

»Ich hab's von zwei Leuten, denen ich glaube.«

»Von wem?«

»Vielleicht wollten sie vor etwas fliehen«, flüsterte Tessa rasch, denn sie hörte Geräusche, die von der Haustür her kamen.

Lionel starrte sie immer noch ungläubig an, als die Hunde hereingewetzt kamen. Hinter ihnen tauchte Savanah auf.

»Wenn ich mich nicht um die Hunde kümmere, tut's niemand.« Sie warf Tessa einen vorwurfsvollen Blick zu. »Hättest du sie nicht heute Morgen rasch rauslassen können?«

Tessa ärgerte sich, obwohl sie Savanah insgeheim recht geben musste. »Dad sagt, Harrison will unbedingt die Hunde übernehmen«, platzte sie heraus. »Hat dir dein Vater das verraten, Lionel?«

Lionel, der gerade über die Schwelle in den Korridor getreten war, drehte sich noch einmal um. »Das soll er gleich vergessen«, knurrte er. »Kommt gar nicht infrage.« Ohne einen weiteren Gruß machte er auf dem Absatz kehrt und knallte die Haustür zu.

Tessa schaute Savanah an und zuckte die Schultern.

Savanah setzte die Kaffeemaschine in Gang. »Wir haben nicht mehr so viel Zeit, wir müssen pünktlich beim Treffpunkt sein.«

»Bei welchem Treffpunkt? Und wer ist wir?«

»Hat dir Lionel nichts gesagt?«

Tessa sah sie entnervt an. Savanah füllte einen Krug mit heißer Milch und stellte ihn auf den Tisch. »Du, ich, Lionel und Cliff Bight bilden die Gruppe neun.«

»Das kann nicht sein, die Gruppen bestehen aus einem Dutzend Leuten. Hat Lionel gerade gesagt.«

»Ja, acht Gruppen zu je zwölf. Und wir bleiben übrig. Frag mich nicht, warum.« Schwungvoll schloss sie den Deckel der Kaffeemaschine. »Hat Lionel heute Morgen erklärt. Ich glaube, er hat was Besonderes mit uns vor und will die Gruppe klein halten.

Aber da warst du noch nicht hier. Wo bist du eigentlich hingefahren?«

Tessa ignorierte die Frage. »Und wo sollen wir uns treffen?«

»Dort, wo der Pfad anfängt.«

»Welcher Pfad?«

»Zur Whitesand Bay.«

21

Eine Stunde später fand sich Tessa mit Savanah sowie Lionel und Cliff Bight am Waldrand außerhalb von Whatou Lake wieder. Den anderen Gruppen, die Harrison Miller in der Gemeindehalle versammelt hatte, waren sie nicht begegnet. Tessa hatte vergeblich dagegen protestiert, ausgerechnet in der Umgebung von Whitesand Bay eingesetzt zu werden. Lionel brachte sie dazu, ihren Widerstand aufzugeben, als er erklärte: »Es würde so aussehen, als hättest du etwas zu verbergen.« Tessa fand, sie war Opfer einer Verschwörung. Aber angesichts der Morde und der Angst um Fran hätte es engherzig ausgesehen, wenn sie sich geweigert hätte.

Sowohl Lionel als auch Cliff hatten ein Jagdgewehr bei sich. Savanah warf Tessa einen vielsagenden Blick zu. Wahrscheinlich erinnerte sie sich an ihr Gespräch auf der Fahrt. Tessa hatte Savanah verraten, dass sie ihre Pistole vermisste. »Hast du sie zufällig im Wagen gesehen?« Savanah hatte entgeistert reagiert. »Was, du läufst mit einem Schießeisen herum?«, hatte sie ausgerufen. »Vielleicht sollte ich mir auch so was zulegen!« Als sie Whatou Lake passierten, sandte Tessa eine SMS an Ron Halprin und teilte ihm den Verlust der Pistole und die Umstände mit. Sie gab ihm alle notwendigen Informationen, um die Waffe zu identifizieren. Sie informierte auch Boyd Shenkar, denn als ihr Geschäftspartner musste er über solche Dinge im Bild sein.

Neben Lionel stand Cindy, die Augen von einer großen schwarzen Sonnenbrille verdeckt. Ihre eleganten Kleider signalisierten, dass sie sich nicht gehen ließ, auch wenn sie in einem Loch wie Whatou Lake lebte. Tessa war sich bewusst, dass sie Lionels Ehefrau unrecht tat, schließlich führte sie eine Modeboutique und war deren Aushängeschild. Tessa vergaß jedoch nie, dass Cindy mit Lola Dole, Jenny Doles Mutter, befreundet war. Würde Cindy ihrer Freundin davon erzählen, dass Tessa ausgerechnet an dem Ort nach Fran suchte, an dem sie angeblich Jenny Dole den tödlichen Reißzähnen eines Grizzlys überlassen hatte?

Es stand außer Zweifel, dass sich Cindy der Suche nach Fran nicht anschließen wollte: Sie trug hochhackige Pumps. Zu ihrer Überraschung trat Cindy auf sie zu und umarmte sie. Tessa hörte ihre Stimme im Ohr: »Ich hoffe so sehr, dass Fran bald gefunden wird.« Tessa konnte ihr süßliches Parfüm riechen. »Ich auch«, erwiderte sie. Und um die unbehagliche Situation zu überspielen, fügte sie hinzu: »Wie geht es Glenda?«

Glenda Miller, Hanks Mutter und Breenas, Kayleys und Clydes Großmutter, hatte gegen die Heirat ihres Lieblingssohnes Hank mit dem ehemaligen Pflegekind Fran noch stärker opponiert als ihr Mann. Cindy dagegen, mit ihren bürgerlichen Eltern, war Glenda als Schwiegertochter willkommen gewesen. Das Schicksal rächte sich, indem Cindys und Lionels Ehe kinderlos blieb, während Fran ein Kind ums andere gebar. Die Enkel bekam Glenda allerdings nicht so häufig zu Gesicht, weil Fran sie lieber zu Martha Griffins brachte. Das ging einige Jahre so, bis Fran in den vergangenen Monaten auch dort immer seltener mit den Kindern auftauchte. Was war nur zwischen Martha und Fran geschehen?

Cindys geschminkter Mund verzog sich schmerzhaft. »Glenda kommt nicht mehr aus ihrem Schlafzimmer heraus. Ich tu mein Bestes, um ihr zu helfen. Aber Lionel braucht mich auch, alles liegt jetzt auf seinen Schultern.« Bei den letzten Worten wandte sie sich ihrem Mann zu, der sie mit niedergeschlagener Miene ansah, und drückte ihn an sich.

Vielleicht ist es doch Liebe, dachte Tessa, auch wenn sie das nicht gern eingestand. Cindy hätte Lionel verlassen und Whatou Lake den Rücken kehren können. »Ach, sie will lieber ein großer Fisch in einem kleinen Teich sein als ein kleiner Fisch in einem großen Teich«, hatte Dana einmal sarkastisch bemerkt.

»Mich hat sie nicht umarmt«, raunte Savanah Tessa zu, als sich Cindy auf ihren schicken Mazda Miata zubewegte. »Dabei ist Fran auch meine Schwester.«

Schwesterlich hätte ich früher dein Verhalten Fran gegenüber nicht genannt, dachte Tessa.

Lionel schaute seiner Frau traurig nach. Er und Cliff Bight trugen Jagdkleidung und Rucksäcke. Cliff war einer von Lionels Angestellten, ein junger, etwas schwerfälliger Mann mit einem spärlich bewachsenen Schädel.

Cindy fuhr davon, und Lionel übernahm die Rolle des Gruppenführers. »Cliff und du, Tessa, ihr sucht die rechte Seite des Pfades ab und Savanah und ich die linke.«

»Suchen wir nach etwas Bestimmtem?«, fragte Savanah.

Lionel blieb vage. »Was immer ihr auch findet, nehmt es mit. Oder schlagt Alarm mit der Trillerpfeife. Aber vergesst nicht, zuerst zu fotografieren und Gummihandschuhe anzuziehen.« Lionel hatte sie mit solchen Handschuhen, Plastiktüten und Trillerpfeifen ausgestattet.

Tessa fand Lionels Anleitung nicht überzeugend, aber sie hielt den Mund. Sollten sie wirklich Fundstücke von ihrem Fundort entfernen? Sie wusste, dass die Polizei den Pfad bereits mit Hunden abgesucht hatte, nachdem Frans blutbefleckte Jacke in Whitesand Bay aufgetaucht war. Was hofften die Ermittler mithilfe freiwilliger Suchtrupps zu finden, das ihnen beim ersten Mal entgangen war?

Es ist gut möglich, dass Fran in Whitesand Bay war. Sie wollte Beweise finden.

Tessa bereute, dass sie ihre Mutter nicht gefragt hatte, was sie mit ihrer Bemerkung meinte. Beweise wofür?

»Los geht's«, rief Lionel. »Und vergesst nicht, laut zu reden, wir wollen keinen Ärger mit Bären.«

Das brauchte man Savanah nicht zweimal zu sagen. Sie schnatterte drauflos und folgte Lionel in den Regenwald.

Cliff Bight dagegen blieb stumm, während sie das Terrain neben dem Pfad absuchten. Wurzeln, Büsche, Riesenfarne, Steinbrocken und umgekippte Baumstämme stellten sich ihnen in den Weg. Sie mussten herabhängenden Ästen mit Vorhängen aus Moos ausweichen und auf tiefe Erdlöcher im Boden achten. Tessa konnte sich auch jetzt nicht ganz dem Zauber des Urwaldes entziehen. Sie liebte den aromatischen Duft von nassem Zedernholz und natürlicher Fäulnis, dieses Durcheinander von lebender und sterbender Vegetation. Neue Baumstämme, die auf alten wuchsen und sich von deren Holz ernährten. Die riesigen herausgerissenen Wurzeln umgestürzter Zedern oder Tannen, die ein Sturm in die Knie gezwungen hatte. Sie wirkten so groß wie Schaufelräder von Dampfschiffen. Das Chaos machte Tessa aber auch mutlos. Wie konnten sie in einem solchen Wirrwarr etwas finden? *Gib mir ein Zeichen, Fran, gib mir bitte ein Zeichen.*

Cliff schleppte seinen massigen Körper durch dornige Sträucher und hob ihn mühsam über riesige Baumleichen, die sich ihnen in den Weg legten. Er hatte noch nichts gesprochen, wahrscheinlich aus Schüchternheit oder Angst, etwas Falsches zu sagen. Sie wollte das Eis brechen und rief ihm zu: »Ich bin wirklich beeindruckt, dass Sie hier mithelfen, Cliff, das bedeutet eine große Unterstützung für unsere Familie.«

»Ach, nichts zu danken.« Cliff winkte ab und kam näher. »Alle Leute sind total schockiert. Kaum zu glauben, dass so etwas in Whatou Lake passieren kann.«

»Was erzählt man sich denn in Whatou Lake?«

»Nich' viel. Außer …« Er schien bereits etwas außer Atem. »Ich glaube, viele finden es gefährlich, so weit draußen im Busch zu leben. Ich meine … Man hat dort keine Nachbarn und nix.«

Tessa war versucht, ihn darauf hinzuweisen, dass es in Vancouver viel mehr Morde gab, obwohl die Menschen dicht beieinander lebten und fast alle Menschen Nachbarn hatten. Aber sie wollte Cliff nicht verunsichern.

»Das haben also viele in Whatou Lake merkwürdig gefunden?«, wiederholte sie in der Fragetechnik, die sie häufig als Rechtsanwältin anwandte. »Dabei haben doch einige Leute hier eine Hütte in der Wildnis, um mal ein bisschen rauszukommen und niemanden sehen zu müssen.«

»Ich hab leider keine«, gestand Cliff Bight.

»Aber Lionel und Cindy haben zum Beispiel eine.«

»Ja, die renovieren sie gerade, und ich helfe ihnen dabei.«

Tessa hatte davon gehört. Lionel war am Tag der Morde in seiner Hütte gewesen, Cindy und Cliff ebenfalls. Lionel quälte sich mit dem Gedanken, dass er an jenem Tag in der Wildnis und für niemanden erreichbar gewesen war. Er hatte Martha Griffins unter Tränen geklagt, dass Hank, oder vielleicht auch Fran, ihn vielleicht vergeblich zu erreichen versucht hatte. Dieses Schuldgefühl würde Lionel sein Leben lang verfolgen, ahnte Tessa. Obwohl es wahrscheinlich überhaupt keine Rolle gespielt hat, wo er in der Zeit war.

Sie und Cliff blieben stehen und ließen die Augen über die Umgebung schweifen. Lionel und Savanah rückten schneller vor, ihre Stimmen wehten aus größerer Entfernung herüber. Tessa nahm den Faden wieder auf. »Haben die Leute noch andere Dinge merkwürdig gefunden?«

Cliff räusperte sich. Sein Gesicht war gerötet vor Anstrengung.

»Fran war … ich meine, ich hab das nur so gehört … sie war so ziemlich gegen alles, gegen die Minen und Ölpipelines und so.«

Sie kletterten über einen zerbröselnden Baumstamm, der durch die Feuchtigkeit weich wie ein Schwamm geworden war. Tessa rutschte aus und landete auf dem Hintern. Sie erhob sich und rieb den Dreck von ihrer *North-Face*-Hose. »Das hat sicher vielen nicht gefallen«, sagte sie vorsichtig.

Cliff nahm es als Zustimmung. »Von irgendetwas müssen die Leute hier ja leben. Es ist schon hart genug, so wie es ist. Man weiß nie, wie lange man noch einen Job hat.«

»Aber Sie haben sicher keinen Grund, sich zu ängstigen, Sie sind sicher ein guter Elektriker, wenn Lionel Sie eingestellt hat.«

Cliff lächelte, aber es war kein erfreutes Lächeln. »Wenn es keine Arbeit mehr gibt, muss auch der Beste gehen.«

»Solange die Minen laufen, geht es eurem Geschäft doch sicher gut«, sagte Tessa, den Blick auf den Boden gerichtet. Sie wollte nicht noch mal vor Cliffs Augen stolpern.

»Die Konzerne bringen ihre eigenen Elektriker mit«, sagte Cliff zwischen lauten Schnaufern. »Die wollen uns nicht haben.«

»Gibt es denn in Whatou Lake genug zu tun?«

Cliff wollte nicht antworten. Tessa schien es ratsamer, nicht weiter in ihn zu dringen. Er hatte vielleicht schon mehr verraten, als ihm lieb war. Sie arbeiteten sich langsam, aber stetig vor. Von Lionel und Savanah konnten sie nur noch ein leises Gemurmel aus der Ferne hören. Nach einer Weile griff Tessa nach ihrer Wasserflasche. Cliff hielt eine Cola in Händen.

Bisher hatten sie absolut nichts gefunden, nicht mal eine Bierdose oder die Verpackung eines Schokoriegels. Der Pfad wurde nur selten begangen, weil die Menschen von Whatou Lake mit ihren Quads und Pick-ups auf der Schotterstraße nach Whitesand Bay fuhren. Es gab auch keinen Grund, ins Gebüsch einzutauchen, nicht mal für eine Notdurft. Die war leichter direkt neben dem Pfad zu verrichten. Den Pfad selbst wollte Lionel aber erst auf dem Rückweg absuchen.

»Melanie Pleeke ist auch so 'n verrücktes Huhn«, bemerkte Cliff plötzlich. »Sie wollte eine Hellseherin mitbringen.«

»Melanie wer?« Tessa wischte sich das Gesicht mit einem Taschentuch ab.

»Melanie Pleeke.«

»Kenn ich nicht.«

»Die Frau von Rob, Rob Pleeke.«

»Ach so.«

Sie erinnerte sich: der Bestattungsunternehmer, bei dem sich Fran Särge angeschaut hatte.

Cliff stützte sich mit beiden Händen auf seinen Wanderstock. »Melanie glaubt an Geister und Seelenwanderung und solche

Dinge. Und dass Leute sich aus dem Jenseits melden. Sie macht Rückführungen.«

»Sie hält sich für ein Medium?«

In diesem Moment schallte lautes Rufen durch den Busch. Tessa konnte keine Worte ausmachen. Dann hörte sie eine Trillerpfeife. Cliff richtete sich kerzengerade an seinem Stock auf. »Was zum Teu…«

Ein Schuss peitschte durch den Wald.

22

Stille. Dann ein klägliches Heulen. Tessa lief sofort los, in Richtung des Tumultes. Erst als sie den Pfad erreichte, realisierte sie, dass sie auf Cliff warten musste. Sie hatte kein Gewehr. Cliff kam prustend hinterher und versuchte, mit ihr Schritt zu halten.

»Lionel! Lionel! Wo seid ihr?«, brüllte sie.

»Hier!« Das war Savanah. »Wir sind hier!«

Es konnte nicht weit sein.

Der Pfad wand sich an hohen Zedern vorbei – und plötzlich erschien vor ihnen eine Gruppe von Menschen: Lionel, der mit verzerrtem Gesicht auf dem Boden hockte. Savanah, die über seinem Bein kauerte. Und zwei Männer mit Kriegsbemalung, die ihnen entgegensahen. Zwei junge Sitklat`l. Tessa erkannte sofort, dass nicht sie den Schuss abgegeben hatten, denn sie trugen keine Waffen.

»Was ist denn hier los?«, schrie sie, noch bevor sie die Gruppe erreicht hatte.

Savanah schaute hoch und rief: »Lionel hat sich in den eigenen Fuß geschossen.«

»Was?« Tessa ging sofort in die Hocke, als sie Lionel erreicht hatten, und begutachtete seine Wunde, die heftig blutete. Sie griff nach der Erste-Hilfe-Tasche, die auf dem Boden lag, entnahm ihr eine Mullkompresse und begann die Wunde zu säubern. »Sieht nach einem Streifschuss aus«, sagte sie. »Wir machen einen Druckverband.« Savanah half ihr, den Fuß zu verbinden. Sie arbeiteten Hand in Hand, vertraut mit den Handgriffen, sie waren schließlich beide in einem Arzthaushalt groß geworden. Lionel jammerte laut. Tessa verabreichte ihm eine starke Schmerztablette.

»Pass mit dem Schießeisen auf, Mann.« Die Warnung der jungen Männer war an Cliff Bight gerichtet. »Sonst passiert noch so 'n Unfall.«

»Mensch, wie ist denn das möglich?«, fragte Cliff.

»Der Weißling hat keine Ahnung von Schusswaffen.«

Tessa konnte die Verachtung in der Stimme des Sitklat`l hören. Lionel reagierte sofort auf die Provokation. »Es ist nicht mein Gewehr, verdammt, es gehört Dad.«

Tessa suchte Savanahs Blick, die konsterniert den Kopf schüttelte. »Er hörte was im Busch und hat die Knarre gleich entsichert. Dann brachen diese beiden durchs Gebüsch«, sie winkte kaum merklich mit dem Kopf in die Richtung, in der die jungen Männer standen, »und Lionel stolperte. Da hat sich der Schuss gelöst.«

Tessa verzog den Mund. »Das hat uns gerade noch gefehlt.«

Savanah befestigte das Ende des Verbands. »Das kann man wohl sagen.«

Tessa erhob sich und sah die beiden Unbekannten an. »Ich bin Tessa Griffins. Die Tochter von Kenneth Griffins, dem Arzt. Das sind Savanah Cutter, Lionel Miller, Cliff Bight. Wer seid ihr, Leute?«

Die beiden nannten ihre Namen in der Sprache der Sitklat`l. Sie verstand nur Xhàh für Adler. Ein Wort, das Tsaytis Chelin sie gelehrt hatte.

»Und was sind eure englischen Namen?«

»Das geht dich nichts an«, sagte einer von ihnen.

»Vielleicht schon. Was macht ihr hier?« Sie ahnte es. Eine Gruppe rebellischer Sitklat`l patrouillierte seit einiger Zeit durch das Territorium, um den Anspruch auf das Land ihrer Vorfahren aufrechtzuerhalten.

Die Sitklat`l sahen sie herausfordernd an. »Was macht ihr Weißlinge hier?«

»Wir suchen Fran Miller, die seit drei Tagen vermisst wird«, antwortete Tessa ruhig. »Ihre drei Kinder und ihr Ehemann Hank Miller wurden am Dienstagmorgen erschossen. Ihr habt sicher davon gehört. Habt ihr etwas Auffälliges gesehen?«

»Ja, zu viel Polizei in Whitesand Bay. Dort sind die geweihten Grabstätten unseres Volkes. Niemand hat dort etwas zu suchen.«

»Ich weiß von den geweihten Gräbern eurer Ahnen. Aber jemand fand Frans blutbefleckte Jacke bei Jenny Doles Kreuz. Deshalb ist die Polizei dort. Und deshalb sind wir hier. Ihr habt also nichts gefunden?«

Die beiden wichen ihrem Blick aus. Tessa hatte den Eindruck, dass sie die Tragik der Situation zu begreifen begannen.

Lionel versuchte mit Savanahs Hilfe aufzustehen, sank aber mit einem Wehlaut auf den Boden zurück. »Ich kann nicht gehen.«

»Wir stützen dich«, rief Cliff Bight.

Lionel schüttelte den Kopf. »Ich kann nicht mal den Fuß aufsetzen.«

»So 'ne Scheiße«, sagte Savanah und sprach Tessa aus dem Herzen. »Wir sind mindestens eine Stunde von unserem Wagen entfernt.«

Einige Sekunden lang standen alle nur da, niemand sagte einen Ton.

Schließlich ergriff ein Sitklat`l das Wort: »Wir bauen eine Trage. Wir bringen dich zurück.«

»Der ist schwer«, protestierte Savanah.

Die jungen Männer grinsten. »Wir sind keine Schwächlinge wie die *Whities*.«

Die Sitklat`l brauchten zwanzig Minuten, um mit ihren Buschmessern eine Trage aus Ästen und Lianen zu fertigen. Dann legten sie Lionel mit Cliffs und Savanahs Hilfe darauf.

»Tessa, lauf schon mal vor und hol Hilfe«, befahl er. »Du bist die Schnellste von uns.« Bevor sie antworten konnte, rief Savanah: »Ich geh mit.«

Tessa schüttelte den Kopf. »Nein, in Notfällen ist es immer besser, wenn die Gruppe zusammenbleibt.«

Lionel blieb dabei. »Nicht in unserer Situation.«

»Wir haben kein Gewehr.«

»Ihr könnt meines haben«, erwiderte Lionel. »Es funktioniert garantiert.«

Niemand wagte zu lachen.

Savanah nahm das Gewehr von Lionel entgegen, der ihr kurz die Handhabung erklärte. Sie nickte. »Ich hab's kapiert. Geh'n wir.« Tessa gab ihren Widerstand auf. Sie ließ Savanah vorausgehen. Die Vorstellung, eine Schusswaffe im Rücken zu haben, behagte ihr nicht.

Für eine unsportliche Person schlug Savanah ein beeindruckendes Tempo an, das sie auch nicht am Reden hinderte. Tessa konnte sie von hinten nicht gut verstehen, und es dauerte eine Weile, bis sie realisierte, dass Savanah über Lionel sprach.

»Lionel sollte kein Schießeisen tragen, wenn du mich fragst.« Savanah schnaubte vernehmlich. »Der ist doch völlig am Ende. Der sieht die toten Kinder vor sich und Hank, mit einer Kugel im Körper, und er sieht nur noch rot. Der ist nahe am Durchdrehen.«

»Lionel hat die Kinder und Hank doch gar nicht gesehen, soviel ich weiß.«

»Mensch, ich mein das doch nur … im Kopf sieht er das, in seiner … Fantasie. Das macht den total fertig.«

»Das macht uns alle fertig. Dich etwa nicht?«

Savanah blieb stehen und sah sie mit einem merkwürdigen Blick an, so als ob Tessa sie bei etwas ertappt hätte. Dann erwiderte sie: »Wir können nach Hause gehen und heulen, und der kann das nicht. Das würde Cindy nicht ausstehen können.« Sie setzte sich wieder in Bewegung, aber diesmal blieb Tessa an ihrer Seite, um sie besser zu hören. Savanahs großspuriges Auftreten provozierte sie. »Was du nicht sagst. Kennst du Cindy wirklich? Hast du exklusiven Zugang zu Lionels Eheleben?«

»Himmel, Tessa. Spiel doch nicht immer die Großstadtwachtel. Du hast nicht die Weisheit mit Löffeln gefressen.«

»Da bin ich aber froh, dass du das für mich getan hast. Klär mich doch bitte über alles auf, was mir durch meine Unkenntnis entgangen ist.«

»Mach doch die Augen auf, Mensch! Du siehst ja nicht, was los ist.«

In diesem Moment stolperte Savanah über eine Wurzel, und Tessa konnte sie gerade noch mit einer raschen Bewegung auffangen. Wäre die Lage anders gewesen, hätten sie darüber gelacht. Sie sahen sich an und Tessa fragte kopfschüttelnd: »Du hast das Gewehr doch gesichert?«

Savanah verdrehte die Augen. »Klar hab ich das. Für wie dumm hältst du mich?« Sie wandte sich ab und marschierte erneut los.

Tessa beschloss, nicht darauf zu antworten, aber ihr gingen Savanahs Worte noch eine Weile durch den Kopf. Lionel tat ihr leid. Er konnte sich auch nicht bei seinen Eltern ausheulen, jetzt, da er der einzige Sohn war. Tessa musste sich eingestehen, dass sie wenigstens Savanahs Hilfe hatte, die sich um ihre Eltern kümmerte. Und um die Katzen und Hunde.

Aber ihr war etwas aufgefallen. Sie hatte Savanah seit den Morden und Frans Verschwinden nie erschüttert oder bestürzt gesehen. Diese Erkenntnis nistete sich plötzlich wie ein Virus in ihr ein. Sie schaute auf Savanahs Rücken und die bunte enge Stretchhose unter der Jeansjacke. Ein uralter Zorn kroch in ihr hoch und öffnete seinen Rachen. Tessa konnte ihn nicht kontrollieren.

»Bist du eigentlich traurig über das, was passiert ist? Oder bist du froh, dass Fran aus dem Rennen ist?«

Savanah blieb so abrupt stehen, dass Tessa fast auf sie geprallt wäre. »Was? Was sagst du da?« Sie stand vor ihr mit offenem Mund, die rosa Lippen zu einem empörten Rund geformt. Wie das Maul eines nach Luft schnappenden Fisches. Als sich Tessa nicht korrigierte, schrie sie: »Du spinnst ja wohl! Du weißt ja gar nicht, was du da sagst.«

Sie machte einen Schritt rückwärts. »Du hast ja keine Ahnung. Fran wollte nichts mehr von Mom und Dad wissen. So war's und nicht anders. Du solltest mal mit Mom darüber reden. Aber dafür ist dir die wertvolle Zeit zu schade, nicht wahr? Spielst lieber die große Anwältin und redest mit deinesgleichen. Wir sind dir wohl nicht vornehm genug.« Sie holte Luft, und ihr Gesicht rötete sich noch mehr. »Fran ist gar nicht tot, vielleicht willst *du*, dass sie tot ist. Sie hat dir ja den schönen Hank weggenommen, das hast du sicher noch nicht verdaut, mit einem Ego wie deinem.«

Nun war es an Tessa, ihre Pflegeschwester sprachlos anzustarren. Dann holte sie aus und verpasste ihr eine Ohrfeige. Und rannte los. Sie hüpfte über den unebenen Waldboden, als sei er ein Minenfeld. Sie konzentrierte sich nur noch auf ihre Füße und den Pfad vor sich. Weder Angst vor Bären oder Wölfen kam in ihr hoch. Sie war völlig beherrscht von Wut.

Erst als sie lange genug gerannt war, kam sie wieder zur Besinnung. Sie schämte sich. Wie konnte sie sich nur von Savanah derart provozieren lassen? Wie konnten solche Dinge nur die geringste Rolle spielen, angesichts der unfassbaren Tragödie, die ihre Familie zu vernichten drohte? Ein neuer Gedanke durchzuckte sie. Hat vielleicht der Mörder aus einem unkontrollierten Impuls gehandelt, so wie sie, als sie Savanah schlug? Hat ihn plötzlich aus irgendeinem Grund der Zorn gepackt und er hat drauflos geschossen? Sie dachte an die Kinder und verwarf den Gedanken wieder. Wer die Kinder getötet hat, handelte mit Absicht. Der Mörder hat sie im Haus aufgespürt, eins nach dem anderen.

Sie preschte vorwärts. *Tessa, gib nicht auf. Jetzt ist nicht die Zeit aufzugeben.*

Es konnte nicht mehr weit sein bis dorthin, von wo sie vor mehr als einer Stunde aufgebrochen waren. Sie hielt an und sah auf ihrem Handy nach, ob sie schon Empfang hatte. Nichts.

Sie konnte Savanah nicht einfach sich selbst überlassen. Also machte sie kehrt und lief zurück. Immer wieder rief sie Savanahs Namen. Als sie ihre Stimme hörte, blieb sie stehen.

Da sah sie etwas auf dem Boden. Einen bunten Streifen. Pink und Glitzer. Sie bückte sich und hob den Gegenstand auf. Sie konnte nicht glauben, was sie da in Händen hielt.

In diesem Moment tauchte Savanah auf.

»Das hab ich gerade gefunden«, rief sie ihr entgegen.

Savanah blieb vor ihr stehen.

»Du hast die Handschuhe nicht an.«

»Was?« Tessa tauchte wie aus einem Traum auf.

»Die Latexhandschuhe. Wegen der Fingerabdrücke.«

Scheibenkleister.

In einer anderen Situation hätte sie sich vielleicht geärgert, dass Savanah blitzschnell erkannt hatte, was ihr entgangen war. Jetzt aber, mit diesem Ding vor Augen, entgegnete sie nur: »Du hast recht.«

Tessa klaubte die Handschuhe und einen Plastikbeutel aus ihrer Bauchtasche, zog die Handschuhe über und ließ das rosa Band in die Tüte gleiten.

Savanah beugte sich darüber. »Was ist das?«

»Ein Katzenhalsband.«

Savanah runzelte die Stirn. »Und?«

»Es gehört einer von Frans Katzen«, stieß Tessa hervor. »Du hast doch die Halsbänder der beiden anderen Katzen gesehen. Eines ist hellgrün, das andere gelb. Und dieses ist pink. Siehst du? Hier!« Sie drehte die Tüte um. Dunkle Flecken waren auf der Rückseite des Bandes in das Leder eingesogen. Dennoch war ein mit Filzstift geschriebener Name deutlich zu sehen: ROSIE.

»Rosie war nicht im Lagerraum von Frans Haus. Sie war nirgendwo zu finden, als wir dort waren. Und jetzt taucht das hier auf!«

Savanah schaute vom Halsband zu Tessa und dann wieder auf das Halsband. »Heiliger Hosenbund. Wie zum Teufel kommt das hierher?«

»Ich hab keine Ahnung. Erst Frans Jacke, jetzt dies.« Tessa ließ den Blick erneut über das Halsband gleiten. »Die dunklen Flecken. Wenn das kein Blut ist …«

»Himmel, Tessa! Fran hätte doch nie eine Katze hierhergeschleppt.«

Tessa blieb stumm. Sie hatte Fran um ein Zeichen gebeten. Und dieses Halsband gefunden. Nur war sie ratloser als zuvor. Hat Fran das Halsband zufällig bei sich gehabt und es mit Absicht fallenlassen, um eine Spur zu legen? War sie in der Nähe? Sie steckte den Plastikbeutel mit dem Fund in ihre Bauchtasche und zog den Reißverschluss zu. »Wir müssen möglichst schnell zurück zum Auto.«

Sie liefen schweigend den Pfad entlang und erreichten den Waldrand bereits nach zehn Minuten.

Tessas Handy signalisierte Empfang. Sie rief die Ambulanz. Als Nächstes informierte sie Ron Halprin über Lionels Verletzung und das Auftauchen der beiden Sitklat`l. Und ihren merkwürdigen Fund.

Eine kurze Pause folgte, als sie fertig war mit ihrem Bericht. »Wir haben auch was gefunden«, hörte sie Halprin nach endlosen Sekunden sagen, und der Klang seiner Stimme ließ sie nichts Gutes ahnen. »Ihre Pistole.«

23

Eines musste Tessa Savanah lassen. Sie war nicht nachtragend. Oder vielleicht fand sie es ratsam, es sich nicht vollends mit ihr zu verscherzen. »Ich fahr dich zum Polizeiposten«, bot sie sofort an, als Tessa ihr von der gefundenen Pistole erzählte. Auf dem Weg nach Whatou Lake kam ihnen ein roter Mazda Miata entgegen.

»Das ging aber schnell«, bemerkte Cindy, als sie anhielt und Savanah ebenfalls die Scheibe runtergefahren hatte. »Wo sind die anderen?«, rief sie. »Wo ist Lionel?«

Tessa und Savanah wechselten einen Blick. Cindy wusste von nichts. Sie hatten vergessen, Lionels Frau zu informieren.

Savanah setzte sie ins Bild: »Wir sind vorausgelaufen und haben die Ambulanz gerufen. Und die Polizei.«

»Warum hat niemand *mich* angerufen?«

»Weil … wir haben's vergessen, wir sind in Eile, Cindy. Die Polizei will dringend mit Tessa sprechen.«

Tessa wäre lieber gewesen, Savanah hätte dieses Detail weggelassen, denn Cindy biss sofort an.

»Warum will die Polizei mit ihr sprechen? Gibt's was Neues?«

»Keine Ahnung. Die sprechen ja ständig mit Leuten. Waren sie nicht auch bei euch?«

Cindy ignorierte Savanahs Frage. »Wann kommen die Leute mit Lionel?«

»'ne Stunde wird's sicher noch dauern. *So long.*«

Savanah winkte und drückte aufs Gas. »Die scheint nicht gerade unglücklich zu sein«, bemerkte sie, als sie sich schon ein Stück entfernt hatten.

Tessa sah sie überrascht an. »Wie kommst du denn darauf? Glücklich hat Cindy nun wirklich nicht ausgesehen.«

»Jetzt kann er nicht mehr mit nach Fran suchen. Das passt ihr sicher.«

»Warum sagst du das?«

»Cindy hält ihn an der kurzen Leine. Sie will immer wissen, was er treibt.«

Tessa drehte die Musik ab, die Savanah immer laufen ließ. »Ich staune, dass Cindy nicht schon vor Jahren die Koffer gepackt hat und weggezogen ist.«

»Warum? Die hat doch alles hier. Einen eigenen Laden, ein schönes Haus und Freundinnen wie Lola Dole. Und vielleicht geht sie in die Politik.«

»Was? Cindy? Das kann doch nicht dein Ernst sein?«

Savanah sah sie von der Seite an. »Ich dachte, du bist eine Emanze. Bist du nicht für Frauen in der Politik?«

Tessa schwieg. Sie hatte genug von Savanahs Sticheleien. Tief im Inneren war sie immer noch wütend wegen ihrer Anspielung auf Hank. Es war Savanah gewesen, die Gerüchte über eine Liebelei zwischen ihr und Hank gestreut hatte, als er immer öfter im Haus der Griffins auftauchte. Er war überhaupt nicht an Tessa interessiert gewesen, sondern an Fran. Aber die beiden ließen alle absichtlich im Glauben, es gehe um Tessa, um nicht den Argwohn von Hanks Eltern zu wecken. Die hätten ihm sicher die Besuche bei den Griffins verboten, wenn sie von der Liebe zwischen Hank und Fran gewusst hätten. Auch für Tessa gab es daraus einen Vorteil: Niemand kümmerte sich um ihre wachsende Zuneigung zu Tsaytis Chelin.

Irgendwann musste auch Savanah geschnallt haben, dass Hank und Fran ein Paar waren. Sie verbreitete die Geschichte, dass Fran Tessa den Boyfriend ausgespannt habe. Das machte es für Fran noch schwieriger, als Hanks Freundin akzeptiert zu werden. Nur Kenneth und Martha Griffins unterstützten die Beziehung der beiden mit vollen Kräften, als sie kein Geheimnis mehr war.

Tessa fragte sich später oft, wie ihre Eltern reagiert hätten, wäre ihre leibliche Tochter eines Tages Hand in Hand mit Tsaytis Chelin aufgetaucht. Martha und Kenneth Griffins interessierten sich sehr für die Kultur der Sitklat`l. Aber hätten sie ihrer Tochter von einer solchen Beziehung abgeraten? Hätten sie Tessa vor den gesellschaftlichen und kulturellen Hürden gewarnt? Tessa musste es nicht herausfinden, denn Tsaytis wollte plötzlich nichts mehr mit der Welt der Weißen zu tun haben. Er legte sich eine indianische Freundin zu. Weder er noch Tessa hätten damals geahnt, dass die freundschaftlichen Bande zwischen ihnen trotzdem überdauern würden. Bis es zum großen Streit kam.

»Tessa? Hörst du mir zu?« Savanahs Stimme klang ungehalten. »Soll ich hier auf dich warten? Oder soll ich dich später irgendwo abholen?«

Sie waren beim Polizeiposten angekommen. »Nein, nein, ich … irgendwie finde ich schon eine Mitfahrgelegenheit«, antwortete Tessa. Wieder bereute sie es, nicht sofort am Flughafen einen Wagen gemietet zu haben. Aber die Ereignisse hatten sie sofort überrollt. Heute war schon der dritte Tag in Whatou Lake.

Tessa öffnete die Wagentür und stieg aus. »Danke«, sagte sie kurz angebunden und eilte die Treppe zur Polizeiwache hoch. Erst vor Halprins Büro wurde ihr bewusst, wie schmutzig ihre Hose war. Als sie den Sergeant an seinen Schreibtisch gelehnt sah, mit einem großen Becher Kaffee in der Hand, verflogen ihre Bedenken. Ein unerwartetes Gefühl der Wärme überkam sie. Sein Hemd war zerknittert und die Hose voller Lehmspritzer. Der arme Mann hatte wahrscheinlich die ganze Nacht durchgearbeitet. An seinen hellblauen Augen konnte sie indes ablesen, dass ihm nichts entging, sie hakten sich an ihr fest.

Seine Hand deutete auf den Stuhl. Er setzte sich ihr gegenüber und musterte sie aufmerksam. »Fangen wir an. Was haben Sie gefunden?«

Sie holte die Plastiktüte mit dem Katzenhalsband aus ihrer

Bauchtasche und legte sie vor ihn hin. »Das gehört der Katze, die vermisst wird. Rosie. Sehen Sie, hier ist der Name eingezeichnet.«

»Wo haben Sie das gefunden?«

»Auf dem Pfad nach Whitesand Bay, etwa zehn Minuten vom Ausgangspunkt entfernt. Ich glaube, da sind Blutflecken drauf.«

Er drehte den Beutel prüfend in der Hand und richtete den Blick wieder auf sie. »Wer war dabei, als Sie das fanden?«

»Niemand. Ich … Später kam Savanah dazu. Savanah Cutter. Ich bin vorausgelaufen.«

Er schob die Tüte hin und her. »Keine Zeugen also?«

Sie schüttelte den Kopf. Unter seinem Blick wurde sie unruhig, was sie ärgerte und zugleich verwirrte. »Merkwürdig, finden Sie nicht, ein Katzenhalsband an dieser Stelle?«

»Ja. Ich kann mir keinen Reim darauf machen. Außer jemand will eine falsche Spur legen. Die Katze kann nicht bis dorthin gekommen sein.« Er sagte es nachdenklich.

Sie legte die Stirn in Falten. »Sie denken, jemand hat es mit Absicht an dieser Stelle fallen lassen, um die Ermittlungen in die Irre zu führen?«

»Das ist nicht auszuschließen, oder wie interpretieren *Sie* das?«

Sie zögerte. Halprin hatte natürlich recht. Nur die Art, wie er es vorbrachte, machte sie nervös. Sie gab sich kämpferisch. »Sie schließen auch nicht aus, dass *ich* es getan haben könnte?«

»Würden Sie es an meiner Stelle ausschließen?«, erwiderte er.

»Theoretisch nicht. Aber nach gründlicher Überlegung ja.«

In was für ein Gespräch war sie da geraten? Er zeichnete ihre Aussagen nicht auf, eine Videokamera lief auch nicht. Mitarbeiter liefen im Raum hin und her, aber keiner setzte sich zu ihnen.

»Wir sind gründlich, *darüber* brauchen Sie sich keine Sorgen zu machen.« Er nahm ein Blatt Papier in die Hand und setzte eine Brille auf. Sie fand ihn plötzlich verändert. Noch eine Spur attraktiver.

»Ich mache mir nicht um mich selber Sorgen, Sergeant… Ron. Ich mache mir um Fran Miller Sorgen. Können Sie mir etwas Neues sagen?«

Er legte die Brille wieder ab. »Warum trugen Sie eine Pistole bei sich, als Sie sich mit Telford Reed im Tennigan Park trafen?«

Sie strich sich das Haar aus dem Gesicht. Es fühlte sich feucht an. Die Polizei hatte also bereits Reed befragt. »Ich legte mir vor zwei Jahren eine Pistole zu, weil ich nach einem Prozess, bei dem es zu einem Schuldspruch kam, Morddrohungen erhielt. Ich besitze einen gültigen Waffenschein.«

Halprin stützte den Arm auf die Stuhllehne und legte das Kinn in die linke Hand. »Das beantwortet meine Frage nicht wirklich.«

»Ist das so ungewöhnlich? In Whatou Lake laufen nicht wenige Leute mit einer Schusswaffe herum. Viele haben ein Jagdgewehr im Pick-up.«

»Aber jetzt ist keine Jagdsaison.«

Sie rutschte in ihrem Stuhl nach hinten. »Ich fühle mich sicherer damit, nach allem, was geschehen ist.«

»Sie haben Angst vor Telford Reed?«

»Ich kenne Mr Reed nur flüchtig, und wir trafen uns an einem entlegenen Ort.«

»Sie haben von der Waffe Gebrauch gemacht?«

Sie hätte gern gewusst, was Reed der Polizei erzählt hatte. »Ja, ein Grizzly hat uns bedroht, und ich habe in die Luft gefeuert, um ihn zu verjagen. Den Rest kennen Sie wahrscheinlich von Telford Reed.«

»Den Rest?«

»Dass wir vorher einen Elchkadaver entdeckten.«

»Hat Sie das überrascht?«

Sie nickte. »Ja, natürlich. Vor allem an diesem Ort. Und wie Sie richtig sagten, jetzt ist keine Jagdsaison.«

»War Telford Reed überrascht?«

Sie versuchte die Frage einzuschätzen. Ging es hier um Reed oder um sie?

»Ich hatte den Eindruck, dass er überrascht war. Er sagte mir, dass man solche Kadaver auch an anderen Orten gefunden habe, an Orten, wo sich in der Regel Menschen aufhalten. Touristen.«

»Wann haben Sie Ihre Pistole vermisst?«

»Gestern Abend. Ich war schon zu Hause, da ist es mir eingefallen. Ich dachte, ich hätte sie in meine Jackentasche gesteckt, aber da war sie nicht. Ich habe unser Auto durchsucht, fand sie da aber auch nicht.«

»Hatte jemand anders Zugang zu Ihrem Wagen?«

»Savanah holte die Hunde heraus. Ich fragte sie später, aber sie hatte nichts gesehen. Wenigstens sagte sie mir das. Heute Morgen fuhr ich nochmals zum Tennigan Park, weil ich vermutete, die Pistole könnte mir auf dem Parkplatz aus der Tasche gefallen sein. Aber das wissen Sie wahrscheinlich schon vom Wildhüter.«

»Vom Wildhüter?« Eine fast unmerkliche Veränderung der Tonlage verriet Tessa, dass sie dem Ermittler gerade etwas Neues enthüllt hatte.

»Der Pick-up des Wildhüters kam mir auf der Hauptstraße entgegen. Am frühen Morgen, noch vor acht Uhr. Ich nehme an, Telford Reed hat ihn wegen des Bären angerufen.«

Ron Halprin schwieg, seine Augen verengten sich.

»Wie auch immer«, fuhr sie fort, »bevor Telford und ich gestern Abend den Parkplatz erreichten, nach der Begegnung mit dem Grizzly, hatte ich die Pistole noch in der Tasche, da bin ich mir sicher. Ich fand sie heute Morgen nicht. Können Sie mir sagen, wo Sie sie gefunden haben?«

»Zuerst noch eine Information: Wir werden Ihre Fingerabdrücke brauchen.«

»Wozu das denn?«

»Reine Routine.«

Ihr zog sich der Magen zusammen. Diesen Schlamassel hatte sie sich nun wirklich allein eingebrockt. »Wer hat die Pistole gefunden, Ron, und wo?«

»Wir haben sie bei jemandem beschlagnahmt, der sie an sich genommen hatte. Das ist alles, was ich Ihnen im Moment sagen kann.« Er schob seinen Schreibblock näher zu sich heran. »Ich würde gern wissen, warum Sie sich mit Telford Reed im Park trafen.«

Nach kurzem Zögern gab sie ihm die gewünschte Auskunft: »Reed erzählte mir von seinem Treffen mit Fran. Und dass er die Polizei darüber informiert hatte. Es wäre schön, ich bekäme solche

Informationen von Ihnen. Haben Sie mir nicht Transparenz versprochen?«

Der Sergeant beugte sich vor, die Hände ineinandergelegt. »Wir haben uns gegenseitig Unterstützung versprochen, erinnern Sie sich? Dazu gehört, dass Sie mir keine Informationen vorenthalten, die wichtig sein könnten. Was wichtig ist, entscheide ich, und nicht Sie.«

»Zum Beispiel?« Er hätte auf diese Frage verärgert reagieren können, aber er ließ sich nicht provozieren. Seine Gelassenheit beeindruckte sie.

»Hat Fran gesundheitliche Probleme gehabt?«, fragte er.

Natürlich wusste er bereits davon, sie hätte es sich denken können. »Sie schien manchmal depressiv. Von Zeit zu Zeit zog sie sich ganz allein in die Hütte am Bibersee zurück. Hank hat ihr die Hütte gebaut.«

»Wer schaute dann nach den Kindern?« Auch das hat er schon erfahren, dachte sie.

»Dana Eckert, soviel ich weiß.«

Er zog die Augenbrauen hoch. Sie hätte gern gewusst, was er ihren Worten entnahm. »In den vergangenen Monaten«, fuhr sie fort, »zog sie sich anscheinend von meinen Eltern zurück. Zuvor hatte sie vor allem zu meiner Mutter ein enges Verhältnis. Aber vor Kurzem gab es offenbar einen Streit zwischen den beiden. Ich konnte noch nicht herausfinden, worum es ging.«

Halprin strich nachdenklich mit der Hand über die Kante des Schreibtischs. Übergangslos sagte er: »Etwas zur Hütte am Bibersee. Unsere Leute waren zuerst dort. Der Bär tauchte auf, bevor sie die Hütte wieder mit der Kette sichern konnten. Sie mussten sich vor dem Grizzly in Sicherheit bringen. Ein Versäumnis unsererseits.«

»Haben Sie nach dem Gewehr gesucht?«

»Wir haben die Hütte durchsucht. Wir klopften die Dielen ab und fanden ein Gewehr.«

»Ist es die Mordwaffe?«

»Nein.«

Sie schloss die Augen sekundenlang.

Wieder vernahm sie seine Stimme: »Sie denken also, dass Fran Miller die Mörderin sein könnte?«

Sie fasste sich schnell. »Nein, genauso wenig wie Sie.«

»Wie kommen Sie darauf?«

»Sonst würden Sie die Bevölkerung vor ihr warnen.«

Er ignorierte den Köder. Sie ließ nicht locker. »Sie beobachten einen oder mehrere Verdächtige, nicht wahr?« Sie hoffte, dass es so war.

Er schwieg. Seine Finger spielten mit der Ecke des Notizblocks. Ihr kam der Gedanke, dass sie vielleicht eine der Beobachteten sein könnte.

Halprin schaute auf. »Hat sich Fran Miller in der Hütte mit anderen Personen getroffen?«

»Ich denke, eher nicht. Es war ihr Rückzugsort. Nur im Sommer hielt sich manchmal die ganze Familie dort auf.«

»Und sie war mit Ihnen dort?«

»Ja, einmal waren wir allein dort … da war die Hütte erst neu gebaut und sie wollte sie mir zeigen. Wir blieben nicht lange.«

»Aber sie hätte sich dort mit jemandem treffen können, ohne dass andere davon erfahren hätten.«

»Worauf spielen Sie an, Ron?«

»Hat Fran eine Affäre mit einem anderen Mann gehabt?«

»Nein, nein.« Tessa schüttelte den Kopf. »Wie kommen Sie auf so etwas?«

»Wir gehen allen Gerüchten nach. Sie haben also nie diesen Verdacht gehabt?«

»Nein, nie.« Gerüchte. Sie war empört. Streuten Hanks Eltern solche Gerüchte?

Halprin hielt sich nicht länger bei dem Thema auf. Ihn interessierten plötzlich die Geschehnisse am Morgen in Whitesand Bay.

»Was ist genau bei der Suche passiert?«

Er hörte ihrer Schilderung aufmerksam zu. Zwischendurch machte er sich Notizen und trank einen Schluck Kaffee.

»Waren Savanah und Lionel allein, als der Schuss losging? Oder haben die jungen Männer den Vorfall beobachtet?«

»Meines Wissens haben sie den Unfall nicht gesehen.« Sie

fühlte sich ausgequetscht und hätte viel für den Becher Kaffee gegeben, den Halprin vor sich stehen hatte.

Er machte keine Anstalten, die Befragung abzubrechen. »Gibt es noch etwas, was nützlich für uns wäre?«

Sie bemühte sich, in ihren Erinnerungen zu wühlen, und ließ die Augen in alle Richtungen schweifen, als ob sie irgendwo etwas finden könnte.

Natürlich gab es noch etwas. Sie konnte es nicht länger verbergen. Sie musste aufhören, ihre Eltern zu schützen. Es gab nur eine Person, die Schutz brauchte: Fran. »Meine Mutter ... sie machte mir gegenüber eine Bemerkung. Sie sagte, es verwundere sie nicht, dass man Frans Jacke in der Whitesand Bay gefunden habe. Fran habe dort nach Beweisen gesucht. Wir wurden unterbrochen, und ich hatte bislang keine Gelegenheit, sie noch einmal darauf anzusprechen.«

Er kritzelte wieder etwas auf den Schreibblock. Als er aufschaute, hatte sich etwas in seinem Gesicht verändert. Sie hätte nicht sagen können, was es war. Der Augenblick verflog sogleich. Halprin klopfte mit dem Kugelschreiber auf den Tisch. »Ist das alles?«

»Ich möchte wissen, wann der Autopsiebericht veröffentlicht wird.«

»Die Gerichtsmedizinerin arbeitet immer noch daran. Sie werden bestimmt informiert, wenn es so weit ist.«

»Und die Polizei verrät immer noch nicht, wer zusammen mit Tsaytis Chelin die Toten entdeckte?«

»Nein.«

Tessa schwieg enttäuscht.

Ron Halprin lehnte sich nach hinten, die Hände auf den Stuhllehnen. »Gut, dann machen wir noch das mit den Fingerabdrücken.«

Plötzlich durchzuckte es sie heiß: Sie hatte das Katzenhalsband angefasst.

24

»Was soll ich tun, was empfiehlst du mir?«

Tessa saß auf einer Bank in der kleinen Grünanlage, direkt vor dem Denkmal für die Weltkriegsveteranen aus Whatou Lake. Nach dem Gespräch mit Ron Halprin war sie sofort hierher gegangen, um in Ruhe ihren Geschäftspartner Boyd Shenkar anzurufen.

»Im Moment musst du nichts tun«, fand Boyd. »Du hast den Verlust der Waffe gemeldet. Halprin ist kein Dummkopf. Du hast ihm gesagt, dass du das Katzenhalsband aus Versehen angefasst hast. Doch wer ist dieser Telford Reed?«

»Er besitzt die Outfitterlizenz für das Watershed-Gebiet. Er möchte, dass ich den Sitklat`l helfe, Geld von der Regierung zu bekommen, damit sie die Lizenz kaufen können.« Die Erinnerung an Telfords tröstende Umarmung nach der Begegnung mit dem aufgebrachten Bären verdrängte sie.

»Was hast du ihm geantwortet?«

»Dass ich mich nicht in der Lage fühle, diese Option mit ihm zu diskutieren.«

Eine Frau mit zwei kleinen Kindern näherte sich ihrer Bank und warf immer wieder einen Blick auf Tessa. Die unersättliche Neugier gelangweilter Menschen in einer kleinen Dorfgemeinschaft. Tessa stand auf und suchte Schutz hinter dem Kriegsmonument mit den eingemeißelten Namen der gefallenen Soldaten. Ein Dutzend Männer – das war viel für die damals winzige Siedlung Whatou Lake.

»Noch immer keine Spur von Fran … oder dem Mörder?«

Sie erzählte Boyd von der blutbefleckten Jacke.

»Merkwürdig. Ihre Jacke und das Katzenhalsband. Merkwürdige Funde und merkwürdige Fundstellen. Hat dir Ron Halprin etwas verraten?«

»Nein, der hält sich ziemlich bedeckt.«

»Kann auch ein gutes Zeichen sein, Tessa. Die sind vielleicht jemandem dicht auf den Fersen und wollen keine Informationen rausgeben, die nur der Täter kennen kann.«

»Das ist die positive Interpretation. Ich bin mir dessen nicht so sicher. Vielleicht schwimmen sie genauso im Dunkeln wie ich. Halprin fragte mich, ob Fran eine Affäre hatte. Offenbar gibt es Gerüchte.«

»Aha«, sagte Boyd.

»Du findest das interessant. So ein Klischee!«

»Nicht, wenn es von Halprin kommt.«

»Ich war enttäuscht, als er damit herauskam.«

»Er weiß aus eigener Erfahrung, dass es vorkommt.«

»Was meinst du damit?«

»Behalte es bitte für dich, aber ich hab gehört, dass Halprin vor einem Jahr durch eine schwierige Scheidung ging. Seine Frau hatte anscheinend eine Affäre.«

»Es sind doch nicht alle Frauen so. Bei Fran kann ich mir überhaupt nicht vorstellen, dass sie fremdgeht.« Sie wurde von Hoffnungslosigkeit übermannt. »Ich wollte, all das wäre nie passiert und ich wär in Vancouver im Büro bei euch.« Sie war sich bewusst, wie kindlich und resigniert dieser Wunsch in Boyds Ohren klingen musste. Er reagierte indes voller Verständnis. »Es muss absolut schrecklich für dich sein, Tessa. Ruf mich jederzeit an, wenn du Hilfe brauchst.«

Sie dankte ihm und steckte das Handy weg. Auf dem Weg zu Dana unterdrückte sie mit aller Macht die Tränen, die sich in ihren Augen sammeln wollten. Ein kühler Wind blies durch Whatou

Lake. Tessa streckte ihm ihre glühende Gesichtshaut entgegen. Sie war froh, niemandem auf der Straße zu begegnen. Auch die Frau mit den zwei Kindern war verschwunden. Die Leute waren sicher beim Mittagessen. Sie hatte noch ein Sandwich in der Bauchtasche. Danas bescheidenes Haus erschien vor ihr. Eine Gestalt schloss gerade die Haustür hinter sich. Tessa erkannte die typische Gehweise sofort.

»Dad!«

Er drehte sich in ihre Richtung. Sie konnte sehen, dass er ebenso verblüfft war wie sie.

»Ich hab nicht erwartet, dich hier zu treffen«, rief sie.

»Ich … Savanah kam ohne dich nach Hause. Ich dachte … vielleicht brauchst du … Vielleicht bist du bei Dana. Soll ich dich nach Hause fahren?«

Sie umarmte ihn. »Danke, Dad, aber ich möchte zuerst Dana besuchen. Kommst du noch mal mit rein?« Das war eigentlich nicht ihre Absicht gewesen, sie wollte Dana allein sprechen.

Er winkte ab. »Ich muss noch zum … zur Kirche. Dinge mit dem Pfarrer besprechen. Sollen wir uns später treffen?«

Hinter ihnen öffnete sich die Tür. »Ich bring sie später zu euch, Ken«, rief Dana. »Dann müssen wir nicht ständig auf die Uhr schauen.«

Kenneth Griffins gab ihr ein Zeichen des Einverständnisses und schritt zu seinem Pathfinder.

»Dad hat immer noch dieses komplizierte Verhältnis mit seinem Handy«, bemerkte Tessa, als sie Platz auf Danas Sofa nahm. »Er hätte mich anrufen können. Oder dich.«

Dana machte sich in der Küche zu schaffen. »Er muss ja sowieso den Pfarrer treffen«, erwiderte sie. »Bist du hungrig?«

»Ich hab noch ein Sandwich.«

»Dazu passt meine Erbsensuppe.«

»Ich hab ganz vergessen, Dad nach Neuigkeiten zu fragen. Hat er dir was erzählt?«

»Er hätte sicher Neuigkeiten von *dir* erwartet. Was ist denn heute passiert?«

»Das hat ihm Savanah gleich brühwarm berichtet, darauf

kannst du Gift nehmen.« Tessa fasste den Vorfall mit Lionels Schussverletzung und der Begegnung mit den zwei jungen Sitklat`l zusammen. Sie erwähnte auch das Katzenhalsband.

Dana hörte ihr mit konzentrierter Miene zu, während sie einen Teller mit Suppe füllte und ihn auf den Tisch stellte. »Komm, setz dich. Du bist auch bei der Polizei vorbeigegangen?«

»Das weißt du also auch schon?«

»Warum wunderst du dich? Dein Vater war eben hier.«

Tessa drehte den Esslöffel in der Hand. »Hat dich die Polizei schon befragt?«

Dana brach sich ein kleines Stück Bannockbrot ab, das sie alle paar Tage in der Tradition der Sitklat`l zubereitete. »Ja, Ron Halprin und ein zweiter Mann kamen heute Morgen vorbei.«

»Halprin hat mich heute auf die Hütte am Bibersee angesprochen.«

Sie saßen eine Weile schweigend da. Tessa kam sich wie bei einem Erdbeben vor: Spalten taten sich überall im Boden auf.

Sie schaute auf ihre Suppe hinab und fühlte mit einem Mal ihren gewaltigen Hunger. *Mein Körper will angesichts des Todes leben, leben, leben.*

Sie ließ den Löffel sinken und sah Dana an.

»Sag mir die Wahrheit: Hat es eine Affäre gegeben?«

Dana hielt in ihrer Bewegung inne. Ein paar Herzschläge lang. Dann steckte sie das Bannockstück in den Mund, als ob es nichts Wichtigeres gäbe. Den Blick hielt sie die ganze Zeit gesenkt.

Tessa versuchte, ihre Neugier zu verteidigen. »Ich weiß, es ist ein Klischee und … ich hasse diese perfiden Gerüchte, aber die Polizei scheint zu glauben, dass etwas daran sein könnte. Weißt du etwas?«

Dana schaute auf, sie schien verwirrt. »Von wem sprichst du?«

»Von Fran natürlich. Hat sie eine Affäre gehabt?«

»Fran? Das … das kann ich mir nicht vorstellen. Sie hat Hank angebetet.«

»Aber sie war oft einsam. Und manchmal war sie in der Hütte am See und du hast dich um die Kinder gekümmert.«

Dana sah Tessa an, als habe sie nicht alle Tassen im Schrank.

»Willst du damit sagen, ich hätte Fran den Rücken frei gehalten, damit sie jemanden dort treffen kann?«

»Sie hätte dir ja nichts zu sagen brauchen. Du hättest es gar nicht bemerkt.« Tessa war nun in die Rolle des Advocatus Diaboli gerutscht.

»Das glaubst du doch wohl selber nicht, Tessa.«

»Ich frage das nicht aus lauter Tollerei, Dana. Wenn es da etwas gibt, dann könnte es uns zu Fran führen.«

Sie beobachtete, wie Danas Blick durchs Wohnzimmerfenster nach draußen wanderte. Als ob sie sich an unstimmige Dinge aus der Vergangenheit erinnerte, die nun in einem neuen Licht erschienen.

Ihr Herz klopfte stärker.

Dana überlegte mit gespitzten Lippen und sagte: »Wo ist denn da die Logik? Warum würde sie dann um jeden Preis mit Hank von hier wegziehen wollen?«

Tessa antwortete nicht. Aber die Antwort hing wie ein schlechter Geruch zwischen ihnen. *Weil Fran ihre Affäre begraben will.*

»Ich versteh dich ja, Tessa. Wir sind alle verzweifelt, auch wenn wir es nach außen nicht zeigen. In solchen Situationen klammert man sich an jeden Strohhalm.«

Tessa nickte. »Cliff Bight hat mir von der Frau des Bestattungsunternehmers erzählt. Kennst du sie?«

»Melanie Pleeke ist eine Quacksalberin. Diese Frau sollte man einsperren.«

»Sie wollte offenbar eine Hellseherin auf die Suche nach Fran schicken.«

»Sie ist eine Betrügerin. Ich werde dafür sorgen, dass sie die Finger von dieser Sache lässt. Das hat uns gerade noch gefehlt!«

Sie aßen beide ihre Suppe schweigend weiter, jede in ihre Gedanken vertieft.

Die Teller schepperten laut, als Dana sie abräumte. Tessa trug die Gläser in die Küche, die wie immer sauber und aufgeräumt aussah.

Bis auf zwei Suppenteller auf der Geschirrablage. Daneben

zwei Weingläser und zwei Löffel. An den Gläsern gab es noch Spuren von Feuchtigkeit.

»Was sagt die Polizei zu dem Katzenhalsband?«, fragte Dana.

»Ich hatte den Eindruck, Halprin denkt, jemand habe es extra dort platziert, um eine falsche Spur zu legen. Ich musste mir die Fingerabdrücke nehmen lassen.«

»Was? Die denken, du hast es da abgelegt?«

»Ich sitz ganz schön in der Tinte. Vor allem die Sache mit der Pistole macht mir Sorgen.«

»Welche Pistole?«

Tessa rieb sich die Wangen mit beiden Händen. Sie setzte ihre Freundin rasch über die Vorkommnisse im Tennigan Park ins Bild. Reeds Umarmung ließ sie weg.

»Ich weiß nicht mehr, was ich denken soll. Ich bin erschöpft, in meinem Kopf drehen sich die Gedanken ununterbrochen. Und dann die ständige Angst um Fran. Die Frustration, dass es nicht vorwärts geht.« Tessa stützte den Kopf in die Hände. Dana legte den Arm um sie. »Liebes Kind. Ich weiß, ich weiß. Es ist so hart.«

Sie blieben eine Weile so sitzen, bis Dana aufstand und sagte: »Ron Halprin und seine Leute sind immer noch optimistisch, Fran zu finden.«

»Lebend oder tot?«

»Sie schließen nicht aus, dass sie noch lebt.«

»Und waren sie so nett, dir zu verraten, worauf sich ihr Optimismus gründet?«

»Das können sie doch nicht, Tessa, die können doch nicht all ihre Karten offenlegen.«

»Wem sagst du das. Genau das macht mich verrückt. Die Zeit zerrinnt uns zwischen den Fingern. Und wir wissen immer noch nicht, wer mit Tsaytis Chelin bei der Farm war.«

»Es erstaunt mich nicht, dass Tsaytis dicht hält.«

»Mich erstaunt, dass die zweite Person dicht hält. Die muss ein ganz wichtiges Motiv haben.«

»Du hast dir doch bestimmt den Kopf zerbrochen, wer …«

In diesem Moment meldete sich Tessas Handy. Sie griff danach und drückte sofort die Antwort-Taste, ohne lange aufs Display zu achten.

Eine Frauenstimme, die sie nicht sofort erkannte.

»Wer spricht?«

»Noreen Chelin.«

Der Name machte Tessa sprachlos. Tsaytis' Ehefrau.

Noreen Chelin ließ sich von Tessas Schweigen nicht verunsichern. »Tessa, ich weiß, dass es für dich sehr schwierig ist, aber ich möchte mit dir sprechen. Können wir uns möglichst bald treffen?«

Tessa fand ihre Stimme wieder. »Worum geht es?«

»Ich kann das nicht am Telefon sagen. Aber ich würde den nächsten Flug mit Kratz Hilder nehmen. Dann wäre ich um zwei Uhr in Whatou Lake.«

»Geht es um Fran? Nur sie zählt im Augenblick.«

»Ja.«

»Die Zeit eilt, Noreen. Wenn es wichtig ist, dann sag es der Polizei.«

»Denen hab ich schon gesagt, was ich weiß. Aber da gibt es etwas, das ich nicht interpretieren kann und woraus du vielleicht bessere Schlüsse ziehen kannst.«

Tessa überlegte rasch. Das war ihre Chance, zur Watershed Lodge zu fliegen. Mit dem Wasserflugzeug ging das schnell.

»Wann fliegt Kratz zur Lodge?«

»Um halb zwei. Er holt Kunden in Whatou Lake ab.«

»Sag Kratz, dass ich mitfliege. Ich komme zur Lodge.«

Ein Moment des Zögerns folgte. »Willst du das wirklich tun?«, fragte Noreen.

»Ja, das ist am besten für mich.«

»In Ordnung. Ich werde Kratz Bescheid geben.«

Fünf Minuten später raste Dana wie ein flüchtiger Bandit aus Whatou Lake. Sie mussten sich nicht nur wegen des Flugs beeilen. Sie flohen auch vor einem Reporter, der vor dem Haus gestanden hatte und sich nicht abschütteln ließ. Wenigstens verfolgte er

Danas Auto nicht, wovon sie sich mit einem Blick in den Rückspiegel versicherten.

»Ich kann nicht glauben, dass Noreen dich angerufen hat. Bist du sicher, dass es Noreen war?«

»Ja. Ich will ohnehin zur Watershed Lodge. Vielleicht kann ich dort etwas Entscheidendes erfahren.«

»Hast du einen Schimmer, was sie von dir will?«

»Etwas wegen Fran. Sie wollte nicht am Telefon darüber sprechen.«

Dana sah Tessa von der Seite an. »Wie gut kennst du sie?«

»Auf der Uni in Vancouver hab ich sie ab und zu getroffen. Tsaytis hatte zuerst eine andere Freundin. Noreen war zugänglich, und wir haben über Whatou Lake und Telt-shaa geredet. Später hat sich Tsaytis von seiner ersten Freundin getrennt und Noreen geangelt.«

»Und hier?«, fragte Dana.

»Hier hatte ich nicht viel mit ihr zu tun. Bei den Landverhandlungen war sie nur im Hintergrund aktiv.«

»Sie führt jetzt die Watershed Lodge.«

»Das hab ich gehört.«

»Tsaytis und Noreen gingen eine Zeit lang getrennte Wege. Ich meine, privat. Tsaytis' Eltern betreuten ihre Kinder. Wie ihre Beziehung jetzt ist, weiß ich nicht genau.«

»Dana, ich bitte dich. Nur weil Noreen in der Lodge arbeitet und selten zu Hause ist, heißt das doch nicht, dass die beiden nicht mehr zusammen sind.« Sie brach ab, denn es kam ihr seltsam vor, dass sie die Ehe von Tsaytis und Noreen verteidigte. Obwohl auch ihr das Gerücht zu Ohren gekommen war.

Sie waren an der Abzweigung zu Tessas Elternhaus angelangt. Dana drosselte den Motor, während sie bemerkte: »Du weißt, dass es damals Gerede gab, dass du und Tsaytis … dass ihr eine Schwäche füreinander habt.«

Tessa zog ungehalten an ihrem Sicherheitsgurt. »Warum sagst du nicht gleich *eine Affäre*? Diese Unterstellung machte nämlich früher auch die Runde, während der Landverhandlungen. Typisches Dorfgeschwätz.«

Dana blieb ungerührt. »Ich will nur, dass du dir dessen bewusst bist.«

»Tsaytis ist keiner, der mit weißen Frauen anbandelt, Dana. Für ihn sind die Frauen der Sitklat`l unübertroffen. Und überhaupt, was hat das mit Fran und ihren toten Kindern zu tun?«

»Um das herauszufinden, fliegst du doch zur Watershed Lodge, nicht? Du verschwendest sicher keine wertvolle Zeit für eine blinde Spur.«

Dana hielt vor dem Haus, hinter dem weinroten Pathfinder, und sah Tessa voller Mitgefühl an. »Dein Instinkt war schon immer gut, Tessa. Ich hoffe, dass er dich zu Fran führt. Und zu ihrem Mörder.« Tessa fühlte die emotionale Wärme, die von Dana ausging. Ihr schien, als unterdrückte ihre Freundin Tränen. Sie umarmte Dana und stieg schnell aus.

»Soll ich warten?«, fragte Dana.

»Nein, Dad kann mich zum Wasserflugzeug bringen. Danke, Dana. Du wirst von mir hören.«

Erst als sie die Haustür öffnete und ihre Freundin wegfahren sah, schlug es bei ihr wie ein Blitz ein. *Dana sagte, Frans Mörder. Dana hält Fran für tot.*

Im Haus begrüßten sie die beiden Katzen, die ihr miauend um die Beine strichen. Sie trugen ihre bonbonfarbenen Halsbänder und schienen Hunger zu haben. Die Hunde waren weder zu hören noch zu sehen.

Sie rief Hallo, erhielt aber keine Antwort. Auf dem Küchentisch lag ein Zettel. Mutters Handschrift: *Savanah und ich sind in Whatou Lake. Nochmals Befragung durch Polizei. Hühnchen und Kartoffelbrei im Kühlschrank.*

Gedankenverloren fütterte Tessa die Katzen. Sie fühlte sich plötzlich beschämt. Sie hatte ihre Mutter der Polizei ausgeliefert. Sie hatte Halprin von ihrer Bemerkung erzählt. Dass Fran zur Whitesand Bay gegangen sei, um irgendwelche ominösen Beweise zu finden. Dabei sollte sie doch ihre Eltern vor möglichen Fehlern im Umgang mit den Ermittlern und den Medien schützen. Vielleicht hatte die Bemerkung ihrer Mutter gar keine Bedeutung. Vielleicht war es nur hingeworfenes Gebabbel gewesen. Im

Innersten wusste sie jedoch, dass sie nichts unversucht lassen konnte. Wie oft wurden Straftaten wegen eines auf den ersten Blick unscheinbaren Details jahrelang nicht aufgeklärt.

Sie rief nach ihrem Vater. Wieder keine Antwort. Auch sein Handy blieb stumm. Er musste doch von der Unterredung mit dem Pfarrer zurück sein, sein Wagen stand vor dem Haus. Vielleicht war er mit den Hunden in der Umgebung unterwegs. Sie packte den Rucksack für die Lodge, da sie nicht wusste, ob sie noch heute Abend zurückfliegen konnte. Als sie fertig war, ging sie nach draußen. Die Haustür war nicht abgeschlossen. Keine gute Idee. Sie versuchte es erneut auf dem Handy ihres Vaters, ohne Ergebnis. Nach kurzem Zögern kontaktierte sie Savanah, aber die hatte ihr Telefon abgestellt.

Tessa wurde ungeduldig. Sie überlegte. Wenn ihr Vater nicht bald auftauchte, würde ihr nichts anderes übrig bleiben, als einfach mit dem Pathfinder zum Wasserflughafen zu fahren. Sie starrte auf die Zufahrt, als sie einen dunkelblauen Pick-up herauffahren sah, den sie nicht kannte. Ein schlanker Mann von imposanter Körpergröße öffnete die Fahrertür. Harrison Miller.

Eins musste man ihm lassen, mit seinen fünfundfünfzig Jahren war er immer noch eine sehr attraktive Erscheinung. Sein volles, dunkles Haar war nur leicht angegraut, der Gang federnd. Harrisons Charme war ebenso legendär wie seine Skrupellosigkeit. Er hatte es nicht ohne Grund zum langjährigen Bürgermeister von Whatou Lake geschafft.

»Ist Ken da?«, fragte er, ohne sie zu begrüßen. Wer wollte jetzt schon Zeit mit Formalitäten verlieren?

»Nein, sein Wagen ist da, aber er ist wohl mit den Hunden weg.«

»Wann kommt er zurück?«

Sie hob die Achseln. »Keine Ahnung. Er war schon weg, als ich ankam.«

Harrison Miller überlegte kurz und fragte: »Ich komme auf dem Rückweg noch mal vorbei. Richte ihm das aus. In etwa einer Stunde.« Er öffnete bereits die Autotür, als Tessa rief: »Fährst du nach Whatou Lake? Ich muss das Wasserflugzeug kriegen.«

Zu ihrem Erstaunen zögerte er keine Sekunde. »Klar, ich bring dich hin.«

Die Autofahrt würde eine Tortur werden. Aber sie konnte Hanks Vater nicht ewig ausweichen, und jetzt würde sie wenigstens mit ihm allein sprechen können.

»Ich bin in zwei Minuten bereit.« Sie rannte zurück ins Haus.

In der Küche warf sie hastig zwei Sätze auf den Zettel. *Dringendes Treffen in Watershed Lodge. Bin spätestens morgen Mittag zurück.*

25

Miller fragte auf der Fahrt nicht als Erstes, warum sie zur Watershed Lodge flog und ob es etwas mit den Morden zu tun hätte, sondern: »Warum will Ken mir die Hunde nicht geben?«

Die Frage kam so unerwartet, dass Tessa nach Worten suchte. »Doch, er ... Nie hat er gesagt, er wolle nicht. Er war es ... er hat mir gesagt, dass du die Hunde bekommst.« Als Harrison nichts erwiderte, fügte sie hinzu: »Wie kommst du denn darauf?«

»Ich weiß genau, warum er das nicht will«, gab der Bürgermeister zurück und lenkte seinen Pick-up vom Feldweg auf die Hauptstraße. »Weil die Hunde den Mörder kennen. Die hätten keine Fremden auf die Farm gelassen.«

Tessa brauchte einige Sekunden, bis ihr die Bedeutung seiner Worte klar wurde. »Du denkst doch nicht etwa, es war einer von uns?«

»Wie sagt doch die Polizei? Alle Optionen müssen angeschaut werden.«

Sie hatte als Rechtsanwältin immer wieder erlebt, wie Menschen in ihrem Schmerz und ihrer Wut wilde Spekulationen verbreiteten, um das Unbegreifliche fassbarer zu machen. Sie befand sich auf vertrautem Terrain.

»Hank war doch dort, Harrison«, konterte sie betont sanft. »Er hat die Hunde sicher in Schach gehalten. Das tat er doch immer, wenn Besuch kam. Er hat die Hunde in den Lagerraum gesperrt.«

Harrison ignorierte ihr Argument. »Hank wurde niedergeknallt. Die Hunde kennen den Mörder. Deshalb will Ken die Hunde bei sich behalten. Vielleicht will er den Mörder schützen. Oder er will die Polizei bei der Arbeit hindern.«

»Will er überhaupt nicht«, hielt Tessa dagegen, im Bewusstsein, dass diese Konversation in eine Sackgasse führte. Sie versuchte, das Thema zu wechseln. »Harrison, ich sprach mit Telford Reed. Er …«

Der Bürgermeister unterbrach sie mitten im Satz und sagte: »Diesen Schurken sollte man auch unter die Lupe nehmen. Würde mich nicht wundern, wenn er etwas mit den Morden zu tun hätte. Der war daran interessiert, Hank loszuwerden.«

Wow. Früher war Harrison Miller der aalglatte Lokalpolitiker gewesen, der alle einseifte. Die Dolchstöße in den Rücken der Leute führte er im Versteckten aus. Doch jetzt stand seine Welt, in der er vormals der ungekrönte Herrscher gewesen war, Kopf. Die Spezialeinheit aus Vancouver führte das Zepter, das ihm einst nur Kenneth Griffins, der Dorfarzt, streitig machen konnte. Dieser Griffins ließ ihn einfach nicht in Ruhe. Jubelte ihm sogar eine Schwiegertochter unter, die er nicht wollte. Vor allem nicht für Hank, seinen Ältesten. Und Tessa hieb nun ausgerechnet in dieselbe Kerbe.

Sie unternahm einen neuen Versuch, das Gespräch in eine andere Bahn zu lenken. »Was hast du gegen Telford? Bist du sauer wegen der Outfitterlizenz, die du für Hank kaufen wolltest? Das wäre ohnehin keine gute Investition gewesen. Hank und Fran wollten weg von Whatou Lake, die wollten sich im Grousetal auf einer Farm niederlassen.«

Harrison Miller trat vor Wut so heftig auf die Bremse, dass der Pick-up ins Schlingern kam. Einen Augenblick lang dachte sie, Harrison werfe sie gleich hinaus. Er korrigierte seinen Fehler jedoch und fuhr weiter, der Schreck indessen saß Tessa in den Gliedern. Glücklicherweise hatte sie ihren Sicherheitsgurt angelegt – etwas, was die meisten Leute in Whatou Lake nicht taten. Die Dorfpolizei sah stets aus alter Gewohnheit darüber hinweg.

Harrison Miller holte Luft und brüllte fast: »Hank wollte nicht weg. Der wollte überhaupt nicht weg. Bis die Indianer anfingen, Bären abzuknallen. Und Tsaytis Chelin und seine Bande tun nichts dagegen! Das ist schlecht fürs Geschäft, nicht wahr, wenn Indianer Bären umlegen. Aber davon willst du ja nichts wissen.«

Tessa saß wie betäubt da. Diese Konfrontation verlief ja noch schlimmer, als sie befürchtet hatte. *Er ist durchgedreht, völlig durchgedreht.*

Sie konnte die pulsierenden Adern an seinen Schläfen sehen. Seine Hände festgekrallt ums Steuerrad. Harrison war noch nicht fertig.

»Fran steckt mit denen unter einer Decke«, zischte er. »Ihr ist doch nur recht, wenn die Wirtschaft hier kaputtgeht. Umwelt, Umwelt, Umwelt. Und wovon sollen wir leben? Ich sag dir, Hank wollte nicht weg, nur Fran, und jetzt sind alle tot.«

Tessa wurde von Furcht gepackt. Sie klammerte sich an ihren Rucksack und schwieg, um Harrison nicht noch mehr in Rage zu bringen. Es waren nur noch etwa fünfhundert Meter zum Hafen der Wasserflugzeuge. Erst als sie schon ausgestiegen war, fragte sie durch die offene Tür. »Alle sind tot? Auch Fran?«

Über sein Gesicht lief ein böses Grinsen. »Nicht unbedingt. Frag doch mal deinen Vater, wo er sie versteckt hält, damit sie nichts ausplaudert.« Er bewegte den Knüppel der Gangschaltung nach unten. »Die Polizei hat ihn sicher schon dazu befragt.«

Tessa schlug die Tür des Pick-ups mit lautem Knall zu.

Die Reifen quietschten, als Harrison Miller davonfuhr.

Sie blieb stehen und holte tief Luft, um ihre Nerven zu beruhigen.

»War das Harrison?« Die Stimme ließ sie herumfahren.

Kratz Hilder stand an die Wand des Gebäudes gelehnt, in dem sich das Büro seiner Firma befand. Ihr Logo zierte seine Baseballkappe. *Whatou Wings*. Er hielt einen Hotdog in der einen und eine Dose *Mountain Dew* in der anderen Hand. Kratz war von kleiner Statur, aber im Fliegen war er groß. Als Pilot konnte ihm so schnell keiner was vormachen. Hatte er die letzten Sätze der Unterhaltung zwischen ihr und Harrison mitbekommen?

Der Pilot ließ sich nichts anmerken. »Du kommst heute mit uns, Tessa?«

»Ja, ich muss noch rasch im Büro bezahlen.«

»Wir starten in zehn Minuten.« Er räusperte sich. »Eine schlimme Sache ist das mit Frans Familie. Ich kann nicht glauben, dass so was hier passiert.« Diesen Satz konnte sie fast nicht mehr hören. Aber Leute wie Kratz empfanden wahrscheinlich wirklich so. Für sie war Whatou Lake eine Oase voller gutherziger, rechtschaffener Menschen. Früher, während der Landverhandlungen, war sie oft mit Kratz geflogen. Sie hatte ihm auch geholfen, mehr Geld von der Regierung für die Pflege seiner behinderten Tochter zu erhalten.

Sie schlang den Riemen ihres Rucksacks über die Schulter und wandte sich nochmals um. »Kratz, hast du in den Tagen vor den Morden jemanden in Whitesand Bay abgesetzt?«

»Nicht in Whitesand Bay.« Er kaute auf seinem Hotdog. »Aber am Bibersee.«

»Wo am See?«

»Am nördlichen Ende.«

Bei Frans Hütte. »Wen?«

Der Pilot schaute auf seinen angebissenen Hotdog. »Kann ich dir leider nicht sagen, Tessa. Die RCMP will nicht, dass die Information rausgeht.«

Ron Halprin war also im Bild. Es musste nichts bedeuten. Der Bibersee war bei Hobbyfischern beliebt. Die meisten fuhren allerdings auf eigenen vier Rädern hin, mit dem Pick-up und dem Quad. Diesmal hatte sich jemand hinfliegen lassen. Jemand, der es eilig hatte.

»Wann war denn das?«

»Am Sonntag. Aber jetzt halte ich besser die Klappe.«

Am Sonntag. Zwei Tage vor den Morden. Tessa blieb mit gerunzelter Stirn stehen. Die Sache ging nicht auf. Ein Flug mit Kratz. Der Mörder würde dieses Risiko nicht eingehen. Vielleicht war es nur ein Tourist gewesen. Sie dankte dem Piloten und ging um die Ecke ins Büro. Hinter dem Tresen stand Slenka, Kratz' Ehefrau. Sie erschrak sichtlich, als sie Tessa erblickte. Die meisten Menschen wussten nicht, wie sie auf grausame Ereignisse reagieren sollten. Jetzt stand Tessa als das verkörperte Unglück vor ihr. Tessa versuchte, es ihr leicht zu machen, indem sie einfach sagte: »Ich bin so froh, dass ihr Platz für mich habt. So verliere ich keine wertvolle Zeit.«

Slenkas Gesicht entspannte sich nicht. »Es tut mir so leid für euch alle, Tessa. Hoffentlich wird wenigstens Fran bald gefunden. Dieses Warten – es muss entsetzlich sein.«

»Alles, was hilft, Fran zu finden, ist Gold wert, Slenka. Ich frage mich, warum fremde Leute zum Nordende des Bibersees fliegen. Fran und Hank haben eine Hütte dort.«

Slenka gab nichts preis. Sie druckte Tessas Quittung aus. »Ich weiß nicht, was die Polizei so treibt. Die haben so viele Leute aus Vancouver hier. Und das Einzige, was sie machen: Sie verhaften den Wildhüter.«

Tessa starrte sie an. »Sie haben den Wildhüter verhaftet?«

»Ja, das hab ich vor einer halben Stunde gehört. Aber niemand weiß, warum. Den Wildhüter. Wirklich verrückt.«

Tessa sah ein Bild vor ihrem inneren Auge aufsteigen. Der Wagen des Wildhüters, der ihr in aller Frühe auf der Straße zum Tennigan Park entgegenkam. Sie hatte es Ron Halprin erzählt.

Sie nahm ihre Quittung entgegen und verließ eilig das Büro. Ein weiß-gelbes Wasserflugzeug schaukelte neben dem Holzsteg. Zwei Koffer, einige Pakete und ein Rucksack warteten darauf, im Hohlraum der Maschine verstaut zu werden. Ein Mann füllte den Benzintank.

Der Himmel war grau, aber glücklicherweise spürte Tessa nur leichten Wind. Nichts, was den Flug verhindert hätte. Sie wählte Halprins Nummer und wurde zur Mailbox geschickt. Es war verhext heute mit den Handys. Von Savanah hatte sie noch nichts gehört, von ihrem Vater auch nicht. Sie entschied sich, Halprin eine Textnachricht zu schicken: *Habe gehört, Wildhüter sei verhaftet. Hat es mit Fran zu tun? Fliege nach Watershed Lodge. Hoffe, dort mehr über Fran zu erfahren.*

Der Mann auf dem Landesteg winkte ihr zu. Natürlich, ihr Rucksack musste auch mit. Ein älteres Paar, das neben ihr wartete, stellte sich spontan vor. Amerikanische Touristen aus Nevada. Sie könnten nicht erwarten, Grizzlys vor die Linse zu bekommen, erzählten sie ihr. Etwas abseits stand eine Frau, etwa in Tessas Alter. Sie trug eine graue Outdoor-Jacke, ihre Trekkingstiefel sahen teuer aus. Sie schien ebenfalls auf den Flug zu warten. Tessa näherte sich ihr.

»Sie fliegen zur Watershed Lodge?«

Die junge Frau nickte. »Sie auch?«

»Ja. Schön, dass das Wetter mitspielt.«

»Sind Sie oft mit Wasserflugzeugen unterwegs?«

»Früher schon, heute nicht mehr. Ich hab bis vor fünf Jahren hier gelebt.«

»Ich muss beruflich viel fliegen. Da gewöhnt man sich daran.«

Tessa forschte weiter: »Sind Sie zufällig die neue Gemeindekrankenschwester der Sitklat`l?«

»Nein, ich bin Wildnisbiologin. Ich heiße Lynn Prett. Ich führe ein Forschungsprojekt mit Grizzlybären im Watershed-Gebiet durch.«

Eine Bärenexpertin. Tessas Interesse verstärkte sich.

»Spannend. Sind Sie aus Vancouver?«

»Ursprünglich bin ich aus Port Moody. Jetzt arbeite ich für die Universität in Victoria.«

»Ich bin Rechtsanwältin in Vancouver. Ich heiße Tessa Griffins.«

Die Gesichtszüge der jungen Frau spannten sich an. »Doch nicht etwa …«

»Ja, leider.«

»Oh, mein Gott!«

Lynn Prett stand der Schock ins Gesicht geschrieben. »Das muss furchtbar für Ihre Familie sein.«

»Ja, das ist es.« Mehr brachte Tessa nicht heraus.

Der Propeller begann zu dröhnen.

Sie kletterten in die kleine, einmotorige Maschine, der Amerikaner vorn, die drei Frauen hinten. Tessa saß neben Lynn. Sie legten die Sicherheitsgurte um und stülpten sich die Kopfhörer über. Ein privates Gespräch war nun nicht mehr möglich.

Das Wasserflugzeug tuckerte aus der Bucht hinaus und hob ab. Es zog eine Schleife und gewann an Höhe. Seine Flügel schienen die Flanken der Küstenberge fast zu streifen. Die Häuser von Whatou Lake wirkten aus der Höhe winzig und bedeutungslos, die Berge wie steinerne Riesen, denen man nur in einem Boot auf dem Ozean entkam.

Plötzlich änderte sich die Szenerie. Das Gelände verflachte sich, und der Küstenregenwald überwucherte jedes Stückchen Erde, dessen er habhaft werden konnte. Der Urwald ließ nur Seen und Flüsse verschont, an denen das menschliche Auge wie an einem Rettungsring hängen blieb, um nicht in all der grünen Unendlichkeit zu versinken.

Die Küste von Whatou Lake sah von oben wie ein menschlicher Kopf im Seitenprofil aus, mit Stirn, Nase und Lippen. Die Watershed Lodge befand sich dort, wo das Kinn in den Hals überging. Allerdings schnitt ein fjordähnlicher Meeresarm in den Hals, sodass der Kopf halb abgetrennt wirkte.

Als Tessa das Meer von Baumwipfeln unter sich betrachtete, das nirgendwo aufzuhören schien, fragte sie sich, was die Hubschrauberpiloten der RCMP mit ihrer Suche nach Fran erreichen konnten. Eine Stecknadel im Heuhaufen zu finden, war sicherlich leichter als eine vermisste Person in dieser Wildnis.

Im Innern des Wasserflugzeuges war es laut. Das amerikanische Paar bombardierte Kratz Hilder mit Fragen, die alle Passagiere über die Kopfhörer mitbekamen, und der Pilot gab bereitwillig Auskunft.

Die Touristen wussten nicht, wer Lynn Prett war, und Hilder verriet ihre Identität erst, als die Amerikaner Fragen zu Bären stellten. Die Forscherin gab bereitwillig Auskunft: »Wir studieren die Grizzlys für ein Projekt der Universität Victoria. Ihre Lebensweise, die Fortpflanzung, die Ernährung, ihre Wanderungen im Territorium, das Verhalten untereinander. Wir haben bereits interessante Entdeckungen gemacht. Zum Beispiel, dass die Bärenmütter mit ihren Jungen oft am Fluss auftauchen, wenn wir mit

Touristen dort auf der Plattform sind. Sie tun das, weil sich dann die ausgewachsenen Bärenmännchen fernhalten. Die können den Jungen gefährlich werden. Die Jungen sind für sie ein Störfaktor und eine Konkurrenz in der Gunst um die Weibchen.«

Nicht nur bei den Tieren sind Männchen gefährlich für die Jungen, dachte Tessa traurig. Glücklicherweise konnte niemand ihre Gedanken lesen, die Forscherin war in ihrem Element und fuhr fort: »Ich werde Ihnen alles morgen auf unserer Tour erklären. Sie werden nicht enttäuscht sein.«

»Fürchten Sie sich nicht vor Grizzlys?«, fragte die Touristin.

»Ich habe einen gesunden Respekt vor ihnen, aber ich fürchte mich mehr vor aggressiven Hunden als vor Grizzlys«, erwiderte Lynn Prett.

Bislang hatten die Medien nichts von den Wilderern und den erlegten Bären berichtet. Ihr Interesse konzentrierte sich auf die ermordeten Menschen. Tessa rechnete indes damit, dass es nicht lange dauern konnte, bis die örtlichen und zugereisten Reporter Wind von der Sache bekämen. Vielleicht würden sie einen Zusammenhang mit den menschlichen Mordopfern vermuten. Tessa überlegte, ob sie die junge Bärenforscherin später ausfragen sollte. Lynn Prett hatte sich bestimmt Gedanken zu all den Vorkommnissen gemacht.

Nach fünfzehn Minuten kam ein anderer Meeresarm in Sicht und ein großes rotes Dach in der Form eines eckigen C. Die Watershed Lodge, die aus drei Gebäudeflügeln bestand, schwamm auf dem Wasser einer abgeschotteten Bucht. Der Urwald umzingelte sie wie ein Schutzwall. Tessa zählte ein halbes Dutzend Boote an den Anlegestellen.

Kratz' kleine Maschine glitt nach unten. Die Kufen klatschten aufs Wasser. Langsam tuckerte das Flugzeug auf die Lodge zu. Ein Mann kam auf dem Holzsteg herbeigerannt und band die Kufen mit Seilen fest. Die Passagiere kletterten aus der Maschine und Tessa nahm ihren Rucksack in Empfang. Lynn Prett unterhielt sich mit dem Touristenpaar. Tessa lief auf den Haupteingang zu, vor dem sich eine monumentale Holzskulptur erhob. Ein Grizzly, aber nicht in seiner realistischen Erscheinung, sondern als lebendig gewordener Geist der abstrakten Mythologie der Sitklat`l.

Am Empfang fragte sie nach Noreen Chelin. »Sie ist noch draußen. Sie wird in zehn Minuten hier sein«, sagte ihr eine Angestellte, die wie eine Sechzehnjährige aussah. Tessa wanderte in die fast leere Bar, kaufte sich einen koffeinfreien Kaffee und einen Muffin und setzte sich an eines der großen Fenster. Sie hätte gern auf ihrem Handy nachgesehen, ob ihr Ron Halprin geantwortet hatte. Aber in der Watershed Lodge gab es keinen Internet- oder Handyempfang für Gäste.

Sie sah ein Boot anlegen und eine Gruppe Touristen aussteigen. Zwei Begleitpersonen von der Lodge waren auch dabei, sie trugen orangefarbene Windjacken. Als sie näher kamen, erkannte Tessa Noreen. Dann wurde ihr die Sicht vom Rücken eines groß gewachsenen Mannes verstellt, der wie aus dem Nichts aufgetaucht war. Er trug eine Baseballkappe und ließ Noreen nicht an sich vorbei. Die beiden schienen in ein Gespräch verwickelt. Sie konnte den Mann mit einer Hand gestikulieren sehen. Die Touristen holten zu Noreen auf, und der Mann musste ihnen auf dem Holzsteg Platz machen. Er drehte kurz den Kopf in Tessas Richtung, und sie zog die Luft ein.

Telford Reed.

26

Was machte Reed hier? Versuchte er, einzelne Sitklat`l zu überzeugen, die Outfitterlizenz zu kaufen?

Tessa hatte den Eindruck, dass Noreen ihn nicht anhören wollte. Sie folgte ihrer Gruppe und ließ Telford auf dem Landesteg stehen. Er schaute Noreen und den Touristen unschlüssig hinterher. Dann ging er zu einem der Boote und begab sich an Bord.

Tessa widerstand der Versuchung, nach draußen zu gehen und mehr über sein unerwartetes Auftauchen zu erfahren. Sie wollte Noreen nicht verpassen. Die Touristen strömten in die Bar. Lautes Geplapper durchzog den Raum. Fotoapparate wurden auf Tischen abgelegt und Getränke bestellt. Minuten später erschien Noreen. Sie sah sich suchend um. Trotz ihrer drei Kinder war sie schlank geblieben. Während der Universitätszeit hatte Tessa Noreen als Rivalin empfunden. Die schwarzhaarige Frau mit dem ebenmäßigen Gesicht besaß offensichtlich etwas, was Tsaytis bei ihr nicht fand. Etwas, was sie ihm unmöglich geben konnte. Wie Noreen über sie, die weiße Arzttochter, dachte, mit der Tsaytis einst eine undefinierbare Freundschaft verband, hatte Tessa nie erfahren.

Sie stand auf und winkte. Noreen stutzte und kam auf sie zu. Ihr Gang war behände, aber nicht hektisch. Als wüsste sie, dass man mit Hektik sein Ziel nicht schneller erreicht als mit Geduld.

Zeit hatte bei den Sitklat`l einen ganz anderen Stellenwert, das hatte Tessa oft erfahren. Nicht immer zu ihrer Freude. Tessa erwartete Pünktlichkeit und Tempo. Aber während der langwierigen Landverhandlungen mit der Regierung lernte sie von den Sitklat`l Gelassenheit und die Fähigkeit zu warten. Auch die Sitklat`l durchliefen eine Entwicklung. Sie begannen sich routiniert in der Geschäftswelt zu bewegen. Noreen Chelin war eine von ihnen: Als Managerin einer bekannten Lodge musste sie die Gewohnheiten ihrer Gäste berücksichtigen, die aus aller Welt hierher kamen. Vielleicht war das der Grund, warum sie Tessa zur Begrüßung die Hand reichte anstatt sie spontan zu umarmen.

»Es ist alles furchtbar«, sagte sie. »Wir können es einfach nicht begreifen.«

Sie sprach mit dem typischen Akzent der Sitklat`l, einem nasalen Ton, der die Konsonanten weicher und runder ertönen ließ. Sie klingt wie Tsaytis, dachte Tessa.

»Sollen wir in der Bar bleiben?« Sie deutete auf den Tisch. »Hier werden wir wahrscheinlich weniger gestört als im Büro.«

Tessa hatte nichts dagegen. Die Touristen waren außer Hörweite und mit sich selbst beschäftigt.

»War das Telford Reed?«, fragte sie.

Noreen runzelte die Stirn und schaute durchs Fenster auf den Landesteg. »Ja, ich hab nicht mit ihm gerechnet«, erwiderte sie betont langsam. »Leider habe ich keine Zeit für ihn. Ich führe jetzt zusätzlich einige Touren, weil Hank fehlt.«

Tessa wagte nicht zu fragen, was Telford Reed in der Lodge wollte. Stattdessen schoss sie gleich los: »Hat dir Tsaytis erzählt, was er auf der Farm gesehen hat?«

Noreen schwieg einige Momente. »Er sagte mir nur, dass die Kinder tot im Haus lagen und Hank draußen auf der Wiese. Und dass die Hunde im Lagerraum eingesperrt waren und fast durchgedreht sind, als er dort war.«

Tessa hörte Harrison Millers Stimme im Ohr. *Die Hunde kennen den Mörder.*

»Sie sind nur im Lagerraum, wenn Leute zu Besuch kommen, die Hunde nicht mögen oder vor ihnen Angst haben«, erwiderte sie. »Wer war noch bei Tsaytis? Ich weiß, dass er von jemandem begleitet wurde.«

»Die Polizei will das nicht enthüllen.«

Tessa ließ nicht locker. »Hast du einen Verdacht, wer dabei war?«

Noreen schwieg.

Das ist auch eine Antwort, dachte Tessa. *Sie will jemanden schützen.* Tessa war zu klug, um auf dieser Spur weiterzubohren. »Was willst du mir über Fran sagen?«

Noreen ließ ihren Blick durch den Raum schweifen. Die Gäste zeigten sich gegenseitig ihre Fotos von Grizzlys. »Vor einem Monat hatten wir einen Tag der offenen Tür. Für die Leute aus Whatou Lake und die Familien der Angestellten, aber auch für unsere Leute aus Telt-shaa. Wir flogen unsere Ältesten ein und Schüler unseres Kulturprogramms. Fran und ihre Kinder waren auch hier.«

Noreen sprach bedächtig, ohne zu stocken. »Fran kam zu mir und zog mich zur Seite. Sie wollte mit mir allein sprechen. Ich hatte nur einige Minuten, mit allem, was an jenem Tag zu tun war. Aber ich wollte sie anhören, weil mir Hank manchmal bedrückt vorkam. Wir verzogen uns in eines der Zimmer, und sie eröffnete mir, dass sie mit Hank und den Kindern wegziehen wolle. Sie müsse weg, zu ihrem Schutz. Ich verstand nicht, warum sie sich ängstigt. Sie hat es mir auch nicht verraten. Offen gestanden, wollte ich Hank nicht verlieren, er ist ein guter Touristenführer. Ich erwiderte: ‚Hank hat jetzt endlich Arbeit und ihr habt mehr Geld. Und du hast deine Familie hier, deine Eltern.' Meine Einwände hat Fran nicht gut aufgenommen.«

Tessa sah Noreen erwartungsvoll an, aber es kam nichts mehr. Sie fasste nach: »Sie hat dir also nicht gesagt, warum sie weg will?«

»Sie redete davon, dass sie sich und ihre Kinder schützen müsse. Ich konnte nicht herausfinden, wovor. Sie verbot mir, Hank etwas von unserem Gespräch zu verraten.«

»Hast du es ihm verheimlicht?«

»Nein, ich versprach ihr auch nichts. Ich musste das natürlich mit Hank besprechen. Ich bin seine Arbeitgeberin. Er versicherte mir, er werde nicht wegziehen. Das sei nur so eine Laune von Fran. Das werde schon wieder vorbeigehen. Sie habe eine Krise, wegen unerklärlicher Muskelschmerzen, nehme starke Schmerztabletten dagegen, die sie launisch und sprunghaft machten.«

»Unerklärliche Muskelschmerzen? Davon weiß von uns niemand was. Sie hätte sicher unseren Vater um Rat gebeten.« Oder auch nicht. In den vergangenen Wochen war sie ihm offenbar aus dem Weg gegangen.

Noreen zuckte die Schultern. »Hank sprach von Fibromyalgie. Fran habe deswegen eine Ärztin aufgesucht. Die hat ihr aber offenbar nicht helfen können.«

»Von wem hat sie das Schmerzmittel gehabt?«

Noreen schwieg.

»Hast du das der Polizei erzählt?«

»Ja.« Noreen zögerte. »Ich sagte der Polizei aber auch, dass ich hinterher nicht wusste, von welchen Eltern sie gesprochen hatte.«

»Was meinst du damit?«

»Fran wollte von ihren Eltern weg. Vielleicht sprach sie von ihren leiblichen Eltern.«

»Aber die leben doch gar nicht in Whatou Lake. Und die haben nie etwas von ihr wissen wollen. Warum würde Fran vor denen weglaufen wollen?«

Noreen ließ sich mit der Antwort Zeit. »Frans Mutter hatte viele Kinder, höchst wahrscheinlich von unterschiedlichen Männern. Fran kennt ihren leiblichen Vater vielleicht gar nicht.«

Tessa starrte Noreen an, deren Augen immer wieder die Boote am Landesteg absuchten. »Du glaubst, Frans leiblicher Vater ist nicht der Mann, den man für ihren leiblichen Vater hält?«

Noreen antwortete, ohne sie anzusehen: »Ich denke, niemand weiß das mit Sicherheit.«

»Gibt es Gerüchte, wer ihr leiblicher Vater in Wirklichkeit sein könnte?«

Noreen stand auf. »Ich hol dir noch einen Kaffee. Was möchtest du?«

Die Wahrheit, hätte Tessa am liebsten gerufen. *Ich möchte die*

Wahrheit. Aber sie erwiderte nur: »Einen Americano, bitte. Koffeinfrei.«

In ihrem Kopf fuhren die Gedanken Achterbahn. Das alles ergab keinen Sinn. Bislang hatte einiges darauf hingedeutet, dass sich Fran von Martha und Kenneth Griffins distanzieren wollte. Sie hatte wegen irgendetwas Streit mit Mom gehabt und sie verhielt sich Dad gegenüber abweisend. Frans leibliche Eltern hatten in ihrem späteren Leben nie eine Rolle gespielt, außer dass sie in ihr tiefe psychische Wunden aus der Kindheit hinterlassen hatten. Fran glaubte diese jedoch überwunden, vielleicht war sie in diesem Punkt doch zu optimistisch gewesen. Auch die Eltern Griffins und Frans Psychologin hatten wahrscheinlich Frans Heilung überschätzt.

Tessa sah Noreen am Tresen der Bar stehen und fragte sich dringender als zuvor, warum Tsaytis' Frau sie wirklich sprechen wollte. Sie hatte den Eindruck, dass sie ihr noch nicht den wahren Grund genannt hatte. So war es auch. Noreen stellte zwei Tassen auf den Tisch und setzte sich langsam, als trüge sie ein Gewicht, bevor sie fortfuhr: »Am Tag der offenen Tür war auch der Wildhüter hier. Er wollte etwas loswerden. Er klagte, Fran habe ihn angerufen und gebeten, alle Bären zu erschießen, die ihm über den Weg liefen, denn sie habe endgültig genug von Bären, die um ihr Haus strichen und ihr und den Kindern das Leben schwer machten.«

»Das ist doch nicht etwa der Wildhüter, der verhaftet wurde?«

»Doch«, bestätigte Noreen. Sie wirkte nicht mehr ganz so ruhig wie am Anfang des Gesprächs.

»Das ist absoluter Unsinn«, platzte Tessa heraus. »Fran liebt Bären. Sie ist eine leidenschaftliche Naturschützerin. Deshalb … Das ist der Grund, warum sie so abgelegen leben wollte. Weil sie die Natur und die Tiere liebt. Sie …«

Tessa fehlten die Worte.

Noreen trank von ihrem Kaffee und stellte die Tasse ab. »Hank erzählte mir am selben Tag, dass es seit drei Wochen Probleme mit einer Bärin gab, die bei der Farm herumstreifte. Fran sorgte sich um die Sicherheit der Kinder.«

»Das mag sein, aber sie würde nie den Abschuss auch nur eines einzigen Bären verlangen. Niemals. Vor allem nicht den einer Bärin, die vielleicht irgendwo Junge hat oder trächtig ist.« Tessa schüttelte aufgebracht den Kopf. »Noreen, der Wildhüter hat das erfunden. Problembären werden betäubt und in eine andere Gegend transportiert. Niemand weiß das besser als Fran!«

»Du verstehst mich nicht richtig, Tessa. Ich will auf etwas anderes hinaus. Es ist mir klar, dass der Wildhüter Gerüchte gestreut hat. Er wollte offenbar Fran in etwas verwickeln. Damit es aussieht, als ob sie etwas mit den Wilderern zu tun hat.«

»Wozu?« Tessa sprach das Wort aus, als ob zehn Fragezeichen dahinter stünden.

Noreen spielte mit Krumen auf dem Tisch, die Tessas Muffin hinterlassen hatte. »Ich kann mir vorstellen, dass der Wildhüter verhaftet wurde, weil er mit Drogen handelte. Es gab schon länger Gerede, und … bitte behandle das vertraulich …er hat wahrscheinlich einigen unserer Teens Drogen verkauft.«

Tessa unterbrach sie diesmal nicht, wartete einfach. Noreen sprach weiter: »Wir haben ein Drogenproblem unter unseren Kindern. Wir wissen nicht genau, woher die Drogen stammen. Sie kommen stetig herein, und … es ist ein großes Problem für uns.«

»Das muss gestoppt werden. Je schneller, desto besser. Aber … ich muss dich trotzdem fragen: Wo ist die Verbindung von all dem mit Fran?«

Noreen holte tief Luft. »Bitte nimm das mit einer Prise Vorsicht auf, Tessa. Ich sage dir einfach, was ich gehört habe. Vielleicht bringt es dich weiter. Fran scheint den Wildhüter immer wieder zur Farm gerufen zu haben. Offiziell wegen der Bären um ihr Haus. Vielleicht war das aber nur ein Vorwand.«

»Wie meinst du das?«

»Muss ich es aussprechen?«

Tessa blinzelte. »Er hat ihr illegale Schmerzmittel gebracht?«

»Hank hat es nicht ausgeschlossen. Aber was konnte er ohne Beweise tun? Mit einem Wildhüter kann man es sich nicht verscherzen. Das ist ein Angestellter der Regierung.«

»Wem hat Hank das anvertraut?«

Noreen schwieg.

»Hast du das der Polizei weitergegeben?«

»Ja.«

»Was hat Tsaytis auf der Farm gesucht? Warum war er dort?«

»Hank hat uns zuerst benachrichtigt, dass jemand seine Schicht übernehmen soll, weil er sich noch länger um die Kinder kümmern müsse. Fran sei in Whatou Lake, weil sie ständig Nasenbluten hätte. Als er aber auch am nächsten Tag nicht zur Arbeit kam und wir ihn und Fran nicht erreichen konnten, wollten Tsaytis und…« Noreen stoppte sich rechtzeitig und fuhr nach einem Seufzer fort: »Er wollte selber nachschauen. Er befand sich gerade in der Nähe, weil er Wilderern auf der Spur war. Uns kam die ganze Sache merkwürdig vor. Ich meine, ist Nasenbluten ein Notfall?«

Die neuen Informationen überrollten Tessa wie eine Sturmwoge. Sie musste unbedingt Ron Halprin erreichen, um mit ihm darüber zu sprechen.

»Wann hat dich die Polizei befragt?«

»Gestern Abend.« Noreen sah auf ihre Armbanduhr.

Tessa war noch nicht am Ende ihrer Fragen. »Hast du eine Ahnung, irgendeinen Verdacht, wo Fran sein könnte?«

»Ich denke, der Wildhüter weiß mehr. Das hab ich auch der Polizei gesagt.«

Tessa sah sie an. Noreen wollte den Drogenlieferanten von den jungen Leuten des Sitklat`l-Stammes fernhalten. »Du glaubst doch nicht etwa, der Wildhüter hat Hank und die Kinder getötet und Fran verschwinden lassen?«

»Klingt auch für mich verrückt. Aber die Polizei wird das jetzt sicher untersuchen.«

Noreen erhob sich. Tessa blieb nichts anderes übrig, als es ihr gleichzutun.

»Tsaytis und ich sind erschüttert über das, was passiert ist. Wir möchten alles tun, damit Fran gefunden wird.« Es gab ein Wir zwischen den beiden. Ein Wir, das es zwischen Tsaytis und Tessa schon lange nicht mehr gab.

»Ich muss jetzt gehen. Wir haben noch eine Wanderung zur Beobachtungsplattform auf dem Programm.«

»Ist Tsaytis hier?« Die Frage entfuhr Tessa spontan.

Noreen verneinte. »Er sucht nach Fran.« Sie umfasste Tessas Hand, ihr schönes Gesicht wirkte bekümmert. »Falls du ein Zimmer für die Nacht brauchst, gib an der Rezeption Bescheid. Du bist eingeladen.« Sie zögerte kurz, warf einen Blick auf ihre Gäste. »Wir beide, du und ich, wir haben es nie leicht gehabt. Wir haben immer kämpfen müssen.« Nach diesem Satz schritt Noreen an den Touristen vorbei und verschwand durch die Tür.

Tessa blieb wie betäubt zurück. Sie konnte sich keinen Reim auf die sibyllinische Aussage machen, mit der Noreen ihr Gespräch beendet hatte. Wenn es ihre Absicht gewesen war, Tessa mit einem Fragezeichen zurückzulassen, dann war ihr das gelungen. Es war nicht die einzige ungelöste Frage, die ihr im Kopf herumspukte. Eine dieser Fragen wollte sie lösen, solange sie Gelegenheit dazu hatte. Sie zog ihre Windjacke an und ging nach draußen. Eilig strebte sie auf das Boot zu, in dem sie Telford Reed hatte verschwinden sehen.

Sie rief seinen Namen. Keine Bewegung. Sie rief erneut.

»Mr Reed ist mit einer Yacht weggefahren«, rief jemand hinter ihr. »Vor etwa zehn Minuten.« Tessa drehte sich um.

Lynn Prett stand in einem kleinen Motorboot und machte sich an ihrer Schwimmweste zu schaffen. Sie trug einen weichen Fischerhut auf dem Kopf.

Tessa stand unschlüssig auf dem Holzsteg. »Wann fliegt Kratz Hilder zurück?«

»In einer Stunde bringt er nochmals drei Touristen. Er nimmt Sie bestimmt mit nach Whatou Lake.«

Die Bärenforscherin hängte sich einen Feldstecher um und beugte sich über den Motor des Bootes. Tessa stand unentschlossen auf dem Steg und sah ihr zu. Jäh kam ihr ein Gedanke in den Sinn. Eine Möglichkeit, die sie sich nicht entgehen lassen wollte. »Nehmen Sie mich mit?«, rief sie spontan. »Ich möchte mehr über Ihre Arbeit erfahren.« Lynn Prett schaute überrascht hoch. »Ich weiß nicht, ob …« Sie warf einen Blick auf die Lodge.

Tessa wusste, dass sie jetzt etwas riskieren musste. »Noreen hat mich eingeladen.« Sie verschwieg, dass Noreen sie lediglich zum Übernachten eingeladen hatte.

»Nun, dann ist es mir sicher nicht verboten, Sie mitzunehmen.« Lynn sprach die Worte mit einem aufmüpfigen Unterton. »Die blaurote Schwimmweste dort sollte Ihnen passen.«

Tessa streifte die Weste über ihre Windjacke und ließ sich schnell vom Steg ins Boot gleiten. Lynn startete den Motor und lenkte das Boot an der bewaldeten Küste entlang. Nur ein schmaler Streifen Steinbrocken trennte die Bäume vom Wasser. Dort, wo die sanften Wogen nach dem Gestein leckten, schimmerte zartgrünes Moos auf der dunklen Oberfläche. Die Weißkopfadler ließen ihre spitzen Schreie hören.

Tessa zog sich die Kapuze über. Unvermittelt öffnete sich ein kleiner Fjord vor ihnen, der wie ein Flussdelta aussah. Das Wasser mäanderte durch hellgrüne Wiesen, die aus dem dunkleren Hintergrund heraus leuchteten. Am Ende des Fjords stach ein kegelförmiger Hügel in den Himmel, hinter ihm reihten sich höhere Berge mit schneebedeckten Gipfeln wie Palisaden aneinander.

Lynn steuerte das Boot vorsichtig an Sandbänken vorbei den Fjord hinauf. An einer schmaleren Stelle ließ sie den Motor absterben. Immer wieder suchte sie mit den Augen die Wiesen und Waldränder ab. »Um diese Zeit kommt Polly hierher, um Gras zu fressen. Jemand hat ihr Junges getötet. Es war ein Männchen, siebzehn Monate alt. Es war sehr verletzlich, denn Polly hatte das Junge erst kürzlich verjagt, weil sie sich wieder paaren und neuen Nachwuchs haben will.«

Tessa horchte auf. *Jemand hat ihr Junges getötet.* Ihr fiel Harrison Millers hasserfüllte Tirade ein, in der er behauptete, dieser jemand sei ein Sitklat`l. Was für eine hässliche Beschuldigung.

»Polly ist der Name der Mutter?«

»Ja, einundsiebzig-R in meinen Akten, aber ich nenne sie Polly.« Zärtlichkeit durchdrang die Stimme der Forscherin. Ein klassischer Pagenschnitt umspielte ihr rundes Gesicht. Sie öffnete ihr Notebook und tippte etwas ein. »Diese Bären sind Teil meines Forschungsprojekts.«

Lynn spähte durch den Feldstecher. »Da ist sie … Gute alte Polly. Meistens um diese Tageszeit taucht sie hier auf. Aber zwei männliche Bären haben wir seit geraumer Zeit nicht mehr gesehen. Wenigstens hat man unsere Polly noch nicht umgelegt.«

Tessa nahm einen braunen Umriss im Gras wahr.

»Drei tote Grizzlys, und die Lodge verbietet uns immer noch, damit an die Öffentlichkeit zu gehen«, murmelte Lynn, ohne den Feldstecher abzulegen. Sie stand breitbeinig im schaukelnden Boot. »Als ob man das noch lange verheimlichen könnte. Man muss die Täter doch fassen, bevor sie noch mehr Unheil anrichten.«

»Denken Sie, Lynn, dass die Morde an Hank und den Kindern etwas mit den toten Grizzlys zu tun haben? Und mit Frans Verschwinden?«

Lynn ließ den Feldstecher sinken und setzte sich auf die Bank im Boot, ohne die Augen vom Ufer abzuwenden.

»Ich weiß es nicht. Ich glaub eher nicht. Wir hatten den Eindruck, dass Fran eine frühe Midlife-Crisis hat. Dass sie ihr bisheriges Leben infrage stellt. Dass sie aus dem Lot geraten ist.«

»Hat Hank euch das erzählt?«

Lynn zögerte. »Am Tag der offenen Tür hat Fran … sie hat mich beschuldigt, Hank an mich binden zu wollen.«

»Sie meinen – sie dachte, Hank und Sie hätten eine Affäre?«

»Ja … oder nein.« Lynn rang um Worte. »Sie wollte, glaub ich, eher Vorwände finden, warum Hank mit der Familie wegziehen sollte. Das war mein Eindruck. Dass sie Hank zermürben wollte.«

Tessa entschloss sich, mit ihrer nächsten Frage ein Wagnis einzugehen. »Gingen Sie deshalb mit Tsaytis Chelin zu Hanks Farm? Um mit Fran die Sache zu klären?«

Lynn wandte das Gesicht ab. Ihre Augen folgten Polly, die durch die Wiese wanderte. Je länger sie nichts sagte, umso mehr war Tessa überzeugt, dass sie ins Schwarze getroffen hatte. Sie legte nach: »Lynn. Was haben Sie auf der Farm gesehen? Ich muss es unbedingt wissen.«

Die Bärenforscherin gab vor, ihren Feldstecher besser einzustellen. »Es tut mir sehr leid«, sagte sie schließlich, »aber ich kann Ihnen hier nicht helfen.«

Tessas Stimme wurde eindringlich. »Vielleicht helfen Ihre Beobachtungen, Fran zu finden. Wir haben keine Zeit mehr.«

Aber Lynn Prett schien Tessa nicht mehr zuzuhören. Stattdessen rief sie: »Was haben wir denn da?« Sie zückte die Kamera mit dem Zoom und begann zu filmen.

Tessa bemerkte am Waldrand eine Bewegung. Spontan griff sie nach Lynns Feldstecher und stand auf. So konnte sie besser sehen, was sich dort bewegte. Kein Grizzly. Noch bevor sie ein Wort formulieren konnte, hörte sie Lynn Prett fluchen. »Was zum Donner …!«

Dann zerriss ihre laute Stimme die Stille des Mündungsgebiets. Es war ein Kampfgeschrei, das Tessa schauern ließ. Das Boot begann heftig zu schaukeln, und sie mussten sich beide setzen.

Die Forscherin stieß mit heiserer Stimme hervor: »Verschwunden, sofort verschwunden.«

Tessa schaute durchs Fernglas. Die Bärin war immer noch da. Lynn hatte nicht von ihr gesprochen. Sondern von der menschlichen Gestalt, die am Waldrand gelauert und die Tessa ebenfalls durch den Feldstecher ausgemacht hatte.

»Wer war das?«, fragte sie, und ein Verdacht stieg in ihr auf.

Auf dem Gesicht der Forscherin erschien ein wütender Ausdruck. »Wer immer das war, ich hab die Person auf dem Film.« Lynn ging den Film auf ihrem Display durch. »Die Aufnahme ist nicht sehr scharf, aber ich kann sehen, dass er ein Gewehr trägt. Mit Sicherheit jemand, der hier nichts zu suchen hat.« Sie machte sich am Motor zu schaffen.

Tessa rief: »Was haben Sie auf der Farm gesehen, Lynn?«

Die Bärenforscherin winkte irritiert ab. »Ich kann Ihnen wirklich nichts dazu sagen.«

Enttäuscht presste Tessa die Lippen zusammen. Dann kam ihr eine Aussage Lynns in den Sinn: *Ich fürchte mich mehr vor aggressiven Hunden als vor Grizzlys.*

Das war's. Lynn sprach die Wahrheit. Sie konnte wirklich

nichts dazu sagen, weil sie gar nichts gesehen hatte. Tsaytis muss zuerst allein aufs Haus zugegangen sein, weil Lynn zurückbleiben wollte. Sie hörte das hysterische Bellen der Hunde und bat wahrscheinlich Tsaytis, dafür zu sorgen, dass die Hunde eingesperrt wurden. Als Tsaytis Chelin die erste Leiche vor dem Haus entdeckte, hielt er Lynn vom Tatort fern.

In diesem Moment warf die Bärenforscherin ein auf dem Boden liegendes Seilende zornig nach hinten. »Sagen Sie mir doch, warum dieser Typ dort auftaucht, wo Polly ist, warum er ein Gewehr trägt und warum er abhaut, wenn er mich schreien hört? Hier ist Jagen verboten! Ich weiß nicht, warum Noreen damit nicht an die Öffentlichkeit geht.« Ihre Augen blitzten.

War es möglich, dass Fran oder Hank etwas über die Machenschaften der Wilderer gewusst hatten?

Lynn Prett kam zum Heck geklettert. »Ich muss zurück, die ander'n warnen.«

»Werden Sie Noreen informieren?«

»Ja. Ich werde ihr den Film zeigen.«

»Und die Polizei?«

»Wenn ich denen was sage, kann ich mein Projekt hier vergessen. Das würde mir Noreen nicht verzeihen. Sie muss die Entscheidung darüber fällen.«

Sie setzte sich wieder, nahm die Speicherkarte aus der Kamera und steckte sie in den Computer. Sie arbeitete konzentriert, bis sie alles runtergeladen hatte.

Dann reichte sie Tessa die Speicherkarte.

»Geben Sie die der Polizei. Ich werde Noreen sagen, dass Sie alles gesehen haben und sie jetzt handeln muss, bevor es zu spät ist.«

Tessa nahm die Speicherkarte nicht entgegen. »Das … das kann ich nicht tun. Es ist ja nur ein Verdacht. Wir wissen überhaupt nicht, warum die Person dort war. Er … er hat ja nicht vor unseren Augen auf einen Bären geschossen.«

Lynns Gesicht verdunkelte sich. »Und wenn es halt doch etwas mit Frans Verschwinden zu tun hat? Das kann doch kein Zufall sein, dass diese … Dinge zur selben Zeit passieren.«

Die Forscherin drückte auf die richtigen Knöpfe. Tessa steckte die Speicherkarte in die Brusttasche ihrer Windjacke. Lynn brachte den Motor zum Röhren und sie glitten aus dem Fjord hinaus. Polly war bald nur noch als brauner Punkt zu sehen, und dann gar nicht mehr. Tessa hatte ein ungutes Gefühl, so als ob sie die Bärin einem ungewissen Schicksal überließen.

Auch ein anderer Gedanke beunruhigte sie: Vielleicht fühlte sich der Mann mit dem Gewehr ertappt. Er hatte die zwei Frauen im Boot bemerkt, die mit Feldstecher und Kamera in seine Richtung geschaut und ihn mit Schreien vertrieben hatten. Könnte er ihre Identität herausfinden? Wenn vier Menschen aus dem Weg geräumt worden waren und Fran entführt wurde, was spielten dann zwei weitere Tote eine Rolle?

Tessa behielt ihre Gedanken für sich, Lynn war schon besorgt genug.

Auf dem Landesteg, den sie zehn Minuten später erreichten, war niemand zu sehen. Lynn band das Boot fest und sie halfen sich gegenseitig beim Aussteigen.

»Was werden Sie jetzt tun?«, fragte die Forscherin.

»Ich will möglichst rasch nach Whatou Lake zurück.«

27

Der Rückflug im Wasserflugzeug war Tessa furchtbar lang vorgekommen. Endlich landeten sie im Hafen. Kaum hatte sie den Fuß auf festen Boden gesetzt, sah sie ihre Nachrichten auf dem Handy durch.

Ron Halprin hatte zurückgeschrieben: *Sagen Sie mir doch kurz, worum es geht.*

Sie warf frustriert den Kopf nach hinten. Ihren Verdacht konnte sie unmöglich in einer Textnachricht formulieren. Ein Mann händigte ihr den Rucksack aus. Sie drehte sich um und nahm eine Person am Rand des Parkplatzes wahr.

»Dad«, rief sie schon von Weitem. »Wie hast du gewusst …«

Sie umarmten sich, erleichtert und verzweifelt zugleich.

»Savanah sah deine Nachricht und informierte mich. Ich hab Kratz angerufen und einfach gehofft, dass du noch heute mit ihm zurückfliegst.«

Als sie sich dem Pathfinder näherten, sah Tessa die beiden Hunde im Wagen, die aufgeregt mit den Schwänzen wedelten. Ihr Vater hatte sie also noch nicht Harrison Miller übergeben. Als sie Richtung Whatou Lake fuhren, berichtete sie ihm von den Gesprächen mit Noreen Chelin und Lynn Prett. »Lynn sagte, Fran sei aus dem Lot geraten«, schloss sie ihren Bericht. »Habt ihr das nicht auch gemerkt?«

Ihr Vater seufzte. »Wir sahen sie ja kaum mehr.«

Aber sie traf andere Leute, dachte Fran. *Ich muss mit Ron Halprin sprechen.*

Dieser Gedanke beschäftigte sie so sehr, dass sie vergaß, ihrem Vater von der Autofahrt mit Harrison Miller zu erzählen und ihn zu fragen, wo er am Nachmittag mit den Hunden unterwegs war, als sein Wagen vor dem Haus stand.

»Können wir rasch beim Polizeiposten halten, Dad?« Ihr Vater nickte gefügig.

Sie bereute ihren Entschluss sogleich, als sie ein Fernsehteam und mehrere Reporter vor dem Eingang stehen sah. Kenneth Griffins reagierte kurz entschlossen. »Ich fahre um die Ecke und warte in der Seitenstraße.«

Sie setzte die Kapuze ihrer Windjacke und die Sonnenbrille auf und lief, so schnell sie konnte, an den Journalisten vorbei die Stufen hoch. Drinnen nahm sie die Sonnenbrille gleich wieder ab. »Ich bin Tessa Griffins, Fran Millers Schwester«, sagte sie zu den zwei Beamten, die hinter dem Tresen standen. »Kann ich Sergeant Halprin sprechen?«

Die beiden musterten sie. Eine ungekämmte Frau in Outdoorhose und Windjacke, mit trockenen Lippen und müden Augen. »Sergeant Halprin ist nicht hier«, sagte der eine Polizist. »Niemand von denen ist hier.«

»Die sind alle noch am Tatort?«, fragte Tessa.

Der Beamte blieb vage. »Wahrscheinlich. Aber der ist für alle abgesperrt. Am besten, Sie texten dem Sergeant ihr Anliegen.«

Das hab ich bereits getan, wollte sie sagen, aber sie biss sich auf die Zunge. »Gibt es einen Hinterausgang?«, fragte sie. »Wegen der Medienleute.«

»Sicher«, sagte der zweite Polizist und ging voraus.

Kenneth Griffins' Wagen wartete zwei Häuser weiter. Tessa ließ sich auf den Beifahrersitz fallen. »Es sieht so aus, als ob er wieder auf der Farm ist.«

Kenneth Griffins schlug eine Abkürzung zum Highway ein. »Ich sollte mit den Hunden laufen geh'n, aber irgendwo, wo wir niemanden treffen.«

»Im Tennigan Park treibt sich ein Grizzly herum«, warnte sie ihn. »Am Fluss entlang?«

»Nein, da sind wir höchstwahrscheinlich nicht allein.«

»Dann beim See.«

Ihr Vater schüttelte den Kopf. »Zu exponiert.« Er überlegte. »Vielleicht bei Bobs?«

Tessa wusste, wovon er sprach. Bob Barkers Grundstück befand sich auf der westlichen Seite des Flusses, versteckt in einem Seitental. Seit Bobs Haus vor einigen Jahren niedergebrannt war, lebte der ältere Mann bei seiner Schwester in Whatou Lake. Früher hatte das Land zum Verkauf gestanden, Tessa hatte es sich damals in Begleitung ihres Vaters angesehen. Es gab mehrere Interessenten, aber dann entschied sich Bob aus unerfindlichen Gründen gegen eine Veräußerung. Eine Schotterstraße führte immer noch zu seinem verlassenen Grundstück. Die Hunde konnten dort auf einer großen Lichtung herumtollen.

Sie hatten bereits Harrison Millers protzige Villa hinter sich gelassen. Links und rechts der Hauptstraße waren keine Häuser mehr zu sehen. Das Flusstal wurde enger und die Berge rückten näher. Hierher würden sich bestimmt keine Journalisten verirren. Tessa streifte ihre Kapuze nach hinten und sah ihren Vater an. »Wo warst du eigentlich heute Nachmittag? Der Wagen war da, aber weder du noch die Hunde.«

»Ich war in deiner Waldhütte. Musste mal in Ruhe nachdenken.«

»Mit den Hunden?«

Er nickte. »Sonst kommt Harrison noch vorbei und stiehlt sie mir, wenn niemand im Haus ist.«

»Da hast du richtig gedacht.« Tessa klärte ihren Vater darüber auf, dass der Bürgermeister tatsächlich wegen der Hunde beim Blockhaus der Griffins aufgetaucht war. Sie schilderte auch, wie er während der Fahrt zum Wasserflugzeughafen ausgerastet war. Millers schlimmste Vorwürfe verschwieg sie aber.

Frag doch mal deinen Vater, wo er sie versteckt hält, damit sie nichts ausplaudert.

Sie schwiegen, bis sie bei der Auffahrt zu Bobs Grundstück

anlangten. Auf einem groben Holzbrett stand: *Betreten verboten*. Kenneth Griffins steuerte daran vorbei und parkte den Pathfinder am Rand der Schotterstraße. Tessa griff nach den Hundeleinen auf dem Rücksitz. »Hier können wir sie frei laufen lassen«, meinte Kenneth Griffins.

Tessa widersprach. »Wir kennen die Hunde nicht gut, wir wissen nicht, ob sie zurückkommen, wenn wir sie rufen.«

Trotz ihres Protestes öffnete ihr Vater die Hecktür. Der Huskymischling sprang heraus und raste die Straße hinauf. Die Schäferhündin ließ sich mehr Zeit und schnüffelte erst einmal in der Nähe des Wagens herum.

»Der kommt schon wieder«, sagte ihr Vater, als er ihr besorgtes Gesicht sah. »Hank hat ihn gut trainiert.«

Tessa war sich da nicht so sicher. Für alle Fälle nahm sie die Leinen mit. Sie folgten dem gewundenen Weg. Die Schäferhündin trottete nur einige Schritte vor ihnen dahin. Plötzlich hörten sie den Huskymischling aufgeregt bellen.

»Du liebe Scheiße«, entfuhr es Tessa. »Sicher ein Grizzly.«

Jetzt schoss auch die Schäferhündin den Weg hoch, bis sie aus ihrem Blickfeld verschwand. Kenneth Griffins war nicht aus der Ruhe zu bringen. »Ach was, das ist wahrscheinlich ein Eichhörnchen, das er auf den Baum gejagt hat.«

Wie konnte er nur so sorglos sein? Tessa ärgerte sich, sie spürte einen Knoten im Magen. Er war bestimmt ein guter Mediziner, aber von Hunden verstand er nichts. Und diesmal hatte sie nicht mal ihre Pistole bei sich.

Der Feldweg beschrieb eine Kurve. Dahinter kamen zwei alte Schuppen in Sicht. Die Schäferhündin sprang am Tor des linken Schuppens hoch und kratzte wie wild am Holz. Der Huskymischling stand davor und bellte. Kenneth Griffins blieb stehen. »Was ist das für ein Geruch?«

Tessa realisierte, wovon er sprach. »Es riecht wie beim letzten Mal, liegt hier noch so ein toter Elch irgendwo?«

»Der Geruch kommt von dort«, antwortete ihr Vater und deutete auf die Schuppen vor ihnen. Auf das Tor des linken Schuppens war mit Farbe ein großes T innerhalb eines Kreises gemalt. Nach ein paar Schritten wurde der Geruch so schlimm, dass Tessa sich instinktiv abzuwenden versuchte.

»Die Hunde«, rief ihr Vater, während er auf den Husky zuging und ihn anleinte. Tessa hielt die Luft an und zog die Schäferhündin vom Tor weg, von dem der furchtbare Geruch kam. Tessa gab ihrem Vater die Leine der Hündin in die Hand. »Halt die Hunde fest, ich geh nachschauen.«

»Das ist wahrscheinlich keine gute Idee …« Kenneth Griffins' Worte gingen in wildem Bellen unter.

Sie hatte schon die Kapuze über Nase und Mund gezogen und ging auf das Tor zu. Sie rüttelte an dem rostigen Schloss und stolperte nach hinten, als das Tor sofort nachgab. Ihre Augen mussten sich zuerst an die Dunkelheit gewöhnen. Dann sah sie etwas Helles in der Ecke. Mit klopfendem Herzen ging sie ein paar Schritte darauf zu.

In Sekundenbruchteilen erkannte sie, was es war.

Der Körper lag auf dem Rücken, mit einem Pullover und Bluejeans bekleidet.

»Fran!«, rief Tessa entsetzt, kauerte nieder und tastete nach dem Puls an ihrem Hals, obwohl sie bereits wusste, dass ihre Halbschwester tot war. Sie fühlte sich kalt und starr an.

Frans Mund stand leicht offen, ihre Augen ebenso. Strähnen ihres blonden Haares verdeckten einen Teil des Gesichts. Tessa schob das Haar weg.

Sie sah kein Blut und keine Wunden. Als wäre Fran hier eingeschlafen.

Ihr Vater rief von draußen. Panik lag in seiner Stimme. Sie wurde fast ganz vom Gebell übertönt.

Tessa torkelte nach draußen und fiel auf die Knie.

28

In den folgenden Stunden fühlte sich Tessa wie in einem Albtraum. Sie hätte ihrem Vater den Anblick der Leiche ersparen wollen, aber er hatte sich nicht stoppen lassen. Während Tessa die Hunde festhielt, stellte er den Tod seiner Pflegetochter fest. Sie rief ihm zu, nichts zu verändern, das sei ein Tatort und nichts dürfe kontaminiert werden. Vergeblich. Sie sah, wie er Frans Gesicht streichelte. Nun war neben ihrer auch seine DNA auf der Leiche zu finden.

Um irgendwo Handyempfang zu bekommen, waren sie Richtung Hauptstraße gefahren. Tessa brachte es fast nicht über sich, Fran in dem Schuppen zurückzulassen. Aber sie konnte ihren Vater, der wie betäubt wirkte und aschgrau im Gesicht war, nicht allein fahren lassen. Er wäre auch nicht in der Lage gewesen, die außer sich geratenen Hunde zu kontrollieren.

Tessa saß etwas abseits im Gras, während Gestalten in weißen Schutzanzügen hin- und hereilten. Ein Polizeifotograf kam mit seiner Kamera aus dem Schuppen. Ron Halprin redete mit der Polizeibeamtin, die ihre Mutter besucht hatte. Halprins Team war im Hubschrauber hergebracht worden. Einer seiner Männer hatte ihren Vater und die Hunde im Polizeiwagen mitgenommen. Er wollte Kenneth Griffins` Zeugenaussage aufnehmen. Tessa hasste das Treiben um sich herum. Aber wenigstens war Fran nicht mehr allein. Niemand konnte ihr noch etwas anhaben. Das war vorbei. Ihre Leiche befand sich in Sicherheit. Das war der winzige Trost, an den sich Tessa klammerte.

»Es tut mir sehr leid für Sie und Ihre Familie.« Halprin stand vor ihr.

Sie nickte schwach. Der Sergeant setzte sich neben sie ins Gras. »Fühlen Sie sich in der Lage, einige Fragen zu beantworten?«

Sie nickte wieder.

Er räusperte sich. »Ich nehme dieses Gespräch auf. Sie müssen mir kurz bestätigen, dass Sie sich dessen bewusst sind. Später wird Ihnen das Protokoll zur Unterschrift vorgelegt.«

»Ja«, sagte sie.

Die Beamtin kam zu ihnen. »Corporal Kate Jennings hört mit«, erklärte Halprin. Er reichte Tessa ein winziges Mikrophon. »Sagen Sie mir als Erstes: Warum sind Sie und Ihr Vater hierhergekommen?«

Tessa erkannte ihre Stimme nicht wieder, als sie dem Sergeant ausführlich antwortete. Die Hunde. Der Geruch. Die Entdeckung. »Eigentlich hätte hier schon längst jemand suchen sollen«, schloss sie ihre Schilderung. »Wir hätten sofort darauf kommen müssen. Der Ort ist abgelegen, aber doch nicht zu weit von Whatou Lake entfernt. Und man kann ihn mit einem Pick-up erreichen.«

»Warum ein Pick-up?«

»Kann auch ein SUV sein. Jemand hat Fran hierhergebracht, als sie schon tot war.«

»Wie kommen Sie darauf?«

»Na, wie sie dalag. Ich sah Schleifspuren im Schuppen.«

»Wer könnte das in Ihren Augen gewesen sein?«

Sie sah dem Sergeant zum ersten Mal ins Gesicht. »Ich möchte niemanden zu Unrecht verdächtigen. Sie werden gewiss Bob Barker befragen.«

»Wer kennt diesen Ort, abgesehen von Bob Barker?«

Tessa umschloss die Knie mit den Armen. »Viele Leute in Whatou Lake. Vor einigen Jahren wollte Barker das Grundstück verkaufen. Man konnte es sich ansehen. Auch Dad und ich sind hergekommen.«

Halprin warf der Polizeibeamtin einen Blick zu. »Gab es einen Immobilienagenten?«

»Ja, Hogan Dole hat das gemacht.« Ihr Vater und sie waren aber damals einfach zum Grundstück gefahren, wie heute, ohne Hogan Dole, denn sie wollten Hogan aus dem Weg gehen.

Halprin fragte bereits weiter: »Sind Sie später nochmals hierhergekommen?«

»Ich nicht.«

»Ihr Vater?«

»Das weiß ich nicht.« *Sie werden ihn bestimmt dazu befragen.*

»War Fran Miller schon mal hier?«

»Ich … weiß es nicht mit Sicherheit, aber ich glaube eher nicht.«

»Kannte sie Bob Barker?«

»Ja, so wie wir ihn alle kennen. Das heißt, nicht näher. Ich denke nicht, dass sie je etwas mit ihm persönlich zu tun hatte.« Sie zupfte mit einer Hand ein paar frisch gewachsene Grashalme ab. »Ich sah keine Verletzung. Keine Wunde. Wie ist Fran überhaupt umgekommen?«

»Das werden wir abklären. Haben Sie eine Vermutung?«

Sie schüttelte überfordert den Kopf und schlang die Arme wieder um die Knie. Gestalten liefen auf den Schuppen zu. Sie trugen eine Bahre.

Halprin beobachtete die Szene, ohne abgelenkt zu wirken. »Weswegen wollten Sie mich heute sprechen?«

Sie blickte auf seine Hände, die den Händen eines Farmers glichen. Es hätte ihr gutgetan, wenn diese Hände sie jetzt gehalten hätten. Sie sehnte sich nach einer körperlichen Geste, nach warmer Haut. Ein sicherer Halt in diesem Meer von Traurigkeit, in dem sie unterzugehen drohte.

Sie musste zuerst ihre Gedanken sammeln, um ihm zu antworten. Sie holte einige Male tief Luft, bevor sie sprach: »Mir ist heute etwas durch den Kopf gegangen. Vielleicht war Fran doch beim Leichenbestatter Robert Pleeke, wie ich Ihnen beim letzten Mal erzählte. Aber nicht wegen der Särge, sondern wegen Melanie Pleeke. Das ist seine Frau. Noreen Chelin erzählte mir, dass Fran wegen Muskelschmerzen bei der Ärztin war, aber die konnte ihr anscheinend nicht helfen.« Sie löste die Arme von den Knien und streckte die Beine aus. Der Boden fühlte sich kühl an. Sie fröstelte. Ihr wurde bewusst, dass es trotz der Helligkeit Abend war.

»Melanie Pleeke ist wahrscheinlich eine Quacksalberin ... Ich hab von Cliff Bight gehört, dass sie okkulte Praktiken betreibt. Seelenwanderungen. Kontakte aus dem Jenseits. Rückführungen. Solche Dinge.«

»Cliff Bight?«

»Er ist ein Angestellter in Lionel Millers Firma. Fran brauchte offenbar Hilfe. Sie war vielleicht mehr aus dem Lot geraten, als wir wussten.«

Halprin sagte sekundenlang nichts, dann fragte er: »Wann haben Sie mit Tsaytis Chelins Frau gesprochen?«

Die weißen Gestalten trugen Frans Leiche, die in eine Kunststoffplane gewickelt war, aus dem Schuppen und verluden sie in einen Wagen. Mit letzter Kraft setzte Tessa den Sergeant über ihren Besuch in der Watershed Lodge ins Bild. Als sie zur Bootsfahrt mit Lynn Prett kommen wollte, winkte eine der weiß gekleideten Personen Halprin zu. »Wir werden das Gespräch später fortsetzen«, sagte er und sprang auf.

»Jederzeit.« Tessa gab ihm das Mikrophon mit ausgestrecktem Arm zurück. Halprin reichte ihr die Hand, als er sah, dass sie Mühe mit dem Aufstehen hatte. Ihre Beine fühlten sich wie Gummi an. Er hielt ihre Finger ganz kurz fest und sah ihr in die Augen. »Wir haben mit Melanie Pleeke bereits gesprochen. Sie ist auf uns zugekommen.« Als er sich überzeugt hatte, dass sie allein stehen konnte, wandte er sich an die RCMP-Frau. »Corporal, können Sie Ms Griffins nach Hause bringen?«

Erschöpft stieg Tessa zu der Beamtin in das Polizeiauto. Kate Jennings startete den Motor und folgte dem Fahrzeug mit Frans Leiche, das sich vor ihnen in Gang gesetzt hatte. Tessa konnte ihre Emotionen nicht mehr beherrschen. Sie schaffte es gerade noch bis zum Highway, dann liefen ihr Tränen über die Wangen und sie wurde von Schluchzern geschüttelt.

»Soll ich anhalten?«, fragte die Beamtin.

Tessa nickte stumm. Alles brach aus ihr heraus, der Schock, die Anspannung, das Entsetzen. Nur langsam ließ der Schüttelkrampf nach. Die Beamtin hatte ihr Taschentücher gereicht und sie ansonsten in Ruhe gelassen. Tessa war ihr dankbar dafür.

Nach langen Minuten hatte sie das Gefühl, sie habe sich wieder einigermaßen im Griff. Sie brauchte Kraft für das, was sie in ihrem Elternhaus erwartete.

29

Tessa öffnete die Haustür, aber ihr kamen keine Hunde entgegen. Es war unheimlich still im Haus. Nur eine von Frans Katzen saß auf der Treppe.

»Hallo?«, rief Tessa mit klopfendem Herzen und ging in die Küche.

Dort saßen sie, Savanah und ihre Eltern, mit erschöpften, hohlen Gesichtern. Sie sahen ihr aus denselben rot geränderten, verquollenen Augen entgegen, die sie an sich selbst im Außenspiegel des Polizeiautos erspäht hatte. Noch immer sagte niemand etwas zu ihr, und dieses Schweigen wirkte wie ein Stacheldrahtverhau. Sie hätte ihre Eltern am liebsten umarmt, und sie hätten sicher alle geweint und sich festgehalten. Nun schreckte sie davor zurück.

Ihre Mutter regte sich schließlich doch. »Wie sah Fran aus?«

Tessa schaute ihren Vater an, der das Gesicht abgewandt hielt. Er schien weggetreten zu sein. Hatte er Mom nicht alles erzählt?

»Sie sah aus, als sei sie eingeschlafen.« Tessa war erstaunt, dass ihre Stimme zwar kraftlos und tiefer, aber sonst fast normal klang.

»Wurde sie ermordet?«

»Das hat uns die Polizei nicht gesagt.«

»Was denkst *du*? Du hast doch Fran gesehen.« Ihre Mutter

klang aggressiv, aber Tessa wusste, dass der Schmerz aus ihr sprach.

»Ich habe keine Verletzungen gesehen, kein Blut. Keine Würgemale oder … nichts. Ich glaube, jemand hat sie dort hingebracht, als sie schon tot war.«

»Wie lange denkst du, war sie schon tot?«

»Ich weiß nicht. Vielleicht ein paar Tage.« Tessa setzte sich mit schweren Gliedern. »Dad, sag du doch auch etwas.«

Ihr Vater hob den Blick. Es war der Blick eines gefolterten Mannes. »Kind, verzeih. Mein Kopf ist wie zugesperrt.« Er senkte die Augen wieder auf die Tischplatte. Seine Worte kamen leise: »Ich hab es deiner Mutter schon gesagt, ich denke, vier bis fünf Tage.« Er war kein Gerichtsmediziner, hatte aber Erfahrung mit Toten.

»Dann ist Fran vielleicht am selben Tag gestorben wie Hank und die Kinder.« Martha Griffins warf diese Feststellung nüchtern in den Raum. »Denkst du, dass Bob Barker etwas damit zu tun hat?«

Jetzt regte sich ihr Mann. »Liebling, Bob Barker war in den vergangenen Wochen ständig im Krankenhaus. Der ist körperlich ziemlich angeschlagen. Der kann keine Tote auf einen Pick-up laden und später in den Schuppen tragen.«

Savanah stand auf und schaute auf Tessa hinunter. »Du siehst aus, als bräuchtest du eine Dusche. Kannst du was essen?« Sie machte sich am Kochherd zu schaffen.

Tessa ließ ihren Vater nicht aus den Augen. »Hast du noch etwas von der Polizei erfahren? Mir hat Ron Halprin nichts verraten.«

Ihr Vater zuckte hilflos die Schultern. »Nein, die halten sich völlig bedeckt.« Die Frage, die sie in diesem Moment nicht zu stellen wagte, lautete: *Was hast* du *der Polizei während der Befragung enthüllt?*

Savanah lehnte mit verschränkten Armen an der Arbeitsplatte. »Ich hab erfahren, die machen eine Pressekonferenz morgen Nachmittag. Da müssen wir unbedingt hin.«

»Woher willst du das wissen?«, fuhr Tessa sie an. Sie merkte, dass sie mit den Nerven langsam am Ende war.

»Steht im Internet. Die Polizei hat die Sportarena reserviert und sich wegen der Bestuhlung erkundigt.«

Tessa ignorierte Savanahs triumphierenden Gesichtsausdruck. Mit ihren Gedanken war sie schon woanders. »Wenn Fran keine äußeren Verletzungen hat, woher kommt dann die Jacke mit ihrem Blut, die Hogan Dole angeblich in Whitesand Bay fand?«

»Und das Katzenhalsband mit dem Blut dran«, fügte Savanah hinzu.

Martha Griffins horchte auf. »Was für ein Katzenhalsband?«

Savanah stellte eine Tasse Tee und einen Teller aufgewärmte Spaghetti vor Tessa hin. »Wir fanden es auf dem Pfad nach Whitesand Bay. Es gehört der dritten Katze, die nicht gefunden wurde. Rosie. Wer will sonst noch Tee?«

Tessa spürte den Blick ihrer Mutter auf sich, als sie eine Gabel Spaghetti in den Mund schob und mit Tee hinunterspülte. Sie musste etwas essen, sie musste. »Was hast du in der Lodge herausgefunden?«, Martha schien neugieriger und weniger überwältigt als ihr Ehemann.

Tessa erzählte von den Besuchen des Wildhüters auf Frans Farm. Sie erwähnte auch die illegalen Schmerztabletten, die Fran angeblich eingenommen hatte. Und dass eine Bärenforscherin Tsaytis Chelin auf die Farm begleitet hatte, aber wahrscheinlich die Leichen nicht sah.

»Was wollte diese Forscherin auf der Farm?«, fragte Martha Griffins misstrauisch.

Tessa schluckte zuerst die Nahrung hinunter, bevor sie antwortete: »Ich vermute, sie wollte Fran davon überzeugen, dass … dass nichts zwischen ihr und Hank war. Offenbar hatte Fran ihr das am Tag der offenen Tür in der Watershed Lodge vorgeworfen. Lynn Prett hatte aber den Eindruck, dass Fran sich nicht mehr so richtig in der Hand hatte.«

»Vielleicht waren es diese starken Schmerzmittel, die haben Frans Psyche durcheinandergebracht«, warf Kenneth Griffins ein.

»Hätte ich davon gewusst, hätte ich sie gewarnt. Aber sie wollte ja nicht mit mir …« Er ließ den Satz unbeendet.

Tessa fiel das Gespräch mit ihrem Vater ein, das sie bisher mit aller Macht verdrängt hatte. Sie wusste, dass sie sich jetzt auf dünnes Eis begab. »Ich hab Dad erzählt, dass Harrison Miller heute kam, um die Hunde zu holen. Ich war kurz hier, um meinen Rucksack zu packen, und hatte keine Ahnung, wo Dad ist. Ich konnte ihn nicht finden. Und die Hunde auch nicht. Aber der Pathfinder stand vor dem Haus. Harrison hat mich mit seinem Auto zum Wasserflugzeug gebracht. Auf der Fahrt redete er wirres Zeug. Er sagte zum Beispiel, ich solle Dad fragen, wo er Fran versteckt hält, damit sie nichts ausplaudert.«

Ihre Mutter klatschte beide Handflächen so hart auf den Tisch, dass die Teetasse vor ihr hüpfte. »Wie kannst du deinen Vater so etwas fragen, Tessa!«

»Ich erzähle euch ja nur, was Harrison …«

»Siehst du denn nicht, wie du Dad damit aufregst?«

Kenneth Griffins streichelte die Hand seiner Frau. »Ist schon gut, Liebling, es ist besser, dass ich weiß, was unser Bürgermeister an Gerüchten verbreitet.«

Tessa nippte an ihrem Tee. »Und was hat dieses Gerücht zu bedeuten, Dad? Worauf spielt er an?«

»Genug damit!« Martha Griffins stand auf, als stiege sie auf die Barrikaden. »Du hast ja selber gesagt, Harrison habe wirres Zeug geredet. Wir brauchen uns nicht auch noch damit zu befassen.«

Tessa schaute ihren Vater an. Sein Blick bedeutete ihr zu warten, bis sie allein wären.

Ihre Mutter schien dieselbe Absicht zu hegen. »Ich gehe nach oben«, verkündete sie. »Und du kommst mit, Tessa.«

Dad passte das nicht. »Was immer ihr zu besprechen habt, das könnt ihr auch hier tun. Wir haben keine Geheimnisse voreinander.«

»Ich will meine Tochter nicht vor allen bloßstellen, mein Lieber. Doch scheinbar muss ich ihr wieder mal die Regeln in diesem Haus in Erinnerung rufen.« Sie stellte sich vor Tessas Stuhl und nahm ihre Hand. »Komm, mein Kind.« Und zu Savanah gewandt sagte sie: »Liebes, kannst du die Katzen füttern?«

Tessa vermied die Blicke der anderen und ließ sich von ihrer Mutter die Treppe hoch ziehen. Wie ein Opferlamm, schoss es ihr durch den Kopf. Martha Griffins steuerte auf Tessas Zimmer am Ende des Korridors zu. Sie schloss die Tür hinter ihnen und flüsterte: »Von hier hört man unten nichts. Setz dich.«

Sie nahmen beide auf der Bettkante Platz, Mom hielt immer noch ihre Hand. »Wir müssen wirklich aufpassen, damit das nicht eskaliert«, sagte sie eher geduldig, nicht mehr mit der scharfen Stimme von vorher. »Du weißt nicht alles, mein Schatz, deshalb machst du Fehler. Ich erklär dir jetzt etwas.« Nach einem tiefen Seufzer fuhr sie fort: »Im Februar saß ich mit Fran hier in diesem Zimmer. Fran glaubte, dass Ken … dass dein Vater sie früher mit Medikamenten ruhiggestellt hat.«

Tessa ließ die Hand ihrer Mutter los. »Was meinst du mit ruhiggestellt?«

»Dass Ken ihr regelmäßig starke Beruhigungsmittel verabreicht hat.«

»Das stimmt doch nicht, Mom. Das waren doch Mittel gegen Depressionen. Und sie hat sie nur ab und zu bekommen.«

»Ja. Das mit den Beruhigungsmitteln ist natürlich Unfug, aber Fran behauptete es steif und fest. Und sie führte alle ihre Gesundheitsprobleme darauf zurück. Darauf, dass dein Dad ihr gegen ihren Willen und ohne ihr Wissen beruhigende Substanzen zugeführt hat.«

»Wie … wie kommt sie denn darauf? Sie hat mir gegenüber nie auch nur die leiseste Andeutung gemacht.«

»Weil es nicht stimmt. Jemand hat ihr das eingeredet.«

»Wer denn?«

»Melanie Pleeke.«

Melanie Pleeke, die Frau des Totenbestatters. Die Ron Halprin zufolge die Polizei kontaktiert hat.

»Melanie macht offenbar Rückführungen«, fuhr ihre Mutter fort. »Und Fran ist diesem Unsinn verfallen.«

»Was sind eigentlich Rückführungen?«

»Melanie hypnotisiert ihre Klienten und führt sie in die Kindheit zurück. Damit sie sich an verdrängte traumatische Erfahrungen erinnern.«

»Was? Und Fran erinnerte sich dort an Dads …« Sie schüttelte empört den Kopf. »Das ist verrückt, Mom!«

»Ja, das ist es. Aber Fran war davon überzeugt. Weil sie plötzlich eine Erklärung für ihre Probleme hatte.«

»Welche Probleme?«

Mom fasste wieder nach ihrer Hand, sie hatte kalte Finger. »Dein Vater und ich – wir … wir gehen davon aus, dass Fran eine traumatische Kindheit hatte, bevor sie zu uns kam. Sie wuchs in ganz schlimmen Verhältnissen auf. Wir taten unser Bestes, um ihr … ein normales Leben zu ermöglichen. Und das ist nun der Dank dafür.« Sie schluckte. Eher resigniert als verbittert fuhr sie fort: »Als Teenager hat Fran unter Depressionen und unter Schlafstörungen gelitten. Ken gab ihr Medikamente, um ihr Leiden zu lindern. Aber Fran behauptete im Februar, er habe alle Pflegekinder systematisch mit Pillen ruhiggestellt.«

»Wie hat Dad auf Frans Anschuldigungen reagiert?«

»Er weiß nichts davon.«

Fran glaubte, sich verhört zu haben. »Du hast ihm nichts erzählt?«

Ihre Mutter schüttelte den Kopf. »Warum soll ich ihn mit so einem Quatsch belasten?«

»Aber Mom – er … er muss es doch wissen. Er muss sich doch verteidigen können.« Tessa versuchte, ihre Stimme trotz ihrer wachsenden Bestürzung zu dämpfen.

»Gegen wen?«

»Gegen das Gerücht! Gegen die Leute, die ihm damit schaden könnten.«

»Nur du und ich wissen davon. Und Fran hat es nur einer Person gesagt. Und die hat mich gewarnt.«

»Das macht schon vier Leute. Und mit Melanie Pleeke fünf.«

»Die wird nicht plaudern. Dafür haben wir gesorgt.«

»Wer ist wir?«

»Ich und die Person, die mich warnte.«

»Wer ist diese Person?«

»Kann ich dir nicht sagen. Noch nicht.«

Tessa sah ihre Mutter schockiert an. »Harrison Miller hat das Gerücht vielleicht auch gehört. Deshalb hat er also gesagt, Dad hält Fran versteckt, damit sie nichts ausplaudert.«

»Dem hat Fran sicher nichts gesagt. Nicht mal Hank hatte sie eingeweiht.«

»Wie willst du das wissen, Mom?« Tessa spürte, wie sie langsam die Geduld verlor. All das war in den letzten Monaten passiert, und nie hatte ihre Mutter sie um Rat gebeten.

»Fran verheimlichte ihm, dass sie zu Melanie Pleeke ging. Er hätte sie bestimmt daran gehindert, weil er – nun ja, weil er solche Dinge für verrückt hält.«

Tessa stand auf und tigerte im Zimmer umher. Nach einigen Runden hielt sie an und stellte sich vor ihre Mutter. »Von Sergeant Halprin weiß ich, dass Melanie Pleeke das Gespräch mit der Polizei gesucht hat. Was denkst du, hat sie ihnen erzählt?«

Raste nicht aus, Tessa, nur jetzt nicht ausrasten.

»Melanie wird nicht plaudern«, wiederholte ihre Mutter störrisch.

Tessa fühlte, wie sich in ihr ein Sturm zusammenbraute. »Und warum soll Fran angeblich in Whitesand Bay gewesen sein?«

»Fran?«

»Ja, du hast mir hier in diesem Zimmer gesagt, sie sei vielleicht dorthin gegangen, um Beweise zu finden. Beweise wofür?«

»Das konnte ich dir nicht verraten, weil du es sonst diesem Sergeant weitererzählt hättest.«

»Ich hätte es ihm sagen müssen, Mom, es ging schließlich um Frans Leben!«

»Viel hat es nicht genützt, wie man sieht.«

Tessa setzte sich wieder. »Hast du wenigstens Ron Halprin erzählt, warum Fran in Whitesand Bay nach Beweisen suchen wollte?« Sie durchbohrte ihre Mutter mit den Augen. Sie konnte kaum glauben, welche Szene sich hier gerade abspielte.

»Ich hab dir nur gesagt, es sei möglich, dass sie dort war. Ich weiß es nicht mit Bestimmtheit. Warum soll ich dem Sergeant etwas sagen, was ich nicht mit Sicherheit weiß?«

»Hast du jetzt keine Angst, dass ich Halprin von Dad und Fran und ihren Anschuldigungen wegen der Medikamente erzähle?«

Die umschatteten Augen ihrer Mutter lagen tief in den Höhlen, sie wandte das Gesicht ab. »Nein. Du würdest nie etwas tun, was deinem Vater schaden könnte. Dazu kenn ich dich zu gut, mein Püppchen.«

Tessa saß benommen da. Immer mehr quoll aus der Büchse der Pandora über, und was herauskam, war übel, chaotisch, faulig.

Sie sollten sich eigentlich weinend in den Armen liegen, Mom und sie, erschüttert von Frans Tod und von der Trauer um den Verlust so vieler unschuldiger Leben. Die Trauer war jedoch angesichts immer neuer und verstörender Enthüllungen in den Hintergrund gerückt. Irgendwann konnte die Seele einfach nicht noch mehr aufnehmen und beweinen. Auch das hat der Mörder auf seinem Gewissen, dachte Tessa.

Dann formte sich ein Gedanke in ihrem Kopf. »Was hast du auf Frans Anschuldigung gegen Dad erwidert?«

»Dass ich alles tun würde, um ihn zu schützen. Dass ich es niemals zulassen würde, dass so eine infame Lüge an die Öffentlichkeit dringt. Ich habe Fran gewarnt. Ich lasse meinen Mann nicht den Löwen zum Fraß vorwerfen. Niemals!« Die sanfte Stimme ihrer Mutter war wieder hart geworden.

»Wie genau hast du Fran gewarnt?«

»Ich verlangte, dass sie den Mund hält. Ich habe so viel für Fran getan. Und das ist nun das Ergebnis.«

»Hast du sie bedroht?«

Das Gesicht ihrer Mutter verzog sich. »Was redest du für einen Unsinn, mein Kind. Sie hat *uns* gedroht!«

»Aber du musst …« Tessa hörte jemanden ihren Namen rufen. »Ich seh mal nach, was los ist«, flüsterte sie und öffnete die Tür. Ihr Vater stand auf der obersten Treppenstufe. Er hielt sich am Geländer fest. »Deine Mutter braucht jetzt Ruhe, und du auch, Tessa. Wir alle brauchen Ruhe.«

Tessa gab ihm ein Zeichen und schloss die Tür wieder. Ihre

Mutter saß zusammengefallen auf der Bettkante. Sie schien um Jahre gealtert. Langsam hob sie den Blick, stand auf, kam schwerfällig auf sie zu und umarmte sie.

»Deinen Vater aus allem rauszuhalten, ist jetzt das Wichtigste«, raunte sie.

30

»Draußen warten Medienleute.«

Savanah stand am Morgen bereits in der Küche, als Tessa herunterkam. »Bitte red kurz mit ihnen«, bat sie. »Du weißt am besten, wie man sie loswird.«

Tessa nickte. Dank einer Tablette hatte sie einige Stunden Schlaf gefunden. Sie duschte rasch und schlüpfte in eine graue Bluse und einen schwarzen Zweiteiler. Ihre Trauergarderobe für die Begräbnisse. Sie schminkte sich, spülte den Mund aus und frisierte ihr Haar. Nach zwanzig Minuten stand sie vor der Journalistengruppe, die das Haus belagerte. Sie ging auf die Mikrofone und Kameras zu und stellte sich vor.

»Ich werde heute Nachmittag nach der Pressekonferenz in Whatou Lake eine Mitteilung der Familie abgeben«, erklärte sie. »Bis dahin bitte ich Sie um Geduld und um Rücksicht auf unsere Familie. Wir trauern und brauchen jetzt unsere Privatsphäre.« Fragen stürmten auf sie ein. Sie wehrte sie mit einer Handbewegung ab und erklärte stattdessen frei: »Wir haben bis zuletzt gehofft, dass unsere Fran lebend gefunden wird. Diese Hoffnung ist gestern Abend grausam zerstört worden. Es ist eine sehr schwierige, traurige Zeit für uns, wir sind abgrundtief erschüttert. Ich verstehe, dass Sie Antworten möchten, aber wir haben derzeit auch keine. Wir müssen die Ergebnisse der Polizeiuntersuchung und die Informationen der Pressekonferenz abwarten. Bitte haben Sie Verständnis dafür.«

Ihr Appell wurde tatsächlich gehört. Die Journalisten zogen ab. Als sie ins Haus zurückkam, sah ihr Savanah, mit einer Katze auf dem Schoß, anerkennend entgegen. »Wow, du siehst telegen aus.«

Tessa schenkte sich ein Glas Milch ein. »Manchmal, oder meistens, sagst du die falschen Worte zur falschen Zeit.«

»Im Gegensatz zu dir, offensichtlich, wie du gerade gezeigt hast. Kannst du mir eine Tasse Kaffee reichen, sonst muss ich Lily hier wegscheuchen.«

Tessa kam ihrer Bitte nach und schob ihr auch einen Muffin hin, der wie frisch aus dem Ofen duftete. Bestimmt von Savanah gebacken. Oben in ihrem Zimmer tauschte sie ihren geschäftsmäßigen Zweiteiler mit einem bequemen Trainingsanzug aus.

»Wie ging die Unterredung gestern mit Muttern?«, fragte Savanah, als sie in die Küche zurückkam. Der Muffin war schon verspeist.

»Wenn sie gewollt hätte, dass du mithörst, wäre sie nicht mit mir nach oben gegangen.«

»Ich kann mir schon vorstellen, worum es ging.«

»Ach ja?«

»Eins ist sicher: Fran war nicht die Heilige, für die ihr sie gehalten habt.«

Wie schnell sich Savanah das Wort *war* angeeignet hat, dachte Tessa. »Wie kommst du darauf?«

»Hank rief mich mal an. Fran hatte ihm gesagt, sie würde sich mit mir in Whatou Lake treffen. Ich kann dir eins sagen, mich hat sie nicht getroffen. Nicht an jenem Tag und an allen anderen Tagen auch nicht.«

»Du hast das Hank gesagt?«

»Klar. Ich lüg doch nicht.«

»Hah!« Tessa rollte die Augen. »Du hast uns doch früher die ganze Zeit bei Mom verpetzt.«

»Ja, hab ich. Aber gelogen hab ich nicht.«

»Und jetzt auf einmal erinnerst du dich daran, dass Hank dich angerufen hat. Hoffentlich weiß die Polizei davon.«

»Natürlich.«

»Wenn du schon so viel weißt: Mit wem hat sich Fran stattdessen getroffen?«

»Keine Ahnung.«

»Warum nicht? Du hast doch immer hinter ihr her spioniert.«

Savanah verschluckte sich an ihrem Kaffee und hustete so heftig, dass die Katze von ihrem Schoß hüpfte. Als sie wieder Luft bekam, erklärte sie: »Ich wollte mit euch zusammen sein. Ist das so schwer zu verstehen? Ihr habt mich immer ausgeschlossen.«

»Das Verpetzen hat dich bei uns nicht gerade beliebt gemacht. Du wolltest dich damit bei Mom einschmeicheln.«

»Und? An meiner Stelle hättest du das auch getan. Fran und du, ihr habt mir immer etwas vorausgehabt. Mom war deine richtige Mutter. Und Fran, die liebe, gute, stille Fran, war immer Moms Liebling gewesen. Das würde Mom zwar nicht zugeben, aber so war's. Ich wollte doch nur …« Sie sprach das Wort nicht aus.

Tessa wusste auch so, was sie meinte.

Liebe.

Das ist doch, was wir alle wollen: geliebt sein. Akzeptiert. Eingebunden.

Tessa fühlte mit einem Mal Verständnis für Savanah. Es konnte nicht leicht für sie gewesen sein, ihren Platz in der großen Patchworkfamilie zu finden. Alle Kinder kämpften auf ihre Weise um die Zuneigung von Martha und Kenneth Griffins.

Doch irgendwann hatten sich offenbar die Rollen umgekehrt. Savanah war Mutters Liebling geworden und Fran das Problemkind. Und jetzt war Fran tot.

Gerade als Tessa überlegte, was sie auf Savanahs Worte erwidern sollte, flüsterte diese: »Ich hab Fran mal mit Harrison Miller gesehen. In seinem Auto.«

»Was?« Alle Gedanken an Savanahs verletzliche Seite verflogen sogleich.

»Vor drei Wochen etwa.« Savanah drehte ihre Tasse auf der

Tischplatte hin und her. Diesmal schien ihr das Verpetzen nicht so leichtzufallen.

»Vor dem Friendly Piggy. Das heißt, sein Pick-up stand gegenüber, beim Geschenkeladen, der zugemacht hat.«

Eine der Katzen miaute, aber niemand schenkte ihr Beachtung. Ihre Eltern schienen noch zu schlafen, von oben war nichts zu hören. Vielleicht flüsterten sie auch miteinander, genau wie sie mit Savanah.

»Das Friendly Piggy ist das neue Restaurant? Wo früher Home Hardware war?«

»Ja. Ich putze dort, wenn das Lokal am Mittwoch geschlossen ist. Meinen Wagen parke ich um die Ecke, sonst gibt es immer Leute, die aus unerfindlichen Gründen denken, das Restaurant sei offen.« Savanah mied Tessas Blick. »Zuerst dachte ich, das seien wieder Leute, die einfach ein Geschlossen-Schild nicht lesen können. Aber niemand stieg aus. Also hab ich näher hingeguckt. Es war Harrison Millers Pick-up. Und ich hab die beiden deutlich sehen können. Harrison hatte den Arm um Fran gelegt.«

»Du verarschst mich. Von dem Standort aus kannst du unmöglich zwei Leute in einem Pick-up erkennen.«

Als Antwort stand Savanah auf und kramte in ihrer Handtasche auf der Anrichte. Sie hielt einen kleinen Feldstecher hoch.

Tessa schloss demonstrativ die Augen. Savanah, die Spionin. Dennoch konnte sie sich jetzt keine Entrüstung leisten. Zu viel stand auf dem Spiel. Sie wollte die ganze Geschichte hören.

»Was genau hast du gesehen?«

»Ich fand die Situation ziemlich verfänglich.«

»Was? Den Arm um Frans Schultern?«

»Ja. Harrisons Arm lag lange dort. Sicher fünf Minuten oder länger. Und ihre Gesichter waren ganz nah beieinander.«

»Das kann falsch ausgelegt werden. Vielleicht hat Harrison Fran trösten wollen. Er hat es wahrscheinlich väterlich gemeint.«

Savanahs Flüstern verwandelte sich in ein Zischen. »Siehst du? Frans Verhalten wird immer entschuldigt. Sie kann in deinen Augen nichts Falsches tun.« Tessa wollte ihr nicht gestehen, dass sie sich in dieser Frage nicht mehr so sicher war. Savanah ließ ihr auch keine Zeit für eine Entgegnung. »Findest du das nicht merkwürdig? Fran hat Harrison Miller immer gehasst, von Anfang an, und sie hatte allen Grund dazu. Sie hatte Angst vor ihm. Hab ich nicht recht?«

Ja, Savanah hatte recht. Tessa musste das innerlich zugeben. Und Harrison konnte Fran nicht ausstehen. Er lehnte sie als Person ab und er lehnte die Ehe seines Sohnes Hank mit ihr ab.

Tessa schwieg. Brauchte Zeit zum Nachdenken. Hatte Harrison Fran mit irgendetwas erpresst? Sie in die Enge getrieben? Wollte er, dass sie Hank verlässt? Eine Hypothese nach der anderen jagte durch ihr Gehirn. Sie hörte Savanahs Stimme wie von Weitem.

»Ich glaube, Fran hat Harrison um den kleinen Finger gewickelt. Das hat sie doch mit allen gemacht, stimmt's? Und sie hat immer Erfolg damit gehabt. Sie hat immer erreicht, was sie wollte.«

Savanahs Worte sickerten in Tessas Denken wie Wasser in einen trockenen Acker.

Sie wollte Hank und bekam ihn.

Sie wollte eine Farm draußen im Busch. Hank gab nach.

Sie wollte ein drittes Kind, obwohl sie schon mit zwei Kindern überfordert war. Das Kind kam auf die Welt.

Sie wollte weg, auf eine Farm in einem Gebiet, das vielleicht bald von einem Staudamm überflutet würde.

Nur diesmal machte Hank nicht mit.

Woher hätte sie überhaupt das Geld für die Farm im Grousetal bekommen? Sicher nicht von Harrison Miller. Der Bürgermeister wollte seinem Sohn eine Outfitterlizenz kaufen und eine Lodge bauen. Er wollte ihn in der Nähe behalten. Falls Savanah mit ihrer Beobachtung recht hatte, dann stellte sich die Frage: Was wollte Fran von ihrem Schwiegervater? Was wollte sie so sehr, dass sie bereit war, ihn zu treffen und sich von ihm umarmen zu lassen?

»Ich frage mich, was die Polente über all das denkt«, unterbrach Savanah ihre Überlegungen.

»Wann hast du ihnen davon erzählt?«

»Gestern.«

Das bedeutete, dass die Ermittler den Bürgermeister damit konfrontieren würden. Sie vermutete, dass Harrison Miller das Treffen zunächst abstreiten würde. So machten es ruchlose Politiker: zuerst abstreiten, und wenn sie überführt werden, mit Teilwahrheiten herausrücken.

Sie brauchte frische Luft, um den Kopf freizubekommen. Und einen Ort, an dem sie heulen konnte, ohne dass jemand sie dabei sah. Oder sie hörte.

»Die Hunde sind jetzt bei ihm?«, fragte sie und stand auf.

»Bei wem?«

»Bei Harrison Miller.«

»Hat Dad sie hingebracht?«

Tessa schüttelte den Kopf. »Das finden wir besser heraus.« Sie griff zu ihrem Handy und sandte Lionel Miller eine Textnachricht, weil sie den Bürgermeister vermeiden wollte. *Sind Hanks Hunde jetzt bei deinem Vater? Bei uns sind sie nicht.*

Savanah stand auf und stellte ihre Tasse in den Geschirrspüler. »Ich geh mal kurz nach Hause. Ich bin in zwei Stunden zurück.«

Tessa hörte die Tür zuschlagen und ihr Auto wegfahren. Außer dem Brummen des Kühlschranks war es totenstill im Haus. Selbst die Katzen gaben keinen Laut von sich. Tessa empfand die Stille als beängstigend, sie fühlte sich an wie die Ruhe vor dem Sturm. Eine Katze kam neugierig in die Küche. Wenn ihr das Tier doch erzählen könnte, was sich auf Frans Farm abgespielt hat. Tessa begriff, warum manche Menschen in Tieren Boten aus dem Jenseits sahen. Götterboten. Wie die Sitklat`l. Gib mir eine Botschaft von Fran, flehte sie die Katze stumm an. Doch diese strich ihr nur um die Beine.

Es gab eine Botschaft, durchfuhr es Tessa plötzlich. Das Katzenhalsband. Wenn sie nur wüsste, wie es auf den Pfad nach Whitesand Bay gekommen war. Sie schlüpfte in Tennisschuhe und Windjacke und trat vor die Haustür. Tief sog sie die kühle Morgenluft in die Lungen. Sie hörte die Vogelstimmen so intensiv wie schon lange nicht mehr. Sie lauschte, als wäre sie jetzt das Ohr für Fran, Hank und die Kinder. Ein grauer Meisenhäher hüpfte von Ast zu Ast. Als Kinder hatten sie die zutraulichen Vögel Brotkrumen aus der Hand picken lassen. Tessa erinnerte sich lebhaft an die Berührung der zierlichen Vogelkrallen auf ihren Fingern. Alles war wie früher, der Meisenhäher, der Wald vor ihren Augen, der Wind, das ferne Kreischen einer Kettensäge. Wie früher, als Fran und ihre Familie noch lebten. Sie musste doch aus diesem Albtraum aufwachen können.

Ein unvermitteltes Geräusch. Sie zuckte zusammen.

Ein Mann stand neben dem Gebüsch am Waldrand.

31

Wie von unsichtbaren Fäden gezogen, lief sie auf ihn zu.

»Du hast mich erschreckt!«

»Ich will mit dir sprechen«, antwortete Tsaytis Chelin.

»Warum bist du nicht ins Haus gekommen?« Es war eine überflüssige Frage, Tessa kannte die Antwort bereits. Tsaytis wollte keine Zuhörer.

»Ich will niemanden stören.«

»Dann geh'n wir zu meiner Hütte.«

Tsaytis folgte ihr durch den Wald. Es war das erste Mal seit zwei Jahren, dass Tessa ihr Refugium wiedersah. Die Hütte schien in gutem Zustand. Dafür sorgte ihr Vater. Auch der Schlüssel befand sich immer noch in dem Versteck, das nur er und sie kannten.

Im Innern roch es nach Zedernholz. Frisch geschlagene Scheite, die Dad erst vor Kurzem neben dem Ofen aufgeschichtet haben musste. Hier fand er Ruhe, wie sie damals, in ihren Mädchenjahren. Auf den Holzbrettern an der Wand standen immer noch ihre Bücher. Tessa wurde sich plötzlich bewusst, dass sie und Tsaytis mit dem Betreten dieses Raums einen Schritt in die gemeinsame Vergangenheit vollzogen. Aber gleichzeitig wusste sie auch: Sie waren nicht mehr dieselben Personen wie damals.

Tsaytis setzte sich in den alten Polsterstuhl. Er war nicht mehr der verschlossene Teen von einst, sondern ein selbstsicherer, Respekt einflößender, charismatischer Mann. Sie hatte alles getan, um sich innerlich von ihm zu lösen, um nicht die Gefangene verflossener Zeiten zu bleiben. Sie fröstelte leicht. Die bewegte Vorgeschichte mit Tsaytis stand wie ein Elefant im Raum. Tessa nahm auf einem zerschlissenen Lederhocker Platz.

Tsaytis sah sie an. Er sprach als Erster: »Du musst untröstlich sein, dass nicht einmal Fran überlebt hat. Ich wollte, ich könnte es leichter machen für dich, aber diesen Schmerz kann niemand erlösen.«

Sie sah durchs Fenster auf die gefurchten Stämme der Zedern. »Wenn es doch endlich ein Ende hätte«, hörte sie sich sagen. »Ich fühle mich wie ein Roboter. Ich kann nicht wirklich trauern, bevor der Mörder gefunden ist.«

Tsaytis strich sich das Haar nach hinten, eine Geste, die ihr sehr vertraut war. »Ich habe niemanden getroffen, der nicht bis ins Innerste erschüttert ist. Ich bin überzeugt, dass die Polizei mehr weiß, als sie sagt. Vielleicht kann ich dir einige Antworten geben, Tessa. Aber zuerst etwas in eigener Sache.«

Sie sah ihn erwartungsvoll an.

Seine Augen schweiften über die Bücher auf dem rustikalen Gestell. Viele von ihnen hatte er während seines Aufenthalts bei ihrer Familie verschlungen.

»Ich habe einen starken Verdacht, wer die Grizzlys tötet. Es sind mit großer Wahrscheinlichkeit zwei unserer Jungs, denen ich auf der Spur bin.« Sein Gesicht verdüsterte sich. Die Erkenntnis musste ihm sehr schwerfallen. »Die beiden sehen sich als Krieger. Sie akzeptieren den Weg nicht, den ich für die Sitklat`l eingeschlagen habe. Sie akzeptieren auch das Ergebnis der Landverhandlungen mit der Regierung nicht. Sie wollen totale Selbstverwaltung und eigene Gesetze auf unserem Territorium. Nicht die Gesetze der Weißen.«

Tessa verstand Tsaytis' innere Zerrissenheit. Die Weißen hatten den Ureinwohnern nichts Gutes gebracht.

Tsaytis sah ihr direkt in die Augen. Ein Feuer brannte in den seinen. »Das erklärt aber nicht alles. Diese jungen Leute würden keine Grizzlys umbringen, wenn sie nicht jemand dazu anstiften würde. Ich stamme vom Grizzly-Clan ab, und meine Vorfahren haben den Grizzly verehrt und respektiert. Er gehört zu uns wie die Wälder und die Seen und der Wind und der Ozean. Er verbindet uns mit dem Guten Geist.«

Tessa seufzte. Wo war der Gute Geist? Whatou Lake wurde von lauter bösen Geistern heimgesucht. Sie fragte: »Hast du einen Verdacht, wer der Anstifter ist? Ist es der Wildhüter?«

Tsaytis stand auf. »Nein, das glaube ich nicht. Jemand mit noch dunkleren Absichten. Mein Gefühl sagt mir, dass ich ihm auf den Fersen bin. Du kannst mir dabei helfen, ihn aufzuspüren.«

Sie kombinierte rasch. »Du willst die Speicherkarte von mir, nicht wahr?«

Er sah auf sie herunter. »Welche Speicherkarte?« Er schien nicht zu wissen, wovon sie sprach. Hatte ihm Lynn Prett noch nichts von ihren Beobachtungen erzählt? Vom Film, den sie geschossen hatte? Die Bärenforscherin wollte doch Noreen Chelin damit konfrontieren. Das hatte sie wenigstens angekündigt.

Tessas Hand schnellte zur Brusttasche ihrer Windjacke. Sie durchsuchte die Brusttasche mehrfach hintereinander. Ihre Finger griffen jedes Mal ins Leere. Sie durchsuchte alle Jackentaschen. Sie suchte in der Innentasche der Jacke. Dann in den Seitentaschen. Nichts.

»Ich hab die Speicherkarte verloren«, murmelte sie verwirrt. »Hat euch Lynn Prett nichts gesagt?«

Tsaytis schüttelte den Kopf. »Nein, ich weiß nichts von einer Speicherkarte.«

Tessa überlegte fieberhaft, wo die Speicherkarte sein könnte. Wenn sie sich nicht mehr in ihren Händen befand, war es sinnlos, Tsaytis von den Ereignissen zu erzählen. »Es ist nicht wichtig«, sagte sie rasch. »Warum denkst du, dass ich dir helfen kann? Mir geht es um Fran und Hank und die Kinder, Tsaytis. *Ihren* Mörder will ich finden. Den Anstifter zur Bärenwilderei müsst ihr selber suchen.«

»Denkst du nicht, dass all diese Vorfälle zusammenhängen?« Tsaytis rückte vor auf die Kante des alten Stuhls, die Hände ineinandergelegt. »Zuerst bringt jemand Bären um, dann ...« Er brachte den Satz nicht zu Ende.

Sie schwieg. Ihr kam alles verworren und undurchschaubar vor. Wer sagte die Wahrheit, wer verdrehte sie und wer tischte Lügen auf? Sie wusste es nicht mehr. Aber Tsaytis hatte sie nie belogen. Er war manchmal so offen gewesen, dass es ihr wehtat. Er hatte sie damit auch in rasende Wut versetzt. So sehr, dass sie Whatou Lake verlassen wollte.

»Du hast gar nicht nach Fran gesucht, nicht wahr? Weder gestern noch am Freitag, als du am Bibersee aufgetaucht bist? Du warst hinter den beiden Bärentötern her.«

Ihre Blicke verhakten sich sekundenlang. Dann überschattete sich sein Gesicht, und der Bann löste sich. »Doch, ich habe nach ihr gesucht«, widersprach er. »Ich wollte sehen, wer bei ihrer Hütte auftaucht.«

»Warum?«

»Vielleicht suchte jemand dort etwas.«

»*Ich* bin aufgetaucht. Hast du auf *mich* gewartet?«

»Es war eine Möglichkeit. Aber ich hatte eigentlich jemand anders erwartet.«

»Na, sag schon!«

»Telford Reed.« Er machte eine Pause. »Ich hatte ihn schon eine Woche vorher dort gesehen. Ihn und Fran.«

Sie sah ihn stumm an, während ihr gemartertes Gehirn diese neue Enthüllung absorbierte. Als sie ihre Gedanken sortiert hatte, erklärte sie ihm: »Ich glaube, du bist auf der falschen Spur, Tsaytis. Fran traf Telford, weil sie gehört hatte, dass Harrison Miller von ihm die Outfitterlizenz für Hank kaufen wollte. Sie informierte Telford, dass Hank nicht an der Outfitterlizenz interessiert sei. Dass sie ins Grousetal auf eine Farm ziehen würden. Sie wollte Telford davon überzeugen, nicht mit Harrison Miller zu verhandeln.«

Plötzlich erkannte sie jedoch, dass es zeitlich nicht stimmen konnte. Die beiden hatten sich laut Telford vor einem Monat getroffen. »Wann hast du sie bei der Hütte gesehen?«

Er überlegte einen Moment. »Vor etwa zehn Tagen.«

»Was haben sie gemacht?«

»Ich hab sie beide aus der Hütte kommen sehen. Dann hat sich Fran auf ihr Quad gesetzt und Telford auf seins und sie sind zusammen in Richtung V-vier-Forststraße gefahren.«

Tessa überlegte fieberhaft. Wo waren die Kinder an jenem Tag gewesen? Hatte Hank sie beaufsichtigt? Oder Dana? Sie wies den Gedanken gleich wieder von sich. Plötzlich meinten alle, Fran mit anderen Männern gesehen zu haben. Erst mit Harrison Miller im Pick-up in Whatou Lake. Und jetzt mit Telford Reed bei der Hütte am Bibersee.

Fran hatte nicht viele Männer im Leben kennengelernt. Vor Hank hatte es ein Geplänkel mit einem Jungen aus dem Baseballteam gegeben. Nichts Ernsthaftes. Und dann gab es nur noch Hank, soweit Tessa wusste. Hank und nochmals Hank.

Während Sekunden schwiegen beide. Dann ergriff sie wieder das Wort. »Tsaytis, hast du Telford … hast du mit ihm darüber gesprochen?«

»Nein, ich geb dir einfach diese Information. Vielleicht bringst du mehr aus ihm heraus.«

»Hast du der Polizei davon erzählt?«

»Sie hat einen anonymen Tipp erhalten. Und ich hoffe, du verrätst mich nicht.«

Natürlich, dachte Tessa. Tsaytis will es nicht mit dem Mann verderben, der den Sitklat`l die Outfitterlizenz verkaufen will. Telford Reed war also wahrscheinlich nicht die Person, die Kratz Hilder zwei Tage vor den Morden mit dem Wasserflugzeug zum Bibersee geflogen hat. Sie musste unbedingt mehr darüber herausfinden.

Wie aus dem Nichts überkam sie eine tiefe Verzweiflung. Ein Abgrund öffnete sich vor ihr. Sie schloss die Augen und hielt sich am kalten Holzofen fest.

»Tessa, was ist?« Tsaytis war aufgesprungen und stand vor ihr. Er legte ihr die Hände auf die Schultern und löste sie genauso schnell wieder.

Tessa brachte die Worte nur stockend heraus: »Ist das unsere

Bestrafung … für … Jennys Tod, Tsaytis? Ist uns der Gute Geist nicht mehr wohlgesinnt?«

Tsaytis blieb stocksteif stehen. Irgendwann trat er ans Fenster und sah schweigend hinaus. Nach einer ganzen Weile drehte er sich um. »Ich habe oft an die Doles gedacht, daran, was der Verlust von Jenny für sie wohl bedeutete. Die Albträume, die sie gehabt haben müssen … oder vielleicht immer noch haben. Die Vorstellung, welch schrecklichen Tod ihre Tochter erlitt.« Seine Stimme war rau und bewegt. »Vor allem, seit ich selber Kinder habe.« Er räusperte sich.

»Du und ich, wir müssen mit der Erinnerung an die Todesschreie leben. Wir waren so jung damals. Was für ein Trauma. Es gab nichts, was wir hätten tun können, Tessa. Menschen laden keine Schuld auf sich für etwas, was außerhalb ihrer Macht steht. Jenny entschied sich, ihre Eltern anzulügen, heimlich das Quad zu nehmen, uns zu folgen. Jeden Tag fällen wir Entscheidungen, und manchmal passieren uns Fehler. Und wenn man Pech hat, geht ein Fehler tödlich aus.«

Sie starrte ins Leere. Sie hätte Tsaytis etwas erwidern wollen, aber ihre Gefühle waren zu kompliziert, um sie in Worten auszudrücken.

»Es gibt keinen Trost, den ich dir geben kann«, sagte er sanft. »In manchen Situationen gibt es keinen Trost. Es gibt nur Schmerz und Verzweiflung.«

Tessa blieb stumm. Ihr Hals war wie zugeschnürt.

Tsaytis drehte sich abrupt zur Tür. »Ich muss gehen«, sagte er. »Wir werden uns wiederbegegnen.«

Nur eine halbe Sekunde später fiel die Tür ins Schloss.

Sie stand da, unfähig, einen klaren Gedanken zu fassen. Jäh wurde sie in die Vergangenheit zurückkatapultiert, zu jenem Tag vor fünfeinhalb Jahren, als sie mit Tsaytis im Stammesbüro der Sitklat`l gesessen hatte. Sie war in glänzender Stimmung gewesen, weil ein nationales Fernsehteam die erfolgreichen Landverhandlungen und die Pläne der Sitklat`l für die Zukunft dokumentieren wollte. Das war Tessa zu verdanken, die ihren Kontakt zu einem Filmproduzenten in Toronto spielen ließ. Sie berichtete Tsaytis damals fast schwärmerisch, was für eine Chance dieser Film für die Sitklat`l bedeutete, und dass er auch die Watershed Lodge weitherum bekannt machen würde.

Tsaytis hatte ihr geduldig zugehört, bis zum Ende ihres überschäumenden Wortschwalls. Dann hatte er nüchtern gesagt: »Wir sind sicher interessiert, aber wir wollen den Inhalt des Films selber bestimmen.«

»Das sind unabhängige Journalisten, Tsaytis, die kann man nicht völlig kontrollieren, aber ich werde sicherstellen, dass ihr jederzeit angehört werdet.«

»Das wollen wir nicht.«

»Was wollt ihr nicht?«

»Dass du als Vermittlerin die Finger da drin hast. Wir können für uns selber sprechen.«

»Natürlich könnt ihr das, ich will ja nur dazu beitragen, dass …«

»Tessa, wir wollen deine Hilfe nicht. Wie die Journalisten sind auch wir unabhängig. Wir wollen keine weißen Helden im Film, die sich als unsere Retter aufspielen.«

Sie starrte ihn ungläubig an. »Meinst du etwa mich?«

Ungerührt erwiderte er ihren Blick. »Wir hatten dich als Anwältin für die Landverhandlungen angestellt. Du hast gute Arbeit geleistet. Sehr gute Arbeit. Das habe ich dich mehrfach wissen lassen. Aber jetzt fängt eine neue Ära an, die wir allein bestimmen wollen.«

»Was soll das heißen?« Tief im Inneren ahnte sie, dass etwas Entscheidendes folgen würde. Etwas, das für sie einschneidend war. Und nicht positiv.

»Unser Stammesrat hat beschlossen, deine Dienste nicht mehr in Anspruch zu nehmen. Manche Mitglieder finden, du versuchst dich zu sehr in den Vordergrund zu stellen.«

Sie blieb wie vom Donner gerührt sitzen. Einige Sekunden lang war sie sprachlos. Dann suchte sie seinen Blick und fragte: »Und was denkst *du*? Du brauchst dich nicht hinter dem Stammesrat zu verstecken.«

»Die Zeiten haben sich geändert, Tessa. Das solltest du besser als andere verstehen.«

Nach diesen Worten kroch Wut in ihr hoch, eine Wut, die sie nicht bändigen konnte. Tessas Zorn richtete sich auf den Mann, der ihr gegenüber saß, ihren ehemaligen Jugendfreund, der – wie sie in diesem Moment glaubte – nichts mehr mit ihr zu tun haben wollte. »Weißt du, was ich glaube? *Du* steckst dahinter. *Du* hast das eingefädelt. Dass sich auf einmal alle gegen mich richten. Und ich weiß auch, warum.« Sie sprang auf. »Weil du jedes Mal, wenn du mich siehst, an Jenny Dole und die Whitesand Bay erinnert wirst. Weil du dich nicht mehr schuldig fühlen willst. Weil du …«, ihre Stimme überschlug sich fast, »weil du dich für einen Feigling hältst, der Jenny nicht geholfen hat.«

Sie stand an der Tür. »Und weißt du was, heute sehe ich, dass du tatsächlich ein Feigling bist. Du wirfst mich auf den Müll wie ein ausgedientes Möbelstück. Nur weil manche deiner Leute das wollen. Vielen, vielen Dank, das hast du gut gemacht, Tsaytis Chelin!«

Und mit diesen Worten hatte sie die Tür zugeknallt.

Wenige Monate danach zog sie nach Vancouver. Sie wollte ein neues Leben an einem neuen Ort anfangen. Sie wollte Tsaytis Chelin nicht mehr sehen. Und es gab noch einen Grund: Ohne die Aufträge der Sitklat`l konnte sie als Juristin in Whatou Lake finanziell nicht überleben.

Tessa blinzelte und nahm wieder die Bäume vor der Hütte wahr. Ein Rabe zeterte laut auf einem Ast.

Es war ein kindischer Anfall damals, eine beschämende Szene, aber sie kritisierte sich nicht mehr dafür. Die Wut hatte ihr geholfen, sich von Whatou Lake abzunabeln – von ihrem Dorf, ihren Eltern und von Tsaytis Chelin.

Sie trat vor die Hütte und atmete den Geruch von feuchtem Holz und jungen Knospen ein. Sie wäre gern eine Weile durch den Wald gelaufen, wie früher, mit federnden Schritten auf dem weichen Boden. Aber dafür blieb keine Zeit.

32

Als sie zum Haus ging, war Tsaytis nirgendwo mehr zu sehen. Die kurze Begegnung fühlte sich bereits wie ein Traum an.

Noch bevor sie den Türknauf drehen konnte, erklang ein Signal von ihrem Handy. Sie schaute auf das Display. Eine Textnachricht von Cindy: *Harrison will wissen, was du heute der Presse sagst.*

Tessa stieg gleich die Galle hoch. Warum kontaktierte Harrison sie nicht direkt? War er sich zu gut dafür? Außerdem konnte sich jeder normale Mensch ausrechnen, dass sie noch gar nicht wissen konnte, was sie den Medien sagen sollte. Sie konnte doch nicht absehen, was auf der Pressekonferenz der Polizei herauskäme. Am besten, sie ignorierte Cindys Nachricht.

In der Küche bereitete Savanah eine Mahlzeit vor. Sie war erstaunlich schnell zurückgekehrt. Unter einer orangen Kunstlederjacke trug sie ein enges T-Shirt, und ihre Beine steckten in einer ihrer Stretchhosen, die besser in einen Yogakurs gepasst hätten. Tessa hoffte, dass sie nicht so auf der Pressekonferenz erscheinen würde.

»Die schlafen immer noch«, flüsterte Savanah und deutete nach oben.

Tessa flüsterte ebenfalls: »Kommt dir das verdächtig vor?«

»Nein. Wahrscheinlich hat Dad mit einem Mittelchen nachgeholfen. Wo warst du?«

»In meiner Waldhütte.«

»Muss ganz schön kalt sein dort drin.«

»Ja, ich zieh mir was Wärmeres an.« Tessa stieg leise die Treppe hoch. Eine Katze schlüpfte durch den Türspalt mit in ihr Zimmer. Tessa setzte sich aufs Bett Ihr Koffer lag offen auf dem Boden, nur halb ausgepackt. Tessa hörte ein leises Zischen. Die Katze hockte im Koffer, und das Geräusch kam von ihr.

»O nein!«. Mit einem Satz war Tessa beim Koffer, die Katze floh erschrocken zur Tür hinaus. Es roch nach Urin, und sie hob mit spitzen Fingern zwei durchnässte Blusen hoch. Auch das noch! Sie ließ die Kleidungsstücke in den Koffer zurückfallen. Das war die Folge ihrer Nachlässigkeit: Sie hätte die Blusen längst aufhängen sollen. Sie zog sich eine Wolljacke über und kehrte in die Küche zurück, wo Savanah über den Herd gebeugt stand.

»Lily hat auf meine Blusen im Koffer gepinkelt«, klagte sie.

»Ach du liebes Lottchen.« Savanah hörte auf zu rühren. »Die Arme muss total gestresst sein. Vielleicht hat sie mitbekommen, wie …« Sie unterbrach sich und fragte schnell: »Kannst du sie waschen?«

»Nein, sie gehören in die chemische Reinigung.«

»Na, hier gibt's im Umkreis von tausend Meilen keine.«

»Da erzählst du mir nichts Neues. Ich trage heute vielleicht ein weißes T-Shirt unter der Jacke und einen Schal darüber.«

»Cindy verkauft Blusen. Nicht meine Preislage, aber sie hat schöne Sachen. Heute ist Samstag. Wahrscheinlich ist sie im Laden. Meistens ist am Montag und Dienstag geschlossen.«

Tessa überlegte kurz, dann wählte sie Cindys Nummer auf ihrem Handy.

Lionels Frau meldete sich sofort.

»Ich brauche zwei neue Blusen«, eröffnete ihr Tessa ohne Umschweife. »Ich kann dich in deinem Laden besuchen, dann können wir auch das andere besprechen.«

Sie registrierte einen Augenblick des Zögerns. Dann antwortete

Cindy mit ihrer gedehnten Redeweise, die sich wie Käsefäden zog: »Mein Laden ist heute offiziell geschlossen, wegen der Pressekonferenz, wir können uns ungestört dort treffen.« Sie nahm Tessa offenbar nicht übel, dass sie sich sonst nicht in der Boutique sehen ließ.

»Führst du dunkle Blusen in meiner Größe?«

»Ja, ich hab einiges zur Auswahl.« Cindy klang fast beleidigt, dass Tessa ihr Sortiment infrage stellte.

»Gut. Ich kann in zwanzig Minuten dort sein.«

»Komm zum Hintereingang. Dann muss ich die Alarmanlage nicht ausschalten.«

Blusen. Farben. Kleidergrößen. Und fünf Menschen tot. Tessa fand es absurd. Aber sie musste funktionieren, koste es, was es wolle.

Savanah schnitt eine Grimasse. Sie konnte Cindy nicht ausstehen. »Bist du zum Essen zurück?« Sie wischte sich die Hände am Küchentuch ab.

»Ich nehm's an. Ich borge mir rasch den Pathfinder.« Tessa stand schon im Türrahmen. »Was soll ich Mom und Dad sagen?«

»Dass ich Cindy treffe, weil Harrison Miller wissen will, was ich heute Nachmittag der Presse sage.«

»Der hat sie ja nicht alle.«

»Ausnahmsweise geb ich dir recht. Ciao.«

Auf der Fahrt in Richtung Whatou Lake musste sie an die Hunde denken. Sie hatte ihren Vater noch nicht fragen können, ob sie nun doch bei Harrison Miller waren.

Cindys Boutique befand sich im alten Postamt am Rand von Whatou Lake, das Lionel hatte umbauen lassen. Keine Menschenseele war zu sehen, als Tessa ankam, nur Cindys Mazda Miata stand verlassen am Rand des Parkplatzes. Sie nahm an, dass es an Tagen, an denen die Boutique geöffnet war, belebter aussah. Cindys Laden war das einzige Geschäft, das in Whatou Lake hochpreisige Mode verkaufte. Viele Frauen machten es wie Savanah, die fast alles übers Internet bestellte. Zum Beispiel die orange Kunstlederjacke.

Der Hintereingang der Boutique sah im Vergleich zur Vorderfront fast schäbig aus. Tessa musste sich gegen die sperrige Tür stemmen, um sich Einlass zu verschaffen. Eine Treppe führte zu einem Korridor, von dem drei Räume abgingen, deren Türen geschlossen waren.

»Hallo?«, rief Tessa.

Sie hörte eilige Schritte, und Cindy erschien. Sie trug ein schwarzes, enges Kleid mit Silberschmuck. Ihr Gesicht verriet, unter welcher Anspannung sie stand.

»Komm mit vor in den Laden, ich hab dir schon einige Stücke rausgesucht, die dir gefallen könnten.«

Tessa trat in das hell erleuchtete Lokal. Dort verschlug es ihr erst mal den Atem. Das moderne Design des Raums hätte sich auch in Vancouver sehen lassen können. Alles war in Chrom gehalten, und viel helles Holz, dazu schwarze und silberne Akzente an Leisten, Rahmen und Spiegeln.

»Wow!«, rief Tessa spontan aus.

Cindy lächelte erfreut. »Gefällt es dir?« Das Lächeln blieb eine Weile.

»Sehr geschmackvoll. Alle Achtung.« Tessa meinte es ehrlich.

»Der Laden wurde nach meinen Plänen eingerichtet. Nicht alle Leute können so was schätzen.«

Diese Bemerkung überraschte Tessa, sie hatte von Cindy noch nie ein Kompliment erhalten. Sie wanderte durch den Laden und ließ ihren Blick über die Kleidungsstücke gleiten. Eine gute Auswahl, nicht alles nach Tessas Geschmack, aber die wohlhabenderen Kundinnen in Whatou Lake fanden hier garantiert das eine oder andere Stück. Kundinnen wie Lola Dole oder Glenda Miller, Harrisons Frau, und die Gattinnen der Minenmanager.

Cindy kleidete sich elegant, aber eine Spur zu bemüht darum, wohlsituiert zu wirken. Ihre immer noch athletische Figur hätte sich in einem sportlich-lockeren Outfit besser gemacht. Tessa erinnerte sich an Cliff Bights Worte. Hatte Lionels Angestellter nicht angedeutet, dass es der Millerschen Firma nicht mehr so gut ging? Lionel steckte bestimmt viel Geld in das Geschäft seiner Frau. Um sie bei Laune zu halten.

In einer Ecke hing Damenwäsche. Daneben gab es auch eine kleine Abteilung mit Kosmetik, Haarteilen und Perücken, Handtaschen und Schmuck. Ihre Augen blieben an den Armbändern hängen. Sie erkannte die Katzenhalsbänder.

»Hat Fran bei dir eingekauft?«, fragte sie Cindy, die ihr gefolgt war. Sie trug drei Blusen an Bügeln über dem Arm.

»Nein. Möchtest du diese mal anprobieren?«

Tessa ignorierte die Frage. »Aber sie besitzt solche Katzenhalsbänder.«

»Die hat wahrscheinlich deine Mutter für die Kinder gekauft.« Cindy strich mit der Hand über den weichen Stoff der Blusen. Kräftige, fast männliche Hände. Das wettkampfmäßige Rudern in ihrer Sportlerzeit hatte seine Spuren hinterlassen.

»Wie geht es Lionel?«

Cindys hübsches Gesicht fiel zusammen. »Nicht gut. Er möchte so viel tun, aber er kann sich schlecht bewegen.« Ihre vollen roten Lippen zitterten leicht. »Er hätte nie ein Gewehr in die Hand nehmen sollen. Er ist wirklich ungeschickt mit Waffen.«

»Was macht seine Verletzung?«

»Sie ist nicht entzündet, das ist schon mal gut. Aber es wird dauern, bis sie verheilt ist, sagt die Ärztin. Er braucht Ruhe. Er ist am Boden zerstört.« Cindy seufzte. »Hank, die Kinder, und jetzt Fran.« Sie sprach nicht weiter. Sah auf die Blusen, als ob sie nicht mehr wüsste, was sie damit eigentlich wollte. »Wie soll das nur weitergehen, Tessa? Ich weiß nicht, wie ich Lionel aufrichten kann.«

Mit ihm wegziehen? Weg von diesem mörderischen Ort?

»Ich habe ihm eine Nachricht aufs Handy geschickt, aber er hat sich nicht gemeldet.«

»Er ist nicht ansprechbar, Tessa. Er hat sich völlig in sich zurückgezogen.«

»Gib ihm einfach zu spüren, dass du für ihn da bist.«

»Harrison braucht jetzt meine Hilfe, da Lionel nichts mehr tut.«

Tessa fand merkwürdig, dass Cindy ihren Schwiegervater ins Spiel brachte, obwohl sie doch von Lionel sprachen. Aber sie wollte nicht kritisch erscheinen, es war wichtig, dass die Familien gemeinsam nach dem Mörder suchten.

Cindy doppelte nach: »Harrison ist ein guter Mensch, er hat mir oft geholfen. Nicht wie mein Vater, der nicht mehr zu mir gehalten hat.«

Tessa sah sie verblüfft an. Sie wusste von Hank, dass Cindys Vater ihre Ruderambitionen tatkräftig und auch finanziell unterstützt hatte. »Dein Dad war doch auch dein Coach gewesen«, warf sie ein.

»Es ging mehr um sein Ego als um meine Karriere«, erwiderte Cindy. »Als ich wegen meiner Verletzung nicht mehr an der Olympiade teilnehmen konnte, war es mit seinem Interesse an mir vorbei. Er ließ mich fallen wie eine heiße Kartoffel. Meine fünf Schwestern zeigten ihre Schadenfreude offen. Sie waren immer auf mich und meinen Erfolg eifersüchtig gewesen – weil Dad sich mehr um mich kümmerte als um sie.«

Tessa hatte sich mit Cindy noch nie über Persönliches unterhalten. Oder ihre verletzliche Seite gesehen. Das war die längste Rede, die sie von ihr je gehört hatte. Es braucht eine unermessliche Tragödie, dachte Tessa, damit Cindy sich mir gegenüber öffnet. Und ich sie anhöre.

Sie verstand jetzt besser, warum Cindy Lionel und Whatou Lake nicht den Rücken kehren wollte. Hier war sie akzeptiert, auch ohne Olympiamedaille. Lionel und Cindy verband eine bittere Enttäuschung – beide fühlten sich verraten. Cindy von ihrem Vater und Lionel von der Person, die ihn wegen Dopings an den Ruderverband verraten hatte. *Aber war es Liebe?*

»Da drüben ist die Umkleidekabine«, sagte Cindy, wieder ganz die beflissene Verkäuferin. »Weißt du schon, was du heute den Medien sagen willst?«

»Ich werde so unverbindlich wie möglich bleiben, unabhängig vom Inhalt der Pressekonferenz. Wir wissen ja nicht mal, ob Fran ermordet wurde oder …«

Cindy erriet, was Tessa nicht vollendete. »Ob es Selbstmord war? Daran hab ich auch gedacht. Weil … die Polizei sagte, man habe keine äußeren Verletzungen gesehen.«

Cindy hängte die Blusen an den Haken in der Umkleidekabine.

Tessa stutzte. »Hast du mit Sergeant Halprin gesprochen?«

»Nein, ich nicht, aber Harrison.«

Warum streute der Sergeant diese Enthüllung? Was bezweckte er damit?

Cindy blieb unschlüssig stehen. »Wenn man sich bewusst macht, dass der Mörder unter uns sein könnte … Es macht mir Angst.«

»Ich gehe davon aus, dass er unter uns ist. Pass auf dich auf – und auf Lionel. Besonders jetzt, da ihn die Verletzung behindert.« Tessa dachte an Savanah, die bei ihren Eltern war. Savanah wusste sich zu verteidigen, sie war eine gute Schützin. Von allen Pflegekindern war Savanah die Einzige, die sich um Martha und Kenneth Griffins kümmerte. Ein jähes Gefühl der Dankbarkeit erfüllte Tessa.

Cindy befingerte die glänzende Kette an ihrem Hals. »Ich verschließe jetzt immer alle Fenster und Türen. Und andere tun das auch. Lola sagte …«

»Ja?« Tessa war ganz Ohr.

Aber Cindy zog schnell den Vorhang der Kabine zu. »Ich geh dir noch zwei Modelle holen.«

Tessa probierte alle rasch an. Ihr gefielen vier der fünf Blusen. Sie entschied sich für ein anthrazitfarbenes hochgeschlossenes Modell mit einer Halsschlaufe und eine etwas sportlichere taubenblaue Satinbluse mit Hemdkragen.

Bevor sie die Umkleidekabine verließ, schaute sie auf ihr Handy. Keine wichtige Nachricht, weder von Savanah noch von Tsaytis Chelin, Telford Reed oder Boyd Shenkar. Dieses Vakuum stresste sie mehr, als wenn sie ein Dutzend dringende Nachrichten erhalten hätte.

Sie trug die Blusen zum Tresen. »Lola Dole muss sich immer an Jenny erinnert fühlen, wenn sie mich sieht«, bemerkte sie und legte ihre Kreditkarte hin.

Cindy konzentrierte sich auf die finanzielle Transaktion, bevor sie antwortete. »Es geht nicht so sehr um dich. Es geht mehr um … du weißt schon.«

Tessa brauchte keine weitere Erklärung. Es ging mehr um

Tsaytis Chelin. Oder *gegen* Tsaytis Chelin. Gegen die Sitklat`l. Gewisse Leute konnten es nicht verwinden, dass die Sitklat`l zuerst in der Gegend von Whatou Lake gelebt haben, vor der Ankunft der weißen Siedler. Und dass die Ureinwohner Anspruch auf dieses Territorium erhoben. Dass sie mit der Zeit wirtschaftliche Erfolge erzielten.

Tessa überlegte, ob sie Cindy von ihrer Begegnung mit Lola Dole im Tim Hortons erzählen sollte. Vom Hass, der ihr entgegengeschlagen war. Sie entschied sich zu schweigen. Sie brauchte Cindy als Verbündete. Als Glied der schweren Kette, in der sie den Mörder sehen wollte.

»Du hast die richtige Wahl mit diesen beiden Blusen getroffen, Tessa«, sagte Cindy. Wieder brachte sie ein kleines Lächeln zustande.

Cindy kannte die Tricks einer Verkäuferin: Bestätige den ausgezeichneten Geschmack der Kundin, um sie in gute Laune zu versetzen. Nur war es in Tessas Augen in ihrer beider Situation beinahe grotesk. Vielleicht klammerte sich Cindy angesichts des Schreckens an Alltagsrituale, genau wie sie.

Tessa nahm die Einkaufstüte entgegen. »Danke, dass du eigens hierhergekommen bist, obwohl das Geschäft heute geschlossen ist. Du hast sicher Dringenderes zu tun, als Kleider zu verkaufen.«

»Das ist schon in Ordnung, es hat mich ein wenig abgelenkt. Ich kann ja sowieso nicht weg.«

Weg wohin?, fragte sich Tessa. Sie erinnerte sich an Cindys und Lionels Wochenendhütte, von der ihr Cliff Bight erzählt hatte. »Die Renovation eures Chalets muss jetzt wohl warten«, sagte sie, mehr aus Verlegenheit. Als ob es eine Rolle spielte.

Cindy rieb sich nervös die Hände. »Ja, das wird vorerst nichts mit dem Häuschen. Ich will Harrison zur Seite stehen. Und Glenda. Sie sagt, sie würde am liebsten sterben.«

»Das kann ich verstehen«, erwiderte Tessa mechanisch.

Cindy räumte auf und schlüpfte in ihre Jacke. »Ich hab dir noch was Hübsches in die Tüte getan«, bemerkte sie auf dem Weg zur Hintertür.

Tessa tat nun fast leid, dass sie Cindys Boutique immer

verschmäht hatte. Sie kannte Cindy eigentlich nicht. Auch Fran hatte sie nicht wirklich gekannt, die sie doch gut gekannt zu haben meinte.

»Ich kann mich mit euch kurz absprechen, wenn ihr wollt«, bot Tessa zum Abschied an. »Harrison wird zur Pressekonferenz kommen, nicht wahr?«

»Auf jeden Fall. Ich werde auch dort sein. Ich weiß noch nicht wegen Lionel.«

Sie sahen gleichzeitig auf die Uhr an der Wand. Noch fünf Stunden.

Tessa stieg in den Pathfinder. Im Rückspiegel sah sie, wie Cindy die Hintertür abschloss und etwas in den Blumentopf neben dem Eingang legte. Es musste der Schlüssel sein. Alte Sitten sterben nie, dachte Tessa. Cindy verschloss zwar jetzt die Fenster und Türen in ihrem Haus. Aber sie fühlte sich offenbar sicher genug, den Schlüssel zur Boutique an Ort und Stelle zu lassen.

Tessa fuhr vom Parkplatz auf die Hauptstraße. Sie wollte sich bei der Polizei nach ihrer Pistole erkundigen. Vielleicht gab es eine winzige Chance, dass sie ihr die Waffe zurückgaben. Sie beobachtete, wie Cindy in die entgegengesetzte Richtung fuhr. Um Harrison Miller persönlich Bericht zu erstatten?

Sie langte in die Jackentasche. Im selben Moment dämmerte ihr, dass sie ihr Handy in der Umkleidekabine hatte liegen lassen. Scheibenkleister. Und sie konnte Cindy nicht mal anrufen. Kurz entschlossen wendete sie den Wagen und fuhr zur Boutique zurück. Sie parkte beim Hintereingang. Ein Griff in den Blumentopf, und sie hielt den Schlüssel in der Hand.

Obwohl niemand zu sehen war, schaute sie vorsichtig um sich, und als sie tatsächlich niemanden sah, schloss sie die Tür auf. Langsam tastete sie sich durch den dunklen Korridor zum helleren Verkaufsraum, an der Intimwäsche vorbei zur Umkleidekabine. Dort lag ihr Handy. Sie steckte es ein und ging zurück zum Ausgang. Aber dann packte sie die Neugier, und sie öffnete eine der drei Türen, die vom Korridor abgingen. Ein Klo mit einem Waschtrockner. Hinter der zweiten Tür entdeckte sie ein Zimmer mit einem breiten Liegesofa, einem Salontisch mit einem bunten Blumenstrauß darauf, in der Ecke eine moderne Stehlampe und ein Sideboard mit Kaffeemaschine und Mikrowellenherd. An der Wand war ein Fernseher befestigt, wie in einem Hotelzimmer. Schwere Stoffgardinen hingen vor den Fenstern.

Alles sehr geschmackvoll eingerichtet. Hier verbrachte Cindy wohl ihre Lunch- und Arbeitspausen, bis die nächste Kundin eintrudelte. Sie schloss die Tür wieder und warf einen Blick in die dritte Kammer, einen engen Lagerraum, in dem sich auch Reinigungsutensilien befanden. Tessa hatte keine Ahnung, wer Cindys Boutique putzte. Sie war überzeugt, dass Cindy den Staubsauger nicht selbst in die Hand nahm. Wieder im Freien, drehte sie den Schlüssel im Türschloss und wandte sich damit dem Blumentopf zu.

In diesem Moment bog ein Auto auf den Parkplatz ein.

33

Tessa stand wie ein begossener Pudel da. Ihr Missbehagen wurde noch größer, als sie die Person erkannte, die aus dem Auto stieg.

Glenda Miller.

Hanks Mutter war nur noch ein Schatten ihrer selbst. Auf ihrem Gesicht hatten sich überall tiefe Furchen eingegraben und ihr Teint erinnerte an die Farbe von Lehm. Sie war einst eine wirklich anziehende Frau gewesen, selbst in ihren Fünfzigern. Jetzt hatte der Schmerz um ihren Sohn und seine Kinder das gute Aussehen mit einem brutalen Schlag zerstört. Und ihre Seele gebrochen.

»Was machst du hier?«, fragte Hanks Mutter.

Tessa erzählte ihr offen, was sich ereignet hatte. Glenda hörte ihr zu, die Hände in den Taschen ihrer dunklen Daunenjacke vergraben, die Arme eng am Körper. Dann nahm sie Tessa den Schlüssel aus der Hand.

»Komm, wir setzen uns in mein Auto, mir ist kalt.«

Tessa sah keine Möglichkeit, sich zu weigern. Sie nahm neben Glenda Platz, die geradeaus starrte.

»Mein Leben ist zerstört.« Ihre Stimme bebte nicht, sie war von Bitterkeit durchtränkt. »Ich werde keine Enkelkinder mehr haben. Das ist nun vorbei. Lionel kann keine Kinder zeugen.«

Tessa wusste nicht, was sie auf diese Eröffnung entgegnen

sollte. Sie konnte Glendas Schmerz und Ohnmacht bis in die kleinste Faser nachfühlen.

Glenda redete weiter: »Sie waren das Wichtigste in meinem Leben, Hank und die Kinder. Jetzt bleibt mir nichts mehr.«

Was ist mit Lionel und Harrison? Tessa schwieg. Sie fürchtete, ein einziges Wort könnte Glenda in Rage treiben.

»Wenn der Schuldige nicht bald gefunden wird, dann fange ich an, Leute zu erschießen, einen nach dem ander'n.«

»Glenda! Was sagst du da! Das meinst du doch nicht ernst.«

»Doch, das mein ich ernst.« Ihr Blick war immer noch starr nach vorn gerichtet. »Jemand weiß, wer es war. Jemand in Whatou Lake. Und sagt nichts. Weil es vielleicht der Sohn ist oder der Ehemann oder ein Cousin. Das war doch schon immer so. Die ander'n sind egal. Hauptsache, das eigene Blut wird geschützt.«

Um Glenda zu beruhigen, verfiel Tessa in ihren Anwaltsjargon. »Die Mörder sind zwar oft Familienmitglieder, aber in Whatou Lake gibt es auch Wilderer und Bärentöter und Leute, die ihre Mineninteressen schützen wollen.«

Kaum hatte sie es ausgesprochen, erinnerte sie sich an Gerüchte um Harrison Miller und dass er mit Minenbesitzern gemeinsame Sache machte. Schmutzige Sachen.

Glendas Gesicht drehte sich zu ihr. »Harrison hilft Cindy manchmal mit der Buchhaltung. Aber offenbar ist er nicht hier.«

Tessa fühlte sich beengt im fremden Auto. »Glenda, kann ich dir irgendwie behilflich sein?«

»War Harrison hier? Er wollte mit dir über die Pressekonferenz sprechen.«

»Nein. Cindy hat mich deswegen kontaktiert.«

»Ach. Hat sie.« Glenda trommelte mit der flachen Hand auf dem Steuerrad. Sie traf versehentlich die Hupe und sie zuckten beide zusammen.

»Ich bot ihr an, es mit euch vorher abzusprechen. Ihr solltet euch deswegen keine Sorgen machen.«

Glenda strich sich das Haar nach hinten. Es sah unfrisiert und schlaff aus.

»Fran war eine gute Mutter«, sagte sie unvermittelt. »Sie gab uns diese wunderbaren Kinder. Und jetzt gibt es keine mehr.« Tessa hatte Glenda früher nie positiv über Fran reden gehört. »Es ist furchtbar, alles ist … einfach schrecklich«, stammelte sie. »Finde den Mörder, Tessa, finde ihn schnell.«

»Das muss ich der Polizei überlassen.«

»Ich weiß, ich weiß, aber du kannst doch nicht einfach abwarten und nur dabei zusehen, was die Polizei macht. Das kannst du doch nicht.«

Nein, das konnte sie nicht. Aber das wollte sie Glenda nicht gestehen. Sie wollte keine Erwartungen wecken, die sie nicht erfüllen konnte.

»Der Chefermittler Ron Halprin hat einen wirklich guten Ruf …«

»Wenn die Leute nicht reden, dann kann er nichts machen.«

»Er wird alles tun, um die Leute zum Reden zu bringen. Und manchmal machen sie auch Fehler.«

»Wer? Die Polizei oder der Mörder?«

»Ich sprach vom Mörder.«

Glenda presste das Gesicht aufs Steuerrad. Sie blieb eine Weile so, ohne zu sprechen. Ein Geruch stieg Tessa in die Nase. Sie kannte ihn. Der Geruch von Angst. Spontan strich sie der verzweifelten Frau neben sich über die Schultern.

Glenda richtete sich abrupt auf. Tessa sah Entschlossenheit in ihren Augen. »Ich werde Cindy nicht sagen, dass du allein drin warst. Und du sagst niemandem, dass ich hier war.«

Tessa überdachte den Vorschlag, ehe sie Glenda bat: »Kannst du den Schlüssel wieder in den Blumentopf legen? Da gehört er nämlich hin.«

»So sicher wie das Amen in der Kirche«, entgegnete Hanks Mutter.

Als Tessa erneut auf den Highway zusteuerte, nachdem sie Glenda mit dem Schlüssel zurückgelassen hatte, musste sie an diese Antwort denken. An die zusammengesunkene Gestalt hinter dem Steuer. Es stimmt nicht, dachte sie, dass der Schmerz vereint, wie oft behauptet wird. In der Verzweiflung war jeder allein.

Auf der Straße nach Whatou Lake hielt sie an einem Feldweg, der nach rechts abzweigte. Sie hatte Boyd Shenkar noch in der Nacht eine E-Mail über die Ereignisse des Tages geschrieben. Sie wollte seine Meinung dazu hören. Aber zuerst langte sie in die Tüte aus der Boutique, um zu sehen, was Cindy ihr als Werbegeschenk eingepackt hatte. Es war ein ätherisches Öl. Sie öffnete das Fläschchen und schnupperte daran. Der Duft kam ihr bekannt vor. Wo nur war sie ihm schon begegnet? Sie konnte sich auf die Schnelle nicht erinnern. Sie griff nach ihrem Handy auf dem Beifahrersitz und drückte auf Boyds Nummer. Er meldete sich erstaunlich rasch, und das an einem Samstag.

»Ihr habt also Fran gefunden«, sagte er als Erstes. »Wie stehst du das alles durch?« Boyds Stimme durchflutete sie wie die Wärme einer weihnachtlichen Stube, wenn man aus der Kälte kommt.

»Ich versuche, alles zu verdrängen, sonst kann ich nicht denken. Ich laufe wie ein Zombie herum.«

»Dann lass mich dir denken helfen, Tessa.«

»Mein Vater und ich haben Fran angefasst und Spuren hinterlassen. Hinterher wurde ich von Ron Halprin verhört und meinen Vater haben sie auch zu einer Befragung mitgenommen. Wie soll ich mich nun verhalten? Sicher sind wir verdächtig.«

»Keine Panik. Kooperiere mit den Ermittlern, das hilft am meisten. Sag das auch deinem Vater. Hämmere ihm das in den Kopf.«

»Willst du damit sagen, dass mein Vater unter Mordverdacht steht?«

»Nein, Tessa, das will ich damit überhaupt nicht sagen. Offenbar schließt du einen Selbstmord nicht aus.«

»Wenn es Suizid war … warum würde Fran sich umbringen – vielleicht am selben Tag, als die Morde geschahen? Und wer hat Fran nach ihrem Tod in Bob Barkers Schuppen versteckt? Ich sah Schleifspuren am Boden.«

»Hast du Reifenabdrücke gesehen, die nicht von eurem Pathfinder waren?«

»Ich habe keine bemerkt. Der Boden ist ziemlich trocken hier.

Es hat nur einmal ganz kurz genieselt in den letzten Tagen und dann hat der Wind wieder alles getrocknet.«

Sie hörte im Hintergrund jemanden nach Boyd rufen, aber er redete weiter: »Wenn es nicht Bob Barker war, dann jemand anderes, der sich in der Umgebung von Whatou Lake gut auskennt.«

»Ja, das denke ich auch. Es macht mich verrückt, dass ich nicht weiterkomme.«

»Das sind verrückte Zeiten, Tessa. Es würde mich auch fertigmachen, wenn es meine Familie wäre. Als Außenstehender sehe ich aber …«

»Schon mich nicht, Boyd. Für mich kann es nicht schlimmer werden, als es bereits ist.«

»Es hilft den Ermittlern enorm, dass ihr Fran gefunden habt. Es müssen keine Kräfte mehr für die Suche nach ihr eingesetzt werden. Eine Leiche gibt vieles preis, wie du weißt, DNA, mikroskopische Fasern, winzige Spuren am Körper.«

»Warum kann man den oder die Täter nicht mithilfe der Schusswaffe finden, mit der Hank und die Kinder ermordet wurden?«

»Halprin hat sicher Schusswaffenexperten hinzugezogen. Die brauchen Zeit für ihre Untersuchung. Es braucht Zeit, die Herkunft der Waffe zu ermitteln. Vor allem falls sich herausstellen sollte, dass sie keine besonderen Merkmale aufweist.«

»Wie lange also? Wochen? Monate?«

Er gab keine Antwort, weil er wusste, dass er ihr keine Antwort zu geben brauchte. Sie wusste es selbst am besten. »So lange kann ich nicht warten, Boyd. So lange können meine Eltern nicht auf eine Antwort warten.«

»Vergiss bitte nicht: Es ist noch nicht mal eine Woche vergangen.«

»Ich weiß, ich weiß.« In Tessa stieg ein Gefühl der Machtlosigkeit hoch, das sie zu ersticken drohte. »Heute um vier Uhr wird die Öffentlichkeit informiert. Ich kann es kaum erwarten.«

Mehrere Autos aus Whatou Lake fuhren vorbei und Tessa wandte das Gesicht von der Straße ab. Sie wollte keinen neugierigen Augen begegnen.

Boyd schraubte ihre Erwartungen nach unten, als er zu bedenken gab: »Mein Instinkt sagt mir, dass Halprin heute nicht viel verraten wird. Nimm es als gutes Zeichen. Falls sie kurz vor dem Ziel sind, werden sie sich das Rennen nicht verderben lassen.«

Es war nicht das, was Tessa hören wollte. Und sie wollte auch nicht hören, was Boyd als Nächstes sagte: »Bitte mach der Polizei keinen Strich durch die Rechnung, Tessa. Wecke keine schlafenden Hunde. Die wissen schon, was sie machen.«

Tessa fühlte sich plötzlich todmüde. »Ich will sehen, ob ich meine Pistole von der Polizei zurückerhalte.«

Diesmal war Boyd zu klug, um ihr eine weitere mögliche Enttäuschung vorauszusagen. »Ruf mich jederzeit an. Ich bin Montag und Dienstag im Gericht, aber ich kann dich in den Pausen zurückrufen.«

»Danke, Boyd, du bist ein Engel.«

»Wo es Teufel gibt, gibt es auch Engel.« Er beendete das Gespräch so abrupt, als ob er diesen Scherz bereute.

Sie schloss die Augen und kippte den Sitz nach hinten. Nur fünf Minuten zurücklehnen, bevor sie die Jagd wieder aufnahm. Ab und zu hörte sie ein Auto vorbeirauschen. Ihr Herzschlag verlangsamte sich und ihr Atem wurde entspannter. Nur fünf Minuten.

Ein Klopfen schreckte sie auf. Sie blinzelte in die Helle, bis sie ein Gesicht durch die Scheibe sah.

34

»Mein Gott, hast du mir einen Schrecken eingejagt«, rief Dana. »Ich sah Kens Wagen und dich darin liegen! Was tust du hier?«

Tessa reagierte verschlafen. »Ich hab mit Boyd telefoniert. Dann bin ich eingenickt.«

»Du Arme, du bist so erschöpft. Komm mit zu mir, dann können wir in aller Ruhe reden.«

»Okay.« Tessa stellte den Sitz hoch und startete den Motor. Sie fühlte sich wie eine Schlafwandlerin.

Fünfzehn Minuten später trank sie Tee in Danas Wohnzimmer. Dana saß auf einem Schaukelstuhl und hörte ihren Schilderungen zu. Sie war behängt mit indianischem Schmuck. Tessa ließ außer der Begegnung mit Glenda Miller nichts weg, auch nicht ihr Gespräch mit Tsaytis Chelin. Aber Hanks Mutter gegenüber fühlte sie sich zum Schweigen verpflichtet, solange Glenda sie nicht verriet.

Dana ließ nur ab und zu ein *Mhmmm* oder ein *Wirklich?* hören, bis Tessa bei Telford Reed ankam und Dana ihre Zweifel anvertraute: »Ich werd nicht ganz schlau aus dem Mann«, sagte sie. »Warum verkauft er die Outfitterlizenz nicht an Harrison Miller? Reed scheint das Geld zu brauchen, warum verhandelt er immer noch mit den Sitklat`l? Normalerweise sind Geschäftsmänner nicht so … so großzügig und geduldig, wenn du verstehst, was ich meine.«

»Vielleicht vertritt er Überzeugungen, die ihm wichtiger sind als schnelles Geld.«

»Ja, in Filmen gibt es das manchmal, aber im wirklichen Leben … Er hat sich mit Fran mindestens einmal in der Hütte am Bibersee getroffen. Jemand hat die beiden gesehen.«

Danas Augen weiteten sich.

»Wann?«

»Vor etwa zehn Tagen.«

»Tatsächlich? Tsaytis hat Telford gesehen, nicht wahr?«

Statt zu antworten, fuhr Tessa fort: »Telford und Fran sind aus der Hütte gekommen und dann mit ihren Quads Richtung V-vier gefahren.«

»Du kannst Telford ja direkt darauf ansprechen.«

»Fran flog am Montag mit dem Wasserflugzeug nach Whatou Lake. Sie muss am späten Nachmittag angekommen sein. Ist Nasenbluten gefährlich?«

»Wenn man es nicht stoppen kann, wahrscheinlich schon. Wenn sie spät nach Whatou Lake kam, müsste sie in der Notfallabteilung gewesen sein und viele Leute hätten sie gesehen.«

»Vielleicht ist sie direkt zu Doktor Kellermann gegangen? Die Arzthilfe hätte davon gewusst«, gab Tessa zu bedenken.

Dana schüttelte den Kopf. »Die darf aber solche Dinge nicht rumerzählen. Die muss diskret sein. Sonst ist sie ihren Job los. Die Polizei weiß sicher davon.«

»Und was tat Fran danach? Wen traf sie?«

Dana hörte auf zu schaukeln. »Wieso schaust du mich an? Sie kam nicht zu mir und ich hab sie nicht gesehen, falls du das meinst.«

»Würde sie nicht bei dir vorbeischauen? Hier die Nacht verbringen?«

»Früher hat sie das getan. Aber schon seit Februar nicht mehr. Vielleicht solltest du Telford Reed danach fragen.« Dana stand auf. »Ich hab Hunger. Du auch? Möchtest du ein Sandwich und Suppe? Wie letztes Mal?«

»Ich sollte es zumindest versuchen. Ich habe seit Tagen viel zu wenig gegesssen. Ich fühle mich schwach auf den Beinen.«

Suppe und Sandwich. Tessa erinnerte sich an die zwei Teller und die benutzten Gläser, die sie beim letzten Mal in Danas Küche gesehen hatte, nachdem ihr Vater gegangen war. *Ich sah Kens Wagen,* hatte Dana vor einer halben Stunde auf dem Highway gesagt. Tessa beobachtete sie beim Hantieren in der Küche.

»War Dad gestern Nachmittag bei dir, bevor er mich am Hafen abholte?«, fragte sie spontan.

»Ja, er kam rasch vorbei.« Dana erklärte nichts weiter.

Tessa sah den Briefumschlag vor sich, der ihr in Danas Papierkorb aufgefallen war. Denselben Umschlag hatte sie in Vaters Büro bemerkt. Mit einer Blüte des Pazifischen Dogwoodbaumes oben rechts eingestanzt.

Dana kam mit den belegten Broten herein. Ihre Blicke begegneten sich. Sie stellte die Teller auf den Salontisch und nahm auf dem Schaukelstuhl Platz. »Ich weiß, was du wissen willst.« Sie verschränkte die Finger. »Ich habe nichts zu verbergen.«

Tessa legte das Sandwich, das sie gerade mit beiden Händen aufgenommen hatte, wieder auf den Teller. Sie ahnte, dass etwas Folgenschweres auf sie zukäme.

»Dein Vater ist die Liebe meines Lebens. Aber es ist eine unerwiderte Liebe. Es fand nie etwas zwischen uns statt. Ken liebt Martha. Punkt.«

Tessa fixierte den indianischen Schmuck auf Danas schwarzem Oberteil. Dana legte die Hände ruhig in den Schoß. »Es gab keinen Mann, der es mit Ken aufnehmen konnte. Deshalb hab ich nie geheiratet … oder mit einem ander'n Mann zusammengelebt. Für Ken bin ich eine gute Freundin, nichts weiter.«

Sie stand auf und setzte sich neben Tessa. »Unsere Freundschaft hat all die Jahre überdauert, und ich bin stolz darauf. Ich geh nicht damit hausieren, denn es gäbe immer Leute, die das nicht verstehen würden.« Sie sah Tessa direkt an.

»Von allen Menschen müsstest du mich am besten verstehen, Tessa.«

»Warum?«

»Weil du einmal für Tsaytis dieselben Gefühle hegtest. Aber du hast dich davon befreit. Du bist weggegangen. Ich wollte nicht weg von hier. Whatou Lake brauchte mich. Die neuen Sozialarbeiter haben es nie lange hier ausgehalten. Und ich fühle mich hier zu Hause.«

Tessa hörte die alte Wanduhr ticken, ein Erbstück, auf das Dana große Stücke hielt. Im Gerichtssaal und mit Klienten hatte sie immer eine Entgegnung bereit, ein Argument, eine Anklage. Im persönlichen Leben ging das nicht so einfach.

»Ich danke dir für deine Offenheit, Dana. Ich … habe im Moment einfach zuviel zu bewältigen.«

»Komm, iss das Sandwich. Und dein Tee wird kalt. Das ist kein Drama, die wirklichen Dramen spielen sich anderswo ab.«

Sie aßen beide schweigend, ohne sich anzusehen. Dass ihr Vater für andere ein faszinierender Mensch war, verstand Tessa nur allzu gut. Sie hätte ihre große Nähe zu ihm nur schwer beschreiben können. Während ihre Mutter Zuneigung und Aufmerksamkeit auf viele Kinder verteilte, war ihr das enge Band zu Dad immer sicher. Es zeigte sich auch in einer genetischen Abweichung, die er ihr vererbt hatte: Ihrer beider Füße besaßen sechs Zehen.

»Weiß Mom davon?«, entfuhr es ihr.

»Wahrscheinlich nicht. Ich hab ihr nie Grund für einen Verdacht gegeben. Dein Vater auch nicht.«

»Aber … seine Besuche bei dir?«

»Ken besucht ständig Freunde. Freundinnen und Freunde.« Dana sah sie nachdenklich an. »Ken würde Martha nie verlassen. Sie hat ihn damals, als er sie kennenlernte, aus einer Phase herausgeholt, in der es ihm nicht gut ging.«

»Welche Phase?«

»Er war sehr in eine Frau verliebt, die ihn später schmählich im Stich ließ. Er hatte ernsthafte Absichten, und sie machte ihm große Hoffnungen. Aber dann ließ sie ihn stehen und heiratete fast unmittelbar danach einen ander'n Mann. Später fand Ken heraus, dass sie bereits mit ihm geschlafen hatte, während sie immer noch mit Ken zusammen war.«

Tessa war sprachlos. Sie hatte nie etwas von dieser Geschichte gehört.

»Wer war die Frau?«, fragte sie, als sie ihre Worte wiederfand.

»Das hat er mir nie verraten. Da gibt es einiges, was du nicht von deinem Vater weißt. Gestern ...« Dana schien plötzlich zu realisieren, dass sie zu weit gegangen war. Aber es war schon zu spät. »Was wolltest du sagen?«, fragte Tessa.

Dana zögerte, dann sah sie ein, dass sie es zu Ende führen musste. »Gestern brachte er die Hunde zu einer Bekannten, wo sie nun bleiben werden. Ihr Hund ist kürzlich gestorben und sie wollte neue Hunde um sich haben. Es ist ein gutes Zuhause.«

»Das wird Harrison Miller auf die Palme treiben.«

»Ken wird Harrison die Hunde niemals geben. Niemals.«

»Dad wird damit nicht durchkommen. Es waren Hanks Hunde.«

»Es waren auch Frans Hunde.«

»Und Lionel?«

»Lionel will sie nicht. Cindy hat genug mit dem eigenen Hund zu tun. Der Arme leidet an einer Krankheit. Diabetes. Sie muss ihm jeden Tag Insulin spritzen.«

Tessa kaute lustlos auf ihrem Sandwich. Dana würde Kenneth Griffins immer verteidigen. War es möglich, dass es Dana war, die ihre Mutter gewarnt hatte, dass Fran ihrem Pflegevater vorwarf, ihr ohne ihr Wissen starke Medikamente verabreicht zu haben? Sie musste Dana auf den Zahn fühlen.

»Hast du zufällig meiner Mutter gewisse Informationen weitergegeben?«

Dana putzte sich mit dem Finger Mayonnaise von den Lippen. »Welche Informationen?«

»Fran hat meinen Vater beschuldigt, sie als Pflegekind mit Medikamenten ruhiggestellt zu haben. Meine Mutter hat diese Information von einer Person erhalten. Warst *du* das?«

Danas Reaktion war ein simples Ja. Tessa wartete. Sie spürte, dass Dana bereit zum Auspacken war. Ihre Freundin ging jedoch zuerst in die Küche und holte Servietten. Als sie sich wieder setzte, begann sie zu sprechen: »Fran kam von einer Sitzung mit

Melanie Pleeke zu mir. Sie war … sie war völlig aufgelöst. Sie erzählte mir, dass Melanie mit ihr eine Rückführung in die Kindheit gemacht hatte. Und dabei sei herausgekommen, dass Ken ihr ständig Medikamente gab. Viel zu viele Medikamente. Und dass sie deswegen jetzt medikamentenabhängig sei. Das ist natürlich absoluter Bullshit, und ich sagte das Fran sofort.«

Dana versuchte einen Schluck Tee zu sich zu nehmen, aber ihre Hände zitterten dermaßen, dass sie die Tasse wieder hinstellte. »Ich versuchte, ihr den Unsinn auszureden. Ich sagte ihr, ich würde Melanie Pleeke konfrontieren und ihr mit einer Verleumdungsklage drohen. Fran nahm jedoch Melanie in Schutz.«

Tessa saß wie paralysiert da. Was nur hatte sich in Whatou Lake in den vergangenen Wochen zusammengebraut? Und sie hatte keine Ahnung von der nahenden Katastrophe gehabt.

Dana redete weiter: »Je länger ich mich mit Fran unterhielt, umso mehr beharrte sie darauf. Ich hätte sie schütteln können vor Wut. Sie dachte, sie hätte nun einen Sündenbock für ihre Probleme gefunden.« Der Zorn über die Auseinandersetzung mit Fran stand in Danas Gesicht geschrieben. Sie war dunkelrot angelaufen. »Schließlich rannte sie nach draußen. Sie war aufgebracht. Mensch, sie war völlig aufgelöst! Ich überlegte fieberhaft, was ich tun könnte, um sie an einer riesigen Dummheit zu hindern. Ich hatte ja keine Ahnung, was sie mit ihrer angeblichen Erkenntnis anfangen würde. Also rief ich die einzige Person an, von der ich wusste, dass sie Fran stoppen kann.«

»Meine Mutter.« Die Worte kamen wie computergesteuert aus Tessas Mund.

Dana nickte. »Martha weiß alles über Fran. Sie würde das Richtige tun, um Fran daran zu hindern, Lügen über Ken zu verbreiten.«

»Wie stoppen? Was weiß Mom über Fran, das wir nicht wissen?«

»Das musst du sie selber fragen.«

Dana versuchte abermals, von ihrem Tee zu trinken, sie schluckte hastig und verschüttete ihn beinahe.

Tessa war ganz aufs Gespräch konzentriert. Aufs Kreuzverhör. »Du und Mom, ihr habt euch also gegen Fran verbündet.«

»Nenn es, wie du willst. Aber Fran war in meinen Augen eine Bombe, die loszugehen drohte. Nicht nur Ken, die ganze Familie wäre davon betroffen gewesen.«

»Hast du Melanie Pleeke mit der Sache konfrontiert?«

»Ja, darauf kannst du Stahlwolle essen.«

»Wie hat sie reagiert?«

»Wie ein Mäuschen in der Falle. Ich hab sie eingeschüchtert. Das ist die einzige Methode, die bei solchen Leuten funktioniert.«

»Wie hast du sie eingeschüchtert?«

»Als Sozialarbeiterin weiß ich einiges über Leute, was andere nicht wissen.«

»Hast du der Polizei von dieser ganzen Sache erzählt?«

Dana schwieg. Also nicht. Tessa spitzte die Lippen und blies laut die Luft aus. Sie war immer wieder erstaunt, wie sehr Menschen dichthalten konnten. Absolut wasser- und luftdicht. Leute tratschten viel, und ein Geheimnis blieb oft nicht lange ein Geheimnis. Aber wenn es wirklich drauf ankam, hielten sie den Mund.

Dana öffnete die Handflächen, Verständnis heischend. »Warum soll ich eine Lüge weiterverbreiten? Du weißt, wie es ist. Etwas bleibt immer haften. Und Ken hat das nicht verdient.«

»Es ist trotzdem besser, du sagst es Ron Halprin. Ich weiß nämlich, dass Melanie Pleeke von sich aus Kontakt mit der RCMP aufgenommen hat.«

Plötzlich stieg Frans sanftes Gesicht vor ihrem inneren Auge auf. Erloschene Augen in einem traurigen, blassen Gesicht. Fran musste sich von allen verraten gefühlt haben. Von Dana. Von ihren Pflegeeltern. Von Hank, der nicht wegwollte. Von Harrison Miller, der seinen ältesten Sohn mit einer Outfitterlizenz an sich und an Whatou Lake binden wollte. Von Savanah, die sie bespitzelte. Von Lynn Prett, der Bärenforscherin, die Hank vielleicht mehr mochte, als sie zugab. Und vielleicht auch von ihr, Tessa, die sich wenig Zeit für sie nahm. Wie verzweifelt muss sie gewesen sein. Früher hätte sich Fran nie mit einer Frau wie Melanie Pleeke eingelassen.

Dana appellierte mit besorgtem Gesicht an sie: »Wir müssen zusammenhalten, Tessa. Das ist unsere einzige Chance. Wir können uns nicht leisten, den Mörder davonkommen zu lassen, wegen einer so dummen Sache. Fran ging durch eine Krise. Sie war psychisch nicht stabil. Du musst deine Familie schützen.«

»Wenn es Fran psychisch schlecht ging, warum hat ihr niemand geholfen?«

»Wir wussten ja nicht alles. Die einzelnen Puzzleteile fügen sich erst jetzt zusammen.«

»Denkst du also, Fran hat Hank und die Kinder umgebracht?«

»Nein, um Himmels willen, nein, das denke ich überhaupt nicht. Das kann sie gar nicht getan haben, sie war ja hier in Whatou Lake.«

»Wir wissen nicht, wo sie am Dienstagmorgen war, als …«

Dana unterbrach sie bekümmert. »Sie hatte kein Auto und niemand hat sie am Morgen früh zur Farm gebracht. Ihre Leiche wurde hier in Whatou Lake gefunden. Bitte hör auf, dich mit solchen Gedanken zu belasten.«

Tessa nickte kraftlos. Sie war sich bewusst, dass Dana es gut mit ihr meinte. Sie brauchte ihren Zuspruch. Trotzdem laugte das Gespräch sie aus. Sie schaute auf die Uhr und zog eine der Blusen aus der Einkaufstasche.

»Ich muss mich für die Pressekonferenz umziehen.«

Langsam befreite sie die taubenblaue Bluse vom Seidenpapier. Der Satin schimmerte edel im Licht, das durch die Fenster drang. Sie wollte aufstehen, aber sie konnte nicht. Sie saß wie angeleimt auf dem Sofa. Sie schloss die Augen, und alles drehte sich.

»Was ist? Was hast du?« Dana sprang auf. Tessa spürte ihre Hände auf den Schultern. Sie war unfähig zu reagieren. Es war, als wäre sie zu Eis erstarrt.

»Tessa! Tessa! Antworte mir!«

Eine Hand tätschelte nervös ihre rechte Wange, dann die linke. Aus dem Tätscheln wurden Klapse. Langsam, nur langsam tauchte Tessa aus ihrer Schreckstarre auf.

Sie blinzelte. »Ich kann das nicht«, stieß sie hervor.

»Was kannst du nicht?«

»Ich kann nicht … vor die Kameras und … all die Leute und … Ich kann nicht über Fran reden und die Kinder und Hank.«

»Ich weiß, ich weiß, das ist schrecklich hart.« Dana legte die Arme mütterlich um sie und drückte sie an sich.

Ich möchte einfach so sitzen bleiben, dachte Tessa, und nicht wieder aufstehen. »Du hättest die Leichen sehen sollen … im Krankenhaus …« Es war, als ob die Ungeheuerlichkeit, die Brutalität der Morde jetzt erst richtig in ihr Bewusstsein getreten war. Die Angst der Kinder, als sie gejagt, aufgespürt und niedergestreckt wurden. Eins ums andere. Hank, der vielleicht im letzten Moment erkannte, was mit ihnen geschah. Der vielleicht realisierte, dass er einem Mörder ausgeliefert war – und seine Kinder auch. Fran, die in einen Schuppen geworfen wurde. Wie ein Stück Müll.

Danas Stimme drang zu ihr durch: »Tessa, tu es für Fran und die Kinder. Du kannst das. Wenn es jemand kann, bist du es.«

»Ich weiß nicht … ich weiß nicht, ob ich mich kontrollieren kann. Ich … was, wenn ich alle vor Wut anschreie …«

»Das wirst du nicht. Dazu kenn ich dich zu gut, Tessa.« Dana strich ihr beruhigend übers Haar.

»Wie willst du das wissen?«

»Du bist dazu erzogen, zu funktionieren. Das ist dein inneres Programm. Wenn es drauf ankommt, funktionierst du wie ein Zahnrädchen. Vielleicht wäre es gut gewesen, du hättest früher mehr vor Wut geschrien.«

Tessa fröstelte, und Dana rieb ihr in tröstenden Handbewegungen die Arme warm. Innerlich war ihr dennoch kalt. »Ich werde meine Pistole bei der Polizei lassen«, sagte sie. »Da ist sie sicherer.«

Dana schüttelte sanft den Kopf. »Du besitzt andere Mittel, einen Mörder unschädlich zu machen, Tessa. Du kannst dich auf andere Weise wehren. Du kennst die ganze Justizmaschine. Die Waffen des Gesetzes. Du bist stärker, als du glaubst.«

Gerade deswegen könnten mich Leute für gefährlich halten, dachte Tessa.

Nur widerstrebend löste sie sich aus Danas liebevoller Umarmung und ging ins Bad.

Als sie die Tür öffnete, schlug ihr ein Duft entgegen. Das ätherische Öl aus Cindys Boutique.

Sie drehte auf dem Absatz um und ging zur Küche zurück, in der Dana mit Geschirr hantierte.

»Woher hast du dieses Öl?«

Dana hielt einen Teelöffel in der Hand. »Welches Öl?«

»Das Riechöl in deinem Bad.«

»Das Riechöl? … ach, die Duftlampe. Was ist damit?«

»Woher hast du das?«

Dana sah sie verwirrt an. »Die Duftlampe muss ein Geschenk gewesen sein … von wem hab ich sie nur …« Sie legte den Löffel auf die Anrichte. »Ich glaub, von Fran.«

»Cindy sagt, Fran sei nie in ihrer Boutique gewesen.«

»Was hat Cindy damit zu tun?«

»Ich hab dasselbe Öl von Cindy bekommen, heute, als Werbegeschenk.« Sie zeigte ihr das Fläschchen. »Wann hat dir Fran diese Duftlampe gegeben?«

Dana verschränkte die Arme.

»Das muss … an meinem Geburtstag gewesen sein. Da hatten wir uns noch nicht zerstritten.« Ihr Gesicht wurde traurig. »Sie schenkte mir auch selbst gebackene Plätzchen.« Sie runzelte die Stirn. »Fran war sicher mal in Cindys Boutique. Sie hat Cindy dort gezeigt, wie sie dem Hund Insulin spritzen soll. Cindy kam damit nicht zurecht. Sie wollte nicht wochenlang warten, bis der Tierarzt wieder einfliegt.«

Tessa hielt immer noch die Bluse über dem Arm. »Warum in der Boutique und nicht zu Hause?«

»Das kann ich dir auch nicht beantworten. Weil es gerade besser gepasst hat? Aber ich kann mir vorstellen, dass Fran nie was für sich dort gekauft hat. Sie ist ja mehr ein Hippie. Warum beschäftigt dich das so?«

»Weil … so vieles geht einfach nicht auf, was Fran betrifft.

Savanah erzählte mir, sie habe Fran am Mittwochnachmittag vor drei Wochen mit Harrison Miller in dessen Pick-up gesehen. Auf dem Parkplatz gegenüber vom Restaurant Friendly Piggy. Harrison habe lange den Arm um Frans Schulter gelegt.«

»Das ist doch Unsinn!«, beschwichtigte Dana sie. »Ich versteh gut, warum dich das aufwühlt. Niemals würde Fran das zulassen. Sie hasste Harrison. Das ist wieder eine von Savanahs Erfindungen, um sich wichtigzumachen.« Sie strich ihr sachte über die Wange. »Ich wünschte, ich könnte das alles von dir fernhalten.«

Wortlos drückte Tessa Danas Hand und ging erneut ins Bad. Sie machte sich frisch, zog die neue Bluse an und fuhr sich mit dem Kamm durch das rötlich schimmernde Haar.

Es waren die letzten geschützten Momente, bevor sie zur Sporthalle fuhren, wo in einer Stunde die Informationsveranstaltung der Polizei begann.

35

Tessa bahnte sich, die Augen durch eine Sonnenbrille verdeckt, den Weg durch die in die Arena strömende Menge. Dana wollte sich hinten im Saal verstecken und ließ Tessa allein nach vorn schreiten. Die Sporthalle war mit Stuhlreihen in ein Auditorium verwandelt worden. Im Bühnenbereich standen mehrere Tische mit Stühlen, die noch unbesetzt waren. An den Seiten hatten Reporter, Techniker und mehrere Fernsehkameras Stellung bezogen. Tessa erspähte Savanahs orange Kunstlederjacke in der dritten Reihe neben ihrer Mutter. Sie schaute auf, als sich Tessa neben sie setzte. Der Blick verhieß nichts Gutes. »Wo ist Dad?«, flüsterte Tessa.

Ihre Mutter klang verärgert. »Er musste erneut zum Polizeiinterview.«

Tessa fiel aus allen Wolken. »Wann?«

»Während du in Cindys Boutique einkaufen gegangen bist.«

Tessa hörte den Vorwurf aus ihrer Stimme. *Du warst nicht da, als wir dich brauchten.*

»Und das Auto hast du auch einfach genommen. Wenn Savanah uns nicht gefahren hätte …«

Tessa hörte ihr nicht mehr zu. In Gedanken war sie bei ihrem Vater. Ron Halprin musste dringend etwas von Kenneth Griffins gewollt haben, wenn er die Befragung so kurz vor der Informationsveranstaltung anberaumte. Aus den Augenwinkeln bemerkte sie, wie sich Savanah vorbeugte, um ihren Blick einzufangen. In diesem Moment hätte Tessa vieles gegeben, um mit ihr unter vier Augen sprechen zu können.

Savanah deutete mit einer diskreten Handbewegung nach rechts. Tessa folgte ihrer Geste und stellte fest, dass Harrison, Lionel und Cindy Miller Platz genommen hatten. Glenda konnte sie nirgendwo entdecken. Lionel schaute in ihre Richtung und grüßte mit einem kurzen Nicken. Sie erwiderte den Gruß und bemerkte die Krücken neben ihm. Cindy schaute unbewegt nach vorn, ihr kastanienbraunes Haar funkelte im Licht der Scheinwerfer. Harrison und Lionel musterten das Publikum.

Die Halle vibrierte unter dem lauten Stimmengewirr. Die Stuhlreihen füllten sich. Niemand kam auf Martha Griffins zu, um ihr zu kondolieren. Vermutlich schüchterten die Fernsehkameras die Bewohner von Whatou Lake ein. War Tsaytis Chelin auch da? Und Telford Reed? Tessa wollte nicht wie Harrison und Lionel neugierig den Kopf drehen, sie wich den starrenden Blicken aus allen Richtungen aus. Journalisten belegten die zwei Reihen vor ihnen. Sie hielten Aufnahmegeräte und Notizblöcke bereit. Tessa hätte lieber wie Dana irgendwo ganz hinten gestanden.

Wie aus dem Nichts erschienen die RCMP-Leute. Tessa erkannte einige von ihnen und natürlich Ron Halprin, dessen Gesicht noch ernster und zerknitterter als sonst wirkte. Sie nahmen an den Tischen vorn Platz. Tessa war beunruhigt. Ihr Vater war immer noch nicht aufgetaucht.

Der örtliche Polizist von Whatou Lake hielt eine kurze Einführung, dann ergriff Kate Jennings, die RCMP-Beamtin für Öffentlichkeitsarbeit, das Wort: »Die Sondereinheit des Morddezernats von Vancouver ist von der Polizei von Whatou Lake um Hilfe in den gewaltsamen Todesfällen von Hank Miller und seinen Kindern Breena, Clyde und Kayley gebeten worden. Gestern Abend wurde die Leiche von Fran Miller, Hank Millers Ehefrau und Mutter der drei Kinder, außerhalb von Whatou Lake aufgefunden. Wir behandeln die Todesumstände von Fran Miller als verdächtig. Sergeant Ron Halprin, der die Ermittlungen leitet, wird sich jetzt dazu äußern. Später können ihm Fragen gestellt werden.«

Halprins Stimme klang fest, aber nicht emotionslos. »Die schrecklichen Ereignisse der vergangenen Tage erschüttern unsere Leute von der RCMP Vancouver und mich genauso wie Sie. Seit vier Tagen arbeiten wir Tag und Nacht an der Aufklärung dieser Verbrechen. Wir verfügen über ausgezeichnete Experten, gemeinsam bringen wir die Untersuchung Stück für Stück voran. Zwischenzeitlich haben wir schon viele wichtige Einsichten gewonnen, die wir allerdings wegen der laufenden Ermittlungen nicht nach außen tragen. Deshalb werden Sie heute nur wenige Einzelheiten erfahren, wir wollen das Gelingen der Ermittlungen nicht gefährden. Ich hoffe, Sie verstehen das.« Halprin kniff die Augen zusammen. Die hellen Scheinwerfer der Fernsehteams schienen ihn zu stören.

»Spaziergänger haben Fran Miller gestern Abend tot auf Bob Barkers unbewohntem Grundstück aufgefunden. Die Todesumstände werden derzeit noch untersucht. Wir haben keine äußeren Verletzungen an der Toten entdeckt, die auf eine bestimmte Todesursache hindeuten. Bob Barker wird nicht als Verdächtiger behandelt, er befand sich in der vergangenen Woche im Krankenhaus.«

Halprin bemühte sich, direkt ins Publikum zu schauen. In der Halle war es still geworden. Nur ein Säugling schrie irgendwo draußen. »Je mehr Hilfe wir von Ihnen erhalten, umso schneller kommen wir der Wahrheit auf den Grund. Seit heute ist eine Belohnung von fünfzigtausend Dollar für entscheidende Hinweise ausgesetzt, die zur Aufklärung dieser Verbrechen führen. Ihre Mitarbeit ist ungemein wichtig. Je schneller wir unser Ziel erreichen und den oder die Täter dingfest machen, umso schneller können Sie sich in Ihrer Gemeinde wieder sicher fühlen.« Er wandte sich zu dem Mann neben sich. »Constable, ich übergebe Ihnen das Wort.«

Unter den Zuhörern machte sich plötzlich Unruhe breit. Der Geräuschpegel hinderte den Constable daran, mit seinen Erläuterungen anzufangen. Tessa konnte nicht ausmachen, ob es die hohe Summe war, mit der Hinweise belohnt wurden, oder der

Umstand, dass Halprin keine Einzelheiten der Untersuchung preisgab.

Der Constable erhob die Stimme, um den Lärm zu durchdringen. »Ich möchte Ihnen einige Vorsichtsmaßnahmen ans Herz legen. Aufgrund der jüngsten Entwicklung raten wir, die Haustüren stets abzuschließen. Ich weiß, dass es hier oft nicht als notwendig angesehen wird, deshalb empfehlen wir das dringend. Ebenso sollten die Autotüren abgeschlossen werden. Gehen Sie wenn immer möglich nie allein hinaus, vor allem nicht abends und nachts. Wenn Sie unbedingt nach draußen müssen, raten wir Ihnen dringend, eine Begleitung mitzunehmen. Lassen Sie generell Vorsicht walten und passen Sie bitte auf Ihre Kinder auf. Holen Sie die Kids von der Schule oder von Sportveranstaltungen ab. Seien Sie stets im Bild, wo sich Ihre Kinder aufhalten. Lassen Sie keine Waffen herumliegen, wo Unbefugte sie unberechtigt an sich nehmen könnten. Melden Sie uns, wenn Ihnen eine Schusswaffe abhanden kommt. Wir sind unter der Nummer hier auf der Tafel«, er zeigte auf ein Whiteboard neben dem Tisch, »... unter dieser Nummer sind wir zu erreichen, zu jeder Stunde, Tag und Nacht.« Er warf der Beamtin neben sich einen Blick zu, die nun die Zeit für Fragen freigab.

Eine Journalistin war am schnellsten. »Wann ist Fran Miller gestorben? Kommt sie als Mörderin ihrer Kinder infrage oder nicht?«

Tessa konnte nicht verstehen, warum jemand Fran noch für die Mörderin halten konnte, wenn die Polizei die Bevölkerung so eindringlich vor einer potentiellen Gefahr warnte. Aber sie wusste auch, dass Journalisten direkte Zitate brauchten und deshalb solche Fragen stellen mussten.

Ron Halprin ergriff das Wort: »Wir können die erste Frage zum jetzigen Zeitpunkt wegen der laufenden Untersuchung nicht beantworten. Zur zweiten Frage: Es gibt derzeit keine Hinweise, dass Fran Miller an der Ermordung ihrer Familie beteiligt war.«

Tessa hörte, wie ihre Mutter einen tiefen Seufzer ausstieß. Die Frage des nächsten Reporters nahm indes sogleich ihre Aufmerksamkeit gefangen. »Haben Sie Hinweise, dass Fran Miller von demselben Täter umgebracht wurde wie ihr Mann und ihre Kinder?«

»Die genaue Todesursache von Fran Miller wird immer noch untersucht. Deshalb ist es zu früh, irgendwelche Schlüsse zu ziehen.«

Tessa realisierte, dass Halprins Antworten vage und ausweichend blieben. An diesem Nachmittag erwartete sie keine Enthüllungen mehr. Sie war enttäuscht und erleichtert zugleich. Es machte ihr Gespräch mit den Medien einfacher: Sie konnte sich hinter dem Schweigen der Polizei verstecken.

Der Medienmann ließ nicht locker. »Sie haben gesagt, dass Fran Miller keine äußeren Verletzungen aufwies. Warum ist ihr Tod dann trotzdem verdächtig?«

»Weil Fran Miller nach der Ermordung ihrer Familie unter höchst merkwürdigen Umständen an einem ungewöhnlichen Ort tot aufgefunden wurde.«

Einer der Fernsehreporter fuhr dazwischen: »Haben die getöteten Grizzlybären etwas mit den Mordfällen zu tun? Stecken vielleicht Wilderer dahinter?«

»Wir gehen allen möglichen Spuren nach, wir schließen zu diesem Zeitpunkt nichts aus.«

»Es könnte also auch ein Beziehungsdelikt sein?«, doppelte der Fernsehreporter nach.

»Was meinen Sie genau mit Beziehungsdelikt?«

»Ein enttäuschter Liebhaber. Oder der Neid eines Berufskollegen?«

»Wie gesagt, wir gehen allen Spuren nach. Dazu brauchen wir insbesondere die Mithilfe der Bevölkerung.«

»Kommen denn keine Hinweise von den Angehörigen?« Das war die Reporterin der Whatou Lake News, die im Krankenhaus aufgetaucht war, als sie mit Dad die Leichen identifiziert hatte. Wo steckte er nur?

Ron Halprins Stimme blieb sachlich. »Bitte verstehen Sie, dass wir Ihnen solche spezifischen Informationen nicht geben können. Eine Polizeiuntersuchung lebt von Vertraulichkeit und Integrität. Beide Familien der Opfer sind sehr kooperativ und …«

»Es steht also kein Mitglied unter Verdacht?«, unterbrach ihn die junge Reporterin.

Tessa sah Harrison Miller aufspringen. Seine Stimme dröhnte auch ohne Mikrophon durch die Halle: »Solche Spekulationen gehören nicht hierher. Lasst die Polizei ihre Arbeit machen – und vor allem …«, er machte eine ausladende Geste, »sollten auch die Leute von Whatou Lake die Möglichkeit haben, Fragen zu stellen.«

Die RCMP-Frau versuchte zu beschwichtigen. »Bürgermeister Miller, wir verstehen Ihre Bedenken und haben eigens Zeit eingeplant, um Fragen aus der Bevölkerung …«

Jemand rief: »Wir möchten wissen, warum die Leute, die unsere Bären umbringen, noch nicht gefasst sind.« Viele Köpfe drehten sich um, selbst Tessa konnte den Impuls nicht unterdrücken. »Jemand tötet unsere Grizzlys und bringt uns um unsere Erwerbsquelle. Und was tut die Polizei? Nichts!« Der Mann, von dem dieser Vorwurf kam, war ein Sitklat`l.

»Wir haben jetzt wirklich größere Probleme als einen toten Bären. Hier werden ganze Familien ermordet!« Tessa konnte nicht ausmachen, wem diese Stimme gehörte.

»Können wir die Diskussion geordnet führen?«, bat die Polizeibeamtin. »Wir wollen alle zu Wort …«

Ein spitzer Schrei durchschnitt die Luft. Weitere schockierte Schreie folgten.

Wieder schnellten die Köpfe nach hinten. Tessa musste die Augen zusammenkneifen, weil sie nicht glauben konnte, was sie sah.

36

Wie in einem Horrorfilm schritt eine Gestalt nach vorn, auf dem Gesicht und der hellen Daunenjacke überall Rot.

Eine schmale, fast hagere Frau. Nicht mehr jung, aber mit blassem Kindfrauengesicht. Verzerrt von Entsetzen. Verschmiert mit Blut. Die Frau schüttelte Hände ab, die nach ihr greifen wollten. Halprin und seine Kollegen waren schon auf den Beinen, während der Ortspolizist ungläubig auf die Gestalt starrte. Ihre hohe wimmernde Stimme gellte durch den Saal: »Wo ist Rob? Wo ist mein Mann?«

Schon war sie von Polizisten umringt. Tessa konnte zwischen Beinen hindurch sehen, wie sie auf den Boden gebettet wurde, auf Kissen von schnell hingeworfenen Jacken. Eilige Befehle, hektische Bewegungen, Kindergeschrei ringsum. Die Stimme der RCMP-Frau erklärte: »Wir brechen die Veranstaltung hier ab. Bitte begeben Sie sich ruhig und geordnet nach Hause.«

In der Halle war es so laut, dass Tessa brüllen musste: »Wer ist das?«

»Melanie Pleeke.« Savanah packte ihre Mutter am Arm. »Wir bringen Mom am besten weg.«

Der Korridor zwischen den Stühlen war von Menschen verstopft, die einen wollten nach vorn, um mehr zu sehen, die anderen strebten dem Ausgang zu.

Tessa sah einen Mann auf sich zukommen.

Telford Reed.

»Wer ist denn diese Frau?«, fragte er.

»Melanie Pleeke. Die Frau des Leichenbestatters.« Tessas Herz pumpte. Wo war ihr Vater?

Weiß gekleidete Sanitäter stürmten herein, offenbar gab es vorn noch einen Zugang zur Halle. Sie legten Melanie Pleeke auf eine Trage. Ihr Mann war nirgendwo zu sehen.

Telford Reed sah Tessa bestürzt an. »Kommen Sie, wir gehen dort raus, wo die Sanitäter und Polizisten hereingekommen sind.«

Tessa folgte ihm dicht auf den Fersen. Sie begegnete Ron Halprin, der im selben Moment Telford Reed vor ihr bemerkte.

»Kann ich eine Sekunde mit Ihnen allein sprechen?«, fragte er und zog sie auf die Seite. »Ich muss Ihnen etwas zeigen. Nicht jetzt, aber heute Abend. Vielleicht um sieben. Ich werde Ihnen eine Textnachricht schicken. Alles vertraulich. Okay?«

»Aber ja«, erwiderte sie.

Sie wandte sich um, sah Harrison Miller auf einen RCMP-Mann einreden, konnte jedoch nicht hören, worum es ging. Cindy und Lionel waren auch noch in der Halle. Im Gewirr der Stühle machte Cindy eine Gasse für Lionel frei. Mit kraftvollem Schwung, den ihr Tessa gar nicht zugetraut hätte, hob sie nach und nach Stühle aus dem Weg. Tessa vergaß manchmal, dass hinter Cindys modischen Kleidern und ihrem aufwändigen Make-up eine ehemalige Athletin steckte. Cindy hätte an der Olympiade teilnehmen können, wenn sie sich nicht so unglücklich verletzt hätte. Lionel saß geduldig da, die Hände auf den Krücken. Sein Gesicht hatte die Frische und Ausstrahlung verloren, die ihn einst zum attraktivsten Mann in Whatou Lake gemacht hatten. Er fing Tessas Blick auf und nickte in ihre Richtung.

»Die brauchen Hilfe«, rief sie Telford zu.

»Ich kümmere mich um ihn«, sagte eine Stimme neben ihr. Harrison Miller schob sie grob zur Seite. »Dein Vater glänzt wieder mal mit Abwesenheit, wenn er am dringendsten gebraucht wird.« Tessa biss sich auf die Zunge. Harrison erreichte Lionel und Cindy in wenigen Schritten.

»Warum handelt er noch als Bürgermeister, wenn sein Sohn ermordet wurde?«, bemerkte Telford, als sie zum Notausgang gingen. »Der sollte die Geschäfte vorübergehend an seinen Stellvertreter abgeben.«

Tessa antwortete nicht. Was hätte sie auch sagen sollen?

Harrison Miller steht nicht unter Verdacht, aber vielleicht mein Vater.

Aus einem Impuls heraus drehte sie sich nochmals um. Ron Halprins Augen waren immer noch auf sie gerichtet. Diesmal wandte sie den Blick nicht ab, bis der Sergeant von einem Kollegen angesprochen wurde.

Telford Reed war schon draußen. Das helle Frühjahrslicht blendete Tessa, obwohl es bereits fünf Uhr nachmittags war. Sie setzte ihre Sonnenbrille wieder auf. Der Parkplatz war fast leer, aber der weinrote Pathfinder stand noch da, wo sie ihn geparkt hatte. Einige Unentwegte diskutierten zwischen den verbliebenen Fahrzeugen. Ein paar von ihnen schauten zu ihr herüber. Eine Reporterin trat auf die Gruppe zu. Tessa und Telford verbargen sich in stummem Einverständnis hinter einem riesigen Pick-up.

Wo war Dana nur abgeblieben? Telford Reed legte ihr die Hand auf den Arm.

»Kann ich Sie irgendwohin bringen?«

»Das ist sehr nett, aber ich bin mit dem Wagen meiner Eltern gekommen.«

»Soll ich hinter Ihnen herfahren, bis Sie sicher zu Hause sind?«

Sie sah in sein besorgtes Gesicht. »Glauben Sie wie die Polizei, dass eine Gefahr für die Bevölkerung besteht?«

Seine Stirn legte sich in Falten. Er ließ ihren Arm los. »Ich … bin mir nicht im Klaren. Zuerst sagten sie, es bestehe keine Gefahr, jetzt plötzlich …« Er spähte nach den zurückgebliebenen Leuten, die sich mit den Medienleuten unterhielten. »Ich frage mich, wer die Frau des Bestatters angegriffen hat.«

Tessa wollte plötzlich einfach nur weg. »Ich hab keine Ahnung. Verzeihen Sie, aber ich muss gehen, meine Eltern warten auf mich. Wir sehen uns sicher noch.« Sie verabschiedete sich von

Reed und brachte sich im Geländewagen in Sicherheit. Ihr war ein schrecklicher Gedanke gekommen.

Langsam fuhr sie die Hauptstraße entlang durchs Dorf. Sie sah Kunden aus dem Supermarkt kommen, der auch am Wochenende geöffnet hatte, und aus der Filiale der Royal Bank, in der ein Bankomat stand. Durch die Scheiben des Waschsalons beobachtete sie wartende Leute auf Bänken. Sie sah auch Menschen in kleinen Grüppchen auf dem Gehsteig stehen. Die Bewohner von Whatou Lake suchten Nähe beieinander. Das war schon immer so gewesen. Andere Menschen bedeuteten Hilfe, Unterstützung, Schutz. Wie konnten sie sich jetzt daran gewöhnen, dass sie sich gegenseitig fürchten sollten?

Tessa wäre gern auf die Nebenstraße abgezweigt, die zu Danas Haus führte. Aber sie hatte bereits den ganzen Tag das Auto ihres Vaters in Beschlag genommen. Außerdem wollte sie unbedingt mit ihm sprechen, sie hatte es auf dem Handy versucht, doch er beantwortete ihren Anruf nicht. Sie wählte Danas Nummer. Nur die Voicemail meldete sich. Sie bat Dana, zurückzurufen. Die letzten Häuser von Whatou Lake waren hinter ihr und sie war nun ganz allein auf der Straße. Mit einem Mal realisierte sie, dass sie vergessen hatte, Telford Reed nach dem Treffen mit Fran zu fragen. Die blutende Melanie Pleeke hatte sie völlig abgelenkt. Sie sah auf die Uhr. Wenn sie Ron Halprin um sieben Uhr treffen wollte, blieb ihr nicht viel Zeit.

Sie fuhr schneller, konzentrierte sich auf die Straße. Ein frisches Grün leuchtete aus den Wäldern und zwischen den braunen Flecken auf den Feldern. Die Luft schien wie freigefegt, so deutlich und scharf war alles im Spätnachmittagslicht zu sehen. Es kam ihr vor, als seien die Berge bereit, über das Flusstal hereinzubrechen. Sie bog auf die lange Zufahrt zu ihrem Elternhaus ein. Aus dem Gebüsch rannte ihr unvermittelt ein Kojote vor den Wagen. Er entging nur knapp einer Kollision, die sie nicht hätte verhindern können. Eine alltägliche Begegnung, aber Tessa erschien alles anders. Bedrohlicher. Das Haus ihrer Kindheit sah so wie immer aus. Trotzdem war es für sie nicht mehr dasselbe

Haus. Es barg nun Entsetzen und Kummer, Angst und Misstrauen. Und Geheimnisse.

Ihr Magen war bereits verknotet, bevor sie auf der Kuppe angelangt war. Sie parkte den Wagen neben Savanahs Ford Fiesta. Durch die Windschutzscheibe sah sie ihren Vater aus der Tür treten. Er gab ihr ein Zeichen. Tessa verstand. Er wollte allein mit ihr sprechen. Sie umarmten sich zur Begrüßung. In diesem Moment liebte sie ihren Vater mehr denn je. Sie wusste, sie würde alles tun, um ihn vor bösen Nachstellungen zu schützen. Schweigend gingen sie zur Waldhütte hoch. Erst als er die Tür hinter sich schloss, sagte Kenneth Griffins: »Was ist mit Melanie Pleeke passiert?«

»Haben Mom und Savanah nichts erzählt?«

»Ja, aber ich will es auch noch von dir hören.«

»Ich erzähl dir alles, aber zuerst will ich wissen, was die Polizei heute von dir wollte. Brauchst du einen Anwalt, Dad?«

Er schüttelte den Kopf. »Nein, das würde ein falsches Zeichen setzen. Solange die Polizei mich anständig behandelt, bleibe ich kooperativ.«

Tessa ließ sich in den alten Polsterstuhl fallen. Ihr Vater blieb stehen. Sie schaute in sein Gesicht, bemerkte die eingefallenen Augensäcke, den verlorenen Blick, sein schlohweißes Haar. »Was wollte die RCMP von dir?«

»Sergeant Halprin fragte mich nach Frans leiblichem Vater. Sie hat anscheinend in ihren letzten Wochen nach ihm gesucht.«

»Weißt du, wer er ist?«

»Sie bekam offenbar einen neuen Hinweis. Jedenfalls hat sie wieder Nachforschungen angestellt. Sie hat anscheinend auch ein Laboratorium in Vancouver mit verschiedenen DNA-Proben beliefert.«

»DNA? Von wem?«

»Ich nehme an, von Leuten, die möglicherweise ihre Verwandten sein könnten.«

»Und – hat sie ein positives Resultat erhalten?«

»Das verriet mir der Sergeant nicht. Er wollte aber von mir alle möglichen Informationen … oder Thesen, wer der leibliche Vater sein könnte.«

»Hast du einen Verdacht?«

»Frans leibliche Mutter war mit vielen Männern zusammen, es ist schwer, alle zu kennen. Manche waren auch verheiratet, so viel steht fest.« Er musterte die Buchreihen an der Wand. »Ihre Mutter war promiskuitiv … ich verurteile das nicht. Menschen sind unterschiedlich geschaffen. Haben unterschiedliche Bedürfnisse. Sie liebte es einfach, mit Männern zu schlafen. Sie hätte nur nicht deswegen ihre Kinder vernachlässigen sollen.«

Tessa zermarterte sich das Gehirn. War es möglich, dass Fran von ihrer Mutter einen starken Sextrieb geerbt hatte? Gab es Liebhaber? Vielleicht sollte sie ihrem Vater von Frans Treffen mit Telford Reed berichten. Ihrem angeblichen Stelldichein mit Harrison Miller. Von den Besuchen des Wildhüters.

Keine schlafenden Hunde wecken. Das hatte ihr Boyd Shenkar geraten. Sie war froh, dass die Stimme ihres Vaters ihre Gedanken unterbrach.

»Ich half dem Sergeant, so gut ich konnte. Er zeigte mir auch Frans Zeichnungen.« Halprin hatte sie also gefunden.

»Was will er damit erreichen?«

»Vielleicht hoffte er, dass ich etwas dazu sagen kann. Einen Hinweis, einen Schlüssel, was weiß ich. Aber es waren nur Blumen. Und zwei, drei Landschaften. Aquarelle. Ich wusste gar nicht, dass sie so fleißig zeichnet und malt.« Kenneth Griffins bewegte sich in der kleinen Hütte hin und her wie ein Hund an der Kette. »Jetzt, da Fran tot ist, realisiere ich, wie schlecht ich sie wirklich kannte. Obwohl sie so lange bei uns lebte. Obwohl Martha und ich sie großgezogen haben.«

Tessa flüchtete sich in einen Gemeinplatz. »Ihr habt euer Bestes gegeben, Dad. Ich stelle mir das Aufziehen von Kindern sehr schwierig vor.« Sie rieb die Finger aneinander, bis sie warm wurden. »Was wollte Halprin sonst noch wissen?«

Ihr Vater zuckte die Achseln. »Mehr nicht.«

»Warum bist du nicht in die Sporthalle gekommen?«

»Ich wollte rasch ins Krankenhaus. Ich hoffte, etwas über

Frans Nasenbluten herauszufinden. Das heißt, es ging mir eigentlich nicht nur ums Nasenbluten, sondern um ihre hellblaue Jacke.«

»Die Jacke, die in Whitesand Bay gefunden wurde?«

»Ja. Vielleicht hatte Fran die Jacke im Krankenhaus zurückgelassen. Sie wollte gewiss nicht mit einer blutbefleckten Jacke herumlaufen. Ich fand heraus, wer an jenem Abend Dienst am Empfang hatte.«

»Wer?«

»Lola Dole.«

Tessa stand auf. »Lola Dole könnte die Jacke an sich genommen haben und … und Hogan Dole hat sie in der Whitesand Bay gefunden. Die Doles haben die Jacke nach Whitesand Bay gebracht!«

»Das ist gut möglich, aber nicht bewiesen.«

»Warum würden sie das tun? Aus Rache?«

»Wahrscheinlich. Die Doles wirbeln übrigens schon seit Längerem wieder Staub auf. Sie möchten in Whitesand Bay ein großes Denkmal für Jenny errichten, nicht nur ein einfaches Holzkreuz. Ich habe gehört, ihnen schwebe eine Art Schrein vor, fast ein Wallfahrtsort. Die Sitklat`l lehnen das ab. Whitesand Bay ist ein geweihter Ort für sie, an dem viele ihrer Vorfahren ruhen. Ohne das Einverständnis der Sitklat`l können die Doles überhaupt nichts machen.«

Noch bevor sich Tessa von dieser Neuigkeit erholen konnte, fragte ihr Vater: »Also, was ist mit Melanie Pleeke geschehen?«

Tessa musste sich mit aller Gewalt von der Whitesand Bay in die Sporthalle von Whatou Lake versetzen. Sie beschrieb ihrem Vater den gespenstigen Anblick der dünnen Frau, die wie eine Traumwandlerin auf die RCMP-Leute zusteuerte. »Ihr Gesicht war blutig geschlagen.« Sie zögerte, dann wagte sie den Sprung. »Du hast mir doch einmal erzählt, dass Fran sich Särge im Bestattungsinstitut ansah. Sie hat offenbar auch Melanie Pleeke getroffen.«

»Mit dem Überfall auf Melanie Pleeke hat Fran nun wirklich nichts zu tun.«

Überfall? Was sagte ihr Vater da? Das war es also, ein Überfall?

»Das hab ich nicht gemeint, ich …«

Kenneth Griffins stand plötzlich an der Tür. »Wir gehen besser zurück. Martha nimmt ein Bad und wird bald fertig sein. Savanah kocht Abendessen. Wir sollten sie nicht warten lassen.«

»Savanah ist euch wirklich eine große Hilfe, viel nützlicher als ich«, erwiderte Tessa, um einzulenken.

»Du hilfst uns auf andere Weise, Shmuzzle, es ist gut, dich hier zu haben. Von allen Kindern, die wir großgezogen haben, seid ihr die beiden Einzigen, die uns zur Seite stehen.«

»Hat sich niemand von den ander'n gemeldet?«

»Doch, ein paar haben sich gemeldet. Phillip sprach mit deiner Mutter am Telefon. Alle haben ihre Verpflichtungen und können nicht weg. Aber Phil will bald herkommen, wenn er Zeit findet.« Er sagte es ohne Bitterkeit.

In der Küche trafen sie Savanah beim Hantieren mit Kochbesteck an. Sie hatte das Haar behelfsmäßig hochgesteckt. Der Duft von verschiedenen Gerichten wehte durch das Haus. Savanah rührte in einer großen Pfanne, ohne aufzusehen. »Ihr kommt gerade rechtzeitig. Kann jemand Mom aus der Wanne locken?«

Kenneth Griffins stieg die Treppe hoch.

Savanah ergriff die Gelegenheit, etwas loszuwerden. »Weißt du schon das Neuste? Die Polypen waren in der John-Lough-Highschool.«

Tessa hob fragend die Augenbrauen. »Warum?«

»Keine Ahnung. Vielleicht kann dir dein Beau Ron Halprin mehr verraten, wenn du ihm dein schönstes Lächeln schenkst.«

Tessa setzte gerade zu einer scharfen Replik an. Da sah sie eine neue Tätowierung auf Savanahs Hals.

Ein großes T in einem Kreis.

Tessa packte Savanah am Arm und riss sie herum. Rote Sauce verspritzte auf dem weißen Herd.

»Warum hast du diese Tätowierung?«

Savanah sah sie verständnislos an. »Welche Tätowierung?«

»Hier«, sie stach Savanah mit dem Finger auf den Nacken.

»Das T in dem Kreis. Genau wie an dem Schuppen, in dem man Fran fand!«

»Tessa, was ist los?«, hörte sie ihren Vater fragen, der hereingekommen war, aber sie ignorierte ihn.

»Weshalb hast du diese Tätowierung?«, wiederholte sie.

Savanah legte den tropfenden Löffel hin. »Sag mal, spinnst du, oder was?«

Tessa wurde noch lauter. »Genau dieses Zeichen hat jemand auf das Tor des Schuppens von Bob Barker gemalt!«

»Was?« Savanahs Stirn hatte sich zu Strichen zusammengezogen.

»Genau dieses T im Kreis.«

»Mensch, Tessa, das ist das Logo der *Tennigan Dodgers*. Von unserem Baseballteam, Himmel!«

»Seit wann gibt es dieses Logo?«

»Schon seit Jahren. Du bist wirklich nicht mehr auf dem Laufenden, du hast keine Ahnung, was hier passiert. Jetzt drehst du wirklich durch.« Sie nahm den Löffel wieder zur Hand. »Wegen einer harmlosen Tätowierung, mein Gott.«

Kenneth Griffins mischte sich ein. »Kommt, kommt, Mädels, beruhigt euch. Wir sind alle am Anschlag und …«

Savanah unterbrach ihn. »Dieses Logo, das kennt doch jeder hier. Bob Barker ist sicher ein Fan. Vielleicht sollte sich Tessa einfach abregen.«

»Warum soll Tessa sich abregen?« Martha Griffins stand in einem olivgrünen Bademantel im Türrahmen.

Noch ehe jemand Savanah zurückhalten konnte, spie sie alles aus.

Ihre Mutter sah sie bekümmert an. »Tessa, mein Herz, du solltest versuchen, dich heute Abend etwas auszuruhen«, sagte sie versöhnlich.

Tessa legte ihr den Arm um die Taille. »Ich muss nochmals auf den Polizeiposten, Ron Halprin will mich um sieben Uhr dort sehen.«

»Du triffst heute noch einmal den Sergeant? Warum?« Die Stimme ihrer Mutter war wieder voller Misstrauen.

»Er sagte mir in der Sporthalle, dass er mit mir sprechen will.«

»Zuerst deinen Dad und nun dich. Der sollte sich zur Abwechslung die Millers vornehmen.«

»Ich kann mir nicht vorstellen, dass er das nicht tut«, erwiderte Tessa.

Savanah stellte zwei Schüsseln auf den Tisch. »Nun esst doch endlich. Ich will nicht vergebens kochen.«

Und dann geschah ein kleines Wunder: Sie begannen tatsächlich alle zu essen, schweigend zwar und kleine Portionen, aber es war ein Zeichen ihrer Verbundenheit. Ein Zeichen ihrer Auflehnung gegen das harte Schicksal, das ihnen auferlegt worden war.

Nach dem Essen bedankte sich Tessa bei Savanah fürs Kochen und sortierte das Geschirr in die Spülmaschine. Sie war gerade daran, die große Pfanne zu schrubben, als eine Textnachricht von Ron Halprin einging: *Können Sie jetzt gleich kommen?*

37

Zwanzig Minuten später saß sie Ron Halprin gegenüber. Diesmal ließ sich kein anderer Beamter sehen, und die Tür des Büros war geschlossen. Es fühlte sich fast intim an. Wie ironisch, dachte sie, dass ich seit langer Zeit wieder einem Mann begegne, den ich spannend finde, aber unter Umständen, die eine Annäherung unmöglich machen. Es entging ihr nicht, dass er ein anderes Hemd trug als bei der Veranstaltung am Nachmittag. Sein Haar glänzte noch feucht. Hatte Halprin sich vor ihrem Gespräch tatsächlich Zeit für eine Dusche genommen?

Er musterte sie, während er einen Stapel Blätter auf die Seite schob.

Um das Schweigen zu brechen, fiel sie gleich mit der Tür ins Haus. »Hat der Vorfall mit Melanie Pleeke etwas mit den Morden zu tun, Ron?«

»Könnten Sie als Erstes Ihre Aussagen von gestern durchlesen und dann hier unterzeichnen?« Er reichte ihr das Protokoll der Befragung, die er mit ihr auf Bob Barkers Grundstück durchgeführt hatte. Sie nahm sich Zeit, alles genau zu lesen. Wer immer für das Transkribieren verantwortlich war, hatte gute Arbeit geleistet. Sie fühlte seinen Blick auf sich, während sie ihre Antworten durchging. Sie unterzeichnete, sah auf und verlor keine Sekunde, als sie sofort wieder zu ihrer Frage zurückkam:

»Gibt es einen Zusammenhang zwischen dem Angriff auf Melanie Pleeke und den Morden?«

Halprin prüfte ihre Unterschrift. »Vielleicht. Hatte Melanie Pleeke Feinde?« Tessa lehnte sich zurück. »Ich nehme an, Sie haben den Ehemann unter die Lupe genommen. Ich habe ihn nicht in der Sporthalle gesehen. Vielleicht ist es ein Fall von häuslicher Gewalt.«

Er schien ihre Theorie nicht zu glauben. »Mrs Pleeke sagte uns, jemand habe sie von hinten am Genick gepackt, als sie an ihrem Auto stand, und ihr Gesicht frontal auf die Scheibe geknallt.«

Tessa schloss kurz die Augen. Das war noch schlimmer, als sie befürchtet hatte. »Wie geht es ihr?«

»Sie hat eine gebrochene Nase.«

»Den Angreifer hat sie also nicht gesehen?«

»Nein. Als sie sich wieder aufrappeln konnte, war niemand zu sehen. Wer könnte so einen Hass auf Melanie Pleeke haben?«

»Das müssten Sie besser wissen, Ron. Sie haben voher mit ihr gesprochen. Hat sie jemanden angeschwärzt?«

»Sie hat uns eine Hellseherin empfohlen. Deshalb hat sie uns kontaktiert.«

Tessa war perplex. »Das war alles?«

»Nein, sie ist auch über die moderne Medizin im Allgemeinen und die Psychiatrie im Speziellen hergefallen und hat verneint, je mit Fran Miller Rückführungen gemacht zu haben. Sie hätten lediglich über Heilfasten und Visualisierungen gesprochen.«

»Und Sie glauben ihr das?«

Er ließ die Frage offen und fuhr fort: »Mrs Pleeke teilte uns mit, Fran habe regelmäßig Cannabis gegen ihre Muskelschmerzen eingenommen. Das habe ihr sehr geholfen.«

»Und von wem bezog sie ihr Cannabis?« Kaum hatte Tessa die Frage ausgesprochen, kannte sie die Antwort. »Vom Wildhüter.«

Halprin nickte und sah sie an. »Kaffee?«, fragte er nach einer Weile.

Sie lehnte dankend ab. »Fran hat wohl bereits in ihrer Jugend unter Depressionen gelitten. Das habe ich nicht gewusst, bis meine Mutter mir gestern davon erzählte. Meine Eltern … sie wollten offenbar nicht, dass andere davon erfuhren. Früher hat man nicht offen über psychische Krankheiten geredet. Wahrscheinlich wollte auch Fran nicht, dass es bekannt wird.«

»Wir studieren Frans Krankheitsgeschichte.«

Natürlich. Das war etwas, was die Ermittler brennend interessieren musste. »Fran kommt also immer noch als Täterin infrage?«

»Wir untersuchen alle Möglichkeiten.«

Das Ziehen in ihrem Magen verstärkte sich. »Was hat zu Frans Tod geführt?«

»Die Untersuchung der Todesursache ist noch nicht abgeschlossen«, erwiderte Ron nach einer Pause.

Tessa versuchte, seine Mimik zu deuten. Ihr war klar, dass er dasselbe mit ihr tat. Der Sergeant saß schräg in seinem Stuhl, eine Hand auf der Tischkante, die andere umfasste die Armlehne. Die Hemdsärmel diesmal nicht hochgerollt.

»Ich dachte, Sie wollten mir etwas zeigen«, warf sie ihm hin.

»Hat Melanie Pleeke Feinde gehabt?« Er konnte genauso hartnäckig sein wie sie.

Jetzt hätte sie doch einen Kaffeebecher in Händen halten wollen, und sei es nur, um sich abzulenken. Sie war zu dem Schluss gekommen, dass Halprins Fragestrategie war, keine Strategie erkennen zu lassen. Das war ihr schon bei ihren früheren Treffen aufgefallen. Er schlug Haken wie ein Hase, der seine Feinde täuschen will.

»Ich kenne Melanie Pleeke nicht persönlich, ich habe nie mit ihr gesprochen oder mit ihr zu tun gehabt.«

»Das beantwortet meine Frage nicht.«

»Wenn sie rumgeht und erzählt, wer wem illegal Marihuana liefert, dann vielleicht schon.«

Ron Halprin entging sicher nicht, dass sie um den heißen Brei herumredete. Aber seltsamerweise verfolgte er diese Spur nicht weiter. Hatte er bereits einen Schuldigen im Visier?

»Wir haben eine Liste mit Personen, die sich Bob Barkers Grundstück zeigen ließen. Fällt Ihnen etwas dabei auf?« Er schob ein Blatt Papier vor sie hin.

Sie beugte sich vor und las ein Dutzend Namen. Die meisten

kannte sie. Leute aus dem Dorf. Ihr Vater stand darauf, Lionel Miller auch. Und Immobilienagent Hogan Dole. Dann einige Namen, die sie nicht kannte.

»Ja, etwas fällt mir auf«, sagte sie schließlich. »Lauter Männer. Wahrscheinlich hat Lola Dole das Grundstück gekannt. Und mein Name fehlt. Ich war mit meinem Vater dort.«

Halprin nickte bedächtig. »Das haben Sie mich bereits wissen lassen.«

Sie schob das Blatt zu ihm hinüber.

Er nahm betont langsam einen Schluck Kaffee zu sich, bevor er fragte: »Sind Sie irgendwie mit Telford Reed liiert?«

Ihr blieb sekundenlang die Sprache weg. Dann fasste sie sich wieder. »Was meinen Sie genau mit ‚irgendwie liiert'?«

»Stehen Sie mit ihm in einer Liebesbeziehung? Oder in einer sexuellen Beziehung?«

Ihr war klar, warum er diese Frage stellte. Die Art der Beziehung war für die Polizei von Interesse, wenn es Leute im Umfeld eines Verbrechens waren. Menschen schützten ihre Sex- oder Liebespartner, sie würden vielleicht für sie lügen, ihnen ein falsches Alibi geben, sie zu Geheimhaltung überreden oder etwas über sie verschweigen, was wichtig wäre.

»Nein, es ist nichts zwischen mir und Telford Reed.«

Sie ließ den Satz im Raum stehen, während sie nachdachte. Hatte jemand sie und Telford beobachtet, als er sie im Tennigan Park in den Armen hielt?

Halprin schob die nächste Frage blitzschnell nach: »Sie waren mit ihm in der Watershed Lodge?«

»Nein, das stimmt so nicht. Ich flog allein zur Lodge, um Noreen Chelin zu treffen. Telford Reed sah ich dort zufällig, er mich aber nicht. Dann ist er verschwunden, und ich hatte nicht mal mit ihm gesprochen.«

Halprins Schweigen nach ihren Antworten beunruhigte sie weit mehr, als wenn er sie ausgequetscht hätte.

Sie konnte sich indes denken, warum er an Telford Reed interessiert war. Tsaytis Chelin hatte der Polizei einen anonymen Tipp über Reeds Treffen mit Fran bei der Hütte am Bibersee gegeben.

Sie wurde das Gefühl nicht los, dass Halprins Fragen eine Warnung an ihre Adresse waren. Sie entschied sich, ihn aus der Reserve zu locken. »Warum fragen Sie? Hat Telford Reed etwas mit Frans Tod zu tun?«

»Haben *Sie* diesen Verdacht?«

»Das … darüber habe ich mir noch keine Gedanken gemacht.«

Der Sergeant sah sie nachdenklich an. Viel zu lange für ihren Geschmack. Sie fühlte sich seinen hellen Augen schutzlos ausgeliefert. Sie ließ den Blick auf seine locker verschlungenen Hände gleiten, die muskulösen Finger, die sie sonst nicht bei Schreibtischmenschen antraf.

»Was wollten Sie mir zeigen, Ron?«, fragte sie, um die Spannung aufzulösen. »Nur die Liste?«

»Das hier.« Er legte einen Stapel loser Blätter vor sie hin.

Sie blätterte durch die Seiten. Und war enttäuscht. Genau das, was er ihrem Vater bereits gezeigt hatte. Aquarelle von Landschaften und Pflanzen. Sie erkannte den Bibersee und sie erkannte die Lichtung um Frans Haus. Mehrere Zeichnungen und Aquarelle von Blumen. Viele Blumen. Wildblumen und Zierblumen.

Sie sah Halprin an. »Die gehören Fran, nehm ich an.«

»Haben Sie sie schon mal gesehen?«

»Nein, ich sehe sie zum ersten Mal. Ich sah Fran rasche Entwürfe in einen Skizzenblock zeichnen, als ich sie einmal besuchte. Sie hat mir allerdings nichts wirklich gezeigt, ich hatte das Gefühl, sie wollte das privat halten.«

»Haben Sie nochmals darüber nachgedacht, wo sich dieser Skizzenblock befinden könnte?«

Sie schüttelte den Kopf. »Ich glaube, wir sprachen schon einmal darüber. Ich hatte den Eindruck, es war so etwas wie ein Tagebuch für sie. Schreiben war nicht ihre Art, sich auszudrücken. Sie haben nichts im Haus gefunden?«

»Wir haben einiges gefunden, aber nichts, was Ihrer Beschreibung entspricht.«

Tessa legte die Bilder zurück. »Warum zeigen Sie mir die? Was erhoffen Sie sich davon?«

Er wählte einige der Zeichnungen aus und hielt sie hoch. »Wer brachte Fran diese Blumen? Sie sind offensichtlich in einem Laden gekauft.«

Sie sah genauer hin. Fran hatte ihren Namen und das Datum in die rechte Ecke der Zeichnung gekritzelt.

»Es gibt nur einen Blumenladen in Whatou Lake, er gehört Melanie Pleeke. Aber das wissen Sie bestimmt.« Sie zögerte. »Ich ... kann mir aber nicht vorstellen, dass Fran ihr Geld für teure Schnittblumen ausgegeben hat, die man einfliegen musste.«

»Hat sie vielleicht die Blumen im Laden fotografiert und dann gezeichnet?« Halprin sah sie fragend an, bevor er mit seinem Gedankenstrang fortfuhr. »Oder sie hat die Blumen in einem Haus skizziert, in dem sie sich aufgehalten hat, während sie Whatou Lake besuchte.«

»Mein Vater hat Ihnen wahrscheinlich gesagt, dass Fran in den vergangenen Monaten nicht in unserem Elternhaus übernachtet hat. Und meine Mutter kauft nie Schnittblumen. Sie mag sie lieber im Garten.«

Er stellte den Kaffeebecher an den Rand des Schreibtischs, außer Reichweite der Unterlagen. Seine Bewegungen hatten nichts Schwereloses an sich, ihr schien, als ob er eine riesige Gedankenlast herumschöbe wie eine beladene Palette.

Dachte er an Melanies Wohnung? Sie konnte sich nicht vorstellen, dass Fran bei ihr Blumen skizziert oder fotografiert hätte. Sie hatte sie nicht wegen eines Zeichenkurses aufgesucht. Oder gehörte das zu den Visualisierungen, von denen Melanie Pleeke geredet hatte?

Erleichtert registrierte Tessa, dass Halprin das Thema wechselte. »Wir haben die Untersuchung von Hank und Fran Millers Haus und in der Umgebung fast abgeschlossen. Die Angehörigen können das Haus und Gelände ab übermorgen betreten.«

Alles in ihr spannte sich an. Auf diese Nachricht hatte sie sehnlichst gewartet, aber in diesem Moment kam sie überraschend.

Bevor sie etwas sagen konnte, fuhr Halprin fort: »Möchten Sie den Tatort zuerst von einem professionellen Unternehmen reinigen lassen?«

Tatort. Blutspritzer. Spuren von Gewalt. Spuren des grausamen Todes der Kinder. Breena, Kayley, Clyde. Sie holte tief Luft und antwortete: »Nein, das ist nicht nötig.« Sie wollte die Stellen sehen, an denen Hank und die Kinder ermordet wurden. Alles war besser als die Ungewissheit. Vielleicht konnte sie endlich verstehen, was sich dort abgespielt hatte. Vor allem wollte sie keine Fremden mehr in Frans Haus sehen, auch kein Reinigungspersonal. »In unserer Gegend finden wir niemanden, der das machen könnte«, fuhr sie fort. »Wir werden uns selber darum kümmern. Haben Sie den Millers schon Bescheid gegeben?«

»Nein, das werde ich morgen tun.«

Sie begegnete seinem Blick. Gab er ihr einen Zeitvorteil?

»Wann wird das Haus genau freigegeben?«

Halprin sammelte die Blätter mit Frans Werken ein und steckte sie in eine Mappe. »Wenn die Absperrbänder weg sind und das Siegel an der Tür.«

Das war die Information, die sie brauchte. Sie fühlte sich wie unter Strom. Ihre Hand zeigte auf die Mappe. »Werden wir sie zurückerhalten? Es sind Andenken an Fran, und meine Eltern möchten ihre Werke bestimmt aufbewahren.«

»Ich muss Sie noch um etwas Geduld bitten, ich werde Ihnen Bescheid geben.« Er rollte den Stuhl nach hinten und dann wieder vor. »Das wollte ich Ihnen noch sagen: Wir haben auf der Farm eine Art Grab mit einem Holzkreuz entdeckt. Rosie steht darauf.«

»Das ist die dritte Katze. Sie … Ich wusste nicht, dass Rosie gestorben ist.«

»Wir haben das Grab untersucht. Es ist eine Katze darin. Ist es die Katze, die Sie gesucht haben?«

»Ja. Ich … ich habe Ihnen das fleckige Halsband gebracht.« Sie strich sich nervös über die Wange. »Jetzt versteh ich noch weniger, warum wir es auf dem Pfad nach Whitesand Bay gefunden haben.«

Er beugte sich vor, die Unterarme auf den Schreibtisch gelegt. Seine Hände, von denen Tessa die Augen nur schwer lösen konnte, spielten mit einer großen Büroklammer. »Die Katze im Grab trug kein Halsband.«

»Stammte das Blut auf dem Halsband von der Katze?«

»Spekulieren wir doch einmal, dass es so war.«

»Vielleicht war die Katze schwer verletzt und starb. Vielleicht wurde sie von einem wilden Tier angefallen. Die Kinder hätten wahrscheinlich das Halsband als Erinnerung behalten wollen.«

»Und dann?«

»Jemand hat es von der Farm mitgenommen und absichtlich auf den Waldweg gelegt. Am Tag, als wir nach Fran suchten.« Sie sah ihn an. »Es kann nicht Fran gewesen sein, nicht wahr? Da war sie schon tot.«

Ron schwieg. Sie hätte viel dafür gegeben, seine Gedanken zu lesen. Glaubte er, *sie* hätte das Katzenhalsband auf den Waldweg gebracht? Aber was für ein Motiv sollte sie – oder irgendjemand – dafür gehabt haben? »Ich wünschte, ich könnte Ihre Gedanken lesen«, sagte sie laut. Es klang fast wie ein Seufzer.

Er stutzte kurz, ein Staunen erhellte sein anziehendes Gesicht. Ein Staunen – oder etwas anderes. Tessa sträubte sich zu erkennen, was sekundenlang im Raum schwebte. Dann war der Moment vorbei. Halprin stand auf und hielt ihr die Hand entgegen. »Danke, dass Sie gekommen sind.«

Sie drückte die ausgestreckte Hand, die sich warm und stark anfühlte. Halprins spontane Geste ermutigte sie zu fragen: »Wie kommen Sie voran?«

Er räusperte sich. »Wir haben schon viel mehr Licht ins Dunkel bringen können. Ich …« Dann stoppte er sich. Als er nichts mehr anfügte, ergriff sie wieder das Wort: »Ich möchte nicht … belehrend klingen«, sagte sie. »Aber könnten Sie die Leute ermuntern, sich anonym zu melden, ohne … ohne gleich herausfinden zu wollen, wer der jeweilige Informant ist? In einem Dorf wie Whatou Lake ist es manchmal die einzige Art, wie man der Polizei zu helfen wagt. Die Leute müssen hier weiterleben können. Verstehen Sie, was ich meine?«

Er hob den rechten Arm ein wenig und ließ ihn wieder sinken. »Ich verstehe Sie sehr gut, Tessa«, sagte er. »Wahrscheinlich besser, als Sie annehmen.«

Wortlos nickte sie ihm zu und ging schnell zur Tür.

»Wollen Sie die mitnehmen?«, hörte sie ihn rufen. Sie drehte sich um.

Ron Halprin hielt eine Plastiktüte in der Hand. Ihre Pistole.

»Wirklich? Ich darf sie zurückhaben?«

»Sondergenehmigung von mir. Die Waffe wurde ja nicht für ein Verbrechen eingesetzt. Aber wenn Sie sie nochmals verlieren, werde ich dafür sorgen, dass Ihnen die Tragelizenz entzogen wird.«

»In letzter Zeit verliere ich viele Dinge. Ich hab auch eine Speicherkarte verloren, die mir die junge Bärenforscherin in der Watershed Lodge für die Polizei mitgab. Sie hat möglicherweise einen Wilderer gefilmt.«

Er schob die Unterlippe kurz vor. »Eine Speicherkarte haben wir bei Bob Barkers Schuppen gefunden.«

»Das ist sie bestimmt!«, rief sie erleichtert.

»Ich muss Sie enttäuschen. Darauf ist nichts zu erkennen. Nur verschwommene Schatten.«

38

Tessa rief im Auto Kratz Hilders Büro an und buchte einen Flug. Sie hatte die Hälfte der Heimfahrt hinter sich, als ihr Savanahs Ford Fiesta entgegenkam. Sie hielten beide am Straßenrand und stiegen aus.

»Ich geh Melanie im Krankenhaus besuchen«, rief ihr Savanah zu.

Tessa war verblüfft. »Kennst du sie denn näher?«

»Wir sind beide im Fundraising-Komitee der United Church.«

Tatsächlich. Savanah als fleißige Geldsammlerin für die Kirche. Noch eine unerwartete Entdeckung. Auch Lola Dole war ein umtriebiges Mitglied der United Church. Und Cindy Miller.

»Darf man sie denn besuchen?«

»Klar, ich hab mit ihr telefoniert.« Savanah schien stolz auf ihre Enthüllung zu sein. »Obwohl ich sie fast nicht verstehen konnte. Sie hat ein gebrochenes Nasenbein.«

»Wie geht es ihr?«

»Mies, natürlich. Sie geben ihr starke Schmerzmittel.«

»Hat sie was erzählt?«

»Nein. Sie kann wie gesagt fast nicht sprechen. Ich erfahre vielleicht im Krankenhaus mehr von ihr.«

»Wer würde Melanie so was antun? Hast du eine Ahnung?«

»Nicht die Bohne. Sie is' 'n bisschen spleenig, legt Karten und so. Sie glaubt an Geister. Alles ist Karma für sie.«

Tessa lief ein Schauer über den Rücken. »Es hätte doch Zeugen geben müssen.«

»Melanie kam verspätet. Alle waren schon in der Halle.«

»Und Melanies Mann? Wie reagiert er?«

»Er will, dass sie mit diesem Kram aufhört. Dass sie keine Séancen und solche Dinge mehr macht.«

»Er glaubt also, der Überfall habe damit zu tun?«

Savanah zog die orange Kunstlederjacke fester um sich. »Er ist natürlich schockiert. Er war schon immer dagegen. Deshalb hat sie es manchmal gemacht, wenn er weg war.«

»Wo war er, als das mit Melanie passierte?«

»Sie dachte, er sei in der Sporthalle, aber da war er nicht.«

»Wo war er dann?«

»Er sagt, er sei am Flughafen gewesen und habe die Särge in Empfang genommen.«

Die Särge. Für Breena, Clyde und Kayley. Für Hank und Fran.

Savanah öffnete die Autotür. »Ich muss los. Willst du mitkommen?«

Tessa war innerlich zerrissen. Sie hätte gern Melanie Pleeke einige Fragen gestellt. Aber nicht, wenn Savanah dabei war.

»Nein … nein, ich … wir können Mom und Dad nicht allein lassen. Morgen bin ich den ganzen Tag weg. Kannst du wieder nach ihnen schauen?«

»Wo willst du hin?«

Die Ausrede, die Tessa sich schon vorher bereitgelegt hatte, kam ihr leicht über die Lippen. »Rechtliche Angelegenheit. Ich muss herausfinden, was mit Frans Nachlass ist.«

Savanah nickte. »Ja, mach das, bevor es die Millers tun. Die sind bestimmt auch scharf darauf. Ich werde morgen früh wiederkommen.«

Tessa hätte sie vor Erleichterung umarmen wollen. Aber Umarmungen hatte es zwischen Savanah und ihr nie gegeben. Und in diesem Moment konnte sie diese Hürde auch nicht überspringen.

• • •

Die Haustür war unverschlossen, als Tessa bei ihren Eltern anlangte. Sie verriegelte die Tür und legte den Bolzen vor.

Ihr Vater kniete im zwei Stockwerke hohen Wohnraum vor dem Ofen und schob Holzscheite hinein. Der unverkennbare Duft von Zedern stieg ihr in die Nase. Sie ging neben ihm in die Hocke. »Dad, ihr müsst die Tür immer verschließen. Hier laufen Gewalttäter herum.«

Kenneth Griffins griff nach dem Schürhaken und stieß die Scheite weiter ins Feuer hinein. Sie wich dem Eisen aus, als er es wieder auf die Fliesen legte.

»Ist doch gut, wenn sie kommen«, brummte er. »Dann kann ich ihnen gleich den Garaus machen.«

Er stand ächzend auf. Sein Gesicht sah nicht mehr so abgrundtief erschöpft aus, stellte Tessa erleichtert fest. Der Schlaf am Morgen musste ihm gutgetan haben. Eine Ruhepause, bevor ihn wieder eine Welle der Verzweiflung überrollen würde.

»Während du weg warst, sind ein paar Journalisten aufgetaucht«, bemerkte er. »Savanah hat sie mit dem Reisbesen vertrieben.«

»Dad, das ist kein Scherz. Du musst auch an Mom denken.«

»Sie liegt auf dem Bett und telefoniert mit ihren Verwandten.«

Sie redet mit anderen, aber nicht mit mir, dachte Tessa. Und ich erzähle ihr auch nicht alles. Sie kämpften beide mit ihren Emotionen. Ihr Dad schnäuzte sich die Nase. »Was wollte Halprin von dir?«

Das erzählte ihm Tessa, als sie in der Küche saßen. Dann gab sie ihm die dringendste Neuigkeit: »Frans Haus wird von der Polizei übermorgen freigegeben.«

»Wir müssen so schnell wie möglich hin.«

»Das hab ich vor. Heute ist es zu spät, aber ich hab einen Flug mit Kratz Hilder gebucht. Er kann mich morgen da hinbringen. Unser Zeitvorsprung gegenüber den Millers ist nicht groß.«

»Mit Kratz willst du da hin? Hält der dicht?«

»Ich hab's mit ihm besprochen. Er sagt niemandem was. Wird

mich eine schöne Stange Geld kosten. Ich werde vom Bibersee zur Farm wandern. Später kann ich Hanks Quad nehmen.«

»Bist du sicher, dass Harrison von Kratz nichts erfährt?«

»Ziemlich sicher. Als ich kürzlich von ihm eine Auskunft über einen Kunden wollte, hat Kratz nichts verraten. Seine Frau auch nicht. Die wollen doch keine Probleme für ihr Geschäft.«

»Ja, vor allem jetzt nicht. Der muss seine Kunden bei der Stange halten.« Bevor Tessa fragen konnte, was er damit meinte, fuhr ihr Vater fort: »Du musst allein da hin, mein Käfer. Sonst fällt es auf. Je weniger Leute davon wissen, umso besser.«

»Du wirst Mom also nichts sagen?«

»Das würde sie nur belasten.«

»Du sagst auch Dana nichts?«

Ihr Vater sah sie verblüfft an, bevor er erwiderte: »Auch Dana nicht.«

Eine Pause entstand. »Und die Polizei?«, fragte er.

»Ich flieg offiziell nur zum Bibersee. Das ist ja nicht verboten.«

»Und wenn noch Leute von der RCMP im Haus sind?«

»Dann warte ich einfach. Der Sergeant sagte, wenn die Absperrbänder und Siegel weg sind, kann ich rein. Ich glaub nicht, dass die morgen den ganzen Tag noch bleiben. Die haben sich bestimmt ein bisschen Zeitspielraum gegeben.«

Ihr Vater rieb sich das Kinn. »Hat dir die Polizei deine Pistole zurückgegeben?«

»Ja.«

»Nimm sie mit, Shmuzzle, du kannst dort nicht ohne Waffe rumlaufen. Und nimm auch Pfefferspray und eine Leuchtpistole mit. Du kannst morgen mit dem Pathfinder zum Hafen fahren. Ich kann ihn dort abholen.«

Tessa schluckte. Sie realisierte plötzlich, dass sie ganz auf sich gestellt sein würde. In der Wildnis hatte sie keine Verbindung zur Außenwelt. Und wenn der Mörder dort herumschlich? Manche Täter kehrten zwanghaft zum Ort ihres Verbrechens zurück.

»Funktioniert das Funktelefon in Frans Haus?«, fragte sie.

»Ich nehme an. Aber wenn du das benützt, wissen gleich alle, wo du bist.«

»Nur für den Notfall.«

»Willst du nicht Savanah mitnehmen?«

»Nein.« Ihre Stimme klang schärfer als beabsichtigt. »Haben wir uns nicht gerade geeinigt, dass wir keine Mitwisser wollen?«

»Okay, okay«, sagte ihr Vater beschwichtigend. »Du bist tapfer. Mach möglichst viele Fotos. Ich will wissen, was da los war.«

Kenneth Griffins stand auf und ging wieder zum Ofen im Wohnzimmer. Tessa erhob sich ebenfalls und folgte ihm. Von oben hörte sie Martha Griffins' abgeschwächte Stimme, untermalt vom Knacken und Knistern des Kaminfeuers. Sie bemerkte die beiden Katzen auf dem Teppichläufer. Sie saßen so dicht nebeneinander, dass kein Zwischenraum zu sehen war. »Sie warten darauf, sich vor dem Ofen in der Wärme hinzulegen«, erklärte ihr Vater.

Tessa spürte die Hitze des Feuers durch die Scheibe der Ofentür. »Ich weiß jetzt, was mit Rosie, der dritten Katze, passiert ist. Sie liegt vor Frans Haus begraben. Ron Halprin hat es mir erzählt. Hast du etwas davon gewusst?«

Ihr Vater schüttelte den Kopf. »Nein, und Martha sicher auch nicht, sonst hätte sie es erwähnt. Merkwürdig. Die Kinder hätten es ihrer Oma sicher erzählt. Rosie war Breenas Katze, glaub ich. Jedes Kind besaß eine Katze.«

»Ich fand Rosies Halsband auf dem Pfad, der zur Whitesand Bay führt.«

»Ja, das hat uns Savanah berichtet. Mit Blut drauf, sagte sie.«

»Ja. Ich hab keine Ahnung, wer es dort hingelegt haben könnte. Und warum.«

Ihr Vater betrachtete die Flammen. »Blut von wem?«

»Halprin hat es mir nicht verraten. Er müsste zumindest wissen, ob es menschliches oder tierisches Blut ist.«

»Er lässt uns ganz schön im Ungewissen, dieser Sergeant.«

»Boyd, mein Büropartner, sagte mir, dass Halprin dafür bekannt sei. Ein unorthodoxes Vorgehen, wenigstens auf den ersten Blick. Aber Boyd behauptet, dahinter stecke eine raffinierte Methode.«

»Die RCMP redet mit vielen Leuten.«

Sie standen gedankenverloren da. Tessa sah ins flackernde Feuer. Es warf ein zuckendes Licht auf Boden und Wände.

»Harrison hasst dich nun noch mehr«, murmelte Tessa. »Weil du die beiden Hunde weggebracht hast.«

Kenneth Griffins schnaubte entrüstet. »Glenda ist mir bestimmt dankbar. Die hätte viel lieber Frans Hühner genommen als Hanks Hunde. Sie kümmert sich manchmal um Cindys kleinen Köter, wenn Cindy weg muss, das reicht ihr.«

»Warum?«

»Glenda kann nicht begreifen, dass Cindy all das Geld für einen kranken Hund ausgibt. Cindys Hund braucht jeden Tag eine Injektion.«

»Es geht aber nicht um Glenda, es geht um Harrison.«

»Harrison ist doch nie zu Hause. *Sie* müsste sich um die Hunde kümmern. Das hat ihr gerade noch gefehlt.«

»Sie hat ihn heute gesucht. Ich traf sie bei Cindys Boutique.«

»War er dort?«

»Nein, und Cindy war auch schon weg.«

»Warum hat ihn Glenda dort gesucht?«

»Sie sagt, er hilft Cindy oft mit der Buchhaltung.«

»Wahrscheinlich finanziert er den Laden.«

»Warum würde er das tun?«

»Damit Cindy nicht wegläuft. Whatou Lake ist ja nicht gerade so aufregend wie Las Vegas.«

»Jetzt wird Glenda keine Enkelkinder mehr haben.«

Kaum hatte sie die Worte ausgesprochen, erkannte sie ihren Fehler. Auch ihre Eltern betrachteten Breena, Clyde und Kayley als ihre Enkel. Aber ihr Vater schien ihre Worte gar nicht richtig erfasst zu haben.

»Da bin ich mir nicht so sicher«, mutmaßte er, »Harrison hat sicher irgendwo mehr Kinder gezeugt.«

»Warum sagst du so was?«

»Weil er so ein Typ ist, Tessa. Ein verdammter Frauenheld.«

Ein Gedanke formte sich in ihrem Kopf. *Vermutete Fran, Harrison Miller sei ihr leiblicher Vater?*

Oben auf der Treppe regte sich ihre Mutter. »Tessa, bist du zurück?«

»Ja, Mom.« Tessa ging in den Korridor. »Ich wollte dich nicht stören.« Sie stieg die Treppe hoch. Ihre Mutter stand in einem flauschigen Schlafanzug auf dem Treppenabsatz, die Arme um sich geschlungen. Tessa wurde plötzlich von einer großen Zuneigung zu ihr erfasst und drückte den vom Bett noch warmen Körper ihrer Mutter an sich.

»Wollen wir uns ein bisschen zusammen hinsetzen und plaudern, Mom?«

»Gern, mein Liebes. Aber lieber morgen. Es ist spät. Ich habe stundenlang telefoniert und brauche eine Pause. Was wollte die Polizei von dir?«

Ja, was wollte Halprin eigentlich von ihr? »Er fragte mich über Melanie Pleeke aus und ob sie Feinde habe.«

»Ich versteh die Polizei nicht. Was hat das mit Fran und Hank und den Kindern zu tun? Die sollten sich zuerst damit befassen. Melanie lebt ja noch.« Martha Griffins hielt sich am Treppengeländer fest. Aus der Küche drangen Klappern und Miauen herauf.

Tessa strich ihrer Mutter das Haar aus dem Gesicht. »Er hat mir auch Zeichnungen von Fran gezeigt und mir dazu Fragen gestellt. Ich denke, die schauen sich wirklich jedes Detail an.«

»Die sehen den Wald vor lauter Bäumen nicht mehr, wenn du mich fragst.«

»Mom, hast *du* die Katzenhalsbänder gekauft? Hast du sie bei Cindy gekauft?«

Martha Griffins sah sie verwirrt an. »Wovon redest du?«

»Die Bänder, die die Katzen tragen. Ich hab sie in Cindys Boutique gesehen. Hast du sie dort für die Kinder gekauft?«

»Nein. Wie kommst du darauf?«

»Ich frage mich nur, wer sie gekauft hat. Cindy behauptet, Fran sei nie in ihrer Boutique gewesen.«

Von unten rief Kenneth Griffins: »Liebling, ich mache Tee für uns.«

»Du bist ein Engel«, antwortete seine Frau. Sie zupfte mit den Fingern an ihrem flauschigen Pyjamaoberteil. »Wo ist Savanah?«

»Sie ist ins Dorf gefahren.« Tessa hielt es für besser, nicht nochmals Melanie Pleeke zu erwähnen.

Martha Griffins nahm ihre Hand: »Komm, ein Tee wird dir auch guttun.«

»Ich zieh mich rasch um, Mom.« Sie küsste ihre Mutter auf die linke Wange und schlüpfte in ihr Schlafzimmer.

Draußen legte sich die Dämmerung über Berge, Tal und Wälder. Von den Gipfeln waren nur noch dunkle Umrisse zu sehen. Tessa machte Licht und zog die Gardinen zu.

Sie hängte ihre neue Bluse auf und wechselte in ein bequemes Yogaoutfit. Von unten hörte sie, wie die Tür des Holzofens geöffnet und wieder geschlossen wurde. Das Miauen der Katzen wurde lauter und verstummte dann. Sie mussten ihr Futter erhalten haben. Tessa holte ihren Laptop heraus und beantwortete einige E-Mails. Bei privaten Anfragen von Freunden und Verwandten schrieb sie nur: »Lieb, dass ihr an mich denkt. Werde mich bald melden.«

Im Schein der Nachttischlampe öffnete sie einen elektronischen Ordner. Bilder von ihrem letzten Besuch auf Frans Farm. Breena, die stolz ihre glitzernd lackierten Fingernägel vorzeigt. Kayley auf dem Quad mit Hank, die kleinen Hände auf dem Motorradlenker, Entzücken im Gesicht. Hank in der Küche, gefrorenes Elchfleisch in den Händen, das er für den nächsten Tag auftauen lassen wollte. Clyde neben ihm, mit einer der Katzen im Arm. Die Katze trug noch kein Halsband. Fran, die stolz ihren Kräutergarten unter einer Wärmelampe vorzeigt. Petersilie, Basilikum, Minze und Thymian. Ein Foto mit ihr selbst, als sie den Kindern aus Harry Potter vorliest.

Wieder Fran, diesmal beim Füttern der Hühner. Sicher waren die Bären ums Haus gestrichen, weil Fran Hühner besaß. Hank war nicht glücklich damit, aber wie immer hatte er Frans Wünsche toleriert. Auf dem nächsten Bild standen sie zusammen vor dem Haus, Hanks Arm um Frans Schultern und Frans Arm um seine Hüfte. Fran sah so jung aus, mit ihrem Hippielook und dem blonden glatten Haar, das ihr über die Schultern fiel. Frans liebliches Gesicht im Schein der Kerzen auf dem Geburtstagskuchen, den Hank für sie gebacken hatte. Das war vor zwei Jahren gewesen. Wann waren Schatten auf ihre Beziehung gefallen?

Dann Fotos von Clydes Lieblingsspiel. Er versteckte einen Gegenstand, und die anderen mussten ihn suchen, während er sie mit den Hinweisen *Heiß*, *Lauwarm* und *Kalt* zum Versteck führte. An jenem Tag hatte er Tessas Sonnenbrille im Hühnerhaus versteckt. Breena fand sie glücklicherweise unzerkratzt. Sie hielt sie stolz in die Kamera, Hühnerfedern im Haar. Tessa konnte sich von den Fotos nicht losreißen. Sie erschienen ihr so kostbar, so unersetzlich.

Sie hörte Schritte heraufkommen. Ihr Vater erschien mit einer Tasse im Türrahmen. »Du emsiges Bienchen«, sagte er mit Blick auf den Laptop. Dann sah er ihr tränenüberströmtes Gesicht. Zitternd stellte er die Tasse auf den Nachttisch und setzte sich zu ihr auf die Bettkante.

»Bilder von meinem letzten Besuch bei Fran.« Ihre Worte kamen verzerrt heraus. Dad nahm ihre Hand. »Das hab ich heute auch getan. Bin durch die Fotos gegangen. Ich musste damit aufhören, denn … wegen meiner Wut, ich musste aufhören, weil mich die Wut auf den Mörder fast auffrisst.«

Ihr Vater hielt sie fest, bis sie zu weinen aufhörte. Dann reichte er ihr die Schachtel Taschentücher von der Kommode. Tessa hörte Stimmen von unten.

Kenneth Griffins seufzte. »Marthas Freundin Jenita. Ich hab's aufgegeben, Gerüchte von Martha fernzuhalten.«

»Mom ist stärker, als du denkst, Dad.«

»Ich hoffe es, Shmuzzle, ich hoffe es.«

Er hob die Katze hoch, die ihm gefolgt war, das Tier wand sich jedoch und er ließ es wieder laufen.

»Ich bleibe im Bett«, schniefte Tessa, »ich will nicht so unter Leute gehen.«

Ihr Vater nickte. »Ich hoffe, du kannst heute Nacht schlafen. Du hast morgen einen langen Tag vor dir. Brauchst du ein Schlafmittel?«

»Ausnahmsweise«, sagte sie. Sie schluckte, was ihr Vater ihr gab. Leise schloss er die Tür hinter sich.

Sie programmierte den Wecker auf ihrem Handy. Dann griff sie nochmals nach dem Laptop, um den Ordner zu schließen. Plötzlich kam ihr eine Idee, wo sie vielleicht Frans Fotoapparat finden würde.

Sie musste so schnell wie möglich zur Farm.

39

»Kratz ist noch nicht da. Er musste zu einem Notfall nach Flat Island fliegen. Es tut mir wirklich leid.« Die Frau des Piloten gab sich Mühe, zerknirscht zu wirken.

Ich bin auch ein Notfall und ich habe viel Geld für diesen Flug bezahlt, hätte Tessa am liebsten gerufen. Sie beherrschte sich nur mit großer Anstrengung.

»Wann ist er zurück?«

»Versuchen Sie's noch mal um zehn.«

In zwei Stunden. Bisher war alles so gut gelaufen. Die Schlaftablette hatte sofort gewirkt, und für den Tag war beständiges Wetter angesagt. Kein Mensch saß im Warteraum, das hieß, für ihre Pläne gab es keine unwillkommenen Zeugen.

Und jetzt dies.

»Ich bin um zehn wieder zurück. Hier ist meine Handynummer, für alle Fälle.« Sie schob ihre Visitenkarte über den Tresen.

»Es tut mir wirklich leid«, wiederholte die Frau.

Ja, mir auch, dachte Tessa verärgert.

Sie entfernte sich vom Wasserflughafen, unschlüssig, wie sie sich die zwei Stunden vertreiben sollte. Am liebsten wäre sie bei Dana Eckert vorbeigefahren, aber selbst Dana wollte sie nichts von ihrem Vorhaben verraten. Wenigstens einige Stunden wollte sie allein in Frans Haus sein.

Sie verspürte Lust auf eine Tasse Kaffee, aber nicht auf die Frühaufsteher, die sich im Tim Hortons die Augen nach ihr verdrehen würden. Ehe sie sich versah, hatte sie die Ortsgrenze von Whatou Lake erreicht. Cindy's Boutique erschien vor ihr. So weit hatte sie eigentlich nicht fahren wollen. Aber der Parkplatz hinter Cindys Laden war ein vor neugierigen Augen geschützter Ort, wo sie E-Mails beantworten konnte.

Als Tessa um die Ecke des Gebäudes bog, trat sie sofort auf die Bremse. Ein Pick-up und ein zweites Auto, von dem sie nur das Heck sehen konnte, parkten am Ende des Platzes. Im Pick-up konnte sie hinter der Windschutzscheibe vage zwei Personen ausmachen. Eine Frau und ein Mann. Die Frau war blond, das lange Haar fiel ihr über die Schultern. Sie stritten sich so laut, dass ihre Stimmen trotz des laufenden Motors bis zu ihr drangen. Die Tür des Pick-ups öffnete sich und die Frau hüpfte hinaus. Mit einer wütenden Bewegung riss sie sich das lange Haar vom Kopf und warf es auf den Boden.

Tessa hielt den Atem an. Sie kannte die Frau. Glenda Miller.

Hanks Mutter lief zu ihrem Auto, setzte sich hinein, knallte die Tür zu und fuhr davon. Ohne nach rechts und links zu sehen, brauste Glenda an ihr vorbei.

Dann hörte sie eine weitere Tür zuschlagen. Die des Pick-ups. Tessa versuchte den Pathfinder aus der Konfliktzone zu manövrieren. Zu spät. Der Pick-up kam bereits auf sie zugefahren. Als Harrison Miller an ihr vorbeiröhrte, wandte er Tessa das Gesicht zu, finster und wütend. Auch er hielt nicht an.

Sie saß völlig verdutzt da. Der Motor ihres Wagens lief noch. Einige Meter entfernt sah sie etwas Helles auf dem Boden liegen. Vorsichtig steuerte sie den Pathfinder darauf zu und stieg aus.

Eine blonde Perücke. Schulterlanges, glattes Haar. Wie Frans Haar.

Ihr gingen plötzlich die Zusammenhänge auf. Es war gar nicht Fran in Harrison Millers Pick-up gewesen, die Savanah damals gesehen hatte, als sie im Friendly Piggy reinigte. Glenda war es, und sie hatte eine blonde Perücke getragen.

Nur … was war das für eine Szene, die die beiden aufführten?

Ein Rollenspiel, um sexuelle Spannung in der Ehe aufrechtzuerhalten? Als Familienrechtsanwältin hatte Tessa so viel über Sexspiele erfahren, dass sie nichts mehr für unmöglich hielt. Sie erinnerte sich, dass Cindy Haarteile und Perücken in ihrem Laden verkaufte. Aber warum lieferten sich Glenda und Harrison ausgerechnet hier einen Streit – oder was es auch immer war? Vielleicht dachten sie wie Tessa, dass sie an diesem Ort unbeobachtet wären.

Wenn Savanah den Fehler machte, Glenda mit der blonden Perücke für Fran zu halten, dann machten wohl auch andere diesen Fehler. Sahen Fran an Orten, an denen sie gar nicht war.

Aus einem Impuls heraus öffnete Tessa ihren Rucksack und holte Latexhandschuhe und einen Plastikbeutel heraus. Sie wollte nicht nochmals denselben Fehler wie mit dem Katzenhalsband machen und ihre Fingerabdrücke auf potentiellen Beweismitteln hinterlassen. Sie ließ die Perücke mit spitzen Fingern in die Tüte gleiten. Sorgfältig verstaute sie alles im Rucksack und fuhr vom Parkplatz.

Um halb zehn stand sie wieder im Büro von Whatou Wings. »Er müsste bald da sein, aber ich weiß die genaue Zeit nicht«, sagte Kratz' Ehefrau entschuldigend. »Es ist so viel los in diesen Tagen, die Manager der Minen rufen manchmal sehr kurzfristig an.«

Tessa merkte, wie sich ihre Geduld erschöpfte. »Ich hab noch eine Beaver da unten gesehen. Gehört die nicht auch euch? Ihr habt doch noch einen zweiten Piloten.«

Die Frau zog das Gesicht zusammen. »Der arbeitet nicht mehr bei uns.« Sie klang so abweisend, dass Tessa das Thema nicht weiterverfolgte. Außerdem saß ein Paar in der Wartehalle, und Tessa wollte keine Zuhörer. Sie trat ins Freie und hielt ihr Gesicht in die spärlichen Sonnenstrahlen, die sich einen Weg durch den bedeckten Himmel bahnten. Die Beaver schaukelte tatenlos am Landesteg.

Möwen kreischten über der Bucht und weiter oben zogen zwei Weißkopfadler ihre Kreise. Irgendwo hörte Tessa das Stottern eines Bootsmotors. Ein angenehmer Wind strich ihr übers Gesicht, weich wie ein Staubwedel. Er trug die fischige Ausdünstung des

Wassers mit sich. Alles wirkte so friedlich. Als ob nichts geschehen wäre. Als ob die Morde nur ein böser Albtraum seien, aus dem man jederzeit aufwachen konnte.

Ein kleines Flugzeug zog eine Schlaufe über dem Hafen und verlor an Höhe, bis die Kufen aufs Wasser klatschten. Eine *DHC-3 Otter* tuckerte an den Landesteg. Ein Mann eilte hinzu und band das Flugzeug mit einem Tau an die Holzplanken. Er gab ihr ein Zeichen. Sie rannte los. Er half ihr, den Rucksack im Bauch der Maschine zu verstauen und ins Innere zu klettern.

»Tut mir leid wegen der Verspätung«, brüllte Kratz über den Motorenlärm hinweg. Tessa setzte die Kopfhörer auf und schnallte sich an. Dann gings schon los.

»Gutes Flugwetter heute«, hörte sie die Stimme des Piloten in den Kopfhörern. »Auch morgen sieht's gut aus. Wir werden schnell am Bibersee sein.«

»Was hat denn die Verspätung ausgelöst?«, fragte Tessa.

»Darf ich nicht sagen, Kundengeheimnis.«

»Dann weiß also auch niemand, wohin *ich* fliege?«

»Nein, natürlich nicht.«

Die Otter beschleunigte und hob ab. Unter ihnen erschienen zahlreiche Fischerboote, wie kleine Inseln im Ozean.

»Die können bereits im Juni fischen, während alle ander'n bis Juli warten müssen. Wenn das nun gerecht sein soll.« Kratz Hilders Stimme klang verärgert. Tessa erkannte sogleich, was der Grund seines Ärgers war. Die Sitklat`l hatten das Recht, früher mit dem Fischen anzufangen als die anderen Fischer von Whatou Lake, ein Teil des Abkommens mit der Regierung. Ein Abkommen, das Tessa bis ins Detail kannte, weil sie die Sitklat`l bei den Verhandlungen beraten hatte.

»Sie waren zuerst hier, Kratz.« Der Satz war ihr herausgerutscht, obwohl sie wusste, dass es besser war, den Mund zu halten.

»Die Sitklat`l sind auch von irgendwoher gekommen, die waren nicht schon immer hier. Wir alle sind Einwanderer, auch die Indianer.«

Tessa hatte dieses Argument schon oft von weißen Siedlern

gehört. Irgendwann erkannte sie, dass es gar nicht ums Argument ging, sondern um Habgier, Blindheit, Dominanz und Rassismus. Sie konnte nicht anders, als dem Piloten zu widersprechen: »Die Sitklat`l leben schon seit mindestens fünftausend Jahren hier, es ist ihr Land und es sind ihre traditionellen Fischgründe. Sie haben wegen uns schon genug verloren, jetzt dürfen sie auch mal gewinnen.«

Sie wusste, dass Kratz Hilder gute Geschäfte mit den Sitklat`l machte. Die Flüge mit Touristen von Whatou Lake zur Watershed Lodge mussten ihm ganz schön viel Geld einbringen. Kratz schien sich zumindest oberflächlich mit den Sitklat`l glänzend zu verstehen. Früher hatte Noreen Chelins Bruder für Kratz gearbeitet. Hilder hatte dafür gesorgt, dass der junge Sitklat`l genügend Flugstunden vorweisen konnte, um die Pilotenlizenz zu bekommen. Was hatte ihr Vater gestern Abend bemerkt, als von Kratz Hilder die Rede war? »Der muss seine Kunden bei der Stange halten.«

Die Otter zog eine Schlaufe und sie entfernten sich vom Ozean, flogen über die Küstenberge ins Landesinnere. Die Flüsse wanden sich durch den Regenwald wie glitzernde Schlangen. Tessa hätte Kratz gern gefragt, ob er die überwältigende Schönheit der schneebedeckten Gipfel und des Küstenurwaldes noch wahrnehme, nach so vielen Flügen über den Millionen von Bäumen. Es hörte nie auf mit diesem Dunkelgrün und Hellgrün und Olivgrün und den Seen dazwischen, die wie blaue Juwelen glänzten. Doch Kratz steigerte sich in eine Wut hinein.

»Sie haben gut reden, Tessa, als Anwältin für die Sitklat`l haben Sie sicher ganz schön Kohle gemacht. Diese ganze Indianerhilfsindustrie hat ja keine Ahnung, was sie anrichtet. Ihr raubt vielen hart arbeitenden, ehrlichen Leuten die Existenz.«

Tessa hörte entgeistert zu. In Whatou Lake hatte sich offenbar ein böses Geschwür viel stärker ausgebreitet, als sie bislang hatte ahnen können. Sie war froh, als der lang gezogene Bibersee am Horizont in Sicht kam und die Otter darauf zuhielt. Der Pilot bereitete sich auf die Landung vor. Tessa realisierte, dass es das falsche Ende des Sees war. Weit entfernt von Frans Hütte, und noch weiter von der Farm.

Sie rief: »Ich will nicht hier aussteigen, ich will ans andere Ende.«

»Davon weiß ich nichts. Bibersee, haben Sie gesagt. Ich lande hier. Muss was deponieren.«

Fran versuchte, sich nicht anmerken zu lassen, wie aufgebracht sie war. In ihren Zorn mischte sich Nervosität. Das Verhalten von Kratz erschreckte sie. Sie war nicht nur heute auf ihn angewiesen, am Abend sollte der Pilot sie wieder abholen. Sie verstand auch nicht, warum er sich so abweisend verhielt. Er konnte sich doch nicht leisten, Kunden wie sie zu verprellen.

Die Otter setzte sicher auf dem Wasser auf. Sie glitt langsam auf den Landesteg zu. Der Wald kam hier überall so dicht ans Wasser, als wollten sich die Bäume gleich in den See stürzen. Kratz kletterte aus der Maschine. Geschickt balancierte er auf den Kufen. Diesmal eilte niemand herbei, um das Flugzeug mit Seilen am Steg festzuzurren. Kratz machte es selbst, er war ein erfahrener Pilot. Tessa blieb sitzen. Auf keinen Fall würde sie hier aussteigen.

Er öffnete den Gepäckraum und warf ihren Rucksack auf die Planken. Dann holte er mehrere Kisten aus dem Innenraum und stapelte sie auf dem Holzsteg, der zu schwanken anfing. Als er fertig war, öffnete er die Tür. »Aussteigen bitte.« Seine Stimme klang beinahe höhnisch.

Sie versuchte, Ruhe zu vermitteln, obwohl ihr der Puls bis zum Hals klopfte. »Kommen Sie, Kratz, wir können doch dieses Missverständnis auf gute Art lösen. Wir …«

»Darin seid ihr gut, ihr Anwälte, im Verhandeln und andere Überreden. Aber nicht mit mir. Ich hab die Schnauze voll. Ihr habt mir das Genick gebrochen.«

»Wovon reden Sie da? Gibt es etwas, das ich wissen sollte?«

»Nur eines müssen Sie wissen, Lady. Für Sie ist hier Endstation.«

Ein Schauer rann ihr über den Rücken. Sie war hier allein mit Kratz. Kein Mensch weit und breit. Sie überlegte fieberhaft. Einzig ihr Vater wusste, wohin sie wollte. Niemand ahnte allerdings, dass der Pilot sie hierhergeflogen hatte, vierzehn Kilometer von ihrem Ziel entfernt. Die einzige Spur waren die Kisten auf dem Steg. Für wen waren sie bestimmt?

Reden war ihr einziges Mittel, um die Situation zu entschärfen. »Hat es mit dem zweiten Piloten zu tun?« fragte sie. »Was ist passiert?«

Kratz' Gesicht wurde noch bedrohlicher. Aber er fing an auszupacken. »Sieben Jahre lang hab ich ihn trainiert. Sieben Jahre. Und wofür? Der macht jetzt das Fliegen auf eigene Rechnung. Das ist der Dank. Was war ich nur für ein Idiot! Und das habt *ihr* mir eingebrockt. All das Geld, das die Regierung den Sitklat`l hinterherwirft. Jetzt haben sie zwei eigene Maschinen gekauft. Machen künftig alles selber. Und ich kann sehen, wo ich bleibe. Mir hilft keiner. Aber das ist euch Anwälten ja scheißegal. Hauptsache, ihr habt eure Moneten.«

»Kratz, das wusste ich nicht. Ich hatte keine Ahnung. Aber es gibt doch bestimmt genug Kunden für zwei Firmen. Mit den Minen und dem Tourismus. Das kann doch einer gar nicht allein.«

Er spuckte auf die Planken. »So reden Leute, die keine Ahnung haben. Leute, die gar nicht hier leben.« Mit einer raschen Bewegung hob er ihren Rucksack auf. »Wie lange soll ich noch warten? Wollen Sie, dass ich ihn ins Wasser werfe?«

Sie trug ihren Personalausweis und ihre Kreditkarten am Körper. Eine alte Gewohnheit. Aber ihre Pistole war im Rucksack. Sie hatte sie dort reingesteckt, weil sie verhindern wollte, dass ihr die Waffe wieder aus der Jackentasche fiel.

Vielleicht wollte er einfach mehr Geld. »Ich gebe Ihnen nochmals dreihundert«, bot sie an, »wenn Sie mich zum anderen Ende des Sees fliegen.«

Da drehte sich Kratz plötzlich um, das Gesicht vor Überraschung lang gezogen.

Sie hörte eine Stimme, und eine Figur erschien auf dem Landesteg.

40

»Hallo Kratz«, rief Tsaytis Chelin. »Hast du mir was Schönes mitgebracht?« Im selben Moment bemerkte er Tessa, die sich aus der offenen Tür herauslehnte.

»*Du* hier?«

Er kam auf das Wasserflugzeug zugelaufen, streckte die Hand aus und half ihr auf den Steg. Kratz würde es jetzt nicht mehr wagen, sie hier in der Wildnis allein zurückzulassen. Auf dem Steg riss sie ihm als Erstes den Rucksack aus der Hand. »Er wollte mich hier ausladen und alleinlassen«, beschwerte sie sich bei Tsaytis. »Nimm dich vor ihm in Acht.«

»Sie hat das falsch verstanden«, widersprach der verdutzte Pilot. »Ich muss etwas ausladen, dann flieg ich sie auf die andere Seite.«

Tessa fasste Tsaytis am Arm. »Glaub ihm nicht. Er lügt.«

Tsaytis nickte ihr zu. »Hab's schon begriffen. Für wen sind die Kisten hier, Kratz?«

»Weiß ich nicht. Meine Frau hat den Auftrag abgewickelt. Ich führe nur aus.«

Tsaytis beugte sich über die Kisten. »Könnte für mich sein. Aber es steht nix drauf. Warum machst du die Dinger nicht mal kurz auf, damit ich nachsehen kann, was drin ist?«

»Die sind nicht für dich.«

»Dann mach ich sie halt auf. Und du«, er wandte sich an Tessa, »hast du dein Handy bei dir? Kannst du das Ganze filmen?«

Sie wusste nicht, was Tsaytis genau vorhatte, aber sie langte in den Rucksack. Was ihre Hand berührte, war nicht das Handy, sondern die Pistole. Das Handy befand sich in der Innentasche ihrer Jacke.

In diesem Moment holte Kratz mit der Faust aus, und Tsaytis krachte auf die Planken. Der Pilot trat mit seinen Stiefeln auf Tsaytis' Kopf und Magen ein. Der Steg schwang heftig auf beide Seiten. Kratz verlor das Gleichgewicht und landete auf allen vieren. Tessa zog blitzschnell die Pistole heraus und richtete sie auf ihn.

»Keine Bewegung oder ich schieße«, schrie sie.

Kratz verzog das Gesicht, es musste ihn beim Sturz schlimmer erwischt haben, als sie dachte. Er versuchte sich aufzurichten, ein Arm baumelte schlaff an seiner Seite. Sie schoss in die Luft. Der Knall war bestimmt weitherum zu hören. Kratz zuckte zusammen.

»Erschieß ihn nicht«, rief Tsaytis. Er rappelte sich hoch, das Gesicht blutverschmiert. »Du Mistkerl«, schleuderte er Kratz entgegen.

»Er ist total durchgedreht, weil Noreens Bruder bei ihm ausgestiegen ist«, erklärte Tessa, ohne Kratz aus den Augen zu lassen. Tsaytis wischte sich mit der Hand Blut vom Gesicht. »Das ist der freie Markt, Kratz, soll der nur für Leute wie euch funktionieren?«

Kratz schnitt eine Fratze. »Red nur, du verdammter Idiot, hast dich in ihr Bett gelegt, damit sie für euch Geld von der Regierung lockermacht.«

Tsaytis betrachtete den Piloten, der auf dem Boden kauerte, ungerührt. »Am besten, wir fesseln ihn.« Und zu Kratz gewandt sagte er: »Mach keine Dummheiten, die Lady hier ist so wütend, dass sie dir wehtun könnte.«

»Das werdet ihr bereuen«, knurrte Kratz. »Jemand wird euch dafür abknallen, darauf könnt ihr wetten.«

Tessa zielte mit der Pistole auf den Kopf des Piloten. »Ist das eine Morddrohung? Das wird die Polizei aber sehr interessieren.«

Tsaytis holte eine Schnur aus einer seiner Jackentaschen, etwas, das auch Tessa in der Wildnis stets bei sich trug.

Kratz versuchte, mit den Füßen nach ihm zu treten, aber sein verletzter Arm hinderte ihn an einem wirksamen Angriff. Sein Arm und Tessas Waffe.

»Lass meinen Arm in Ruhe, der ist gebrochen«, zischte er.

»Vielleicht ist er das und vielleicht auch nicht, aber wir können dich nicht frei herumlaufen lassen«, erwiderte Tsaytis unbeirrt. Er fesselte den Piloten an Händen und Füßen. Der Pilot lag auf den Planken, außer Gefecht gesetzt und vor Wut schäumend.

Tsaytis öffnete mit seinem Buschmesser die erste Kiste.

Zwei Jagdgewehre und eine Menge Munition.

In der zweiten Kiste ein Pfeilbogen mit einem Dutzend Pfeilen.

Tessa trat vor Überraschung einen Schritt zurück. »Himmel! Das ist für die Bärenwilderer.«

Tsaytis hockte mit grimmigem Blick neben der Fracht. »Ich hab's mir fast gedacht. Jetzt haben wir den Anstifter.« Er stand auf und sah verächtlich auf Kratz herab. »Du steckst also mit den Wilderern unter einer Decke, verdammter Halunke.«

»Du spinnst ja. Was für Wilderer? Ich hab nichts damit zu tun. Ich weiß nicht, was in den Kisten ist.«

»Ach ja? Wahrscheinlich fliegst du auch überall Drogen hin, du Arsch.«

»Glaub, was du willst, ich werd dich wegen Verleumdung anklagen, bis dir das Gehirn aus den Ohren tropft.«

»Pech gehabt, Kratz, ich hab die beste Zeugin der Welt.«

»Eine verdammte Hure ist sie.«

Tessa holte mit ihrer Pistole aus und hätte Kratz damit auf den Schädel geschlagen, wäre ihr Tsaytis nicht in den Arm gefallen.

»Tessa, Tessa«, mahnte er. »Steck die Waffe jetzt weg, sonst passiert noch was.«

Sie konnte sich nur mit Mühe beherrschen. Tsaytis hielt sie von Kratz zurück. »Steck sie jetzt weg, Tessa. Es ist vorbei für Kratz Hilder.« Er hob den Rucksack auf, und sie legte die gesicherte Pistole hinein.

Mit sanftem Druck auf ihrem Arm führte er sie ans andere Ende des Stegs. Sie setzten sich auf die wackeligen Latten.

Ihr Herz pumpte wie wild.

»Hat er Fran und Hank und die Kinder ermordet?«

»Ich glaube nicht. Aber das herauszufinden, müssen wir der Polizei überlassen.« Er tastete seine Nase ab. »Scheint nicht gebrochen. Aber das Atmen tut weh.«

»Warum bist du überhaupt hier, Tsaytis?«

»Unsere Leute haben in der Nähe zwei Jungs abgefangen, hinter denen wir schon länger her sind. Wir dachten, die warten auf jemanden. Ein Boot vielleicht. Und wer kam? Kratz Hilder.«

»Hast du ihn gleich verdächtigt?«

»Nein, nicht sofort. Aber als du mich vor ihm gewarnt hast, ging mir ein Licht auf. Plötzlich passte alles zusammen. Warum die Wilderer so schnell irgendwo hinkamen, wo später tote Bären gefunden wurden. Kratz hat sie herumgeflogen.«

Sie ließen den am Boden liegenden Piloten nicht aus den Augen, um zu verhindern, dass er sich ins Wasser rollte.

»Was ist mit Noreens Bruder? Wollte sich Kratz rächen?«

»Noreen hat mit ihrem Bruder eine eigene Flugfirma gegründet. Ich finde, das ist eine gute Idee. Sie ist eine kluge Geschäftsfrau.« Tsaytis sah auf den See hinaus, der im Mittagslicht schimmerte, da die Sonne durchgebrochen war. Auf der anderen Seite, wo die hohen Bäume einen Wall zum Wasser hin bildeten, lagen Schatten. Nur ein Glucksen und das Rufen von Wasservögeln waren zu hören. »Wir setzen die zwei Wasserflugzeuge für unsere eigenen Touren ein. Mit Kratz mussten wir immer Rücksicht auf seine Pläne nehmen. Er ist weniger an Tourismus interessiert, mehr an Minenleuten und Gütertransporten.«

»Ich hatte Angst, dass er mich einfach hier zurücklässt. Dachte er, er kommt mit so was davon?«

Tsaytis sah sie mit seinen schwarzen Augen an.

Tessa erinnerte sich plötzlich an ein anderes Augenpaar. Besorgt, prüfend, nachdenklich. Ron Halprins Augen.

Ich verstehe Sie sehr gut, Tessa. Wahrscheinlich besser, als Sie annehmen.

»Ich weiß nicht, was Kratz mit dir vorhatte. Nach allem, was passiert ist, traue ich ihm nicht mehr über den Weg.«

»Er ist völlig ausgerastet. Er hat sich benommen … wie ein Irrer.«

»Es ist nicht nur unsere neue Firma. Noreens Bruder hat uns erzählt, dass Kratz' Frau sich von ihm trennen will. Das hat vielleicht das Fass zum Überlaufen gebracht.«

»Ihr habt also zwei eurer Jungs auf frischer Tat ertappt?«

»Ja.«

Mit unwirschen Handbewegungen vertrieb sie die Stechmücken, die um ihren Kopf schwirrten. Tsaytis schienen die Plagegeister nichts anzuhaben. Er saß unbewegt da.

»Haben sie wieder einen Bären getötet?«, fragte sie.

»Nein, eine Hirschkuh. Sie wollten den Kadaver wahrscheinlich als Köder für die Bären.«

»Hat Kratz den Jungs Drogen gegeben?«

»Nein, er gab ihnen Geld. Das haben sie uns erzählt. Der Wildhüter war der Drogenlieferant. Kratz will unser Tourismusgeschäft zerstören. Er ist völlig besessen. Ein Hasser.«

»Was passiert jetzt mit diesen Kids?«

Tsaytis sog laut die Luft ein. »Wir werden sie nicht im Stich lassen. Wir werden ihnen helfen, damit sie auf den rechten Weg zurückzufinden. Wir haben Fehler gemacht, haben sie zu wenig einbezogen in das, wofür wir uns einsetzen. Sie sollen stolz auf unsere Traditionen sein, auf unser Erbe. Und auch auf das, was wir zu erreichen versuchen.«

Sie dachte nach und zählte bis drei, dann sprach sie: »Tsaytis, ich muss dich das fragen, obwohl es mir schwerfällt. Wenn Kratz solche Jungs mit Geld dazu bringt, Bären zu töten, wären … wären sie nicht bereit … könnte man sie nicht zu Schlimmerem anleiten?«

Er wandte ruckartig den Kopf. »Du meinst, auch Menschen zu ermorden?«

Sie wich seinem Blick nicht aus, vermied aber eine Antwort.

Tsaytis schüttelte den Kopf. »Sie waren an jenem Tag nicht in der Umgebung der Farm.«

»Woher weißt du das?«

»Weil wir sie beobachtet haben.« Tsaytis warf einen Blick auf den liegenden Kratz, der unablässig zuckte. Auch Kratz belästigten die Mücken.

»Wo willst du nun hin?«, fragte Tsaytis, als sie zeitgleich fragte: »Was wirst du nun tun?« Einen Moment lang sahen sie sich lächelnd an.

Tsaytis antwortete als Erster: »Ich warte auf meine Kumpel. Sie sollten bald hier sein. Wir haben ein Satellitentelefon dabei.«

»Und dann?«

»Wir rufen die Polizei und warten hier. Dann kannst du denen bestätigen, was passiert ist.«

»Nein, nein.« Sie spreizte die Finger in Abwehr. »Ich hab keine Zeit, ich muss möglichst schnell zum anderen Ende.«

Tsaytis fragte nicht, was sie dort wollte. »Mit dem kannst du nicht fliegen.« Er machte eine wegwerfende Bewegung in Kratz' Richtung, dessen rüde Verwünschungen sie bis hierher hören konnten.

»So ein Schlamassel.« Sie stand auf und drehte sich ungeduldig um die eigene Achse.

Tsaytis blieb sitzen, den Blick aufs Wasser gerichtet. »Wir haben zwei Boote«, sagte er. »Du kannst meines nehmen. Ein paar von uns können mit dem Polizeihubschrauber zurück.«

Sie hielt inne. »Würdest du das wirklich tun?«

Er stand auf, streckte sich. »Wenn du jetzt losfährst, ist es relativ sicher. Der Wind kommt meistens am frühen Nachmittag auf. Ich geb dir auch einen Reservekanister mit. Die Zeugenaussage kannst du später noch machen.«

Er weiß genau, dass ich zur Farm will, dachte Tessa. »Tsaytis, ich weiß nicht, wie ich dir danken soll.«

Er wollte gerade etwas sagen, als jemand aus dem Wald heraustrat. Ein Wortwechsel folgte zwischen dem Mann und Tsaytis.

Tessa verstand nicht jedes Wort der Sitklat`l-Sprache. Nur etwas schnappte sie auf: das Wort Bastard.

41

Als sie losfuhr, sagte Tsaytis nicht viel, er hatte alles für sie getan, was in seiner Macht stand. Er beobachtete, wie sie den Motor in Gang setzte und blieb noch einige Augenblicke am Ufer stehen. Es gab eine stillschweigende Übereinstimmung zwischen ihnen, dass die Morde an Fran und ihrer Familie nicht mit Kratz, seinen jungen Helfershelfern und den toten Bären zusammenhingen. Deshalb bestand er nicht darauf, dass sie auf die Ankunft der Polizei wartete.

Vorsichtig steuerte sie das Boot über den See, während sie nach treibenden Baumstämmen Ausschau hielt, die es zum Kentern bringen könnten. Den Gedanken, dass der Motor aus irgendeinem Grund unwiederbringlich absterben würde, verdrängte sie mit allen Kräften. Vom Wasser aus sah sie nichts als Urwald. Bei einer Panne schaffte sie es vielleicht, ans Ufer zu schwimmen. Aber dann? Man konnte sich so leicht in dem unwegsamen Gelände verletzen oder verirren. Sie gab sich nicht der Illusion hin, dass man sie in einem solchen Fall rechtzeitig finden würde. Eine Vorstellung, die sie mit Schaudern erfüllte. Die Wildnis war unerbittlich.

Wenigstens war die Oberfläche des Sees noch ruhig, nur ein harmloses Lüftchen wehte. Der Bibersee konnte bei hohem Wellengang selbst für erfahrene Bootsführer gefährlich werden.

Sie hatte noch nie ein so großes Motorboot gesteuert, die Größe beruhigte sie allerdings. Außerdem hatte ihr Tsaytis eine Schwimmweste überlassen. Weit und breit war kein anderes Boot zu sehen. Der Fahrtwind hielt sie kühl trotz der Mittagshitze. Die Sonne stand im Zenit. Die Überfahrt zog sich hin. So langsam wie sie fuhr, würde sie länger als eine halbe Stunde brauchen. Zwei Weißkopfadler zogen ihre Kreise. Einer stürzte sich plötzlich aufs Wasser und stieg rasch wieder hoch, einen Fisch in den gelben Krallen. Der zweite Adler folgte dicht hinter ihm. Sie beobachtete das Ufer, die Bäume senkrecht und spitz wie Lanzen, eine grüne Mauer, die sich im See spiegelte. Ein Umriss bewegte sich auf den Steinblöcken am Wasser. Ein Wolf oder Kojote, sie konnte es aus der Entfernung nicht sagen. Als sie die Augen wieder nach vorn richtete, sah sie einen schwimmenden Wurzelstock wenige Meter voraus. Um Haaresbreite wäre sie mit ihm zusammengestoßen, und ihr Herzschlag setzte einen Augenblick lang aus. Besser den Blick nicht abwenden. Als sie den Motor kurz drosselte, konnte sie die sehnsüchtigen Rufe von Eistauchern hören.

Endlich kam das andere Ende des Sees näher. Sie konnte das Dach von Frans Hütte ausmachen. Erleichtert verlangsamte sie die Fahrt. Als sie das Ufer erreichte, hätte sie den Boden küssen mögen. Sie packte das am Bug befestigte Seil, band das Boot an einem Baum fest und warf die Schwimmweste hinein.

Benommen lief sie zur Hütte hoch, die heute nicht offen stand wie beim letzten Mal, als sie hier war. Beim Näherkommen bemerkte sie das Polizeisiegel an der Tür. Sie fühlte, wie ihr Mund vor Enttäuschung trocken wurde. Wenn das Siegel an der Hütte noch nicht entfernt war, könnte sie ebenfalls noch eins am Farmhaus vorfinden.

Sie hatte keine Wahl, sie wollte so schnell wie möglich dorthin. Der kürzeste Weg führte durch den Wald, aber er war auch der gefährlichste. Nur einmal hatte Hank sie durch den Busch an den See geführt, wo sich bereits Fran und die Kinder aufhielten. Es gab keinen klar definierten Pfad, daran erinnerte sie sich gut. Hank war fast schlafwandlerisch zwischen Bäumen und Sträuchern hindurchgewandert. Für sie war das zu riskant. Also blieb ihr nur der längere Pfad zur Schotterstraße, den man wie eine Bresche in den Wald geschlagen hatte.

Sie schaute auf die Uhr. Ein Uhr mittags.

Falls Kratz dichtgehalten hatte, blieb ihr immer noch genug Zeit, bevor andere auf der Farm auftauchten. Sie befestigte das Bärenspray außen am Rucksack, trank etwas Wasser, aß einen Schokoriegel und zog los. Unter ihrem Hut mit dem Mückennetz und ohne den Fahrtwind begann sie bald zu schwitzen. Die Junisonne verbreitete eine erstaunliche Wärme. Die Schneise, auf der sie lief, war als Zugang zum See gerodet worden. Sie wurde gern von Grizzlys benutzt. Die wanderten auch lieber auf dem bequemeren Weg, als sich mühsam durch den Busch zu schlagen. Auf dem Quad hätte sich Tessa vor ihnen sicherer gefühlt als zu Fuß. Ständig warf sie Blicke hinter sich und auf den Waldrand.

Sie begann, laut mit sich selbst zu sprechen, um wilden Tieren die Möglichkeit zu geben, sich aus dem Staub zu machen. Sie sprach einfach aus, was ihr gerade in den Sinn kam. »Ich habe Feinde, von denen ich nicht wusste. Kratz Hilder. Vielleicht hatten auch Fran und Hank Feinde, von denen sie nicht wussten. Und von denen ich nicht weiß. Und meine Eltern auch nicht. Und Dana und Savanah nicht. Was haben wir übersehen?« Hier versagte ihr die Stimme. Der Schmerz überkam sie wie tausend Quallenstiche. Sie lief schneller. »Ich werde dich erwischen«, wiederholte sie wie einen Schlachtruf. »Ich werde dich erwischen, ich schwör's, ich werde dich erwischen.«

Zwischendurch benetzte sie den Gaumen mit Wasser. Immer wieder stolperte sie über Wurzeln und niedrige Sträucher. In der Ferne hörte sie einen Hubschrauber. Die Polizei war Tsaytis Chelins Anruf gefolgt.

Kurz nach zwei Uhr erreichte sie die Forststraße. Das verschwitzte T-Shirt klebte ihr am Rücken, aber je näher ihr Ziel rückte, desto wacher fühlte sie sich. Eine weitere Stunde Fußmarsch lag vor ihr. Als sie einen Lastwagen hörte, drückte sie sich ins Gebüsch, um nicht gesehen zu werden, und ließ ihn vorbei. Später, bis sie die Zufahrt zu Frans Farm vor sich sah, kam ihr kein Fahrzeug mehr entgegen. Mit klopfendem Puls wanderte sie zum Haus hoch. Außer Reifenspuren sah sie keine Anzeichen, dass noch jemand von der Polizei hier wäre. Die Absperrbänder waren weg.

Sie bog um die Ecke und schlug das Mückennetz nach hinten. Ihr Blick fiel auf die Haustür. Kein Siegel. Sie atmete tief aus. Ihr Kalkül hatte sich ausgezahlt, und sie hatte das Haus für sich, bis die Millers morgen auftauchen würden.

Die Tür war verschlossen, aber sie wusste, wo sich ein Ersatzschlüssel befand. Sie hob eine flache Steinplatte und zog die Plastiktüte mit dem Schlüssel hervor. Die Leute gaben sich hier nicht viel Mühe, gute Verstecke zu finden. Wie Cindy mit ihrem Blumentopf. Tessa zog ihre Trekkingschuhe vor der Türschwelle aus und betrat das Haus in Socken. Eine beklemmende Kälte kroch sogleich in ihr hoch. Es war nicht nur die Kälte der ungeheizten Räume.

Rasch verriegelte sie die Tür hinter sich.

Das Nachmittagslicht fiel durch drei Fenster zur Küche herein. Sie war der sonnigste Raum und früher auch der wärmste gewesen. Hier hatte sie mit Fran beim Kaffee Gespräche geführt, unterbrochen durch die Kinder, die sie etwas fragen oder ihr etwas zeigen wollten. Sie erinnerte sich, wie oft Fran und sie die gemeinsamen Erlebnisse aus der Kindheit heraufbeschworen hatten, die Schulzeit und das Lehrpersonal, Mädchen und Jungs, die sie nicht mochten, Streiche, die ihnen andere Pflegegeschwister spielten, und wie sie sich dafür rächten. Dass Fran von Sorgen und Ängsten gequält war, hatte sie sich in jenen Stunden nicht anmerken lassen. Einzig über ihre Einsamkeit hatte sie offen geklagt.

Tessa bemerkte vergammelte Essensreste und Krümel auf dem großen Holztisch, den Hank eigenhändig gebaut hatte. Wenn Fran nicht zu Hause war, hatte es Hank sichtlich mit dem Aufräumen nicht so eilig gehabt. Seine Frau war ordnungsliebender als er gewesen. Tessa vermutete, dass die Polizei das benutzte Geschirr zum Sichern von Fingerabdrücken mitgenommen hatte. Ihr fielen auch viele Stellen mit weißen Puderrückständen an Türen und

Möbeln auf, wo die Ermittler offenbar nach Fingerabdrücken gesucht hatten.

Auf dem Linoleumboden bemerkte sie farbige Linien und Pfeile, offenbar der Weg des Täters oder der Kinder im Haus. Wenn sie über all das hinwegsah, wirkte das Haus wie bewohnt. Als müssten die Kinder und Fran und Hank gleich zur Tür hereinkommen und sie umarmen und bestürmen.

Der Schweiß auf ihrem Körper fühlte sich kalt an. Tessa zog sich ihre Weste über und ließ Rucksack und Hut auf einem Küchenstuhl zurück. Mit einem dumpfen Ziehen im Magen drang sie in den angrenzenden Wohnraum vor, den eine Schiebetür von der Küche trennte. Sie musste den Lichtschalter andrehen, weil es in dem Raum dunkler war. Die farbigen Linien auf dem Boden setzten sich hier fort. Sie holte ihr Handy aus der Innentasche der Jacke und begann zu fotografieren. Dieser technische Vorgang gab ihr mehr Distanz zu dem, was sie erwartete.

Eine umgestürzte Lampe war das einzig Auffällige im Wohnzimmer, das sonst von einem normalen Familienleben zeugte. Ein Bilderbuch auf dem Sofa, eine zerwühlte Wolldecke daneben, eine gefaltete Landkarte auf dem Sofatisch, Kayleys Schaukelpferd neben dem Miniklavier. Hundespielzeug auf dem bunten Häkelteppich. Eine angefangene Strickarbeit in einem Korb in der Nähe des Fensters. Eine bunte Lampionkette über dem Sims des Holzkamins.

Auf dem Ausziehsofa hatte Tessa während ihrer Besuche geschlafen. Doch irgendetwas fehlte. Sie überlegte, aber sie kam nicht darauf. Es roch wie früher nach Räucherstäbchen. Sie konnte zwar keine sehen, aber wahrscheinlich steckte der Duft im Stoff der Möbel. Fran hatte gelacht, als Tessa sie deswegen neckte, und gesagt: »Sonst riecht es hier immer nach nassen Hunden.« Die Hunde! Sie war auf dem Weg zur Farm zu einer neuen Theorie gelangt. Hank hatte sie an jenem schrecklichen Tag vielleicht in den Lagerraum gesperrt, weil sie wie verrückt bellten, als der Grizzly auftauchte. Hank wollte vermeiden, dass die Hunde den Grizzly wütend machten. Und das Gebell dürfte viele Geräusche überdeckt haben.

Mit angehaltenem Atem ging sie durch den Korridor zum Bad. Die Tür stand angelehnt. Und hier sah sie zum ersten Mal eingetrocknetes Blut. Überall Blut. Auf dem Boden, in der Badewanne, an der Wannenumrandung, an den Wänden. Clydes Blut. Er muss vor dem oder den Mördern geflohen sein, wollte sich im Bad verstecken. Aber er war nicht schnell genug, um die Tür zu verschließen, die nicht eingetreten oder durchschossen war. Es schien, dass er nicht sofort getroffen wurde, dass er in seinem Gefängnis hin- und herlief, um den Kugeln auszuweichen, deren Einschüsse Tessa an der Wand und im Fensterrahmen entdeckte.

Sie hielt alles mit der Kamera fest, diesmal als Film.

Vielleicht hatte Clyde vorher versucht, durch die Haustür zu fliehen. Vergeblich, weil ihm jemand den Weg abschnitt. Vielleicht rannte er um das Sofa herum und dann in den Korridor und ins Bad. Ein sechsjähriger Junge rannte um sein Leben.

Da war Hank schon tot. Er konnte ihm nicht mehr helfen. Und Breena, seine zwei Jahre ältere Schwester, auch nicht. Sie musste der Täter vor den anderen Kindern ermordet haben, weil er seine Opfer im Kinderzimmer vermutete. Aber Kayley und Clyde mussten sich im Elternschlafzimmer aufgehalten haben, wo Fran sie oft spielen ließ. Tessa kannte das von ihren Besuchen her. Breena beschäftigte sich bei geschlossener Tür im Kinderzimmer, in dem sie ihre Ruhe hatte.

Es war die beste Erklärung, die Tessa einfiel. Sie war sich ziemlich sicher, dass die Kinder alle im oberen Stockwerk waren, als der Mörder ins Haus kam. Wahrscheinlich hatte Hank es ihnen befohlen, weil sich ein Grizzly ums Haus herumtrieb. Manche Bären drückten Haustüren ein. Im oberen Stockwerk waren die Kinder sicherer. Es war wahrscheinlich eine Routinesache. Bär ums Haus, Kinder, ihr geht nach oben, schließt die Türen. Fran war in Whatou Lake, wegen ihres Nasenblutens. Die Schüsse, die die Kinder hörten, ignorierten sie. Hank versuchte immer, Bären mit Schüssen zu vertreiben. Aus irgendeinem Grund ließ er die Haustür unverschlossen. Vielleicht dachten die drei, dass es ihr Vater sei, als sie Schritte auf der knarrenden Treppe hörten. So, wie sie jetzt ihre eigenen Schritte hörte.

Das Schlafzimmer der Kinder lag auf der rechten Seite. Tessa stieß die Tür auf. Ihr Blick fiel ungeschützt auf Breenas blutbeflecktes Bett. Sie schloss für einen Moment die Augen, um sich zu sammeln, und trat dann näher. Die Decken waren zur Seite geschlagen. Breena hatte sich wahrscheinlich zum Lesen aufs Bett gesetzt, wie sie es zu tun pflegte, mit dem Kissen als Polster im Rücken. Blut hatte sich am Kopfende eingesogen, das Kissen war voll davon. Auf dem Holz an der Wand hoben sich dunkle Flecken und Spritzer ab. Trotzdem sah es nicht nach einem Kampf aus. Der Mörder hatte die Waffe gezogen, sie Breena an die Schläfe gehalten und sofort abgedrückt.

Das Kajütenbett an der Wand zeigte keine Spuren. Auf dem Stuhl in der Ecke lag ein Buch: *Die Drachentöterin*. Unbefleckt. Das war bestimmt nicht das Buch, das Breena las, als der Täter hereinkam. Die Polizei musste es mitgenommen haben.

Tessa hörte ein Knacken im stillen Haus und lauschte angestrengt, aber es musste der aufgekommene Wind gewesen sein. Hatte Breena noch Zeit zum Schreien gehabt? Hatte sie Clyde und Kayley warnen können? Vielleicht nicht, aber die beiden mussten bestimmt den Schuss im Kinderzimmer gehört haben.

Hatte Tsaytis nicht ihrem Vater erzählt, Kayley hätte sich hinter dem Wäschekorb versteckt? Wie von einem gespenstischen Magneten angezogen, ging Tessa auf Frans und Hanks Schlafzimmertür zu. Sie musste sich innerlich vorbereiten, bevor sie eintrat. Sie atmete tief durch und drückte die Klinke hinunter. Das Bett war ungemacht, keine von Hanks Prioritäten. Tessa ließ ihren Blick hin- und herschweifen. Der Wäschekorb stand in der Ecke. Aber sie sah kein Blut. Nichts. Das Elternschlafzimmer war in ihren Augen kein Schauplatz der grausamen Taten geworden. Es war der einzige Raum mit einem Spannteppich, und der war fleckenlos.

Aber der Täter wusste, dass er Kayley irgendwo hier oben finden würde. Tessa ahnte plötzlich, wo sie suchen musste. Wie es auch der Mörder realisiert hatte. Im engen Abstellraum des unausgebauten Dachbodens. Dort, wo sich die Katzen auf den

Balken zum Schlafen verzogen und die Hundekörbe verstaut waren.

Die Hundekörbe. Tessa schloss die Tür und tastete sich in gebückter Haltung durch den schmalen Zugang zum Abstellraum. Wieder Kreidepfeile auf dem Boden. Sie bog mit flatternden Nerven um die Ecke.

Und dann sah sie es. Dunkles, getrocknetes Blut. Vor einem der großen Hundekörbe. Und im Innern des Korbes.

Kayley hatte sich darin versteckt. Warum war sie bloß nicht früher daraufgekommen? Fran hatte ihr erzählt, dass sie einmal nach ihrer Jüngsten gesucht und gesucht hatte, Kayley mochte da zwei oder drei Jahre alt gewesen sein. Fran fand sie erst nach langem Rufen und einsetzender Panik in einem Hundekorb. Schlafend.

Dort hatte das Kind Zuflucht gesucht. Mit vier Jahren, und so klug.

Tessa starrte auf den Hundekorb und bekam keine Luft mehr. Sie zwängte sich aus dem engen Mansardenkorridor und stolperte die Treppe hinunter. Nur weg. Durch den Wohnraum in die Küche. Zur Eingangstür. Wie gejagt entsicherte sie den Riegel und stürzte ins Freie.

Holte draußen tief Luft. Wieder und wieder.

Sie spürte den grasbewachsenen Boden unter den Füßen, immer noch in Socken. Sie setzte sich auf einen Baumstumpf und betrachtete das sonnenbeschienene Haus, das ihr früher so einladend erschienen war. Eine beschauliche Oase in der Wildnis. Jetzt fand sie es schreckenerregend.

Die Mücken begannen sie zu umschwirren.

Sie kehrte in die Küche zurück und hängte sich den Rucksack um. Dann zog sie die Trekkingschuhe an. Die Pistole steckte sie auf dem Weg nach draußen in die Jackentasche. Sie stapfte über die Wiese. Suchte die Umgebung ab. Ein kleines Holzkreuz in der Nähe des leeren Hühnerhofs fiel ihr ins Auge. Der flache Erdhaufen davor sah frisch aus. Rosies Grab, die Polizei hatte es untersucht. Auf das Kreuz waren Tatzen gemalt und der Name Rosie.

Tessa wandte sich der Rückseite des Hauses zu. Den Blick auf den Boden gerichtet, schritt sie die Wiese ab. Lange fiel ihr nichts auf. Bis sie den äußersten Rand der Grasfläche erreichte. Eine Stelle, die dunkler war. Das Gras zerdrückt. Dazwischen Erde sichtbar. Spuren von weißer Kreide.

Hier musste Hank gelegen haben. Gefällt von tödlichen Kugeln, die er nicht hatte kommen sehen. Der Mörder musste sehr nahe gestanden haben. Wahrscheinlich sprach Hank mit ihm, nichts Böses ahnend.

Sie schaute am Haus hoch. Vielleicht war ein Kind oben hinter dem Fenster erschienen, als es Stimmen hörte, und der Mörder hatte es gesehen. Und das Kind ihn. Erneut spürte sie einen kalten Schauer auf dem Rücken.

Im Gehölz in der Nähe raschelte und knackte es. Ein Bär? Es konnte irgendein wildes Tier sein. Vielleicht ein Hirsch.

Wieder auf der Vorderseite des Hauses erinnerte sie sich, wie Fran ihr einmal lachend erzählt hatte, dass sie ihren Fotoapparat in einem unbenutzten Nistkasten verstecke, weil Clyde versucht habe, ihn auseinanderzunehmen, um das Innenleben zu erforschen. An der Hauswand sah sie keinen Nistkasten. Einige Meter vom Waldrand entfernt entdeckte sie eine Gruppe von drei Zedern. Schnell wurde sie fündig. Der Nistkasten hing tief genug, um ihn direkt öffnen zu können. Darin lag eine Kompaktkamera in einem Plastikbeutel. Die Kamera, die sie Fran zu ihrem letzten Geburtstag geschickt hatte. Es war ein Geschenk mit einer Botschaft gewesen: Fran, verschließ dich dem Hightech-Zeitalter nicht ganz. Auch im Interesse deiner Kinder. Das muss doch auch auf einer Farm im Busch möglich sein.

Sie zog sich Latexhandschuhe über und trug das Gerät aus dem Schatten in die Helligkeit der Wiese. Der Apparat ließ sich mühelos in Gang setzen. Sie schaute die gespeicherten Bilder durch, eins nach dem anderen, während sie die Mücken mit heftigem Wedeln verscheuchte. Es fing mit unterschiedlichen Blumensträußen in einem Raum an. Nach einem Dutzend Bilder wusste sie, wo Fran fotografiert hatte. In der Lounge in Cindys Boutique.

Es musste immer nachts gewesen sein, im Lichtschein der Lampen. Die schweren Gardinen waren auf allen Bildern zugezogen. Tessa begriff nun auch, wo Fran übernachtet hatte. Sie musste es heimlich getan haben, denn Cindy war ahnungslos. Fran hätte Cindy auch garantiert nie darum gebeten. Sie hatte irgendwie von der Existenz des Schlüssels im Blumentopf erfahren. Oder sie hatte Cindy ebenfalls zufällig beim Verstecken des Schlüssels beobachtet.

In diesem Moment fiel ein Schatten über sie.

Groß und schwarz.

42

Zu Tode erschrocken fuhr sie herum.

Cliff Bight.

Was zum Teufel machte Lionels Angestellter hier?

»Cliff! Sind Sie verrückt geworden, sich so anzuschleichen. Ich hab fast einen Herzinfarkt gekriegt!«

Cliff blieb stehen und verlagerte das Gewicht seines schweren Körpers von einem Fuß auf den anderen. »Es tut mir leid, Tessa, ich wusste nicht, dass Sie …«

»Was machen Sie hier überhaupt?« Ihr Schrecken hatte sich in Ärger verwandelt.

Das überlange T-Shirt, das Cliffs massige Gestalt umflatterte, war schweißdurchtränkt. Er klatschte sich auf die Stirn, wo sich Mücken tummelten.

»Lionel hat – er schickte mich, um nachzusehen, was … ob die Polizei schon fertig ist mit …«

»Ist er *auch* hier?«

Er schüttelte den Kopf.

Scheiße. Kratz Hilder hatte geplaudert. Ihre Wut vergrößerte sich. »Warum hab ich keinen Motor gehört?«

»Mein Pick-up steht weiter unten. Ich wollte nicht unnötig … ich meine, ich wusste ja nicht, was hier oben los ist.« Er schaute auf den Boden und dann zur Seite. Sein Gesicht faltete sich zusammen wie eine Blume am Abend.

Plötzlich nahm sie eine Bewegung wahr. In Cliffs rechter Hand schwang ein Schürhaken. Sie schob die Hand in die Jackentasche und umfasste die Pistole. »Cliff, lassen Sie das Eisen auf den Boden fallen und dann gehen Sie zehn Schritte zurück!«

»Wie? Was …?«

»Machen Sie genau, was ich sage«, rief sie scharf.

Er schien zu verstehen, dass sie es ernst meinte. Der Schürhaken fiel ins Gras und Cliff rückte einige Meter davon weg.

Sie las ihn sofort auf und schrie: »Woher haben Sie den?«

»Der … er lag hinten auf meinem Pick-up.«

»Und wie kommt der da hin?« Sie umklammerte die Pistole in ihrer Tasche.

»Keine Ahnung.« Er zuckte nervös.

»Cliff, machen Sie keine Spielchen mit mir. Das würden Sie schnell bereuen.« Sie fuchtelte mit dem Schürhaken in seine Richtung.

»Ich habe ihn von der *Cabin* mitgenommen.«

»Von welcher *Cabin*?«

»Lionels Hütte. Ich fand ihn auf einem Haufen Schrott. Wir renovieren Lionels Hütte. Er sagte, nimm alles mit zum Schrottplatz. Ich … ich dachte, Mensch, schade, all das wegzuwerfen.«

Tessa versuchte abzuschätzen, was hier Lüge und was Wahrheit war. »Machen Sie es nicht noch schlimmer, als es ist. Warum würden Sie so was hierher zur Farm mitnehmen?«

Seine dicken Arme gingen rauf und runter. »Der Bär … ich hab ihn über die Straße wandern sehen. Da hab ich das Ding da mitgenommen, für den Fall …« Er stutzte und konzentrierte sich. »Ich hör was, ist das nicht …«

»Keine Ablenkungsmanöver, Cliff. Ihr Jagdgewehr, das haben Sie im Pick-up gelassen?«

»Das ist zu Hause.«

Sie ließ den Schürhaken fallen. Cliff blinzelte verzweifelt in die Sonne, aber sie war noch nicht fertig mit ihrer Befragung.

»Wann haben Sie den Schrott von der Cabin mitgenommen?«

»Vor ein paar Tagen. Am Dienstag.«

»Am Dienstag?« Am Tag der Morde. Ihr Herz vollführte einen Trommelwirbel.

»Ja.«

»Und dann haben Sie den Schrott im Wald abgeladen, nicht wahr? Das ist eine Straftat, das wissen Sie.«

Entrüstet schüttelte er den Kopf. »Das mach ich nie, ich entsorge immer alles nach Vorschrift. Ich bin noch am selben Tag zum Schrottplatz gefahren.«

Jetzt hörte auch Tessa ein Geräusch. Schritte. Sie wandte sich blitzschnell um.

Cindy kam auf sie beide zu.

Tessa sah sie entgeistert an. Aber Cindy streifte sie nur kurz mit einem Blick, bevor sie die Augen auf Cliff richtete.

»Was um Himmels willen machst *du* hier?«

Bevor Cliff antworten konnte, rief Tessa: »Hallo, Cindy. Hätte dich heute auch nicht hier erwartet.« Sie konnte einen sarkastischen Tonfall nicht unterdrücken.

Es war unmöglich, Cindys Gesichtsausdruck zu deuten, weil sie rasch ihre Sonnenbrille aufsetzte. Sie trug eine geblümte Hose und eine rosa Windjacke. Der Wind zerrte an ihrer Frisur. Sie attackierte Cliff erneut. »Was machst du hier?«

»Wir machen am Sonntag Pause«, erwiderte Cliff, der immer noch mehrere Schritte entfernt stand.

»Seid ihr zusammen gekommen?« Diese Frage richtete sie an Tessa.

»Seid nicht *ihr* zusammen gekommen?«, konterte Tessa. Sie hob den Schürhaken auf. »Cliff hat mir ein Geschenk mitgebracht.«

Cindy starrte das Eisen verständnislos an.

In diesem Moment rief Cliff: »Ich geh zum Pick-up zurück und park ihn um.« Und schon eilte er erstaunlich flink davon.

»Du hättest uns was sagen können«, schimpfte Cindy. »Wir hätten zusammen hierherfahren können. Wo ist dein Wagen?«

»Ich bin mit Kratz Hilder geflogen und dann gelaufen.« Und

jetzt hast du meine Pläne durchkreuzt, hätte Tessa am liebsten angefügt.

Sie war jedoch zu clever, um sich ihren Zorn und ihre Enttäuschung anmerken zu lassen. Sie brauchte Cindy, um das Rätsel der Fotos auf der Kamera zu lösen, die sie in ihre Westentasche gesteckt hatte.

»Warst du schon im Haus?«, fragte Cindy.

»In der Küche«, erwiderte Tessa, eine Halbwahrheit.

»Warum trägst du Gummihandschuhe?«

»Ich will keine Fingerabdrücke auf Frans Fotoapparat hinterlassen.« Sie holte die Kamera hervor.

Auf Cindys Stirn erschien eine Falte. Sie nahm ihre Sonnenbrille ab. »Die gehört Fran? Wo hast du die gefunden?«

Tessa ignorierte die Frage. »Ich hab die Bilder durchgesehen, und die meisten zeigen die Lounge in deiner Boutique. Fran muss sich dort aufgehalten haben.«

»Zeig mal.« Cindy streckte die Hand nach der Kamera aus, aber Tessa war schneller.

»Nur mit Handschuhen.« Sie steckte die Kamera in den Rucksack. »Sie hat zum Beispiel die Blumen in deiner Lounge fotografiert.«

Cindy schaute kurz hinter sich, als ob sie dort jemanden vermutete. Aber weder Cliff noch der Pick-up waren zu sehen oder zu hören. »Du irrst dich bestimmt, Tessa. Fran war nie bei mir, wenigstens weiß ich nichts davon.« Sie fing ebenfalls an, nach den Mücken zu schlagen. »Ich muss rasch auf die Toilette. Aber da hinein ...«, sie deutete zum Haus, »geh ich bestimmt nicht. Das ist mir zu ...« Ohne den Satz zu vollenden, lief sie auf den Waldrand zu.

Tessa ergriff die Gelegenheit und rannte ins Haus. Das Funktelefon stand neben dem Kühlschrank. Es funktionierte. Sie wählte die Nummer ihrer Eltern. Eine Ewigkeit schien zu vergehen, bis sich endlich Savanah meldete.

»Hi Tessa, was ist los?«

»Gib mir Dad, schnell!«

Savanah verlor keine Zeit. Kenneth Griffins' Stimme kam

sogleich durch. »Dad, ich bin in Frans Haus. Cindy ist hier, und Cliff Bight auch. Er kam mit einem Eisenknüppel.«

»Tessa, was sagst du da… alles okay? Ich hab gehört, Kratz Hilder …«

»Dad, ich hab nicht viel Zeit. Sag, bis wann ist dienstags der Schrottplatz geöffnet?«

»Bis drei Uhr. Er schließt immer um drei Uhr. Warum …«

»Ich erklär dir alles später. Muss jetzt auflegen. Mach dir keine Sorgen.«

Sie ließ den Blick noch einmal durch die Küche schweifen. Als sie die Haustür öffnete, vernahm sie von der Rückseite des Hauses einen Motor, Hupen und Rufe. Cliffs Stimme. Er klang aufgebracht.

Sie lief ins Freie, in Richtung Lärm.

Und bremste erschrocken.

Zwanzig Meter entfernt schwenkte ein Grizzly seinen mächtigen Kopf hin und her. Das Tier war offensichtlich äußerst wütend. Sein grunzendes Schnaufen wurde nicht einmal vom Motor des Pick-ups übertönt, in dem Cliff saß. Instinktiv wollte sie gleich wieder ins Haus fliehen, aber eine innere Stimme warnte sie: Nicht rennen, nicht rennen! Der Grizzly hätte sie wahrscheinlich verfolgt. Die massigen Tiere konnten eine enorme Geschwindigkeit erreichen.

Der Pick-up stand nicht weit genug vom Bären entfernt. In den Wagen konnte sie sich nicht retten. Das Hupen schien den Grizzly nur noch wütender zu machen. Tessa zog ihre Pistole heraus und schoss einmal in die Luft.

Der Grizzly zuckte zusammen. Beäugte sie mit seinen kleinen Augen im hellbraunen Fell. Er floh aber nicht.

Sie steckte die Pistole hastig ein und griff an die Seite des Rucksacks, wo die Leuchtpistole steckte. Sie riss die Waffe heraus, zielte neben das Tier und drückte ab. Der Feuerball landete nicht weit vom Grizzly, der einen Satz zur Seite machte und endlich Reißaus nahm.

Cliff kam mit dem Pick-up nahe heran und hielt. Er stieg aus, der Schrecken stand ihm ins Gesicht geschrieben. »Der ist hinter uns her«, raunte er, als ob ihn das Tier hören könnte. »Der gibt nicht auf.«

»Er ist jetzt weg«, sagte Tessa, ihr Atem ging in kurzen Stößen. Sie ließ den Rucksack vor sich ins Gras sinken. Dann konfrontierte sie ihn: »Cliff, der Schrottplatz macht um drei Uhr nachmittags zu.«

Er sah sie fragend an, bis ihm die Bedeutung ihrer Aussage aufging. Sein Mund fing an zu zittern.

»Sie müssen die Wahrheit sagen, Cliff, für Fran und Hank und die Kinder.«

Er zog die Lippen ein, als wollte er sich am Reden hindern. Sein Gesicht rötete sich.

In diesem Moment detonierte eine Stimme zwischen ihnen.

»Was ist hier los?« Tessa hätte sich nicht umdrehen müssen, um zu wissen, wer das war: Harrison Miller. Der Bürgermeister von Whatou Lake.

Mit Cindy im Schlepptau.

Tessa sah Cliff an. »Die sind nicht mit Ihnen gekommen?«

Cliff schüttelte stumm den Kopf.

»Ein Grizzly war dort.« Tessa zeigte auf die Stelle, wo das Tier seinen Schädel geschwenkt hatte. »Ich hab ihn mit Schüssen verjagt.«

»Der treibt sich schon seit einiger Zeit ums Haus herum.« Harrison schaute unruhig um sich. »Hank ist ihn auch nicht losgeworden. Dabei sind die Hühner jetzt bei uns.«

Cindy trat aus Harrisons Windschatten. Mit einer schnellen Bewegung nahm sie Tessas Rucksack an sich. Sofort öffnete sie ihn und steckte ihre Hand hinein. Harrison Miller sah ihr verblüfft zu. Tessa wollte sie stoppen, aber Cindy stieß sie mit großer Wucht ins Gras. »Wo ist die Kamera? Wo ist die Kamera?«, rief sie wie eine Irre. Dabei fiel ihr die Sonnenbrille herunter. Sie warf die Wasserflasche, Sonnencreme und Papiertaschentücher auf den Boden. Auch die blonde Perücke flog heraus. Cindys Augen vergrößerten sich. »Die hat sie auch? Harrison, *die hat sie auch*!«

Dem Bürgermeister wurde es jetzt sichtbar ungemütlich. »Das will doch nichts heißen, reiß dich doch zusammen.«

Tessa war wieder auf den Beinen und wollte sich auf Cindy stürzen. Aber Harrison stellte sich dazwischen und hielt sie fest. »Hört auf, alle beide«, rief er, »das ist ja der reinste Kindergarten.«

»Siehst du nicht«, schrie Cindy, »sie hat die Bilder von meiner Lounge und sie hat die Perücke!«

Tessa versuchte Harrison abzuschütteln. Da hielt Cindy schon eine Pistole auf sie gerichtet. »Den Rucksack bekommst du nicht zurück«, bellte sie. Tessa erstarrte.

Harrison langte nach der Waffe, aber Cindy wich zur Seite aus. Er rief besorgt: »Was tust du da? Mach keine Dummheiten.«

»Sie hat die Perücke, Harrison. Und die Bilder. Sie wird uns verraten.«

»Halt den Mund, verdammt.«

»Es riecht nach Rauch.« Das war Cliff.

Tessa roch es auch. Und sah es. Der Rauch kam vom Haus!

»Da brennt etwas«, rief Cliff, bewegte sich aber nicht von der Stelle.

In diesem Moment warf sich Harrison auf Cindy und schlug ihr den Revolver aus der Hand.

Tessa schaute zum Haus. Flammen züngelten hinter dem Wohnzimmerfenster. »Ihr habt … ihr habt das Haus angezündet?«, schrie sie entsetzt.

Ein Gewirr von Stimmen folgte.

»Das Haus brennt!«

»Harrison, sie wird uns verraten.«

»Halt den Mund, verdammt.«

»Ihr habt das Haus angezündet!«

»Es brennt!«

Plötzlich ein lautes Keuchen vom Waldrand her.

Himmel, der Grizzly.

Dann ging alles sehr schnell. Tessa entriss Cindy den Rucksack, rannte zum Pick-up und stieg auf den Fahrersitz. Der Schlüssel steckte im Zündschloss. Sie hörte Cliff rufen. Er war mit wenigen Sätzen beim Pick-up und sprang auf den Beifahrersitz. Er war wirklich flink, wenn es drauf ankam.

Blitzschnell entschied sie, dass Cliff weniger gefährlich war als

Cindy oder das Feuer oder der Grizzly. Sie startete den Motor und lenkte den Pick-up auf die Zufahrt. Im Rückspiegel sah sie Flammen lodern. Scheiben zerbarsten mit lautem Knall.

»Wir müssen etwas tun, wir müssen etwas tun«, rief sie und hielt mit laufendem Motor am Ende der Zufahrt.

»Fahren Sie«, drängte Cliff, von Panik ergriffen. »Da kann man rein gar nichts mehr machen. Da hat jemand Brandbeschleuniger benutzt. Los jetzt!«

Sie trat aufs Gaspedal. »Es wird einen Waldbrand geben.«

»Die Bäume stehen weit genug entfernt.«

»Aber wenn der Wind die Funken …«

»Ich hab ein Satellitentelefon. Wir halten weiter unten an. Im Gebüsch. Wo die uns nicht sehen.«

»Sie meinen, die werden uns verfolgen?«

»Cindy ist völlig durchgedreht. Die hätte mit Ihnen kurzen Prozess gemacht. Mein Gott!«

Sie steuerte den Pick-up um tiefe Schlaglöcher herum. »Warum brennen sie das Haus nieder?«

Von Cliff kam keine Antwort.

Harrison oder Cindy, oder beide, mussten ins Haus eingedrungen sein, als sie mit Cliff gesprochen hatte, und den Brand gelegt haben.

Sie hat die Perücke, Harrison. Und die Bilder. Sie wird uns verraten.

Halt den Mund, verdammt.

Das konnte doch nicht wahr sein.

»Sehen Sie den Felsen da vorne?«, rief Cliff. »Fahren Sie gleich davor rein.«

Tessa verlangsamte das Tempo und erspähte die Nische in den Büschen. Da ließ sich ein Pick-up tatsächlich gut verstecken.

Cliff holte das Satellitentelefon vom hinteren Sitz. »Wollen Sie mit der Polizei sprechen?« Sie nickte.

Der Dispatcher stellte sie durch, und ein Beamter meldete sich. Sie schilderte die Lage in kurzen Worten, erwähnte auch den Grizzly und Cindys Pistole. Und den Verdacht, dass Brandbeschleuniger im Spiel war. Sie gab ihren Standort durch und erwähnte Cliff Bight.

»Wohin sind Sie jetzt unterwegs?«

»Nach Whatou Lake.«

»Waffen im Wagen?«

»Ja, ich.«

»Was haben Sie bei sich?«

»Eine Pistole. Ich besitze eine Genehmigung.«

»Und Cliff Bight?«

»Keine Schusswaffe.«

»Gut. Geben Sie Ihre Position in einer halben Stunde wieder durch.«

»Verstanden.«

Sie gab Cliff das Gerät zurück und sah ihn an. »Sie wollen nicht mit der Polizei sprechen?«

Er senkte den Blick. »Nicht hier, nicht jetzt.«

»Je schneller Sie es tun, umso besser für Sie. Das rate ich Ihnen als Rechtsanwältin.«

»Ich muss meine Frau zuerst darauf vorbereiten. Was … womit muss ich rechnen?«

»Sie haben die Polizei angelogen. Sie sagten der RCMP, dass Sie am Dienstag den ganzen Tag in Lionels und Cindys Cabin waren. Und dass die beiden den ganzen Tag dort waren. Ihr habt euch alle gegenseitig Alibis verschafft. Warum?«

»Wir wollten nicht … « Er verstummte.

»Was wolltet ihr nicht?«

»Lionel … er mag Wildbraten. Und Cindy auch. Sie geben mir immer was davon ab.«

Sie stieß vernehmlich die Luft durch die zusammengepressten Zähne aus. Also auch Lionel. Halb Whatou Lake bestand offenbar aus Wilderern. Kein Wunder, dass so was eskalierte, wenn der Wildhüter mit dem Drogenhandel beschäftigt war und nichts dagegen tat.

Tessa trommelte mit den Fingern auf das Armaturenbrett. »Wann sind Sie am Dienstag zur Cabin gefahren?«

»Ich kam kurz nach elf Uhr mittags an, dann hab ich den Schrott aufgeladen.«

»Waren Lionel und Cindy schon dort?«

Er schüttelte den Kopf.

»Wann sind Sie nach Whatou Lake zurückgefahren?«

»Zwischen zwölf und halb eins.«

»Sie haben den beiden ein falsches Alibi gegeben. Das kann als Behinderung der Justiz ausgelegt werden. Hat Sie jemand unter Druck gesetzt?«

»Ich wollte meinen Job nicht verlieren. Ich muss meine Familie ernähren. Es ist nicht leicht, in Whatou Lake Arbeit zu kriegen. Meine Frau ... sie arbeitet nur stundenweise an der Kasse im K-Markt.«

»Ich will Ihnen nichts vormachen, Cliff. Im schlimmsten Fall geraten Sie unter Mordverdacht, außer Sie haben ein wasserdichtes Alibi.« Er sah sie ängstlich an, aber sie schonte ihn nicht. »Deshalb ist es wichtig, dass Sie der Polizei sofort die Wahrheit sagen. Verstehen Sie?«

Er presste eine Sekunde die Augen zu und nickte. Nach einem tiefen Atemzug fragte er: »Kann ich jetzt fahren? Ich denke, Cindy und Harrison müssen zu der Cabin gefahren sein.«

Das vermutete Tessa auch. Sonst wären sie schon längst an ihrem Versteck vorbeigerast. Die Route zur Cabin verlief in die entgegengesetzte Richtung.

Cliff lenkte den Pick-up auf die Forststraße zurück. Eine Zeit lang sprachen sie kein Wort. Es war ein bedrückendes Schweigen.

Cliff hielt es als Erster nicht mehr aus. »Was war das mit der Perücke? Was hat Cindy gemeint? Warum haben Sie Cindys Perücke bei sich? Und warum hat sie deswegen die Pistole rausgenommen?«

Es ist nicht Cindys Perücke, wollte Tessa spontan antworten, sie hat sie Glenda verkauft. Da klickte etwas in ihrem Kopf. Ein Gedanke nach dem anderen stellte sich ein, wie ein Dominospiel, das in Bewegung geraten war.

Was, wenn es tatsächlich Cindys Perücke war? Was, wenn Savanah Cindy in Harrisons Pick-up vor dem Friendly Piggy sah, und nicht Fran? Und auch nicht Glenda? Das würde Cindys heftige Reaktion erklären.

Sie wird uns verraten. Wer war uns?

Sie hat die Bilder von meiner Lounge.

Szenen tauchten vor Tessas innerem Auge auf. Der Streit zwischen Harrison und Glenda. Sie hatte die Perücke voller Wut auf den Boden geworfen. Auf dem Parkplatz hinter Cindys Boutique. Glenda musste ihrem Mann am Morgen hinterhergefahren sein. Wie gestern, als sie ebenfalls aufgekreuzt war und Tessa mit dem Schlüssel zur Hintertür der Boutique erwischt hatte. Und sie daraufhin zum Stillschweigen verpflichtete.

Sie erinnerte sich an noch etwas. Harrison, der Frauenheld. Wer war das, der das gesagt hatte? Ihr Vater. Gestern Abend. *Ein verdammter Frauenheld.*

Cliffs Pick-up bremste abrupt. Tessa wurde hart in den Sicherheitsgurt geworfen. Sie kamen wenige Meter hinter einem dunkelgrauen Fahrzeug zu stehen, das sie wegen einer unübersichtlichen Kurve nicht bemerkt hatten. Es stand am Straßenrand. Auch ein Pick-up.

»*Fuck*«, hörte sie Cliff fluchen.

Sie dachte dasselbe.

Der Pick-up gehörte Lionel Miller.

43

Cliff zog den Zündschlüssel heraus und stieg aus. Im Rückspiegel sah Tessa ihn an der Fahrertür des grauen Pick-ups stehen. Er sprach mit Lionel durch das geöffnete Fenster. Tessa konnte den Inhalt nicht verstehen. Wie gelähmt blieb sie sitzen, unschlüssig, was sie tun sollte.

Bange Minuten vergingen, bis Cliff zurückkam. Er öffnete die Beifahrertür. »Lionel will mit Ihnen reden.«

Davor schreckte Tessa zurück. Sie suchte nach einer Ausrede. »Ich hab jetzt keine Zeit, ich muss nach Whatou Lake.«

»Sagen Sie ihm das besser selber.«

»Was haben Sie ihm erzählt?«

»Dass sein Vater und Cindy auf der Farm sind. Dass sie das Haus angezündet haben. Und dass wir weggefahren sind, weil der Grizzly auftauchte.«

»Hat er eine Waffe im Wagen?«

»Ich hab ein Jagdgewehr auf dem Rücksitz gesehen.«

»Weiß er, dass ich eine Pistole habe?«

»Ich hab ihm nichts gesagt.«

»Und was, wenn Sie wegfahren? Dann sitze ich in der Falle.«

»Ich geb Ihnen den Zündschlüssel, okay?«

Sie überlegte. »Wenn ich zu ihm gehe, hole ich das Gewehr raus und geb es Ihnen.«

Er blinzelte. »Sie helfen mir dafür mit einem Anwalt?«

»Ja, ich werde Ihnen helfen. Ich weiß, dass nicht Sie der Mörder sind.«

Er reichte ihr den Schlüssel, und sie stiegen beide aus. Langsam näherten sie sich Lionels Pick-up. Die Scheibe war heruntergefahren. Sie schaute in sein nervöses Gesicht. »Lionel, ich dachte, du kannst nicht fahren.«

»Mit dem rechten Fuß schon. Steig ein, ich will mit dir reden.«

»Klar.« Sie warf einen Blick auf den Rücksitz, als sie um den Pick-up herumging. Rasch öffnete sie die hintere Tür, nahm das Jagdgewehr heraus und reichte es Cliff.

»Was zum Teufel machst du da?«, rief Lionel.

»Cindy hat mich heute mit einer Pistole bedroht. Das will ich nicht nochmals erleben.« Sie öffnete die Beifahrertür, ließ sie aber zur Sicherheit einen Spalt offen.

»Cliff, gib mir das Gewehr«, rief Lionel. Aber sein Angestellter rührte sich nicht.

»Cliff, hörst du, gib mir das verdammte Gewehr!« Lionel machte Anstalten, auszusteigen, erinnerte sich aber an seinen verletzten Fuß und gab das Vorhaben auf. »Cindy ist also am Haus?«, fragte er mit heiserer Stimme.

»Ja, mit deinem Vater.« Sie hielt die Hand auf der Schusswaffe in ihrer Jackentasche. »Cindy hatte eine Pistole bei sich. Was ist los, Lionel? Weshalb läuft Cindy mit einer Pistole herum und bedroht mich?«

»Ich hab keine Ahnung.« Er wich ihrem Blick aus.

»Ich habe Frans Kamera gefunden. Da sind Bilder von Cindys Lounge in der Boutique drauf. Cindy ist fast durchgedreht, als sie davon erfuhr. Warum?«

Lionel ließ den Kopf aufs Lenkrad sinken. Er murmelte etwas.

»Was sagst du? Ich kann dich nicht verstehen.«

Er richtete sich langsam wieder auf. »Weil sie sich in der Lounge mit Dad getroffen hat.«

»Wer? Fran?«

»Nein, Cindy.«

»Ich weiß, er hat ihr mit der Buchhaltung geholfen.«

Er lachte gequält. »Ja, das vielleicht auch. Aber auf Bob Barkers Wiese hat er ihr nicht mit der Buchhaltung geholfen. Da hat er sie gebumst.«

Die Worte trafen Tessa wie ein Blitzschlag. Es dauerte mehrere Sekunden, bis sie ihre Sprache wiederfand. »Was? Bist du sicher?«

»Mom hat sie gesehen. Mom weiß alles. Sie hat … sie hat Beweise, Fotos. Aber Hank hatte es mir schon gesagt, nur ich wollte ihm damals nicht glauben.«

»Hank? Wann hast du mit ihm gesprochen?«

»Am Dienstag.«

Tessa erstarrte. »Du hast ihn angerufen?« Sie stellte die Frage, weil sie die Hoffnung nicht ganz aufgeben wollte. Hoffnung, dass es nicht so schlimm war, wie sie fürchtete.

»Wir waren dort. Bei ihm. Cindy und ich.« Lionel sah sie nicht an.

»Hast du das der Polizei gesagt?«

Er schüttelte stumm den Kopf. Presste die Lippen aufeinander.

Sie musste ihn zum Reden bringen. »Ich war im Haus, Lionel. Es ist entsetzlich. Ich … ich konnte mir alles vorstellen. Wie es sich … abgespielt hat. Breena kam wahrscheinlich als Erste dran. Der Mörder ging ins Zimmer, während sie las. Ich … Der Mörder hat ihr aus nächster Nähe in die Schläfe geschossen. Wie eine Hinrichtung.«

Lionel hielt das Steuerrad umklammert. Seine Knöchel stachen heraus wie die Rippen eines verhungernden Tieres. Er atmete schwer.

Er musste es hören, fand Tessa, das Leiden der Kinder. Jetzt, da das Haus brannte und niemand von ihnen mehr sehen würde, was sie gesehen hatte. »Clyde floh vor dem Mörder ins Bad. Überall war Blut. Auf dem Boden, an den Wänden. Es sah aus wie …« Ihr fehlten die Worte. Nach einer Pause nahm sie den Faden wieder auf. »Wie in einem Schlachthaus. Kayley hat es am brutalsten erwischt. Sie … ist … sie versteckte sich im Hundekorb auf dem Dachboden. Die kleine Kayley, stell dir vor, Lionel. Sie wusste genau, was ihr … dass sie in Lebensgefahr war. Aber der

Mörder fand sie … und erschoss sie. Es ist … Ich kann nicht glauben, dass jemand so was tun kann, ich versteh es einfach nicht.«

Lionel saß da, mit geschlossenen Augen. Sie packte ihn am Arm. Schüttelte ihn. »Wie soll ich das verstehen, Lionel. Sag mir, *wie*?«

Er nahm ihre Hand, drückte sie wortlos. Ließ sie wieder los und fiel auf seinem Sitz in sich zusammen. Als hätte jemand alle Luft aus ihm herausgelassen.

Seine Worte waren ein kratzendes Flüstern: »Jeden Tag wünsche ich, es wäre nicht passiert.«

Tessa hielt unwillkürlich den Atem an. Jetzt, jetzt kommt`s. Die Sätze flossen zuerst stockend, dann immer schneller aus Lionel heraus: »Wir wussten, dass Fran in Whatou Lake ist. Lola Dole hatte sie im Krankenhaus gesehen und erzählte Cindy davon. Ich musste unbedingt mit Hank sprechen. Deine Mutter … Martha hat mir verraten, dass Dad für Hank die Outfitterlizenz kaufen und auf ihn übertragen will. Ich hatte keine Ahnung gehabt. Ich war außer mir vor Wut. Warum soll Hank alles bekommen? Ohne etwas dafür zu tun? Er hat nichts erreicht in seinem Leben. Eine Farm, die nichts einbringt. Eine Frau, die Probleme hat. Nicht mal als Holzfäller hat er getaugt. Hank ist eine Niete. Aber bei Dad kam er immer an erster Stelle. Hank, Hank und nochmals Hank. Nur weil er der Erstgeborene ist. Und ich – ich könnte mit meiner Firma bankrottgehen, und Dad würde keinen Finger rühren!« Er schlug mit der Faust auf das Armaturenbrett.

Cliff, der ein paar Meter entfernt wartete und das Gewehr mit beiden Händen festhielt, zuckte zusammen. Tessa ließ alle Vorsicht fahren. »Er würde vielleicht nichts für dich tun, aber für Cindy. Ich hab gehört, dass dein Vater Cindy Geld gibt, um ihre Boutique über Wasser zu halten.«

Lionel spannte den Unterkiefer so sehr an, dass er zitterte. »Cindy sagt, das Geld kommt von *ihrem* Vater. Ist wahrscheinlich nicht so. Ich bin sicher, Dad hat sie mit Geld rumgekriegt. Er bekommt immer, was er will.«

Lionel nimmt Cindy immer noch in Schutz, dachte Tessa, nach

allem, was passiert ist. »Wie hat Hank davon erfahren, … von Cindy und eurem Dad?«

»Keine Ahnung. Hat er mir nicht gesagt. Vielleicht von Mom. Cindy und ich fuhren am Dienstag zur Farm. Ich lief allein hoch, Cindy blieb im Pick-up sitzen und wartete auf mich. Ich traf Hank auf der Wiese an, mit einem Jagdgewehr. Ein Grizzly war kurz davor in der Nähe gewesen. Wir stritten uns sofort. Er wollte die Outfitterlizenz nicht mit mir teilen. Er habe andere Pläne, sagte er. Du hast deine Firma, Lionel, und ich mache was anderes, sagte er. Ich wusste genau, was er vorhatte. Er wollte die Lizenz den verdammten Indianern verkaufen. Ich hab es Dad gesagt, aber der wollte das nicht hören. Wie immer hat er Hank geglaubt. Immer nur Hank, Hank.«

Jetzt packt er aus. Ich will's nicht hören, dachte Tessa, ich will's nicht hören. Wie werde ich es nur ertragen? Wie werde ich nur damit leben, später?

Doch Lionel ließ sich nicht aufhalten. »Ich sagte Hank, es ist besser, wenn du hier wegziehst. Du hast ja nicht die leiseste Ahnung, was Fran die ganze Zeit treibt. Wenn der Wildhüter auf eure Farm kommt, während du weg bist. Und was macht sie ständig in Whatou Lake?, hab ich ihn gefragt. Erzählt sie dir das überhaupt? Warum ist sie ständig bei Rob Pleeke? Erzählt sie dir das?«

Lionel begann zu husten, weil seine Stimme heiser geworden war.

Tessa gab keinen Ton von sich. Fran. Hank wusste es von Fran. Sie hatte ihm von Cindy und Harrison erzählt. Sie musste etwas in der Lounge der Boutique gefunden haben. Oder vielleicht hatte sie die beiden in flagranti beobachtet. So wie Glenda.

Plötzlich hörten sie einen Hubschrauber.

Lionel schreckte auf. »Sind die auf dem Weg zum Haus?«

»Vielleicht. Den Rauch sieht man sicher weitherum. Dein Vater wird sich erklären müssen.«

»Tessa. *Ich* war es. Ich habe Hank getötet.«

»Du gütiger Himmel, Lionel!«, entfuhr es ihr.

Er sah sie an, die Augen glasig. »Er war draußen auf der

Wiese, mit dem Jagdgewehr. Die Hunde und die Kinder waren im Haus. Eine Bärin war am Morgen wieder im Hühnerstall gewesen. Als ich ihm von Frans Affären erzählte, rastete er aus. Er sagte zu mir … er sagte: ‚Du hast ja keine Ahnung, wer wirklich Affären hat. Frag doch mal Cindy. Die treibt es mit unserem Dad. In der Boutique und im Pick-up und an anderen Orten. Nur du Trottel hast keine Ahnung. Du verschließt die Augen vor allem und tust so, als ob nichts wäre. Wie damals beim Doping. Denkst du, du wärst damit durchgekommen?'« Lionels Stimme klang genau wie Hanks Stimme, als er seinen Bruder imitierte. »‚Spätestens bei der Olympiade wäre es aufgeflogen. Dann wäre nicht nur dein Name im Eimer gewesen, sondern der unserer ganzen Familie. Und all das Geld von Dad wäre zum Fenster rausgeworfen gewesen. Nur weil du Idiot nicht sehen wolltest, dass Doping eine Sackgasse ist.'«

Lionel wandte ihr das Gesicht zu. Es war verzerrt vor Wut. Einer Wut, die er jetzt nochmals erlebte. »Das hat Hank gesagt. Da begriff ich auf einmal, wer mich damals verraten hat. Es war Hank! Er hat meine Zukunft zerstört.« Lionel schüttelte den Kopf, als könnte er immer noch nicht fassen, was Hank vor vielen Jahren getan hatte. »Da bin ich auf ihn los, und wir haben … plötzlich hab ich sein Gewehr in der Hand und ich schieße und … und … und er ist am Boden und er hat sich nicht mehr gerührt.«

Tränen liefen ihm jetzt übers Gesicht, und seine Stimme wurde hoch wie die eines weinenden Kindes. »Ich lasse das Gewehr fallen und renne zu Cindy zurück. Die saß noch im Pick-up und wartete auf mich. Ich … ich sage zu ihr: ‚Ich hab ihn erschossen, ich hab Hank erschossen.' Cindy … sie ist schockiert. ‚Hat dich jemand gesehen?', fragt sie. ‚Wo sind die Kinder?', fragt sie. ‚Wo liegt Hank? Wo ist das Gewehr? Da sind deine Fingerabdrücke drauf', sagt sie. Sie springt aus dem Wagen, läuft zum Haus hoch. Ich warte auf sie. Dann höre ich Schüsse. Und die Hunde bellen. Immer wieder Schüsse. So viele Schüsse. Und dann weiß ich es. Sie legt die Kinder um. Ich hab sie nicht gestoppt.«

Lionel wimmerte wie ein Gefolterter. Sein ganzer Körper schüttelte sich.

Tessa saß stumm da. Jetzt, da die Wahrheit vor ihr lag, die ganze schreckliche, unerträgliche Wahrheit, rührte sich nichts in ihr. Ihr Kopf, ihr Körper, ihre Seele weigerten sich, die gehörten Worte zu verarbeiten. Da war nur eine Mauer, die nichts durchließ, worunter sie zusammenbrechen könnte.

Cindy. Nein, das konnte nicht sein.

Cindy würde nie Kinder töten. Sie wünschte sich nichts sehnlicher als eigene Kinder. Sie würde nicht mal einen Hund töten. Sie liebt Hunde.

Aber dann schob sich ein anderes Bild vor ihre Augen. Cindy mit der Pistole.

Cindy ist völlig durchgedreht. Die hätte mit Ihnen kurzen Prozess gemacht.

Tessa schrie gegen das Wimmern an: »Hast du ihr gesagt – Lionel, hör mir zu! –, hast du Cindy gesagt, dass du von ihr und deinem Vater weißt?«

»Nein«, stieß er leise hervor. »Nein, ich hab es doch nicht glauben wollen. Ich dachte, Hank will mich nur damit demütigen. Bis Mom mir heute die Fotos zeigte. Sie ...«

Den Rest verstand Tessa nicht mehr, denn sie hörte ein ohrenbetäubendes Dröhnen. Cliff winkte erschrocken mit dem Gewehr und rief ihnen etwas zu. Sie versuchte seine Gesten und Rufe zu deuten.

Es war zu spät.

Ein mit Baumstämmen beladener Lastwagen erschien wie aus dem Nichts und prallte auf Cliffs Pick-up, der die Straße halb versperrt hatte.

Die Welt um sie versank in Dunkelheit.

44

Später konnte Tessa sich an zwei Dinge deutlich erinnern. An Ron Halprin, dem sie die Hand entgegenstreckte, als sie auf einer Trage lag, und dem sie ein ums andere Mal die Namen Lionel und Cindy nannte. »Ich weiß«, bestätigte er, während er ihre Hand hielt. Und sie erinnerte sich an den Lärm des Hubschraubers, und wie ihr der Gedanke kam, dass nur kurze Zeit davor Kratz Hilder damit transportiert worden war.

Im Krankenhaus von Whatou Lake wurde sie geröntgt und untersucht. Sie erhielt abermals ein starkes Schmerzmittel und schlief durch bis zum nächsten Morgen. Sie wachte in einem Zimmer mit zwei Betten auf, aber sie war die einzige Patientin. Auf ihre Fragen eröffnete ihr die diensttuende Krankenschwester, dass sich Lionel und Cliff ebenfalls im Krankenhaus befänden, Cliff nur wegen eines gebrochenen Arms. Lionel hatte schwere, aber keine lebensbedrohlichen Verletzungen erlitten. Den Fahrer des Lastwagens habe man dagegen bereits nach Vancouver überführt. Über seinen Zustand wusste die Krankenschwester keine Einzelheiten.

Dr. Rhonda Kellermann, die Oberärztin, kam später herein und erklärte freundlich: »Es sieht so aus, als ob Sie mit Prellungen und Schürfungen und einer Gehirnerschütterung davongekommen sind. Wie gut, dass der Hubschrauber in der Nähe war.«

Sie fragte Tessa, ob sie sich nach dem Frühstück und einer Dusche fit genug für eine Befragung durch die Polizei fühle. Tessa nickte, obwohl ihr leicht übel war. Sie rieb sich die Augen, die wegen des hellen Tageslichts schmerzten. »Hat jemand meine Eltern informiert, dass ich hier bin?«

»Ja, natürlich. Wir werden Sie nicht lange hierbehalten, wir warten noch einen Test ab. Wenn der gut ist, dann können wir Sie eigentlich entlassen. Die Gehirnerschütterung wird sich auskurieren. Heutzutage verordnen wir deswegen keine strikte Bettruhe mehr.« Die Ärztin sah nachdenklich auf Tessa herunter. »Sie sollten sich aber ausruhen, wann immer Sie können. Damit sich auch die Psyche erholen kann.«

Die Psyche. Ausruhen. Erholen.

Tessa machte sich keine Illusionen. Der Schrecken war noch längst nicht zu Ende.

»Wir haben auch Ihr Handy abgestellt«, fuhr die Ärztin fort. »Es hat zu sehr gestört. Wenn Sie einverstanden sind, gebe ich Ihnen noch intravenös ein Schmerzmittel, das beruhigt, es benebelt aber nicht das Gehirn.«

Ron Halprin kam kurz nach zehn Uhr in Begleitung eines Constable. Sein Gesicht wirkte straffer, seine hellen Augen weniger verhangen, sein Gang verriet Energie. Tessa verstand: Er hatte einen Durchbruch in einem schwierigen Fall erzielt. Halprin rückte einen Stuhl an ihr Bett. Sie legte ihre Hand in die seine, bevor er zu sprechen anfing.

»Wie fühlen Sie sich?«, fragte er lächelnd.

»Ich weiß es nicht, ich … es ist ein ungeheurer Schock, und irgendwie kann ich es nicht begreifen.« Sie sah aus dem Fenster, um sich besser erinnern zu können. »Es stimmt also, Lionel und Cindy haben …« Sie brach ab, so unwirklich klang es. Und so furchtbar.

»Wir haben Lionel Millers Geständnis. Wir hatten seinen Wagen heimlich mit Abhörgeräten versehen. Als er Ihnen alles erzählte, haben unsere Leute mitgehört. Aber es gibt immer noch viel Arbeit für uns.«

»Er stand also die ganze Zeit unter Verdacht?«

»Familienmitglieder und nahe Verwandte sind fast immer Verdächtige. Wir haben natürlich sofort überprüft, wer ein Motiv haben könnte.« Er nahm Notizblock und Kugelschreiber aus der Westentasche und lehnte sich vor. Halprin musste die Nacht durchgearbeitet haben, er trug noch das Hemd vom Vortag. »Erzählen Sie mir doch noch einmal, was sich gestern genau auf der Farm abspielte.«

Sie berichtete ihm alles im Detail. Sie war überrascht, wie ruhig sie das tun konnte. Wie wenn sie an allem unbeteiligt gewesen wäre. Es musste ein sehr starkes Beruhigungsmittel sein, das ihr die Ärztin verabreicht hatte. »Wo sind Harrison und Cindy?«, fragte Tessa zum Schluss. »Was ist mit ihnen passiert?«

»Sie sind in Gewahrsam. Unsere Leute waren bereits in der Nähe. Wir wussten, dass die beiden auf dem Weg zur Farm waren.«

»Sie wurden beschattet?«

»Ja.«

»Mich haben Sie auch beschattet?«

»Wir waren informiert, dass Sie mit Kratz Hilder zum Bibersee fliegen. Seine Frau sagte uns, zur Südseite des Sees, was wir merkwürdig fanden. Wir vermuteten, Sie wollten zur Farm. Die Südseite war eine merkwürdige Wahl.«

»Er wollte mich dort absetzen und nicht mehr abholen, weil er mich hasst.«

»Darüber werden wir auch noch sprechen. Das aber später. Wo ist Frans Kamera jetzt?«

»In meinem Rucksack. Schauen Sie mal in den Kleiderschrank, ob er dort ist.« Der andere RCMP-Mann rührte sich und holte ihren Rucksack heraus. Er schaltete den Fotoapparat ein und ging mit Halprin die Aufnahmen rasch durch.

Der Sergeant nahm die Befragung wieder auf. »Was haben Sie aus den Fotos geschlossen, Tessa?«

»Ich glaube, Fran war in Cindys Boutique und hat in der Lounge übernachtet. Ich denke, sie hat das mehrfach getan. Sie wollte nicht bei Dana oder bei meinen Eltern schlafen, weil … weil sie eine schwere persönliche Krise durchmachte. Man kann sich relativ einfach Zugang zur Boutique verschaffen ... Cindy legt den Schlüssel zum hinteren Eingang in einen Blumentopf. Ich habe sie dabei beobachtet, als ich vorgestern bei ihr Blusen kaufte. Fran muss das auch gesehen haben. Oder jemand hat ihr davon erzählt.«

Halprin sah sie unverwandt an. Sie fixierte die Wand, um sich nicht ablenken zu lassen. »Cindy hat abgestritten, dass Fran jemals in ihrer Boutique war. Aber Fran hat dort eingekauft. Katzenhalsbänder. Sie bekam auch ein Werbegeschenk von Cindy. Oder ...« Sie hielt inne.

Beide Beamte sahen sie erwartungsvoll an. »Oder Fran hat diese Sachen geklaut, als sie nachts dort war. Das scheint mir wahrscheinlicher zu sein.« Sie dachte kurz nach und fuhr dann fort: »Fran muss Cindy und Harrison in der Boutique zusammen gesehen oder gehört haben. Vielleicht hat sie sich irgendwo versteckt, bis die beiden ... fertig waren und abgezogen sind. Sie hat Hank davon erzählt. Oder Hank hat es von seiner Mutter erfahren. Das ist auch möglich. Und Hank hat Lionel damit konfrontiert, als er sich provoziert fühlte.«

Sie sah Halprin an, als ein neuer schrecklicher Gedanke auftauchte. »Sie müssen Cindys Boutique unbedingt durchsuchen, Ron!«

»Das haben wir gestern getan. Und Cindys Wagen auch.« Er klopfte mit dem Kugelschreiber auf seinen Schreibblock.

Tessa schlug die Hände vors Gesicht. »Sie haben auch Fran umgebracht? Oh, mein Gott!«

Wie von weit weg drang Halprins Stimme zu ihr. »Das ist immer noch offen. Wir klären derzeit zahlreiche Faktoren ab.«

»Aber jemand hat sie doch zu Bob Barkers Schuppen geschleppt.«

»Wir haben Spuren in Cindys Auto gefunden.«

»Ich versteh nicht ...«

»Wir werden Cindy verhören, um mehr herauszufinden. Bitte behandeln Sie diese Informationen vertraulich. Wir verlassen uns auf Ihre Diskretion.«

Tessa nickte und schaute auf ihre Arme, die Bandagen und

Wundpflaster. »Cindy ist … ich kann mir einfach nicht vorstellen, dass … Ich mochte sie nie besonders, aber sie … sie hatte ein Herz für Kinder und Tiere. Ich weiß, dass sie eine Kinderspielgruppe in der United Church betreut. Und … sie hat einen Hund adoptiert, den jemand einschläfern lassen wollte. Er leidet an Diabetes und sie muss ihm jeden Tag eine Insulinspritze geben. Ich liebe Tiere, aber ich weiß nicht, ob ich das auf mich nehmen würde. Und die Tierarztkosten müssen astronomisch sein …«

Halprin unterbrach sie. »Sie gibt dem Hund Insulinspritzen?«

»Ja. Täglich.«

»Seit wann macht sie das?«

»Es müssen sicher … drei Jahre sein. Fran hat ihr gezeigt, wie man es machen muss. Sie war ja beinahe eine ausgebildete Krankenschwester.«

Die Beamten tauschten einen bedeutungsvollen Blick aus. Halprins Kollege verließ das Krankenzimmer, während sich der Sergeant Notizen machte.

Tessa sprach mehr zu sich als zu ihm: »Warum können wir Kinder nicht besser beschützen? Warum habe ich nicht wahrgenommen, was hier vor sich ging? Was sich zusammenbraute?«

Halprin verschränkte die Arme. »Ich weiß, was Sie meinen, Tessa. Ich erlebe das in meinem Beruf immer wieder. Wir sehen die Tragödie unaufhaltsam kommen, aber wir können nichts tun. Wir können niemanden vorsorglich verhaften. Nicht, solange kein Verbrechen verübt wurde. Es ist manchmal schwer auszuhalten.« Er warf einen kurzen Blick auf seinen Notizblock, bevor er wieder Augenkontakt zu ihr aufnahm.

»Wir beide haben einen schwierigen Beruf, der uns oft an die Grenzen des Widerwärtigen und Unbegreiflichen bringt. Wir können nur jeden Tag neu dagegen ankämpfen und versuchen, noch Schlimmeres zu verhindern. Ich werde nicht aufgeben – und ich denke, Sie auch nicht.«

Sie spürte, wie sich in ihrem Innern etwas Undefinierbares ganz leicht verschob. »Ich frage mich nur … wann kommt die Grenze der Belastbarkeit?«

Gedankenverloren zog Halprin Linien auf seinem Block. Die

Oberseite seiner Hände war leicht behaart. »Man muss sich manchmal einfach geografisch entfernen. Das wirkt bei mir Wunder. Irgendwohin fahren, weit weg. Und manchmal die Mitarbeiter machen lassen. Für mich ist der Schlüssel ein gutes Team. Scharen Sie gute Menschen um sich. Privat und bei der Arbeit. Dem Guten Raum und Dauer geben.«

Einige Sekunden lang schwiegen sie beide.

Tessa fühlte sich verletzlich. »Warum? Warum? Ich will wenigstens wissen, warum sie es getan haben.«

»Lionel Miller zeigt sich kooperativ. Cindy und Harrison Miller haben sich Anwälte genommen. Beide sind in Untersuchungshaft. Lionel wird hier im Krankenhaus behandelt. Das ist im Moment alles, was ich Ihnen sagen kann.« Er lehnte sich zurück und lockerte die Beine. »Die Medien wissen von den Verhaftungen. Wir können Harrison Miller nicht daran hindern, gegenüber Journalisten lautstark seine Unschuld zu beteuern und gegen die Polizei zu wettern.«

»Und Cliff Bight?«

»Cliff redet mit uns.«

»Er hat Cindy und Lionel ein falsches Alibi gegeben. Sie waren am Morgen nicht in der Cabin. Er ist schon mittags von der Cabin losgefahren und war vor drei Uhr am Schrottplatz in Whatou Lake.«

Halprin nickte. »Ja, das hat er uns gestanden.«

Der Constable trat unvermittelt wieder ins Zimmer. »Verzeihung, Sergeant, Sie werden verlangt. Wir müssen dringend zurück.«

Halprin stand sofort auf. »Wir werden uns bald wieder sprechen, Tessa.« Er nickte ihr rasch zu, und beide verschwanden.

Sie saß wieder allein da, einem endlos pulsierenden Gedankenstrom ausgeliefert, der schmerzhafte und überwältigende Emotionen in ihr auslöste.

Am Ende war sie einfach nur erschöpft.

Ach, sie hatte Halprin nicht nach dem Schicksal des Grizzlys gefragt,fiel ihr noch ein. Des Grizzlys, der sie vor Cindys Pistole gerettet hatte.

45

Tessa konnte die Last der Ereignisse nicht allein bewältigen, sie brauchte Hilfe. Sie brauchte eine scharfsinnige Analyse, um die Gefühlslawine zu bändigen, die sie unter sich zu begraben drohte. Sie brauchte Boyd Shenkar. Sie schleppte sich zum Kleiderschrank und holte ihr Handy. Eine Flut von verpassten Anrufen und E-Mails brach hervor, als sie es einschaltete, aber sie ignorierte alles und wählte Boyds Nummer in Vancouver.

»Endlich, ich hab schon die ganze Zeit versucht, dich zu erreichen«, sagte ihr Geschäftspartner.

Seine Stimme wirkte auf sie wie ein Lebenselixier. »Das Personal im Krankenhaus hatte mein Handy abgestellt, weil es störte«, erwiderte sie.

»Wo bist du jetzt?«

»Immer noch im Krankenhaus in Whatou Lake.«

»Himmel, Tessa, was ist los? Soll ich dich besuchen?«

»Nein, bleib unbedingt im Büro, wenn ich schon weg bin. Ich bin mit ein paar Schrammen und einer Gehirnerschütterung davongekommen. Heute werde ich entlassen.«

»Was kann ich für dich von hier aus tun?«

»Hast du eine Stunde Zeit?«

Sie hörte ein kurzes Pausieren am anderen Ende. »Gut, ich sag rasch vorn Bescheid.« Nach einigen Sekunden war er zurück. »Also, rück heraus mit allem.«

Sie ließ die Worte strömen, stockend, manchmal mit Tränen, dann wieder beherrscht und nach professioneller Objektivität suchend. Boyd hörte ihr geduldig zu, nahm die Flut der Informationen konzentriert entgegen. Sie konnte ihn an seinem Schreibtisch sehen, wie er Worte auf ein weißes Blatt Papier warf, die er bereits beim Schreiben einer scharfen Analyse unterzog. Sie hatte dasselbe oft für ihn getan, wenn er einen Fall übernahm. Sie entwarf Szenarien, mögliche Tatabläufe, Motive, psychologische Profile von potenziellen Tätern. Sie waren einander schon immer Resonanzboden gewesen. Und sie spielten den Advocatus Diaboli für den anderen, wenn es nötig war. Sie hätte sich keinen besseren Firmenpartner vorstellen können. Ihren Monolog beendete sie mit den Worten: »Jetzt bist *du* dran. Was hat Lionel und Cindy dazu gebracht, so etwas … unvorstellbar Schreckliches zu tun?«

Sie konnte sich bildlich vorstellen, wie Boyd sich sammelte, den Blick auf den Notizen, die Unterarme auf der Schreibtischplatte, wie er das Kinn vorschob und dann wieder entspannte. So wie sie ihn oft beobachtet hatte, bevor er seine Einschätzung formulierte. Die Einschätzung eines Verteidigers, der sich an die Vorbereitung eines Falles macht und alle bekannten Einzelheiten berücksichtigt.

Boyd sprach langsam, mit geringfügigen Korrekturen. Sein erster Satz ging ihr gleich durch Mark und Bein. »Lionels Gewalttat sieht ganz nach einem Totschlag im Affekt aus. Bei Lionel hat sich vieles aufgestaut. Dass sein Vater immer Hank vorzog. Hank finanziell großzügig unterstützte. Ihm sogar eine Touristenlodge finanzieren wollte, ohne dass Lionel davon wusste. All das muss Lionel zutiefst erzürnt und … auch geschmerzt haben, weil er doch der Sohn war, der immer versuchte, seinem Vater nachzueifern. Während Hank in Lionels Augen den Vater immer enttäuschte. Zum Beispiel durch die Heirat mit Fran. Oder die Rinderranch, die nicht lief und die Hank schließlich aufgab. Der brotlose Job des Farmbetriebs. Das Holzfällen, das mit einem Unfall endete. Dann die Arbeit in der

Lodge der Sitklat`l. In Lionels Augen hatten es die stolzen Millers doch gar nicht nötig, für die Indigenen zu arbeiten.«

Tessa musste an Tsaytis denken Wo mochte er jetzt sein?

Boyd fuhr fort, als er keine Reaktion von ihr hörte: »Und dann behauptete Hank, dass Cindy mit Harrison Miller schläft. Vielleicht hat Lionel eine dunkle Ahnung gehabt, weil es merkwürdig war, wie sich Harrison um Cindy kümmerte. Er hat es wohl mit aller Macht verdrängt. Was in meinen Augen indes das Fass zum Überlaufen brachte, war der Doping-Verrat – als Lionel erkannte, dass Hank es war, der ihn vor Jahren wegen des Dopings angeschwärzt hatte. Das muss Lionel wie ein Hammerschlag getroffen haben. Das war in Lionels Augen der schlimmste Verrat schlechthin, wahrscheinlich noch schlimmer als Cindys mutmaßliche Untreue.«

»Ich frage mich, warum Hank das damals getan hat. Er hat nie schlecht über Lionel geredet.«

»Hast du nicht erwähnt, dass Hank stets die dunklen Machenschaften seines Vaters ablehnte? Dass er die Lodge nicht wollte, weil Harrison Miller sie mit schmutzigem Geld finanziert hätte?«

»Schmiergelder von Minenunternehmen, hab ich gehört.«

»Vielleicht wollte Hank seinen jüngeren Bruder vor Schlimmerem schützen. Ihn daran hindern, wie ihr Vater mit Betrügereien anzufangen. Er dachte wahrscheinlich, dass Lionel nur für einige Monate vom Ruderverband gesperrt wird, nicht länger. Dass es einfach einen Denkzettel gibt. Eine sinnvolle Warnung. Aber es kam anders, und Lionel erholte sich nicht mehr von dieser Schlappe. Er hatte Pech, dass der Ruderverband so hart durchgriff, weil es gerade diesen Dopingskandal bei den Russen gab.«

»Er hätte ja mit Lionel reden können.«

»Lionel stand offenbar stark unter dem Einfluss seines skrupellosen Vaters. Hank dachte vielleicht, dass es nichts nützen würde. Aber ich spekuliere hier nur.«

Tessa seufzte tief. »Sein Vater hat ihn auch verraten. Ebenso seine Mutter, weil für sie nur noch Hank und die Enkel existierten.«

»Cindys Verrat darfst du nicht vergessen.«

Cindy. Tessa sah sich plötzlich wieder in Frans Haus, im Bad, auf der Treppe, in Breenas Zimmer, im Speicher. Sie fing an zu schluchzen: »Wie … bringt es jemand fertig, Kinder zu töten? Wie hat sie das nur tun können? Ich versteh es nicht. Ich versteh es einfach nicht.«

Boyd wartete geduldig, bis sie sich wieder gefasst hatte. »Vielleicht sollten wir ein andermal weiterreden?«, fragte er sanft.

Tessa schnäuzte sich die Nase. »Nein, nein, ich will darüber sprechen. Es hilft mir.«

»Cindy ist in Panik geraten, als Lionel zum Pick-up zurückkehrte, wo sie auf ihn wartete. Sie ging davon aus, dass die Kinder Zeugen wurden, als er Hank erschoss. Diese Zeugen wollte sie loswerden. Und als sie einmal Breena erschossen hatte, konnte sie nicht mehr zurück.«

»Sie wollte also Lionel schützen und hat dafür die Kinder geopfert?«

»In gewissem Sinne, ja.«

»Aber sie hat doch Lionel mit Harrison betrogen. Warum wollte sie ihn plötzlich schützen?«

»Nicht nur Lionel, auch sich selbst, Tessa. Sich selbst, ihr Leben, ihren Ruf, ihre gesellschaftliche Stellung. Wir dürfen auch nicht vergessen, dass tief in ihr drinnen schon seit vielen Jahren ein Zorn schwelte. Verbitterung. Ihr Kummer über die geplatzte Sportkarriere. Das darf man auf keinen Fall unterschätzen. Diese Enttäuschung muss ganz tief gegangen sein, das hat sie nie losgelassen. So tief, dass sie vorgestern selbst dir noch davon erzählt hat.«

»Harrison konnte aber Cindys Karriere nicht retten, höchstens die Boutique.«

»Harrison gab ihr Bestätigung, ein Bürgermeister und ein erfolgreicher, wenn auch skrupelloser Geschäftsmann … einer mit Charisma, und ein *Bad Boy*. Die Faszination mancher Frauen für böse Kerle ist legendär. Cindy war eine von sechs Töchtern in ihrer Familie, sagtest du? Das bedeutet, sie musste früher mit fünf anderen Mädchen um die Gunst und Aufmerksamkeit ihres Vaters kämpfen. Lange war sie tatsächlich der Star. Zuerst in der Familie. Und dann mit der Aussicht, als Olympiaruderin der Star einer ganzen Nation zu werden. Als sich Cindy die üble Verletzung zuzog und sie nicht mehr wettkampffähig war, verlor ihr Vater das Interesse an ihr. Das hat sie dir doch in der Boutique geklagt. Der Vater muss ihren Ausstieg aus der Sportkarriere wie ein persönliches Versagen empfunden haben. Kein nationaler oder sogar internationaler Ruhm mehr für seine Familie. Harrison Miller dagegen schätzte Cindy offenbar. Sie kam aus gutem Hause, anders als das Pflegekind Fran. Und wahrscheinlich war sie Lionel auch eine gute Ehefrau. Sie hätte ihn verlassen können, als keine Kinder kamen und als seine Karriere ebenfalls zerstört war.«

»Aber sie hat ihn betrogen, mit seinem eigenen Vater!«

»Das ist alles nicht so einfach. Es gibt viele Nuancen. Menschen sind kompliziertere Wesen, als wir glauben. Cindy hat sich offenbar gut in Whatou Lake integriert, sie war beliebt und bewundert, und sie war für Lionel ein Anker … sie hat seinen gesellschaftlichen Status erhöht. Wie wir jetzt schließen können, hat sie auch für ihn Partei ergriffen, als es um die Outfitterlizenz ging.«

»Na klar. Sie hätte indirekt finanziell davon profitiert. Es ging also letztlich wieder mal ums Geld, wie bei den meisten Verbrechen?«

»Indirekt ja, aber so wie du mir die Lage geschildert hast, ging es um …«

»Eifersucht.«

»Eifersucht, Rivalität, Demütigungen, Verrat, in Cindys Fall wahrscheinlich auch irregeleiteten Ehrgeiz und Statusgebaren … und vergiss nicht, Lionel hat einen Vater, der offenbar illegale Dinge dreht. Kein gutes Vorbild.«

»Hank war ein guter Mensch.«

»Hank hatte Fran – und er hatte deine Familie, wo er etwas anderes als reines Profitdenken erlebte. Er sah Idealismus. Er sah das Teilen von Ressourcen mit Benachteiligten. Seine Eltern zeigten Hank offensichtlich Wertschätzung, Lionel aber nicht. Sie haben es Hank fast immer leicht gemacht. Er musste nicht um ihre Liebe kämpfen. Lionel dagegen fühlte sich herabgesetzt.«

»Sie lehnten Fran zuerst total ab.«

»Das ist richtig. Bis sie ihnen die heiß ersehnten Enkelkinder schenkte.«

Die jetzt tot waren. Kaltblütig umgebracht. Sie schloss die Augen und ließ das Handy sinken.

»Tessa, bist du noch dran? Entschuldige, ich ... ich kann es dir nicht schonender bringen.«

»Ich weiß, ich weiß, es ist ... ich kann es einfach nicht fassen, Boyd. Aber es tut gut, mit dir zu sprechen. Oh, eine Sekunde, Boyd.«

Die Krankenschwester war wieder hereingekommen und legte ihr einen Zettel auf die Bettdecke: *Ich bin draußen. Soll ich warten? Savanah.*

»Ja, warten«, entschied Tessa spontan. »Nicht du Boyd, eine Besucherin.«

»Okay. Also ... wieder zurück zu Cindy. Sie hat sich wahrscheinlich mehr erhofft von der Affäre mit Harrison. Zum Beispiel, dass nun Lionel – und indirekt auch sie – von seinem Vater bevorzugt würde.«

»Hätte sie ihn nicht erpressen können mit der Affäre?«

Boyds Antwort kam postwendend: »Was hätte ihr das gebracht? Ihre Ehe wäre im Eimer gewesen. Ihr Ruf beschädigt. Harrison hätte alles abstreiten können, und wem hätte man geglaubt? Nein, das hat sie mit großer Wahrscheinlichkeit nie in Betracht gezogen. Zusätzlich hätte sie ihre nach außen funktionierende Ehe zerstört.«

»Und Fran?« Tessas spürte einen scharfen Stich in der Herzgegend.

Boyd zögerte sekundenlang. Bis er seufzend erwiderte: »Bevor ich die Todesursache nicht kenne, kann ich wirklich nichts dazu sagen.«

Will er mich schonen? Tessa legte den Kopf in den Nacken und schloss die Augen erneut. Boyd unterbrach die Pause diesmal nicht. »Und wir hatten tagelang die Hoffnung«, sagte sie schließlich, »dass wir Fran lebend finden würden. Dass sie wieder auftaucht. Cindy und Lionel haben bei dem grausamen Spiel einfach mitgespielt. Wie teuflisch.« Sie konnte Boyd nicht verraten, dass die Ermittler Spuren in Cindys Wagen gefunden hatten. Sie hatte Halprin versprochen, Stillschweigen zu bewahren.

Boyds Stimme entfernte sich, als er sagte: »Tessa, ich muss gleich weg.«

»Nur noch eins«, sagte sie schnell. »Ich brauche einen preiswerten Anwalt für Cliff Bight.«

»Für den Mann, der Cindy und Lionel Miller ein falsches Alibi gab?«

»Cliff hätte wie alle anderen nie geahnt, dass sein Boss ein Mörder ist. Cliff hat mir vielleicht das Leben gerettet.«

»Ich werde sehen, was ich tun kann. Ruf mich wieder an, wenn du mich brauchst. Ich mache Zeit für dich frei, wann immer ich kann.«

»Danke, Boyd«, brachte sie nur heraus und legte auf.

Augenblicklich füllte sich das Zimmer mit Stille. Nicht einmal der Autoverkehr oder das Krächzen der Raben war von draußen zu hören. Sie drehte den Kopf zum Fenster. Die Gipfel der Berge waren in Wolken gehüllt. Die Kronen der Bäume wiegten sich im Wind. Ein Laster mit Baumstämmen fuhr vorbei. Was hatte sie doch für ein Glück gehabt. Sie war am Leben. Gedankenverloren wandte sie den Blick zur Tür. Savanah. Gott, sie wartete schon seit einer Stunde im Korridor.

Tessa schlüpfte aus dem Bett und öffnete die Tür. Tatsächlich, da saß Savanah mit ihrem Smartphone und Ohrstöpseln und hörte Musik. In der Hand hielt sie einen Kaffeebecher von Tim Hortons. Ihre orange Kunstlederjacke hatte sie gegen ein Sweatshirt getauscht, an dessen Halsausschnitt farbige Kunstpelzzotteln mit Goldperlen baumelten. Ihre Stretchhose glänzte lilafarben, wie das Stirnband. Sie zog die Ohrhörer heraus, packte die Tasche neben sich und folgte ihr ins Zimmer.

»Endlich. Das hat aber lang gedauert. Ich hab hier fast Wurzeln geschlagen. Du siehst ja wie eine Vogelscheuche aus. Die geben den Patienten so ein Hemd zu tragen? Das ist ja menschenverachtend. Würdelos, wenn du mich fragst. Gut, dass ich dir Kleider mitgebracht habe. Auch Unterwäsche. Du musst ein Vermögen für diese Dinger ausgegeben haben. Alles Seide und Spitze. Victoria's Secret, was?«

Tessa drehte sich auf zitternden Beinen um und brach in Tränen aus.

Savanah raunte bestürzt: »Oh, du armes Mädchen. Nicht weinen, nicht weinen.« Sie schlang die Arme um Tessa, und Tränen strömten auch ihr über die Wangen. So standen sie eine Weile mitten im Zimmer, wie zwei verlorene Kinder.

»Komm, leg dich wieder hin«, hörte sie Savanah murmeln, und sie ließ sich unter die Decken packen. Savanah holte etwas aus der Tasche, das wie Lippenpomade aussah. »Hier, du siehst ja fürchterlich aus, mit diesen Mascaraschlieren.« Sie strich ihr etwas Fett unter die Augen und putzte ihr die Schminke weg. Tessa ließ sie machen, bis sie fertig war und zufrieden nickte. Hinterher ließ sich Savanah auf demselben Stuhl nieder, in dem Ron Halprin zuvor gesessen hatte. »Was zur Hölle ist denn passiert? Harrison und Cindy sind eingebuchtet worden. Weißt du etwas?« Sie wartete nicht auf Tessas Antwort. »Jetzt wird so viel getratscht. Die Journis und Fernsehheinis krabbeln überall rum wie wild gewordene Ameisen. Haben die Millers was mit den Morden zu tun?«

Tessa zuckte die Schultern.

Savanah ließ nicht locker. »Cindy trau ich das total zu, wenn du mich fragst.«

Tessa horchte auf. »Warum?«

»Die hat Fran gehasst. Die schaute total auf sie herunter. Für Cindy hat Fran einfach nicht zu den ach so vornehmen Millers gepasst. Ich hab ein Gespür für so was. Viele denken, ich passe überhaupt nicht zu den Griffins.«

Tessa schüttelte den Kopf. »Du passt sehr gut zu unserer Familie, wir haben doch alle … irgendwie … Beulen und Schäden.«

»Das kann man wohl sagen. So wie du aussiehst. Diese Lkw, die rasen doch alle wie der Teufel. Der hätte um die Zeit gar nicht fahren dürfen. Warum warst du in Lionels Pick-up?«

»Ich saß eigentlich bei Cliff Bight im Pick-up, wir sind Lionel begegnet, und der wollte mit mir sprechen.«

»Warum bei Cliff? Was hast du überhaupt dort gemacht? Ich dachte, du musstest rechtliches Zeug in Whatou Lake erledigen.«

»Hab meine Pläne geändert, weil die Polizei die Farm freigab.«

Savanah machte ein wissendes Gesicht. »Kann mir schon vorstellen. Du wolltest zuerst dort sein, vor den Millers. Hättest mich mitnehmen können.«

»Dann würdest du jetzt hier liegen.«

»Das Haus ist nur noch Asche, hab ich gehört. Total runtergebrannt.«

»Und der Wald?«

»Nichts ist mit dem Wald. Der steht immer noch.«

»Ein Grizzly war beim Haus. Ist er davongekommen?«

»Himmel, Tessa, der rennt doch weg, wenn's irgendwo höllisch brennt. Da war kein Grizzly beim Haus.«

»Woher weißt du das?«

»Das sag ich dir auch nicht, wenn du mir nix verrätst.«

»Die Polizei will nicht, dass ich alles ausplaudere, bevor die nicht mit Einzelheiten an die Öffentlichkeit gehen. Warum sind Mom und Dad nicht mitgekommen?«

»Meine Schuld. Ich sagte ihnen, du brauchst Ruhe. Brauchst du doch, oder?«

Tessa konnte das nicht abstreiten.

Savanah tätschelte ihr die Hand. »Mom und Dad werden dich löchern mit Fragen, wenn du zu Hause bist. Und Phillip auch. Der ist plötzlich aufgetaucht, um zu helfen. Er bleibt eine Woche, und dann kommt jemand von den ander'n Pflegebengeln, um sich um die beiden zu kümmern. Die wollen sich abwechseln. Sogar Patricia hat sich gemeldet, sie hat Phil angerufen. Aber sie wird nicht kommen. Sie lebt jetzt in Montreal. Das wird ja lustig werden. Alle Pflegekinder der Griffins wieder zurück in Whatou Lake. Dafür haben andere das Weite gesucht.«

»Von wem sprichst du?«

»Dieser Telford Reed.« Savanah dehnte den Namen wie einen Kaugummi. »Der kam gestern vorbei und hat nach dir gefragt. Ich hab dir getextet, aber du hast ja nix von dir hören lassen, weil du im Busch draußen warst. Wahrscheinlich hat er dir auch getextet. Er sagte uns, er müsse gleich nach Alberta fliegen.«

Tessa rutschte nach oben und stützte sich auf.

»Er besitzt eine Firma in Alberta. Er kann nicht ewig in Whatou Lake bleiben.«

Savanah blieb unbeeindruckt. »Immerhin kam er extra bei uns vorbei. Weiß der Teufel, warum.«

»Savanah«, sagte Tessa, aber ganz weich, »du nervst mich tierisch.«

Sie erhielt einen liebevollen Blick zurück.

»Und du mich erst. Brauchst du Schminke über die blauen Flecke?«

46

Später fragte sie sich, wie sie es beim Begräbnis fertigbrachte, eine Rede über Fran und Hank und die Kinder zu halten. Beim Anblick der zwei großen und der drei kleinen weißen Särge wäre sie am liebsten aus der Kirche gerannt. Aber das hätte sie ihren Eltern nicht antun können, und auch den Toten nicht. Sie schaffte es, nicht in Tränen auszubrechen, als sie vor der versammelten Gemeinde von Whatou Lake stand, den Trauergästen, wie es so schön hieß, die von überallher angereist waren, und den Journalisten und Neugierigen, die sich eingeschlichen hatten. Sie sah Ron Halprin in der Menge, auch Tsaytis und Noreen Chelin, ihre Freundin Dana und die Polizistin Kate Jennings, die zweimal das Haus ihrer Eltern aufgesucht hatte.

Sie löste sich innerlich von ihrer Person, als stünde eine Fremde vor dem Mikrophon, und ließ durch ihre Worte eine Familie auferstehen, damit diese für immer in den Köpfen der Menschen weiterleben würde. Nicht nur als Mordopfer, sondern als Menschen mit Hoffnungen und Träumen und einem kurzen, aber bemerkenswerten Leben. Sie hörte sich mit gefasster Stimme sprechen. Ihr rötliches Haar, das ihr für diesen Anlass plötzlich frivol erschienen war, hatte sie unter einem schwarzen weichen Hut verborgen, den tief sie in die Stirn zog.

Mit fast übermenschlicher Kraft hielt sie ihre Wut und Qual

zurück, um die Toten für einige Momente wieder leben zu lassen. Es war ihr Geschenk an ihre Schwester, ihren Schwager und ihre Kinder, die nicht mehr für sich sprechen konnten. In der Kirche war es gespenstisch still, nur manchmal konnte man ein verhaltenes Räuspern oder Husten hören. Als der ehemalige Pflegesohn Phillip jedoch Familienfotos von Breena, Kayley und Clyde, Fran und Hank auf eine Leinwand projizierte, vernahm sie Schluchzen und Weinen im Gotteshaus. Ihre Eltern hielten die Augen geschlossen, wie Phillip ihnen geraten hatte, um sie einigermaßen intakt durch die Zeremonie zu bringen. Bei der Erdbestattung brach ihre Mutter zusammen und wurde zum Pathfinder gebracht.

Harrison Miller, der zwischenzeitlich auf Kaution freigekommen war, und seine Frau Glenda ließen sich nicht sehen. Der Anwalt des in Ungnade gefallenen Bürgermeisters gab bekannt, dass sein Mandant sowie Lionel und Cindy Miller in Whatou Lake keinen fairen Prozess erwarten konnten und deshalb die Gerichtsverhandlung in Vancouver stattfinden sollte.

Auf Anraten der Ärztin zog Tessa vorübergehend bei Dana Eckert ein, um sich zu erholen. Im Haus der Griffins gingen jetzt Verwandte und ehemalige Pflegekinder ein und aus, die Martha und Kenneth beistanden. Tessa erlebte die Tage wie durch einen weißen Nebel. Dana versuchte, sie so gut wie möglich abzuschirmen. Tessa fand es indes schlimmer, nicht informiert zu sein, als vor Schreckensmeldungen geschützt zu werden.

Während Lionel bei seinem Geständnis blieb, schwieg Cindy zunächst eisern, dann änderte sie plötzlich ihre Strategie: Sie stellte Lionel als den Anführer dar, die Morde an Hank und den Kindern seien seine Idee gewesen und er habe sie auch alle ausgeführt. Ihr Anwalt erklärte den Journalisten, Cindy habe aus Angst, Lionel würde auch sie umbringen, stillgehalten. Mit Frans Tod habe sie nichts zu tun.

Lionel stand vor seiner Entlassung aus dem Krankenhaus. Es war ein schöner Junitag, Tessa saß vor Danas Haus in der Sonne, immer Ausschau nach Presseleuten haltend. Am Abend erfuhr sie, dass Lionel sich das Leben genommen hatte. Er schnitt sich die Adern auf, als der Krankenpfleger den Patienten allein ließ, damit er ein Bad nehmen konnte. Ihre Gedanken wanderten zu Glenda. Sie hatte jetzt alles verloren, beide Söhne und ihre Enkel. Dazu den Ehemann. Der kümmerte sich nicht um sie, sondern lancierte eine Kampagne gegen die RCMP, die seinen Sohn hätte rund um die Uhr bewachen sollen, aber – in Harrison Millers Worten – ‚skandalös versagt hatte'.

Es sah wie ein bitterer Rückschlag für die Ermittler aus. Darauf überstürzten sich die Ereignisse. Cindys Fassade brach nach Lionels Suizid zusammen. Gut zwei Wochen nach den Morden legte sie – gegen den Rat ihres Anwalts – ein Geständnis ab. Noch bevor die Öffentlichkeit davon erfuhr, erhielt Tessa einen Anruf von Ron Halprin. Dana brachte sie zum Polizeiposten. Zur Begrüßung umfasste Halprin ihre Hand mit seinen starken Fingern. Tessa fand die Geste beruhigend und aufregend zugleich. »Ich wollte Sie noch einmal sehen, bevor wir die Zelte hier abbrechen«, begann er, als sie ihm gegenübersaß.

»Heißt das, die Untersuchung ist abgeschlossen?«

»Ja, wir sind so gut wie fertig.«

»Sie wissen also, was mit Fran passiert ist?«

Er nickte. »Ich wollte es Ihnen persönlich sagen. Nachher informieren wir die Familien und die Öffentlichkeit.«

Er verschränkte die Hände auf der Schreibtischplatte. »Cindy Miller hat uns berichtet, was sich abgespielt hat. Ihre Aussagen decken sich mit Lionel Millers Geständnis, was die Morde auf der Farm betrifft. Und sie decken sich mit unserer Interpretation der Spuren in Cindy Millers Wagen und in Bob Barkers Schuppen.« Er schaute auf seine Hände und dann wieder in Tessas Gesicht.

»Sie tötete Breena zuerst, dann Clyde, dann Kayley?«, fragte Tessa.

Er nickte wieder. »Das hat sie uns bestätigt, aber gewisse Einzelheiten hält sie immer noch zurück. Sieht so aus, dass sie sich ihrer ganzen Grausamkeit nicht völlig stellen will.«

»Was hat Cindy Ihnen noch gestanden?«

»Sie erzählte uns, dass sie und Lionel im Anschluss an die Tat in die Umgebung ihrer Cabin fuhren und auf einer stillgelegten

Forststraße im Pick-up ihre Lage und das weitere Vorgehen besprachen. Dann fuhren sie zur Cabin, aber Cliff Bight war schon weg. Gegen Abend kehrten sie nach Whatou Lake zurück. Sie fuhr allein zu ihrem Laden, um mögliche Spuren ihres intimen Rendezvous mit Harrison Miller am Abend zuvor zu beseitigen. Nach ihren Aussagen fand sie Fran leblos im Lagerraum.«

Tessa runzelte die Stirn, aber sie hielt sich zurück.

»Sie habe keine Ahnung gehabt, wie Fran dort hingekommen sei. Aber ihr sei klar gewesen, dass Fran tot ist, als sie sie ansprach und ihren Körper schüttelte. Sie versicherte uns, sie habe nichts mit Frans Tod zu tun und es sei ihr absolut schleierhaft, wie sich Fran in ihre Boutique geschlichen habe.«

»Das ist doch verrückt!«, rief Tessa und wäre am liebsten aufgesprungen. »Denkt Cindy, dass sie mit dieser Lüge durchkommt, nach allem, was passiert ist?«

Halprin schien mit Tessas Reaktion gerechnet zu haben, denn er sprach unbeirrt weiter: »In unserem Beruf klingt vieles verrückt, das wissen Sie sicher auch. Als Cindy ihr Geständnis ablegte, kannten wir bereits Frans Todesursache. Wir mussten nur noch einen wichtigen Bluttest abwarten, wegen einer Information von Ihnen.«

»Von mir?«

»Sie hatten uns von Cindys Hund erzählt, und dass Cindy ihm täglich Insulin spritzen muss. Ich wollte abklären, ob Fran vielleicht mit einer Überdosis Insulin getötet wurde.«

Tessa hielt den Atem an. Warum war sie nicht selbst darauf gekommen?

Halprin schüttelte den Kopf, als hätte er ihren Gedanken gelesen. »Es war ein falscher Alarm. Man fand keine Spuren des Medikaments in Frans Körper. Und vor allem keine Einstiche. Eine Fremdeinwirkung konnten wir mit Sicherheit ausschließen. Fran starb an Herzversagen. Es war ein natürlicher Tod.«

Vor Überraschung klappte Tessa der Mund auf. »Kein Mord?«

»Nein, und auch kein Freitod. Es war ein natürlicher Tod.«

Tessa sah den Mann vor sich entgeistert an. Ihre Lippen formten Worte, die sie aber nicht herausbrachte.

Halprin hob die rechte Hand, als wollte er sie an einer überschnellen Bemerkung hindern. »Lassen Sie mich erklären. Fran muss schon lange an einer Herzschwäche gelitten haben. Sie hat die Symptome nicht richtig gedeutet und sich nicht behandeln lassen. Schuld daran ist wahrscheinlich Melanie Pleeke, unter deren Einfluss sie stand. Mrs Pleeke hält nicht viel von der Schulmedizin. Ich habe mir aber auch sagen lassen, dass Frauen, die einen Herzinfarkt erleiden, vorher oft falsch diagnostiziert werden. Vor allem junge Frauen. Weil man sich bei der Diagnose immer noch eher an den Symptomen der männlichen Patienten orientiert.«

Tessa hörte ihm mit angehaltenem Atem zu. Sie musste heftig schlucken und fragte: »Sie hatte einen Herzinfarkt?«

»Sogar zwei. Sie hatte einen leichten Herzinfarkt irgendwann in den vergangenen zwölf Monaten, der nie erkannt und auch nie behandelt wurde. Ein erneuter Herzschlag kostete sie schließlich das Leben.«

Tessa schüttelte ungläubig den Kopf. Jedes Mal wenn sie zu einer Frage ansetzen wollte, kam nichts als ein Kopfschütteln heraus. Sie schloss einige Momente die Augen und sammelte sich. »Sie war doch erst vierunddreißig! Da kann man doch noch keinen Herzschlag bekommen.«

»Es war eine angeborene Herzschwäche. Wahrscheinlich von ihrem leiblichen Vater. Hätte sie ihren leiblichen Vater gekannt, dann hätte sie sicher davon gewusst.«

Tessa verschränkte die Arme und sah durchs Fenster auf die Autowerkstatt gegenüber. »Ron, verzeihen Sie, aber das sieht in meinen Augen alles sehr merkwürdig aus. So einen Zufall kann es doch gar nicht geben. Fran erleidet einen Infarkt am Abend oder in der Nacht, bevor ihre Familie ermordet wird. Denn am Nachmittag hat man sie ja noch im Krankenhaus gesehen.« Ihre Skepsis wollte sie nicht vor ihm verbergen.

Er stützte die Ellbogen auf und presste die Handflächen gegeneinander. »Fran fuhr wegen ihres Nasenblutens ins Krankenhaus. Dr. Kellermann nahm sich Zeit für sie. Fran erzählte der Ärztin am Montag zum ersten Mal von ihren Symptomen. Wie sich herausstellte, waren es nicht nur Muskelschmerzen, sondern auch Atembeschwerden, Brechreiz, Schweißausbrüche, Erschöpfung. Dr. Kellermann hatte einen Verdacht und wollte am nächsten Tag einige Tests mit Fran machen. Aber dazu kam es leider nicht mehr.«

»Das halte ich alles für möglich«, erwiderte Tessa nach einigem Überlegen. »Aber dass Fran so kurz vor den Morden stirbt – und Cindy nicht dahinter stecken soll, dem kann ich nicht folgen.«

Halprin richtete sich auf. »Fran hat höchstwahrscheinlich mitbekommen, dass Harrison und Cindy sexuell miteinander verkehrten. Sie hatte sich mit dem Schlüssel aus dem Blumentopf in die Boutique eingelassen. Plötzlich hörte sie Cindy und Harrison von draußen reinkommen und versteckte sich im Lagerraum. Dort wurde sie Ohrenzeugin des intimen Stelldicheins. Es muss ein riesiger Schock für sie gewesen sein. Das könnte den Infarkt ausgelöst haben.«

Tessa wippte mit den Füßen. Plötzlich ging ihr ein Licht auf. »Dann hat Hank nicht von Fran von Cindy und Harrisons Affäre erfahren. Seine Mutter hat es ihm gesagt. Glenda Miller. So muss es gewesen sein. Sie hat es Hank erzählt. Aber Hank hielt die Information von Fran fern, weil sie schon genug Probleme hatten. Oh, mein Gott, Fran hatte keine Ahnung, bis sie die beiden in flagranti ertappte.«

Ron Halprin widersprach ihr nicht. »Sie muss sich dabei so elend gefühlt haben, dass sie die beiden nicht konfrontierte.«

»Fran hätte das, ohne vorher mit Hank zu reden, auch unter normalen Umständen nicht gewagt.« Tessa dachte angestrengt nach und fragte: »Aber man fand doch Spuren von Fran in Cindys Wagen?«

»Cindy hat die tote Fran in ihr Auto getragen. Keine leichte Sache, aber Cindy ist stark. Sie fuhr mit ihr zu Bob Barkers Schuppen. Sie kannte den Ort, weil sie mit Lionel dort war, als das Grundstück zum Verkauf stand. Dort hat sie sich auch einmal heimlich mit Harrison Miller getroffen. Sie wollte aus nachvollziehbaren Gründen nicht, dass jemand Frans Leiche in ihrem Laden findet.«

»War Fran zu jenem Zeitpunkt wirklich schon tot?«

»Das hat die Gerichtsmedizinerin bestätigt.«

Tessa rieb sich die Seiten des Nackens. »Und Lionel wusste davon?«

»Cindy verneint das. Sie hat es für sich behalten, weil sie fürchtete, Lionel würde vollends zusammenbrechen.«

Tessa leuchtete das ein. Cindy war körperlich in der Lage, so etwas ohne Lionel auszuführen. Sie saß minutenlang schweigend da, erschlagen von all den Neuigkeiten. Es war verrückt. Trotzdem gab es keinen Grund, Ron Halprin und seinen Experten nicht zu glauben. Und genau besehen gab es für Cindy keinen Grund mehr, zu lügen. Sie hatte die brutale Attacke auf die drei Kinder gestanden, da hätte sie auch noch einen Mord an Fran gestehen können. Es hätte ihre Situation nicht zusätzlich verschlimmert.

Einen kleinen Trost fand Tessa in den neuen Erkenntnissen. Fran hatte ihre Kinder nicht einfach im Stich gelassen. Sie hatte nicht vorgehabt, ihr Leben zu beenden. Sie wollte ein anderes Leben für ihre Familie. Dafür hat sie bis zum Schluss gekämpft. Und sie hat nichts vom Massacker an ihrer Familie mitbekommen.

Mit diesem Gedanken ließ sie sich von Dana nach dem Gespräch zu ihrem Elternhaus fahren. Sie brachte während der gesamten Fahrt fast kein Wort heraus.

»Ich kann dir noch nichts über Fran sagen, ich muss zuerst mit meinen Eltern sprechen«, erklärte sie entschuldigend.

»Das versteh ich sehr gut«, antwortete Dana. »Hat er was über den Angriff auf Melanie Pleeke gesagt?«

»Nein, und ich vergaß auch, danach zu fragen.«

Melanie Pleekes blutige Nase war nicht die einzige Sache, die neben dem vierfachen Mord auf der Farm und Frans Tod in den Hintergrund gerückt war. Für die gewilderten Bären oder den Wasserflugzeugpiloten Kratz Hilder interessierten sich die Medien und die Öffentlichkeit nur am Rand. Das galt auch für die jungen Sitklat`l und den Wildhüter, der sich als Drogenhändler entpuppt hatte. Tag für Tag drehten sich die meisten Meldungen um die toten Millers.

»Die Sache mit den Jungs, die gewildert haben, ist für Tsaytis sicher nicht einfach. Hast du in letzter Zeit mit ihm gesprochen?«, fragte Dana einige Tage später.

»Nein, und ich werde es vorläufig auch nicht tun«, erwiderte Tessa, während sie Solitaire auf dem Laptop spielte, ein Kartenspiel, das sie beruhigte. »Ich denke, wir brauchen Distanz. Es ist nicht richtig, in einem verheirateten Mann einen Seelenverwandten zu sehen.«

»So«, sagte Dana nach einer auffallend langen Pause nur.

»Ich glaube im Übrigen auch«, schob Tessa nach, »dass ich als weiße Frau mit meinem kulturellen Hintergrund einem Sitklat`l niemals gerecht werden könnte. Ich hab mir eingebildet, dass niemand Tsaytis so verstanden hat wie ich. Ich glaube, das war nicht nur naiv, sondern auch … eine Anmaßung.« Damit wandte sie sich wieder dem Kartenspiel zu.

Dana war klug genug, nichts zu entgegnen. Vielleicht wäre sie einen oder zwei Tage später darauf zurückgekommen, aber dann gab es eine unerwartete Entwicklung. Dana wurde zur Befragung auf den Polizeiposten gerufen. Als sie zurückkam, erzählte sie entrüstet, dass zwei vierzehnjährige Schüler sie auf dem Parkplatz vor der Sporthalle gesehen haben wollten. Die hätten der Polizei berichtet, sie sei am Tag der Pressekonferenz auf Melanie Pleekes Wagen zugegangen. Dann hätten sie einen dumpfen Aufprall gehört. »Das sind zwei Schulschwänzer und Kiffer«, wetterte sie.

»Was wirst du jetzt tun?«, fragte Tessa beunruhigt.

»Nichts.« Dana ließ sich aufs Sofa plumpsen. »Denen glaubt sowieso niemand eine so haarsträubende Geschichte. Nach allem, was sie getan haben.«

»Wie sind die beiden Jungs denn ausgerechnet auf dich gekommen? Von allen Leuten in Whatou Lake?«

»Keine Ahnung. Ich war Sozialarbeiterin, es gibt wahrscheinlich keinen Teen, der mich nicht kennt.«

Tessa runzelte die Stirn. »Du warst doch in der Sporthalle, als

Melanie attackiert wurde. Da müssen dich doch viele Leute gesehen haben.«

»Wir gingen ja zusammen hin. Deshalb hab ich ein Alibi und bin fein raus.«

Tessa starrte auf den Bildschirm, aber die Karten verschwammen vor ihren Augen. Dieses Gespräch nahm eine Wendung, die ihr nicht gefiel. »Und überhaupt«, erwiderte sie vorsichtig. »wie hätte jemand so was gemacht, wenn Zeugen herumstanden?«

Dana streckte die Beine aus und lehnte sich in die Sofakissen zurück. »Ich wäre nie auf eine solch dumme Idee gekommen.«

Dumme Idee würde ich das nicht nennen, dachte Tessa. Eher eine grausame Rache. Laut sprach sie das nicht aus, sondern sagte nur: »Du hast zwar Meinungsdifferenzen mit Melanie Pleeke ... wegen der Rückführungen, die sie mit Fran gemacht hat, und wegen Frans Anschuldigungen gegen Dad – aber selbst dann hättest du ihr eine solche Marter bestimmt nie gewünscht.«

»Nein, so was wünscht man seiner schlimmsten Feindin nicht.«

»Ist Melanie denn deine schlimmste Feindin?«

Ihre Blicke begegneten sich. Dana schien zu überlegen, dann antwortete sie: »Das war nur so eine Redensart.«

Tessa ließ das Thema wie eine glühende Kohle fallen. Sie schaute schweigend zum Fenster hinaus.

Wie hatte doch Ron Halprin gesagt: Es hilft, geografische Distanz einzulegen.

Es war Zeit, nach Vancouver zurückzukehren.

47

VANCOUVER, 28. JULI 2017

Tessa warf einen Blick in den Spiegel. Ihre Augen suchten die Frau, die sie vor zwei Monaten gewesen war. Das rötliche Haar war immer noch da, jetzt länger und voller geworden. Silberne Ohrringe. Heller glänzender Lippenstift, ohne gemalte Konturen um den Mund. Sie konnte in den Winkeln keine schärferen Linien, auf der Stirn keine neuen Falten entdecken.

Wie war das nur möglich? Die Ereignisse der vergangenen Wochen mussten doch Spuren hinterlassen haben. Ihre Haut war nur leicht dunkler als Anfang Juni. Schuld waren die langen Spaziergänge, allein, abends am Jericho Beach oder in den Endowment Lands auf dem Campus der Universität UBC. Nur ihre Augen waren anders. Misstrauischer. Undurchlässiger. Entrückter. Nicht mehr ihre alten Augen.

Nicht mehr ihr altes Leben. Obwohl sie weiterhin in derselben Wohnung im Olympischen Dorf lebte. Sie schaute durchs Wohnzimmerfenster auf das Wasser von False Creek und die schillernde Kuppel des Museums *Science World*. Am Horizont verschwamm die Bergkette von North Vancouver im Dunst. Sie zupfte an ihrem oliv-grauen Hosenanzug aus dem angenehm leichten Stoff, den sie so gern mochte, darunter trug sie ein weißes T-Shirt.

Sommerlich, aber geschäftsmäßig, weil sie den genauen Zweck

des Treffens mit Ron Halprin nicht kannte. Sie freute sich trotzdem darauf.

Sie griff nach der Handtasche, schloss die Wohnungstür ab und nahm den Aufzug nach unten. Kein Sonnentag. Die Luft war schwül, der Himmel ein durchsichtiges Grau. Auf dem Platz mit den beiden fünfeinhalb Meter hohen Spatzen tummelten sich Mütter mit Kinderwagen, Spaziergänger mit Hunden, fotografierende Touristen, Teens mit der Nase auf ihren Handys.

Halprin saß auf einer Betonbank neben einem der Riesenvögel aus bemaltem Styropor. Nichts Geschäftsmäßiges an ihm, das stellte sie sofort fest: eine sportliche Khakihose, Turnschuhe, ein kurzärmliges T-Shirt, das seine muskulösen Oberarme zeigte.

Unter anderen Umständen hätten sie sich lächelnd begrüßt, wie es Vancouverites tun. Aber dies waren keine normalen Umstände.

Sobald er sie sah, stand er auf und begrüßte sie: »Hallo Tessa«. Er betrachtete sie mit Wohlgefallen. »Wollen wir uns vielleicht auf eine Bank dort drüben am Wasser setzen?«

Sie hatte eine bessere Idee. Sie wollte ihm gegenüber sitzen.

»Lachen Sie nicht, aber im Schickimicki-Tierladen auf der anderen Seite gibt es eine elegante Sitzecke, wo man sich ungestört unterhalten kann. Ich denke, es wird ohnehin bald ein Gewitter geben.«

Er knüllte etwas zusammen, das nach einer Trainingsjacke aussah. »Haben Sie ein Haustier?«

»Nein, aber der Inhaber ist mein Wohnungsnachbar, und ich füttere seine Papageien, wenn er weg ist.«

Halprin erwies sich als unkompliziert. Sie betraten den Laden, liefen an einer himmelblauen Badewanne für Hunde und an vergoldeten Futternäpfen vorbei und setzten sich auf zwei Sessel in einer abgeschiedenen Ecke. Der Hund des Ladenbesitzers kam zur Begrüßung herbeigelaufen und legte sich nach der Begrüßung zu einem Nickerchen nieder.

»Eine andere Welt als Whatou Lake«, bemerkte Tessa. Sie war leicht nervös. Eine neue Situation mit noch unbekannten Regeln. Es entging ihr nicht, dass sich seine hellen Augen vorteilhaft gegen die gebräunte Haut absetzten. Sein Gesicht hatte sich etwas entknittert.

Halprin kam ohne Umschweife zum Thema: »Es gibt keinen Tag, an dem ich nicht an Whatou Lake denke. Und was dort passiert ist. Ich sollte es besser wissen, aber ich bin immer noch zutiefst betroffen darüber, wozu sogenannte normale Menschen fähig sind. Wie kommen Sie zurecht?«

»Es ist ein Albtraum, der nie vorübergeht. Die Arbeit hilft mir. Sie lenkt mich ab. Ich rufe oft meine Eltern an.«

»Haben Sie sie zwischenzeitlich besucht?«

»Ja. An einem verlängerten Wochenende. Ich half ihnen mit rechtlichen Angelegenheiten. Meine Eltern können das alles immer noch nicht fassen. Sie machen sich Vorwürfe, dass sie nie das kleinste Anzeichen der Gefahr in Lionel und Cindy sahen. Und so geht es mir auch.«

»Da sind Sie nicht allein, Tessa. Wie oft hören wir nach der Verhaftung eines Mörders: Er war so ein netter Nachbar. Fiel nie unangenehm auf. War immer so freundlich und hilfsbereit. Sie kennen die Klischees.«

Sie seufzte: »Ich habe die Morde an Breena, Kayley und Clyde nicht verhindert. Es verfolgt mich bis in den Schlaf. Obwohl ich weiß, dass ich nicht dafür verantwortlich bin.« Sie beugte sich nieder und streichelte den Hund zu ihren Füßen. Sie war sich Halprins Blick bewusst, obwohl sie den Hund ansah. Vor seiner Stimme konnte sie nicht weglaufen. Wollte sie auch nicht. Es war seine Nähe, die sie suchte. »Mörder können sich gut tarnen. Sie manipulieren andere Menschen und verbergen ihr wahres Ich.« Sie schaute auf.

In Halprins Gesicht arbeitete es. »Menschen sind komplexe Wesen, Tessa, wie Sie und ich. Manchmal fühle ich mich ohnmächtig wie Sie.«

Der Hund erhob sich schwanzwedelnd und wollte mehr Streicheleinheiten von ihr. Sie strich ihm mit beiden Händen über den hübschen Kopf.

»Ich hörte, Cindy wurde ins Hochsicherheitsgefängnis in Agassiz überführt?«, erkundigte sie sich.

»Ja, sie wird ununterbrochen überwacht. Wir wollen einen zweiten Suizid verhindern. Wir warten auf den Gerichtstermin, aber das kann noch einige Zeit dauern. Die Verhandlung wird schnell über die Bühne gehen, da Cindy gestanden hat. Sie will keinen öffentlichen Prozess.«

»Und Harrison?«

»Cindy sagt, er habe das Haus angezündet. Er behauptet, sie sei es gewesen. Aber wir wissen noch nicht, von wem der Brandbeschleuniger stammt. Es ist gut möglich, dass er ungestraft davonkommt. Er wird in Whatou Lake bleiben, seine Frau hat ihn nicht hinausgeworfen.«

»Glenda hat ihn zurückgenommen? Wer hätte das gedacht – nach allem, was passiert ist.«

»Das erstaunt mich nicht. Er ist das einzige Bindeglied zu ihren toten Söhnen.«

Ron Halprin hielt die kräftigen Hände ineinandergeschlungen, wie sie es oft bei ihm beobachtet hatte.

Tessa sah ihn an. »Haben Sie mich je verdächtigt?«

Prompt trat ein Lächeln auf sein Gesicht. Tessa nahm seine jähe Verwandlung fasziniert zur Kenntnis. Sie fühlte den Sog, der von ihm ausging.

»Sie meinen, wegen des Katzenhalsbands?« Er schüttelte den Kopf und wurde wieder ernst. »Unsere Leute fanden Spuren darauf. Winzige Fusseln. Cindy musste es in ihre Jackentasche gesteckt haben. Auf Frans Kamera, die Sie beim Haus fanden, gibt es ein Bild von Rosies Grab. Das Halsband war um das kleine Kreuz geschlungen. Cindy hat es dort weggenommen und auf den Pfad zur Whitesand Bay gebracht. Wo Sie es gefunden haben.«

»Warum hat sie das getan?«

»Sie wollte unsere Aufmerksamkeit auf die Gegend von Whitesand Bay lenken. Auch um Verwirrung zu stiften.«

»Und warum gerade das Katzenhalsband?«

Er zuckte mit den breiten Schultern. »Es stammte aus ihrer Boutique. Das hat vielleicht eine Rolle gespielt. Es gibt immer noch Fragen in diesem Fall, auf die wir keine Antwort haben. Und die wir vielleicht nie bekommen werden. Wir haben getan, was wir konnten.«

»Ich habe Ihnen nie dafür gedankt, Ron.« Sie spielte mit ihren Ohrringen. »Für die harte Arbeit, die Sie und Ihr Team geleistet haben. Ich bin Ihnen wirklich dankbar.«

»Das freut mich.« Sein Blick ließ sie nicht los, als ob er ahnte, dass noch etwas folgen würde.

Tessa hatte die drei Sätze am Morgen immer wieder in ihrem Kopf hin und her gewälzt: »Sie sagten einmal, es sei wichtig, sich mit guten Menschen zu umgeben. Sie sind ein guter Mensch, Ron. Ich möchte Sie gern in meiner Nähe haben. Das möchte ich wirklich.«

Zuerst schien er etwas verwirrt, ein leises Fragezeichen auf seinem Gesicht, was sie wohl damit ausdrücken wollte.

Das Herz klopfte ihr bis zum Hals, und sie meinte, zu zerspringen, bis er erwiderte: »Das möchte ich auch, Sie in meiner Nähe haben. Wir müssen aber etwas Zeit verstreichen lassen, bis der Fall abgeschlossen ist. Ich will nicht den Eindruck eines Interessenkonflikts erwecken. Wollen Sie so lange warten?«

»Ja, das will ich. Und Sie, Ron?«

»Offen gestanden will ich eigentlich nicht so lange warten«, er lächelte wieder. »Aber Sie sind es mir wert, Tessa. Hundert Prozent.«

Als sie in sein offenes Gesicht sah, durchfuhr sie ein Gefühl der Wärme, eine Ahnung, dass es vielleicht eines Tages doch noch gut und heil in ihrem Leben werden könnte.

Sie beugte sich erneut zum Hund hinab und kraulte ihm den Nacken, um nicht in Versuchung zu geraten, Rons Hand zu nehmen und sie auf ihre Wange zu legen.

48

Eine Woche später ließ sich Tessa im Terra Breads Café nieder. Von hier aus konnte sie nicht nur die Riesenspatzen aus Styropor sehen, sondern auch den Mann, mit dem sie sich verabredet hatte und der geradewegs über den Platz geschlendert kam.

Telford Reed betrat das Café und entdeckte sie gleich an ihrem Fensterplatz. Er steuerte zwischen den Tischen hindurch auf sie zu und setzte sich ihr gegenüber.

Ohne sich vorher einen Kaffee zu holen, begann er zu sprechen: »Ich bin so froh, dass wir uns endlich sehen, ich wollte mich wirklich nicht so schnell aus Whatou Lake verabschieden, aber es gab in meiner Firma einen Notfall und … aber das habe ich Ihnen ja alles geschrieben.«

Ohne Cowboyhut und Bluejeans sah Telford so anders aus, fand Tessa. Urbaner, aber auch lockerer. Sie strich sich durchs Haar. »Es ist so viel passiert nach Ihrer Abreise, ich bringe manchmal die Ereignisse fast nicht auf die Reihe.«

»Kann ich gut nachvollziehen. Wie war die Beerdigung? Ich konnte leider nicht kommen.«

Sie atmete tief ein. Telford korrigierte sich sofort: »Ich wollte nicht … verzeihen Sie, das war eine dumme Frage.«

»Nein, nein, fragen Sie nur. Denn ich habe auch Fragen an Sie.«

»Das dachte ich mir. Wegen Fran, nicht wahr?«

»Ja, das auch. Und wegen der Gespräche mit den Sitklat`l.«

»Wenigstens da kann ich Ihnen eine gute Neuigkeit überbringen. Ich hab mit den Sitklat`l eine Einigung erzielt, erst vor wenigen Tagen. Sie sind die neuen Eigentümer der Outfitterlizenz. Wir haben uns auf einen vernünftigen Preis einigen können. Alle Seiten fühlen sich fair behandelt, was mich sehr freut. Zum Schluss ging es plötzlich ganz schnell.«

In einem Anflug von Erleichterung presste sie die Hände auf ihre Herzgegend. Das war ein Sieg für die Sitklat`l, aber auch für Tsaytis Chelin. Sie sah sein Gesicht vor sich, die überschatteten schwarzen Augen, die ernste Stirn, den entschlossenen Mund und die starke Nase. Wenn die Zeit reif war, irgendwann mal später, würde sie ihm gratulieren.

»Das ist gut, das ist wirklich gut«, rief sie aus.

»Ich bin sehr froh, dass wir eine Lösung fanden. Wir machen es übermorgen öffentlich.« Telford räusperte sich. »Sie wollen aber sicher wissen, warum ich Fran in der Hütte am Bibersee traf.«

Tessa spannte unwillkürlich Arme und Beine an. »Sie haben richtig geraten.«

»Ich dachte, es sei nur eine Frage der Zeit, bevor Sie das herausfinden.«

Sie blinzelte. »Wollten Sie dieses Treffen mit Fran am See verheimlichen, Telford?«

»Anfänglich schon. Es war Frans Wunsch.«

Sie sah ihn fragend an. Er strich sich mit der Hand übers Kinn. »Ich lasse die Katze am besten aus dem Sack. Fran dachte, mein Vater sei auch *ihr* Vater. Das heißt …«, fuhr er schnell fort, als sie ihr Erstaunen nicht verbergen konnte, »sie war auf der Suche nach ihrem leiblichen Vater und hatte Gerüchte gehört, dass es mein Dad sein könnte.«

Das kann nur ein großer Irrtum sein, dachte Tessa, aber sie wollte zuerst die ganze Geschichte hören.

»Sie bat mich um eine Speichelprobe für einen DNA-Test. Ich dachte, warum nicht? Dann kann sie diese Option ausschließen.«

»Sie haben zugestimmt?«, fragte Tessa überrascht. Ihr Bild von Telford Reed änderte sich ständig. Wer war dieser Mann?

Er zuckte die Schultern. »Warum nicht? Ich war sicher, dass nichts dran ist. Aber Fran schien besessen. Wär ich in ihrer Lage wahrscheinlich auch gewesen. Sie gab mir die Möglichkeit, den Test auch selber machen zu lassen.« Seine Finger spielten Klavier auf dem Tisch.

Tessa trank von ihrem Kaffee, bevor sie ihn zum Weiterreden anspornte. »Was geschah dann?«

»Das Resultat muss Fran enttäuscht haben. Die DNA stimmte nicht überein. Mein Vater kommt als Erzeuger nicht infrage. Das wusste ich auch ohne Test. Ich wusste schon länger, dass Eric Reed nicht mein leiblicher Vater war.« Er blickte auf den Tisch und dann auf Tessa, die in höchster Konzentration die Kaffeetasse umklammerte. Hatte sie sich verhört?

»Eine Tante erzählte mir, dass meine Mutter vor ihrer Ehe ein bisschen eine wilde Nummer war. Dass sie mit zwei Männern schlief, die aber nicht voneinander wussten. Und dass Mom bis kurz vor der Heirat unsicher war, wie sie sich entscheiden sollte. Ihre Eltern drängten sie, den Mann zu ehelichen, der mehr Geld hatte. Was sie dann auch tat.« Telford presste kurz die Lippen aufeinander, bevor er weitersprach: »Ich habe einen Geburtsfehler, ein außergewöhnliches genetisches Merkmal. Es wird dominant vererbt, das heißt, alle Kinder haben es. Das fand ich erst als junger Erwachsener heraus.«

Das kenne ich aus eigener Erfahrung, wollte Tessa einwerfen, aber er war schneller.

»Eric Reed hat dieses Merkmal nicht. Meine Mutter auch nicht. Meine verstorbene Schwester auch nicht. Und niemand unter meinen Verwandten. Nur ich.«

Er richtete sich auf und streckte sich, um sich zu lockern. »Und mein leiblicher Vater natürlich.«

Tessa saß wie angewachsen auf ihrem Stuhl.

»Telford, ich … ich weiß gar nicht, was ich dazu sagen soll, ich …«

Er entschuldigte sich sogleich. »Ich wollte Sie auch nicht damit belästigen, eigentlich ging es mir nur um Fran und warum wir uns trafen. Es ist so unendlich schade, dass sie zu ihren Lebzeiten … dass sie nie herausfinden konnte, wer ihr leiblicher Vater war.« Er rieb sich das Gesicht, das plötzlich gerötet wirkte, und drehte den Kopf zum Tresen. »Ich glaub, ich brauch jetzt einen starken Kaffee.« Er zeigte auf ihre Tasse. »Kann ich Ihnen noch einen bringen?«

Tessa antwortete nicht. Sie starrte ihn an, als wäre er ein Gespenst. Aus einer weit entfernten Ecke in ihrem Gehirn hatte sich ein Gedanke losgerissen und schwamm zu ihr hin.

»Was ist Ihr Geburtsmerkmal, Telford?«

Er zögerte, fast ein wenig verlegen. Sie fragte nochmals, diesmal hartnäckiger: »Welches genetische Merkmal hat Ihnen Ihr leiblicher Vater vererbt?« Wortlos schob er den Stuhl nach hinten und löste den Klettverschluss seines Turnschuhs.

Da wusste Tessa bereits, was sie sehen würde.

Einen Fuß mit sechs Zehen.

EPILOG

Die Bärin ist unruhig. Zu viele Eindringlinge auf ihrem Territorium.

So viel Lärm. Dieses schreckenerregende Dröhnen am Himmel.

Dann Dröhnen auf dem Boden.

Ihre Beutetiere fliehen vor dem Lärm.

Es macht die Jagd viel schwieriger.

Nur nachts ist es ruhig.

Sie wandert weiter, hinunter zum See. Früher hat sie hier tote Fische am Ufer gefunden. Ein Grizzly vergisst nie einen Ort, an dem es etwas zu fressen gab. Es ist eingebrannt ins Gehirn.

Auf dem Weg zum Ufer kommt die Bärin an der Hütte vorbei.

Interessante Gerüche erreichen ihre Nüstern.

Sie klettert die Holzstufen hinauf. Folgt den Duftspuren. Kratzt und scharrt mit ihren gewaltigen Krallen an der Tür. Stemmt ihre zweihundert Kilogramm dagegen. Drückt, bis die Tür nachgibt.

Plötzlich ist sie drinnen, hier riecht es noch stärker.

Dann ist es leicht. Sie reckt sich und packt einen Plastikbehälter. Weißer süßer Sand rinnt auf den Boden, den sie genüsslich aufleckt.

Dann beißt sie eine Metalldose durch und frisst die Kekse. Die

Dose mit der Kondensmilch kommt als Nächstes. Knäckebrot und Erdnussbutter.

Sie demoliert alles auf der Suche nach den wundersamen Leckereien.

Eine erfolgreiche Nacht.

Gegen Morgen fängt der Lärm wieder an.

Sie packt einen Gegenstand, der wie die ledrige Haut von Tieren riecht, und trägt ihn in den Schutz des Waldes.

Dort beißt sie auf dem Ding herum. Es ist zäh, aber es riecht spannend.

Ihre Krallen zerreißen die bemalten und beschriebenen Seiten.

Papierschnitzel wirbeln in der Luft.

Bedecken den feuchten Boden.

Auf ihnen Frans Worte, die niemand mehr lesen wird.

DANKSAGUNG

Mein erster Dank gilt meiner zweiten Heimat Kanada. Dieses wunderbare, riesige und immer noch großenteils wilde Land ist eine nie versiegende Inspirationsquelle. Ich liebe Schauplätze, die der Inbegriff dessen sind, was Kanada für mich bedeutet: Wildnis, Urwald, mächtige Berge, Wasserfälle, reißende Flüsse, Sümpfe und einsame Seen, die Arktis und steile Küsten – raue, urtümliche Gegenden, wo der Mensch von den Naturgesetzen in die Schranken gewiesen wird und wo er (oder sie) sich häufig ganz klein fühlt.

British Columbia ist die Provinz, in der ich mich vor fast zwanzig Jahren niederließ, als ich aus der Schweiz auswanderte. Manchmal bin ich heute noch auf staunende Weise überwältigt, dass mich Kanada mit offenen Armen aufgenommen hat.

Ich möchte den Ureinwohnern Kanadas dafür danken, dass ich in meiner neuen Heimat leben und arbeiten darf, in einem Land, das einst ausschließlich ihr ursprüngliches und ureigenes Territorium war.

Der Name des indigenen Stammes *Sitklat`l* in diesem Buch ist fiktiv, und auch Whatou Lake und die anderen Orte ringsum gibt es nur in meiner Fantasie. Wahr dagegen ist, dass zahlreiche indigene Stämme und Gemeinschaften interessante Destinationen und

Reisen für Touristen anbieten. Ein Blick auf die Webseite www.indigenoustourism.ca lohnt sich.

Seit Ende 2017 ist glücklicherweise die Trophäenjagd auf Grizzlys in der kanadischen Provinz British Columbia verboten. Eine Ausnahme gibt es für die Stämme der First Nations, die Grizzlys für den Fleischverzehr oder traditionelle Zeremonien jagen dürfen. Nach Schätzungen gibt es rund 15000 Grizzlys in British Columbia. Vor dem Verbot töteten Jäger jährlich etwa 250 Grizzlys. Ein Dank geht deshalb auch an die Regierung von British Columbia für den Schutz dieser beeindruckenden Tiere. Unendlich dankbar bin ich den Testleserinnen und -lesern, die mein Manuskript unter die Lupe nahmen. Ihre Hinweise und ihre aufbauende Kritik trafen oft ins Schwarze und halfen mir, diese Geschichte zu vervollkommnen und zu polieren, bis sie ein rundes Ganzes wurde. Helen Radu, Christa Mutter, Susanne Keller, Ruth Omlin, Beny Affolter, Peter Stenberg, Gisela und Koni Dalvit, Oswald Abersbach, Irene Zortea, Hans Kurth, Klaus Uhr und Gerald Chapple – ich kann euch nicht laut genug sagen, wie sehr ich euren Einsatz schätze.

Ich habe das Glück, mit einer Lektorin wie Gisa Marehn zusammenzuarbeiten. Sie hat schon die letzten drei meiner Bücher lektoriert, und jetzt „Mörderischer Morgen". Mit unnachahmlicher Präzision, Sprachgewandtheit und Souveränität hat sie meinen Text zur vollen Blüte gebracht. Ich bin so dankbar, dass sie ihr Talent für meine Bücher verwendet. Mein Dank geht auch an die Korrektorin Ilka Bredemeier und an meine Autorenkolleginnen Heike Fröhling (ihre spannenden Krimis veröffentlicht sie unter dem Namen Leonie Haubrich), Alec Peche, Kelly Oliver, Anne Cleeland und meinen Bruder Peter, die mir alle geduldig mit Rat und Tat beistanden.

Ich habe hier nicht alle Menschen nennen können, die mich liebevoll und unentwegt in meiner Arbeit als Autorin unterstützen. Ihr Interesse spornt mich immer wieder an, auch nach sieben Büchern weiterzuschreiben. Nächster Schauplatz: Labrador!

Vancouver, im Oktober 2019

Bernadette Calonego

ÜBER DIE AUTORIN

Bernadette Calonego hat sieben Bücher veröffentlicht, fünf davon sind Kriminalromane, die in Kanada spielen. Sie stammt ursprünglich aus der Schweiz, lebt aber seit zwanzig Jahren teils nahe Vancouver, teils in Neufundland. Dort spielt auch ihr Bestseller „Die Bucht des Schweigens“ (Edition M). Das Sachbuch „Oh, wie schön ist Kanada!“ (Ullstein Verlag) eroberte sich einen Platz auf der Spiegel-Bestsellerliste. Bekannt wurde Bernadette Calonego als Auslandskorrespondentin namhafter Zeitungen, etwa der *Süddeutschen Zeitung*. Danach hat sie sich einen Namen als Krimiautorin gemacht, die sich von der Wildnis und Abenteuerreisen in den ungezähmten Norden ihrer Wahlheimat inspirieren lässt.

Mehr über die Autorin erfahren Sie auf www.bernadettecalonego.com

facebook.com/BernadetteCalonego.Author

Printed in Germany
by Amazon Distribution
GmbH, Leipzig

17058654R00223